安徽师范大学文学院学术文库（第四辑）

敦煌变文与明清文学论集

DUNHUANG BIANWEN YU MINGQING WENXUE LUNJI

俞晓红 著

安徽师范大学出版社
·芜湖·

图书在版编目(CIP)数据

敦煌变文与明清文学论集 / 俞晓红著. — 芜湖:安徽师范大学出版社, 2022.11
(安徽师范大学文学院学术文库. 第四辑)
ISBN 978-7-5676-5823-3

Ⅰ. ①敦… Ⅱ. ①俞… Ⅲ. ①敦煌学—变文—文学研究—文集 ②中国文学—古典文学研究—明清时代—文集 Ⅳ. ①I207.62-53 ②I206.2-53

中国版本图书馆CIP数据核字(2022)第202862号

安徽省高峰学科安徽师范大学中国语言文学(诗学)建设项目
安徽师范大学中国诗学研究中心项目

敦煌变文与明清文学论集 俞晓红 著

责任编辑: 胡志恒
责任校对: 胡志立
装帧设计: 张德宝 欧阳显根
责任印制: 桑国磊
出版发行: 安徽师范大学出版社
芜湖市北京东路1号安徽师范大学赭山校区
网 址: http://www.ahnupress.com/
发 行 部: 0553-3883578 5910327 5910310(传真)
印 刷: 江苏凤凰数码印务有限公司
版 次: 2022年11月第1版
印 次: 2022年11月第1次印刷
规 格: 700 mm × 1000 mm 1/16
印 张: 19.5
字 数: 302千字
书 号: ISBN 978-7-5676-5823-3
定 价: 58.00元

总　序

安徽师范大学文学院的前身是1928年建立的省立安徽大学中国文学系，是安徽省高校办学历史最悠久的四个院系之一。1945年9月更名为国立安徽大学中文系，1949年12月更名为安徽大学中文系，1954年2月更名为安徽师范学院中文系，1958年更名为合肥师范学院中文系，1972年12月更名为安徽师范大学中文系，1994年10月更名为安徽师范大学文学院。这里人才荟萃，刘文典、陈望道、郁达夫、朱湘、苏雪林、周予同、潘重规、宗志黄、张煦侯、卫仲璠、宛敏灏、张涤华、祖保泉、余恕诚等著名学者都曾在此工作过，他们高尚的师德、杰出的学术成就凝成了我院的优良传统，培养出了一大批出类拔萃的各类人才。

文学院现设有汉语言文学、秘书学、汉语国际教育、戏剧影视文学等4个本科专业，文学研究所、安徽语言资源保护与研究中心、辞赋艺术研究中心、传统文化与佛典研究中心等4个研究所（中心）。拥有中国语言文学博士后科研流动站，中国语言文学一级学科硕士学位点、博士学位点；设有学科教学（语文）、汉语国际教育两个专业硕士学位点；有1个安徽省一流学科（中国语言文学，2017），1个安徽省A类重点学科（中国语言文学，2008），3个安徽省B类重点学科（中国古代文学、汉语言文字学、中国现当代文学）；有1个国家级特色专业建设点（汉语言文学专业），1个国家级教学团队（中国古代文学），3门国家级精品课程；有1个教育部卓越教师培养计划改革项目；主办1种省级刊物（《学语文》）。

文学院师资科研力量雄厚，现有在岗专任教师77人，其中教授26人，副教授32人，博士52人。至2019年末，本学科在研省部级以上科研项目119项，其中国家社科基金项目93项（含重大招标项目2项和重点项目3项）；近两年获得省部级以上奖励17项。教师中，有国家首届教学名师1人，享受国务院特殊津贴12人，皖江学者2人，二级教授8人，5人入选省级学术和技术带头人，6人入选省级学术和技术带头人后备人选。

走过九十年的风雨征程，目前中文学科方向齐全，拥有很多相对稳定、特色鲜明的研究领域。唐诗研究、古代文论研究、儿童语言习得研究、古典诗歌接受史研究等，在全国居于领先地位或在学术界有较大影响。特别是李商隐研究的系列成果已成为传世经典，国务院学位委员会委员、北京大学教授袁行霈先生说，本学科的李商隐研究，直接推动了《中国文学史》的改写。

经过几代人的薪火相传，中文学科养成了严谨扎实的学术传统，培育了开拓创新的学术精神，打造了精诚合作的学术团队，形成了理论研究与服务社会相结合、扎根传统与关注当下相结合、立足本位与学科交融相结合、历代书面文献与当代口传文献并重的学科特色。

21世纪以来，随着老一辈学者相继退休，中文学科逐渐进入了新老交替的时期，如何继承、弘扬老一辈学者的学术传统，如何开启中文学科的新篇章，成了摆在我们面前的迫切任务。基于这一初衷，我们特编选了这套丛书，名之为“安徽师范大学文学院学术文库”，计划做成开放式丛书，一直出版下去。我们认为，对过去的学术成果进行阶段性归纳汇集，很有必要，也很有意义，可以向学界整体推介我院的学术研究，展现学术影响力。

文库已经出版四辑，安徽师范大学出版社建议从中遴选一部分老先生的著作重新制作成精装本，我们认为出版社的提议极富创意，特组编这套精装本，作为“安徽师范大学文学院学术文库”编纂的阶段性总结。

我们坚信，承载着九十年的历史积淀，文学院必将向学界奉献更多的学术精品，文学院的各项事业必将走向更远的辉煌！

储泰松

二〇一九年岁末

目　录

释“变”与“变文”

20世纪学界关于变文涵义与由来的考索探论，概而言之，主要有以下几种观点：变佛经为俗讲说，述佛经神变事说，由梵语而转译说，经文文体变易说，本土文体发展说[①]。笔者比较倾向于经文文体变易说。在“变”义的多种理解中，笔者以为胡士莹“变文之变，亦如正变之变，与正史稗史同其意义”[②]的解释更为简洁明确。然胡士莹仅从《子夜变歌》等诗题中拈出“变”字佐证，尚未把“正变”的内在联系及其体式变异考虑在内。如果我们结合文体衍变与题材源流，从传统文化和外来文化的双重视角，来考察“变文”的实际涵义，可能会获得一种特别的认识。

一、从本土文化的视角考察“变”之由来

变，相对于正而言；没有正则无所谓变，“正”和“变”是一对相互对立却又密切关联的文学概念。“正变”的这种关系可以在中国文学的内部系统中可以找到明晰的旁证。

中国较早的文学样式是诗歌。《诗》三百，有正有变。所谓六诗，即大雅、小雅、正风、变风、变大雅、变小雅。雅原本就是正的意思。由雅

① 五种观点的代表人物分别是：胡适、郑振铎、向达；傅芸子、孙楷第、游国恩；周一良、关德栋；周绍良、白化文、胡士莹、姜伯勤、荣新江；向达、胡士莹、程毅中、王重民。

② 胡士莹：《话本小说概论》，中华书局1980年版，第33页。

而稍生变化则为变，正变为一对既相关又相异的文体概念。《晋书·庾峻传》："中庶子何邵论风雅正变之义。"[①]明杨慎《胡广论诗》云："然正变云扰，而剽袭雷同；比兴渐微，而风骚稍远。"[②]有正即有变，正与变如影随形。论诗少有不涉正变比兴，正变如同比兴一般成为解诗的出发点之一。

正与变在发生背景和内容倾向上相对。马瑞辰《毛诗传笺通释·风雅正变说》："'雅者正也，言王政之所废兴也。'此兼雅之正变言之。盖雅以述其政之美者为正，以刺其恶者为变也。文武之世不得有变风变雅；夷、厉、宣、幽之世有变风未尝无正风，有变雅未尝无正雅也。"[③]这是将正变之出与社会的政治兴衰相连，究其因果关系，以美政之音为正雅，以刺政之声为变雅。与此相类，风有正风变风之别。《诗大序》曰："至于王道衰，礼义废，政教失，国异政，家殊俗，而变风变雅作矣。"孔疏曰："王道衰，诸侯有变风；王道盛，诸侯有正风。"[④]

从体式与作用上来说，正变有异。正风以化下，变风以刺上。马瑞辰《毛诗传笺通释·风雅正变说》："变化下之名为刺上之什，变乎风之正体，是谓变风。"[⑤]化下是风之正体，刺上是风之变体。正雅有制礼之用，变雅有如雅之变奏。《诗·小大雅谱》："《大雅·民劳》《小雅·六月》之后，皆谓之变雅。"孔疏："劳民六月之后，其诗皆王道衰乃作，非制礼所用，故谓之变雅也。"[⑥]正颂谓周颂，变颂指鲁颂、商颂。宋王柏《诗疑》卷一："颂有两体，有告于神明之颂，有期愿福祉之颂……鲁颂四篇，有风体，有小雅体，有大雅体，颂之变体也。"徐师曾《文体明辨序说》："若商之《那》，周之《清庙》诸什，皆以告神，乃颂之正体也。至于《鲁

① [唐]房玄龄：《晋书》第5册，中华书局1974年版，第1392页。

② 吴文治主编：《明诗话全编》，江苏古籍出版社1997年版，第2604页。

③ 陈金生点校：《毛诗传笺通释》，中华书局1989年版，第10页。

④ [汉]郑玄笺，[唐]孔颖达疏：《毛诗正义》，[清]阮元刻：《十三经注疏》，中华书局1980年影印本，第271页下。

⑤ 陈金生点校：《毛诗传笺通释》，中华书局1989年版，第10页。

⑥ [汉]郑玄笺，[唐]孔颖达疏：《毛诗正义》，[清]阮元刻：《十三经注疏》，中华书局1980年影印本，第403页中。

颂·駉》《閟》等篇，则用以颂僖公，而颂之体变矣。”[①]《文心雕龙·颂赞第九》云：“昔帝喾之世，咸墨为颂，以歌《九韶》。自商以下，文理允备。夫化偃一国谓之风，风正四方谓之雅，容告神明谓之颂。风雅序人，事兼变正；颂主告神，义必纯美。鲁国以公旦次编，商人以前王追录，斯乃宗庙之正歌，非宴飨之常咏也。《时迈》一篇，周公所制，哲人之颂，规式存焉。夫民各有心，勿壅惟口。晋舆之称原田，鲁民之刺裘韠，直言不咏，短辞以讽，丘明子顺，并谓为诵，斯则野诵之变体，浸被乎人事矣。”[②]刘勰的理解，明显分出正变的关系和差异：风雅兼纳正变；告神之颂合乎规式，是为正歌；直言短辞乃是野诵之变体。

诗的表现方式是吟唱，就其音乐表现形式而言，变亦与正有不同。内容的变换势必带来音乐形式的相应变化。孔子删诗，对郑卫之声略有微词，谓郑声淫。《论语·卫灵公》曰：“乐则《韶》《舞》，放郑声，远佞人。郑声淫，佞人殆。”[③]郑声和郑风既有关联又有区别。今人钱锺书在论“诗乐理宜配合”时说：“夫洋洋雄杰之词不宜‘咏’以靡靡涤滥之音，而度以桑、濮之音者，其诗必情词佚荡，方相得而益彰。不然，合之两伤，如武夫上阵而施粉黛，新妇入厨而披甲胄，物乖攸宜，用违其器。”[④]郑诗和郑声理应相配，而郑声放佚，郑诗犹存，是因为郑诗的材料是文字，对郑诗的淫可以用调整文字来处理，而郑声的材料是音符音律，音乐之声一旦定型则难以改变。郑声的风格，有说急促，有说繁细，因为在音律上表现得感情缠绵，被认为超出中和标准。温柔敦厚又一向为儒家正宗之诗教，所谓乐而不淫，哀而不伤，关雎被推为中式的榜样，所以孔子说郑声淫。淫就是过分、过度。《论语·阳货》云：“恶紫之夺朱也，恶郑声之乱

① [明]徐师曾：《文体明辨序说》，人民文学出版社1962年版，第142页。

② 范文澜：《文心雕龙注》，人民文学出版社1958年版，第156—157页。

③ [魏]何晏集解，[宋]邢昺疏：《论语注疏》，[清]阮元刻：《十三经注疏》，中华书局1980年影印本，第2517页中。

④ 钱锺书：《管锥编》第1册，中华书局1979年版，第60页。

雅乐也，恶利口之覆邦家者。”[①]这说明诗的变化带来音乐的变化。一如紫是朱的衍变，郑声是雅乐的衍变。

诗有正变，音乐亦有正变。就音律而言，有正律变律之分：即依三分损益法，正律中吕以后产生的各律均为变律。《通典·乐三》：“若以中宫为宫，则十二律内全无所取，何者？中吕为十二之穷，变律之首。”[②]是说中吕成为正律和变律的衔接点，变律皆从正律增加或减损而出。黄宗羲有《答刘伯绳问律吕》，说明出现变律之所以：“黄钟实长于诸律，故不得不有变律；变律又长，故不得不用变律之半。”又其《（答刘伯绳）问空积忽微》云：“蔡元定谓黄钟为宫，所用七声皆正律，无空积忽微。自林钟而下，则有半声，自蕤宾而下，则有变律，皆有空积忽微，不得其正。”又另有一篇《（答刘伯绳）问变律》专谈变律之始：“变声之说见于《国语》，变律则京房以仲吕生执，始演为六十律。”[③]律有正变，而操琴亦能显示技艺高下。宋陈旸撰《乐书二百卷》：“然旸书包括历代，总述前闻，既欲备悉源流，自不得不兼陈正变。”[④]因疏辨乐史源流，故应正变兼陈。清朱仕琇《〈豁音〉序》：“今读所补琴操古歌益渊邃，正变备具。”[⑤]是谓琴操之歌因有高难度的音律变化而显深幽丰富。

与“正”不同或从“正”体诗文衍变的作品可称“变体”。“变体”有时是诗风上的变化。杨炯《王勃集序》云：“尝以龙朔初载，文场变体，争购纤微，竞为雕刻……骨气都尽，刚健不闻。思革其蔽，用光志业。”[⑥]所谓“文场变体”，是指高宗龙朔年间，以上官仪为代表的宫廷诗作，承

---

①［魏］何晏集解，［宋］邢昺疏：《论语注疏》，［清］阮元刻：《十三经注疏》，中华书局1980年影印本，第2525页下。

②［唐］杜佑：《通典》第4册，中华书局1988年版，第3648页。

③［清］黄宗羲：《南雷文定》第1册《前集三》，上海中华书局据粤雅堂本排印，1936年版，第2、3、5页。

④《景印文渊阁四库全书》第211册，台北商务印书馆1983—1986年版，第23页。

⑤［清］朱仕琇：《梅崖居士集文录》卷二，［清］李祖陶选：《国朝文录续编》第8册，清道光间刊本，第4页。

⑥［清］董诰：《全唐文》，中华书局1983年影印本，第1931页。

袭六朝的浮艳诗风，其特点是“绮错婉媚”[①]，修辞风格上追求一种装饰性的雕琢的美，既缺乏正统诗论所提倡的温柔敦厚，也丧失诗作所应有的刚健风骨。这就是称为“上官体”的诗歌体式。初唐四杰诗文兼长，相互呼应，锐意改革，以“开辟翰苑，扫荡文场”[②]自命，挑战诗坛的遗风陋习，在美学风格上追求刚健壮大，改变了初唐诗歌的风貌。这种美学风格便成为唐代诗坛的主流风格。

汉赋因其典雅堂皇、肃穆凝重的风格，被视为赋的正宗。孕育于汉魏之际、流行于两晋南北朝的骈赋，是汉赋的变体。骈赋注重形式华美，辞藻绮丽，体格渐卑，内容上的意义相对削弱。来裕恂《汉文典》曰：“三国两晋，征引俳词；宋齐梁陈，加以四六，则古赋之体变矣。”[③]白居易《余思未尽，加为六韵，重寄微之》：“制从长庆辞高古，诗到元和体变新。”[④]是谓体制形式的变化。明谢榛《四溟诗话》于诗云：“适唐诗一卷在几，因而披阅，历谈声律调格，以分正变。”这是侧重声调格律上的变化。于赋则云：“屈宋为词赋之祖。荀卿六赋，自创机轴，不可例论。相如善学《楚词》，而驰骋太过。子建骨气渐弱，体制犹存。庾信《春赋》，间多诗语，赋体始大变矣。”则是侧重体制上的变化。《春赋》乃是变体赋之始，则此前俱为赋之正体。故而其《暮秋寄怀徐子与时宦长芦》之十一有云：“正变关骚雅，深宵谁与论？”[⑤]是云诗赋皆关乎正变之论。清王士禛《池北偶谈·谈艺二·〈尔雅翼〉序体》曰：“宋淳熙初，罗瑞良撰《尔雅翼》，其自序皆四言，叶韵，文甚奇肆；洪焱祖为之注，序之变体也。”[⑥]自序为正，序注为变，则是从体裁变异上论正变。刘师培《文说·和声》有云：“言如纶綍，乃诏册之正章；音涉哀思，乃赋骚之变体。”[⑦]

---

①［后晋］沈昫等：《旧唐书》第8册，中华书局1975年版，第2743页。

②［唐］王勃：《山亭思友人序》，［清］董诰：《全唐文》，中华书局1983年影印本，第1837页。

③［清］来裕恂：《汉文典》，南开大学出版社1993年版，第345页。

④［清］彭定求编：《全唐诗》第13册，中华书局1960年版，第5000页。

⑤ 王云五主编：《丛书集成初编·四溟诗话》，上海商务印书馆1936年版，第44、25、76页。

⑥［清］王士禛：《池北偶谈》，中华书局1982年版，第280页。

⑦［近代］刘师培：《刘申叔先生遗书·文说》，山西宁武南氏排印本，1946年版，第11页。

这又是从语言风格上论正变。又刘师培《论文杂记》曰："相如子云作赋汉廷，指陈事物，殚见洽闻，非惟风雅之遗音，抑亦史篇之变体。"[①]这又是从古代文章流别的角度来论正变。

从中国传统文学艺术的发生发展过程考察，可以见出"正"和"变"始终是一对相对立的范畴。诗、赋、序文、音律都可以由正生变，正变相关。这种"变"，可以从文学作品发生的文化背景及其包容的思想倾向、美学追求、语言风格方面发生，也可能从某一文类的体裁、体制或是音乐的节律、乐声诸方面发生，凡于正文正律有所衍变者皆可称变。从这个角度思考"变文"，则变文之"变"的由来和涵义当不难理解。从现存大多变文作品来看，它自然不是对古代的散文、赋文等本土文学形式的衍变，而是对佛经文体的衍变。必也正名乎：最初为这种新文体命名的人，会有意无意受到传统正变观念的影响，既以经文为正典，从经文衍变而来的故事性文类，名之为变文则很自然。经文就是相对意义上的正文。内典，即一切经，是正文，正宗的经文；而改换方式，用通俗的故事讲述经文要义，传达释家精妙，以使更多更广泛的俗众理解接受，这种故事记录下来，就成了与经文相关而又相异的变文。

二、从变文和经文关系的视角考察"变文"由来

释典为正，变文为变：这个观点建基于变文适从佛经文典衍变而来。佛教东来，在其渗透本土文化的过程中，势必要根据接受者的文化特征和思维定式，作因地制宜、因人而异的宣教活动。汉魏六朝以至隋唐时代的社会文化氛围诱发了知识分子研习佛学的兴趣，面对更广泛的普通百姓阶层，佛教徒除了举行大量可观性的佛事活动之外，一个最基本而又最常用的宣教方式，就是讲经说法。当这个阶层的本土文化思维惯式对佛经文化的思维形成隔膜，有所抵触，或是因陌生而感到茫然，陷于困惑，佛教徒便要对经文进行解说，以通俗的语言诠释玄妙的经义，以达到化导众俗的

① [近代]刘师培：《刘申叔先生遗书·论文杂记》，山西宁武南氏排印本，1946年版，第3页。

目的。一方面，佛教徒研究经注，演说经义，形成佛家义疏之学。另一方面，作为一种宗教，佛教又须深入民众，故而它又要面对普通受众讲述经义，选择故事性譬喻性更强的方式敷衍释典。这种敷衍也有两种方式。一是集佛典故事为经。《出三藏记集》卷九《贤愚经记第二十》曾记河西沙门释昙学、威德等八僧随缘分听般遮于瑟会上的说经讲律，"竞习胡音折以汉义，精思通译各书所闻，还至高昌乃集为一部"[①]。陈寅恪先生据此推测，以为"当日中央亚细亚说经，例引故事以阐经义"[②]。二是讲经人亦可以经为本，据经义诠释发挥，譬喻敷衍，演绎新篇。就经释义，演说因缘，例引故事以阐经义，或择故事而编制敷衍，是使佛教通俗化民间化的重要手段。释义的根据是释典正经，释义的产品便是讲经文、因缘文、变文。这从三者之间的关系上也可看得略为分明。

从情理上推测，讲经文应该是正体经文衍变为故事性的变文过程中的一个环节。讲经文经常简称"经"，而变文作品很多题目中即含"经"字，或题目含"变文"的作品而申明是讲经，这清楚表明变文和经文、讲经文的血缘关系。《大目乾连冥间救母变文并图一卷并序》，标题原有，篇末云："当时此经时，有八万菩萨，八万僧，八万优婆塞，八万优婆姨，作礼围绕，欢喜信受奉行。"标题是变文而行文中明确说是讲经说法，保留了变文从讲经文衍变的痕迹。《破魔变文》原题，篇末云："小僧愿讲经功德，更祝仆射万万年。"[③]文本是变文，而文中明确说"讲经""听经"，则此文本由佛经而讲经文而变文的发展脉络明晰可见。

这样的痕迹在遣词造句上也表露得比较明显。斯6551《佛说阿弥陀经讲经文》征引《维摩经》《法华经》《华严经》等经文辅助释义，而云："已下便即讲经，大众听不听？能不能？愿不愿？"[④]这是讲经人在释义过

① [梁]释僧祐：《出三藏记集》卷九《贤愚经记第二十》，《大正藏》第55册，台北佛陀教育基金会1990年影印本，第67页。

② 陈寅恪：《西游记玄奘弟子故事之演变》，陈寅恪：《金明馆丛稿二编》，上海古籍出版社1982年版，第217页。

③ 李时人编校：《全唐五代小说》第4册，陕西人民出版社1998年版，第2799、2706页。

④ 黄征、张涌泉校注：《敦煌变文校注》，中华书局1997年版，第685页。

程中常用的一种警醒听众、提神贯气的方法，表示讲经中语气的间歇或段落的转换。这种“能不能”“愿不愿”在变文作品中常常见到。《太子成道经》，“经”字原题即有，文中有“不似听经求解脱，学佛修行能不能”之语。又《降魔变文》首录梵赞长行文字云：“年去年来暗更移……亦经题名目唱将来。”[①]这是讲经文的特征。

从程式上看，变文遗留了蜕变于讲经文的痕迹。佛教有三分科判法讲经体式，吉藏《法华义疏》讲到注疏的体例时，有“预科起尽”的说法；良贲《仁王经疏》说：“昔有晋朝道安法师，科判诸经以为三分：序分、正宗、流通分。”[②]吉藏《仁王疏》曰：“然诸佛说经，本无章段，始自道安法师，分经以为三段：第一序说，第二正说，第三流通说。”[③]又《出三藏记集》卷十五：“安穷览经典，钩深致远；其所注《般若》《道行》《密迹》《安般》诸经，并寻文比句，为起尽之义，及《析疑》《甄解》，凡二十二卷……经义克明，自安始也。”[④]对照可知，“起尽之义”即是科判。《金刚般若波罗蜜经讲经文》篇末云：“上来有三，一序分，而政宗，三流通。”[⑤]《阿弥陀经讲经文》在经题之后云：“将释此经，且分三段：初乃序分，次则正宗，后乃流通。”[⑥]《目连变文》开头即云：“上来所说序分竟，自下第二正宗者。”[⑦]显而易见，这是讲经仪式中序分、正宗、流通分三科模式的遗存。

从题材上看，变文从经文衍变而出也是相当明显的。《降魔变文》开篇称颂唐太宗御注《金刚经》：“三世诸佛，从此经生；最妙菩提，从此经出。加以括囊群教，许为众经之要目。”因为金刚经是众经之要目，君王

① 李时人编校：《全唐五代小说》第4册，陕西人民出版社1998年版，第2663、2694—2695页。

② [唐]良贲：《仁王护国般若波罗蜜多经疏》，《大正藏》第33册，台北佛陀教育基金会1990年影印本，第435页。

③ [隋]吉藏：《仁王般若经疏》卷上，《大正藏》第33册，台北佛陀教育基金会1990年影印本，第315页。

④ [南朝梁]释慧皎著，汤用彤校注：《高僧传》，中华书局1992年版，第177、179、181页。

⑤ 黄征、张涌泉：《敦煌变文校注》，中华书局1997年版，第646页。

⑥ 黄征、张涌泉：《敦煌变文校注》，中华书局1997年版，第684页。

⑦ 李时人编校：《全唐五代小说》第4册，陕西人民出版社1998年版，第2800页。

亦参与“注解释宗”，讲述经义，自当带来广泛的社会效应。继言“然今题首《金刚般若波罗蜜经》者，‘金刚’以坚锐为喻，‘般若’以智慧为称，‘波罗’彼岸到，弘名‘蜜多经’，则贯穿为义，善政之仪，故号‘金刚般若波罗蜜经’”[①]。这是解释经题，告诉听众此变文适从《金刚经》敷演而出。这是变文之“变”由“经”而来的一个确证。《金刚经》和降魔故事又有何关联？释迦牟尼在世时共说了十六个法会，《金刚经》乃佛陀在舍卫国祇树给孤之园的第三个法会所说。佛十大弟子之一须菩提提出二十七个问题，佛陀一一答之。须菩提的第一个问题就是：“善男子善女人，发阿耨多罗三藐三菩提心，应云何住？云何降伏其心？”[②]《金刚经》提出“心无所住”，万法性空幻有，故应远离一切诸相。须达营给孤独园，请佛延僧，引起六师外道不服，与佛弟子舍利弗斗法，舍利弗降伏六师外道，是为此变文之“降魔”本义。舍利弗和六师外道的斗法，是以具体化形象化的故事，展演降伏摄持一切虚妄心的要旨，故其后即接云“委被事状，述在下文”。这表明下面叙述的斗法故事，是对篇首宣说《金刚经》用意的一个例证。

因缘本佛教十二分教之一，佛经中有因缘经，主宣因果，故而延伸到变文题名时，并不表明体裁类别，而代表题材内容上的选择，如《欢喜国王缘》《目连缘起》《难陀出家缘起》《丑女因缘》等。《丑女缘起》中有“上来所说丑变”之语，说明因缘或缘起实际上也是变文。《目连缘起》篇末云：“奉劝闻经诸听众，大须布施莫因循……无上菩提勤苦作，闻法三途岂不惊。今日为君宣此事，明朝早来听真经。”[③]显然，“闻经”之“经”即“闻法”之“法”，表明文中所宣的“此事”也就是所讲的“真经”，讲述者奉劝诸听众用心听讲，勤念佛，以期早日觉悟。故而“缘起”“因缘”亦可称作“经”，在效用上亦等同于“经”而比经更具情节性特征。

---

① 李时人编校：《全唐五代小说》第4册，陕西人民出版社1998年版，第2708—2709页。

② [姚秦]鸠摩罗什译：《金刚般若波罗蜜经》，《大正藏》第8册，台北佛陀教育基金会1990年影印本，第748页。

③ 李时人编校：《全唐五代小说》第4册，陕西人民出版社1998年版，第2764—2765页。

《欢喜国王缘》原卷分为两半，前半现在上海图书馆，题为《有相夫人升天变文》；后半藏法国巴黎国立图书馆，编号为伯3375，卷末署“欢喜国王缘一本写记，乙卯年七月六日三界寺僧戒净写耳。”开头即云：“谨案藏经说：西天有国名欢喜，有王欢喜王。”[①]按此缘出自《杂宝藏经》卷10“优陀羡王缘”，义净所译《根本说一切有部毗奈耶》卷45《入宫门学处第八十二之二》中月光夫人事与此亦同。则“缘”字佛经原有，缘亦即是变文，故事大略相同，惟国王与夫人名字有异，而变文与佛经之“变”与“正”的关系已然显明。

傅芸子曾经对缘起和变文、经文的关系表示过自己的看法：“这种缘起可以说是变文的雏形……又从名称上看来，也是沿用佛经的，‘缘起’（Pratit yasamutpada）在梵文是因缘生起之义。”[②]20世纪诸多学者对敦煌遗书中的变文类作品的称名有过很多次探讨和争辩，傅芸子把韵散相间或纯韵文体式的作品归于“变文”一类，而把纯粹散文体式的作品归入小说一类[③]；向达对当时将词文、传文、押座文、变文、敷演全经诸篇统称为变文的做法质疑，以为“统以变文名之，以偏概全”[④]；周绍良“觉得对这一批材料如果漫无区别地都称之为‘变文’是很不妥当的，这样就贬低了唐代丰富多采的民间文学，而混淆了不同的文艺种类”[⑤]，主张区分为变文、俗讲文、词文、诗话、话本和赋六大类。王重民则提出以“变文”为敦煌俗文学作品的公名[⑥]。从变文是经文文体变异的角度看，则原题无论

① 李时人编校：《全唐五代小说》第4册，陕西人民出版社1998年版，第2805页。

② 傅芸子：《〈丑女缘起〉与〈贤愚经·金刚品〉》，周绍良、白化文编：《敦煌变文论文录》，上海古籍出版社1982年版，第509页。

③ 傅芸子：《敦煌俗文学之发现及其展开》，原载《白川集》，后收入周绍良、白化文编：《敦煌变文论文录》，上海古籍出版社1982年版，第134—143页。

④ 向达：《唐代俗讲考》，周绍良、白化文编：《敦煌变文论文录》，上海古籍出版社1982年版，第53页。

⑤ 周绍良：《谈唐代民间文学——读〈中国文学史〉中“变文”节书后》，周绍良、白化文编：《敦煌变文论文录》，上海古籍出版社1982年版，第405页。

⑥ 王重民：《敦煌变文研究》，周绍良、白化文编：《敦煌变文论文录》，上海古籍出版社1982年版，第282—284页。

是何命名、有何差异，都可称之为变文。1957年王重民和向达、周一良、启功、王庆菽共同作了《敦煌变文集》的汇校工作，这也是对当时所能找到的变文写本所作的一次最大的整理。以变文为公名的观念是这次汇校整理的实际工作中产生的一种文体观，代表着对此类作品的价值判断，因此显示了称名的合理性。

三、从佛法要义的视角考察“变”之涵义

持文体变易说者主要从变文形式的角度探求变文之由来，相对忽视了变文的题材意义；而持神变故事说者主要从内容的角度追溯变文的涵义，相对忽视了变文的文体特征。笔者以为“神变”“变现”是变文之“变”的诠释中相当重要的概念。

佛经中义项为“神变”“变现”的“变”，佛菩萨或罗汉变现的情况有几种类型：一是改变事物或对象的性状，如变长者家为水精舍、变火坑为池、变众声为佛声等；二是改变自身的形状，如变众鸟、变金刚台、变真珠网、变巨型、变钵等；三是改变自己或他人的性别、形貌，如变男身为女身、变女身为男身；四是变换为另一个人，如菩萨变为侍者、帝释王变为婆罗门等。佛菩萨能运用神力随意变化，“变现自在”，或显吉祥，或示神通，或令对象离诸疑怖，或令对象反省善恶、觉悟因果，或借变化说明法无实相。试看《维摩诘所说经》中“变”例的上下文意：“又舍利弗，住不可思议解脱菩萨，能以神通现作佛身，或现辟支佛身，或现声闻身，或现帝释身，或现梵王身，或现世主身，或现转轮圣王身，又十方世界所有众声，上中下音，皆能变之，令作佛声，演出无常苦空无我之音。及十方诸佛所说种种之法，皆于其中，普令得闻。”[①]菩萨变化以示现，现种种化身、报身、法身，“现”也即是“变”。这种变现的目的不在于显示佛菩萨的神通本身，而在于借助种种外在形体的变化来化导众生，开悟比丘。

① [姚秦]鸠摩罗什译：《维摩诘所说经》卷中《不思议品第六》，《大正藏》第14册，台北佛陀教育基金会1990年影印本，第546—547页。

《维摩诘所说经·观众生品》曾以天女化身为例说明变现的目的所在："即时天女以神通力，变舍利弗令如天女，天自化身如舍利弗……即时天女还摄神力，舍利弗身还复如故。天问舍利弗，女身色相，今何所在？舍利弗言，女身色相，无在无不在。天曰，一切诸法，亦复如是，无在无不在，夫无在无不在者，佛所说也。"①天女运用神力令舍利弗和自己互变形体，现女身而非女，用意在于说明诸法非法；复变女身为男，则说明诸法无在无不在。变现本身只是一种手段，借变现说法才是目的。这在释家是一种方便法门。

佛经题名中含"神变"的即有《大毗卢遮那成佛神变加持经》《不空罥索神变真言经》《寂照神变三摩地经》等。《阿毘达磨集异门足论》卷第六《三法品第四之余》（尊者舍利子说，三藏法师玄奘奉诏译）中的一段话足可说明，神变的目的是示导："是名无寻无伺三摩地三示导者，一神变示导，二记心示导，三教诫示导。神变示导者，云何神变？云何示导？而说神变示导耶？答神变者，谓诸神变现神变已神变当神变，谓诸所有变一为多变多为一，或显或隐，若知若见，各别领受墙壁山岩崖岸等障身过无碍，如是广说乃至梵世身自在转，是名神变。示导者，谓有苾刍虽于多种神变境界各别领受，若不令他知见，但名神变自在，不名示导。若有苾刍能于多种神变境界各别领受，亦能令他知见，名神变自在，亦名示导。是故所说神变示导，要能令他见等见了等了调伏随顺，乃名神变，亦名示导。由此说名神变示导。"②诸神变现，变一为多或变多为一，多即是一，一即是多，一多相即，理事不二，体现了释家法相自在思维的精妙之处。这种一和多的关系、形体外貌的显隐、穿墙越崖的神通，都是为了说明诸法无实相、无在无不在的佛学境界。此境界须令比丘领受知见，方能称得上是神变示导，否则只能名神变而不能名示导。神变不单是为了神变本

① [姚秦]鸠摩罗什译：《维摩诘所说经》卷中《观众生品第七》，《大正藏》第14册，台北佛陀教育基金会1990年影印本，第548页。

② [唐]玄奘译：《阿毘达磨集异门足论》卷6《三法品第四之余》，《大正藏》第26册，台北佛陀教育基金会1990年影印本，第389页。

身，佛陀神变恰是为了说明佛义，化导众比丘。以为佛教说神变也是为了宣传成佛即能演神通用神力的理解，是比较肤浅表面的。与此相关，变文当然也不单是敷演佛陀神通、宣传菩萨神力的工具，而更是“变化”的产品本身。

晋时谢敷在《安般守意经序》中有云：“汉之季世，有舍家开士安清，字世高，安息国王之太子也。审荣辱之浮寄，齐生死乎一贯，遂脱屣于万乘，抱玄德而游化。演道教之发朦，表神变以源之。”[①]句中“演”与“表”互文见义，演也即是表，也即表现、敷演、演示的意思。齐生思审荣辱，宣演教义，表现“神变”，游化六道，示导众生：安世高以太子而能如此，是终得世人敬重的因由。又唐太宗《令道士在僧前诏》曰：“至如佛教之兴，基於西域，逮於后汉，方被中华。神变之理多方，报应之缘匪一。”[②]唐太宗虽置道于佛前，但这几句话却道出了神变乃是佛教常用的化导之方。又唐元稹《大云寺二十韵》有云：“听经神变见，说偈鸟纷纭。”[③]诗人从接受者的角度，领受到讲经的常见题材及其目的与功效，而精练地表达出来。

综合来看，变文之变宜当从题材来源、文体变化、社会功用诸方面来考虑它的内涵：最初的变文题材多为神变故事，从功用而言，变文也是一种方便法门，是释弟子宣教辅教的一种手段，变文中的变现故事和经文中的变现场景一样，都不过是用来说明教义、化导众生的途径而已。由于面对的是文化层次参差不齐的俗众听者，僧徒有意选择佛典中原有的那些具有神异色彩和譬喻意义的情节，加以发挥、敷演，终而衍变为一种新的文体。当这些故事被记录下来之后，写者从题材和文体的双重角度出发，题名曰“变文”便是自然之事了。

[原载《上海师范大学学报》(哲学社会科学版)2004年第3期]

① [清]严可均辑校:《全上古三代秦汉三国六朝文》第3册,《全晋文》卷138,中华书局1958年版,第2259页下。

② [清]董诰:《全唐文》卷6,中华书局1983年影印本,第73页。

③ [清]彭定求编:《全唐诗》第12册卷408,中华书局1960年版,第4540页。

像教、变像与变相

关于变相由来及其与变文的关系，学术界一直众说纷纭，或以“变文”之“变”的涵义来相从解释“变相”之“变”，有时候变成同义反复，如云变文是述神变变异之文，则变相成为表神变题材之相；或以为变文是变相之文，则变文成为变相的说明文；或以变文为变佛经为通俗故事，则变相意为变佛经为图相；而以变字源于南朝变歌者，则于变相无从解释。至于变文和变相的关系，学者们也有分歧。陆永峰曾列出变相作品艺术形式的多样性，认为变相本指佛经中的种种神奇变异之相，以说明“变相”之“变”和“变文”之“变”一样，都是神变的意思[①]。这种工作做得还是比较细致的，观点也有可取之处，但思维方式也有同义反复、循环论证的特点，且观点上也有可以琢磨之处。如果我们从佛教文化东传所带来的变化方面考察，也许会拓宽我们的视野。

一、佛像与像教：造像、观像、行像

东汉明帝时派人往大月氏求佛经，天竺沙门同回，驮负佛经的白马也驮来了“白毡”包裹的释迦牟尼像，白马寺因此而建。据说这是中国佛教称为“像教”的起源。事实上，佛教称为像教是有其文化渊源的。唐时于阗三藏提云般若奉制所译《佛说造像功德经》，叙述了优陀延王造像供养

① 陆永峰：《敦煌变文研究》，巴蜀书社2000年版，第12—24页。

的缘起，是为借助佛的色相福德智慧力量，去除人生的忧悲烦恼：

时彼众中有一天子，寿将欲尽五衰相现。以闻法力命终之后，还生此天，永离恶道。尔时阎浮提中无有如来，譬如暗夜星中无月，如国无君如家无主，欢娱戏乐一切都息，是时众生孤独无依，皆于如来心怀恋慕，生大忧恼如丧父母，如箭入心。共往世尊曾所住处，园林庭宇悉空无佛，倍加悲恋不能自止。尔时优陀延王住在宫中，常怀悲感渴仰于佛，夫人婇女诸欢乐事皆不涉心。作是念言："我今忧悲，不久当死。云何令我未舍命，间得见于佛?"寻复思惟：譬若有人，心有所爱而不得见，见其住处及相似人，或除忧恼。复更思惟：我今若诣佛先住处，不见于佛，哀号感切，或致于死。我观世间无有一人能与如来色相福德智慧等者，云何令我得见是人，除其忧恼？作是念已，即更思惟：我今应当造佛形像，礼拜供养。复生是念：若我造像不似于佛，恐当令我获无量罪。复作念言：假使世间有智之人，咸共称扬如来功德，犹不能尽，若有一人随分赞美，获福无量，我今亦然当随分造。

若有人于生死中，能发信心造佛形像，比未造时相去悬隔，亦复如是，当知此人在在所生净除业障，种种伎术无师自解……若有净信之心造佛形像，一切业障莫不除灭，所获功德无量无边乃至当成阿耨多罗三藐三菩提，永拔众生一切苦恼。

优陀延王遂召集国内所有能工巧匠，以纯紫栴檀之木，造佛陀跏趺坐像：

即时告敕国内所有工巧之人并令来集。人既集已，而语之言："谁能为我造佛形像？当以珍宝重相酬偿。"诸工巧人共白王言："王今所敕甚为难事：如来相好世间无匹。我今何能造佛形像？假使毘首羯磨天而有所作，亦不能得似于如来。我若受命造佛形像，但可摸拟螺髻玉毫少分之相，诸余相好，光明威德，谁能作耶？世尊会当从天

> 来下，所造形像若有亏误，我等名称并皆退失。”窃共筹量，无能敢作。其王尔时复告之曰：“我心决定，勿有所辞。如人患渴，欲饮河水，岂以饮不能尽而不饮耶？”是时诸人闻王此语，皆前拜跪，共白王言：“当依所敕。然请大王垂许我等，今夜思审，明晨就作。”复白王言：“王今造像，应用纯紫栴檀之木，文理体质坚密之者。但其形相为坐？为立？高下若何？”王以此语问诸臣众，有一智臣前白王言：“大王当作如来坐像。”“何以故？”“一切诸佛得大菩提，转正法轮，现大神通，降伏外道，作大佛事，皆悉坐故。是以应作坐师子座结加之像。”……是时天匠运其工巧，专精匪懈不日而成。其像加趺坐，高七尺，面及手足皆紫金色。时优陀延王见像得成相好端严，心生净信获柔顺忍，既得忍已益加欣庆，所有业障及诸忧恼并得销除，譬如日出雾露皆尽，唯除一业现身受者，以曾于圣人起恶语故。

尽管工匠竭尽全力造像，所造之像仍然不及佛陀本人色相之端好，佛陀所与生俱来的三十二相八十种好，非普通工匠所能模拟再造。但造像行为本身已建无量功德，而众生也获胜福：

> 时优陀延王顶戴佛像并诸上供珍异之物，至如来所而以奉献。佛身相好具足端严，在诸天中殊特明显，譬如满月离众云曀。所造之像而对于佛，犹如堆阜比须弥山不可为喻，但有螺髻及以玉毫少似于佛，而令四众知是佛像。尔时优陀延王白佛言：“世尊，如来过去于生死中为求菩提，行无量无边难行苦行，获是最上微妙之身无与等者。我所造像不似于佛，窃自思惟深为过咎。”尔时世尊告彼王言：“非为过咎，汝今已作无量利益，更无有人与汝等者。汝今于我佛法之中初为轨则。以是因缘故，令无量众生得大信利。汝今已获无量福德广大善根。”时天帝释复告王言：“王今于此勿怀忧惧。如来先在天上及此人间，皆称赞于王造像功德。凡诸天众悉亦随喜。未来世中有

信之人，皆因王故造佛形像而获胜福。王今宜应欢喜自庆。”①

佛教为像教的观念也在国人心中根深蒂固。《海东高僧传》卷一曰：“厥后二百余年，原宗果兴像教……自像教东渐，信毁交腾，权舆光阐，代有其人。若阿道、黑胡子，皆以无相之法身，隐现自在，或先或后。似同异，若捕风搏影，不可执迹而定也。”②唐玄奘多次上表赞像教阐扬之盛：“鹿野之谈，应圣期而重译。鸡林之士，仰神化以来仪。建香城于中洲，引玄津于神县，像教东被，斯为盛矣。”“像教东被五百余年，虽敷畅厥旨，抑有多代，而光赞之荣，独在兹日。”“像教东渐，年垂六百，弘阐之盛，未若于兹。”③王巾《头陀寺碑》：“正法既没，象教陵夷。”李善注曰：“释迦佛正法住世五百年，像法一千年，末法一万年。”④《续高僧传》有大量关于像教复兴、像法再弘的历史记载：“法师（释慧净）悬镜忘疲，衢罇自满。上凭神应之道，傍尽心机之用，敷畅微言，宣扬至理，曩日旧疑，涣焉冰释，今兹妙义，朗若霞开，为像法之梁栋，变群生之耳目。”（卷三）“圣皇启运，像法再兴，卓尔缁衣，郁为称首。”（卷八）“开皇五年，为泽州刺史，千金公请赴本乡。此则像法再弘，桑梓重集，亲疏含庆，何以加之。”（卷八）“陈宣帝远挹德音，承风迎引……仍令推荐义学长者，即弘像教。”（卷十）“（释慧觉）启沃神衿，弘护像法，信有力焉。”（卷十二）“大隋受禅，阐隆像法。”（卷十二）“（释法恭）贞观十一年下敕赴洛，常州法宣同时被召，亦既来仪。深降恩礼，对扬帷扆，辩说纷纶，明像教之兴灭，证遗法之嘱付。入侍讌筵，既摛雅什。”（卷十四）“于是汉魏齐梁之政，像教勃兴；燕秦晋宋已来，名僧间出。”（卷二十四）

① [唐]提云般若译：《佛说大乘造像功德经》卷上，《大正藏》第16册，台北佛陀教育基金会1990年影印本，第790—793页。

② [高丽]觉训：《海东高僧传》卷1，《大正藏》第50册，台北佛陀教育基金会1990年影印本，第1018页。

③ 分见[唐]玄奘：《进经论等表》《谢许制大慈恩寺碑文及得宰相助译经表》《谢送大慈恩寺碑文并设九部乐表》，《大正藏》第52册，台北佛陀教育基金会1990年影印本，第818、821、823页。

④ [南北朝]萧统编，[唐]李善注：《文选》卷59，清胡刻本，第5页。

"（释普济）自佛法沦废，便投太白诸山。行不裹粮，依时啜草，咀嚼咽饮，都不为患。愿像教一兴，舍身供养，修普贤行，生贤首国。开皇之始，大阐法门，思愿既满，即事捐舍。引众集于炭谷之西崖，广发弘誓，自投而殒。"（卷二十七）"菩萨涅槃，年代已远；像法流行，奉无谬者，请现感应。"（卷二十八）

佛法的存在和传达要通过佛像来实行，佛像亦是传法宣教的重要手段，佛教即是像教，像法即是佛法。故而造像、刻像、画像，便是僧家首要功德。出家者以所获得的布施、檀嚫造像，有田业者则舍田为造像之资，《续高僧传》有曰："（释法贞）与僧建齐名，时人目建为文句无前，目贞为入微独步。贞乃与建为义会之友，道俗斯附，听众千人，随得嚫施，造像千躯，分布供养。"（卷六）"（释法朗）故其所获檀嚫，充造经像，修治寺塔，济给穷厄。"（卷七）"（释普明）所得布施，随缘喜舍，每参隋帝，悉蒙命坐。赐绢一百二十段，用充六物，不留寸尺，悉造经像。"（卷十九）"道士李学祖等，舍田造像，寺塔欻成，远近归信，十室而九。"（卷二十五）所造之像有卧有立，有金像、银像、铜像，也有以石、玉、夹纻材质为之者，俱庄严显耀："王城北山有立石像，高百五十尺，城东卧佛长千余尺，并精舍重接。金宝庄校晃曜人目，见者称叹。"（卷四）"又东山行至迦毕试国，奉信弥胜，僧有六千，多大乘学。其王岁造银像，举高丈八，延请遐迩，广树名坛。"（卷四）"四佛曾游，见青玉像举高八尺。"（卷四）"（释智琳）乃嗣兴梓匠，爰加藻饰，轮焕弘敞，实有力焉。前后造中人像五躯，夹纻像一躯，神仪显曜，相好严挺。"（卷十）"（释慧頵）于远行龙泉二寺，造金铜弥勒像各一躯，坐高一丈五尺，用结来生之缘也。"（卷十四）"（佛陀禅师）感一善神常随影护，亦令设食，而祠飨之，后报欲终，在房门之壁，手画神像，于今尚存。"（卷十六）"及隋灭陈降，举朝露首，面缚京室，方知其致。文帝后知，乃遣迎接大内供养。以像立故，帝恒侍奉，不敢对坐，乃下敕曰：'朕年老不堪久立侍佛，可令有司造坐像。'其相还如育王本像，送兴善寺。"（卷二十九）

造像画像之后是供养、护持。《续高僧传》曰："索水盥手焚香，迎弥勒画像，合掌谛观，开目闭目，乃经三四，如入禅定，奄尔而终。"（卷二）"法利所被，如行先授，但见经像，必奉礼迎送。"（卷八）"及周灭法，（释僧可）与可同学共护经像。"（卷十六）"周灭法时，（释静端）乃竭力藏举诸经像等百有余所，终始护持，冀后法开用为承绪。"（卷十八）"（吴苍鹰）自至扬都，广求经像……鹰求像未获，泝江西上，暂息林间，遇见婆罗门僧持像而行，云往徐州与吴苍鹰供养。鹰曰：'必如来言，弟子是也。'便以像付之。鹰将像还至京，诏令模之，合造十躯。"（卷二十九）而造像又多半与写经相伴，并行供养。《续高僧传》卷八记有慧远和武帝关于设置经像的必要性的对话："诏云：'真佛无像，信如诚旨。但耳目生灵，赖经闻佛，籍像表真。若使废之，无以兴敬。'帝曰：'虚空真佛，咸自知之，未假经像。'远曰：'汉明已前，经像未至，此土众生，何故不知虚空真佛。'帝时无答。""赖经闻佛，藉像表真"，是像与经同等重要，所以供养佛经，往往伴随供养佛像。《续高僧传》中记有大量的将经像并置同供的事例："（释僧彻）刻像书经，兼叙言行，引还本寺，聚众立之。"（卷二十）"（释普明）凡造刻檀像数十龛，写金刚般若千余部，请他转五千余遍，讲涅槃八十余遍，摄论胜鬘诸经论等，遍数难纪。"（卷二十一）"开皇之始，经像大弘，庄饰尊仪，更崇寺宇。"（卷二十五）"惟（释慧）简是王君门师，专任居之，自住一间，余安经像。"（卷二十五）"会周建德六年，国灭三宝，（释慧）瑱抱持经像，隐于深山。"（卷二十五）"贞观初年，造画千佛。鸟又飞来，登上匠背。后营齐供，庆诸经像。"（卷二十八）"时献统所图迦毘罗王者，在上定林寺，巨有灵异。（释真观）躬往祈祷，刻写容影，事像若真。依药师经，七日行法。至于三夕，觉游光照身。自尔志性非恒。"（卷三十）①

① ［唐］释道宣：《续高僧传》卷3、卷8、卷8、卷10、卷12、卷12、卷14、卷24、卷27、卷28、卷6、卷7、卷19、卷25、卷4、卷4、卷4、卷10、卷14、卷16、卷29、卷2、卷8、卷16、卷18、卷29、卷8、卷20、卷21、卷25、卷25、卷25、卷28、卷30，《大正藏》第50册，台北佛陀教育基金会1990年影印本，第442、489、491、501、516、520、536、637、680、686、474、478、586、651、448、448、452、504、535、551、693、437—438、487、552、576、692、490、595、598、645、646、649、689、701页。

供养过程中有浴像，关于浴像的方法，唐时宝思惟所译《佛说浴像功德经》说的最为清楚：

> 若欲沐像，应以牛头栴檀、紫檀、多摩、罗香、甘松、芎藭、白檀、郁金、龙脑、沉香、麝香、丁香，以如是等种种妙香，随所得者，以为汤水置净器中，先作方坛敷妙床座，于上置佛，以诸香水次第浴之，用诸香水周遍讫已，复以净水于上淋洗其浴像者，各取少许洗像之水，置自头上烧种种香以为供养。初于像上下水之时，应诵以偈："我今灌沐诸如来，净智功德庄严聚。五浊众生令离垢，愿证如来净法身。"烧香之时当诵斯偈："戒定慧解知见香，遍十方刹常芬馥。愿此香烟亦如是，回作自他五种身。"尔时世尊说是法已。①

佛陀允肯造像，亲教浴像之法，是佛教在成立之始，已有像教之实，东传中土，则造像、浴佛亦成文化传统，赞宁《僧史略》上有《浴佛》条，《吴书》卷四《刘繇传》附记笮融事迹说："每浴佛，多设酒饭，布席于路，经数十里，人民来观及就食且万人，费以巨亿计。"②《续高僧传》卷二"那连提黎耶舍"记载："后夜五更，先礼三宝，香花伎乐，竭诚供养，日出升殿，方览万机，次到辰时，香水浴像。宫中常设日百僧斋。"③这表明浴像也是供养的一个环节，供养的目的，即在于能随时观像、参像，从中感悟佛法的精微奥妙：

> 佛问波斯匿王："汝以何相而观如来？"王言："观身实相，观佛亦然。无前际中际后际，不住三际，不离三际。不住五蕴，不离五蕴。不住四大，不离四大。不住六处，不离六处。不住三界，不离三界。乃至非见闻觉知，心行处灭，言语道断，同真际，等法性。我以

①［唐］宝思惟译：《佛说浴像功德经》，《大正藏》第16册，台北佛陀教育基金会1990年影印本，第799页。

②［晋］陈寿：《三国志》第5册，中华书局1982年版，第1185页。

③《大正藏》第50册，台北佛陀教育基金会1990年影印本，第432页。

> 此相观如来身。”佛言：“应如是观。若他观者，名为邪观。此义益明矣。”又云：“若其然者，何不直观彼土真身之妙，而又此经教人先修像观耶?”答：“娑婆教主称赞乐邦，务引众生出离五浊，教观彼佛六十万亿那由他由旬之法身，而先之以华上宝像者，开示方便使观麁见妙也。继之以丈六八尺之像者，随顺下凡使观小见大也。盖麁妙异想，悉从性而起修，小大殊形，咸自本而垂迹。能观之性初无差别，所观之境宁可度量。是故圆顿之谈一音普被，开示其次第而非渐，随顺其根器而非偏，并启观门全彰实相，像教之源，岂不在兹?”①

造像的目的实为观像，而观佛像何如观如来真身之妙？佛陀的回答即是开示方便，观麁见妙，随顺下凡，观小见大。循此而知像教之源，乃在于根据众生根器的差异，以观想佛像、领悟法性为开示的方便法门。《法苑珠林》引《迦叶经》云：“有一菩萨名大精进……持像入山，取草为座，在画像前，结跏趺坐，一心谛观此画像不异如来。如来像者非觉非知，一切诸法亦复如是，无相离相体性空寂。作是观已，经于日夜成就五通。”②又《续高僧传》中有诸多关于供养、观想的事迹：“先立行殿，各容千人，安像陈供香花音乐，请奘升座。”（卷四）“释灵裕……每见仪像沙门，必形心随敬，闻屠杀声相，亦切怆胸怀。”（卷九）“忽于函上，见诸佛菩萨等像，及以光明，周满四面，不可殚言。通于二日，光始潜没，而诸相犹存。及当下时，又见卧像一躯，赤光踊起。（释宝）袭欣其所感，图而奉敬。”（卷十二）“孝宣即位，政异前朝，经像渐开，斋福稍起，而厥化草创，义学犹微。”（卷十五）“（释信行）末病甚，勉力佛堂，日别观像。气渐衰弱，请像入房，卧视至卒。”（卷十六）“长沙大寺圣像所居，天下称最，东华第一。由是道力所致，幽明被之。后梁二主闻便敬重，奉为僧正，纲纪遗法。晚抱危疾，诸僧像前七日行道，沙门法泰梦像至于京房，

① [明]妙叶集:《宝王三昧念佛直指》上卷《正明心佛观慧第四》,《大正藏》第47册,台北佛陀教育基金会1990年影印本,第361页。

② [唐]释道世:《法苑珠林》卷13《观佛部第三》,《大正藏》第53册,台北佛陀教育基金会1990年影印本,第382—383页。

净人远志亲睹像从京房返于大殿。尔日即愈。是知育王瑞像，感降在人，专注祈求，无往不应。”（卷十六）“（僧普应）之所师法行者，亦贞素之僧也，俱住总持，众首之最。立操孤拔，与物不群，每日六时，常立参像。自问自答，入进殿中，乃至劳遣，应声如在。”（卷二十四）[①]

观像是从中感受领悟诸法如像，非知非觉，求得法性圆融。观像或属个人修行，而欲使更多受众从中得到启悟，则便有了民间群体性质的行像活动：“凡诸中国，唯此国城邑为大。民人富盛，竞行仁仪。年年常以建卯月八日行像。作四轮车，缚竹作五层，有承栌、揠戟，高二疋余许，其状如塔。以白氎缠上，然后彩画，作诸天形象。以金、银、琉璃庄校其上，悬缯幡盖。四边作龛，皆有坐佛，菩萨立侍。可有二十车，车车庄严各异。当此日，境内道俗皆集，作倡伎乐，华香供养。婆罗门子来请佛，佛次第入城，入城内再宿。通夜然灯，伎乐供养，国国皆尔。”[②]即此可知，像有立体雕塑，有平面彩绘，雕塑乃取佛陀坐姿，彩绘则可以是菩萨、罗汉、诸天形象。又清王昶《金石萃编》有曰：“按造像立碑，始于北魏，迄于唐之中叶。大抵所造者释迦、弥陁、弥勒及观音、势至为多。或刻山崖，或刻碑石，或造石窟，或造佛龛，或造浮图。其初不过刻石，其后或施以金，涂彩绘。其形模之大小广狭，制作之精粗不等……造像必有记。记后题名。昶所得拓本，计自北魏至隋，约百余种。则其余之散轶寺庙塔院者，当不可胜纪也。”[③]造于石窟、佛龛的佛像，当是立体塑像；刻于山崖、碑石的，则当是浮雕。

二、示现与观想：变相的由来和功能

由上可知，佛教作为像教，以佛陀菩萨像为正，经像并置，时时供养

① [唐]释道宣：《续高僧传》卷4、卷9、卷12、卷15、卷16、卷16、卷24，《大正藏》第50册，台北佛陀教育基金会1990年影印本，第453、495、520、549、560、556、636页。

② 章巽：《法显传校注》，上海古籍出版社1985年版，第103页。

③ [清]王昶：《金石萃编》第1册卷39，中国书店出版社1985年版，第4—5页。

观想。由经文而有变文，则是否由经像而生“变像”？查阅汉译佛经，确有“变像”之词，意谓佛陀变化形相以示现，这也是一种宣说教义的方便法门：“复诰金刚密迹主菩萨言：‘密迹主此胜顶轮王像，拔脱有情一切障苦。汝尽应知，诸佛菩萨各有无量变易色身，导诱现化，示此变像，为欲成就，是当呪者。’”[①]变即是变易，变易色身以开导示现，则此“变像”——变化形象——即是“变相”一词的最初涵义，故“变相”就是“变像”。从这条资料看，“变像”应该就是“变相”一词的源头。从另一个方面来看，佛教传译之前，“相”字在汉语中一般作动词使用，基本上没有“相貌”之意，例如“相鼠有皮”之“相”。仔细分辨可知，“像”字原指人的塑像、画像，“相”乃从佛家所言皮相、实相、色相等意义上转化而来。在佛家借变易色相以导众化俗的意义上，“变相”完全具备“变像”一词的内涵和功用。因此在更多时候，“相”就成了“像”的代名词。如《续高僧传》卷八中即有用“相”为“像”的例子：“（释慧远）初作涅槃疏讫，未敢依讲，发愿乞相。梦见自手造素七佛八菩萨像，形并端峙，还自缋饰。所画既竟，像皆次第起行。末后一像，彩画将了，旁有一人来从索笔，代远成之。觉后思曰：‘此相有流末世之境也。’乃广开敷之，信如梦矣。”慧远梦中造像，实为画像，画毕佛像“次第起行”，仿佛如生。这段记载表明，“相”也就是“像”，两者并无区别。

诸佛菩萨变易色身、变幻形像的目的，是为了导诱现化。所以为了观想方便，完备地表现诸佛神变的内容，就成了造设佛像的目标之一：“贞观元年，乘以衔荷，特命义须崇善，奉为圣上，于胜光寺起舍利宝塔，像设庄严，备诸神变，并建方等道场，日夜六时，行坐三业。”（《续高僧传》卷二十四）“昔东晋沙门法显……武德七年，废入崇义，像随僧来。京邑道俗，备得观仰。其中变现，斯量难准。或佛塔形像，或贤圣天人，或山林帐盖，或三途苦趣，或前后见同，或俄顷转异，斯并目瞩而叙之，

① [唐]释菩提流志译：《一字佛顶轮王经》卷1《画像法品第二》，《大正藏》第19册，台北佛陀教育基金会1990年影印本，第232页。

信业镜而非谬矣。”（《续高僧传》卷二十九）[①]

“变像”之说演变为“变相”，又由“变相”简化为“变”，用以称此类表达诸佛菩萨变化示现的绘画作品，以方便僧俗观想：“又依经画变，观想宝树宝池宝楼庄严者，现生除灭无量亿阿僧祇劫生死之罪。”[②]依经画变，表明是按照经文所说，画出佛陀菩萨所变化出的树池楼等景物，以此方式化导众生。故此变相之“变”，也是变现以化导开示的意思，而并不仅限于神通变化之意。这就和“变文”一词所涵有的神变、变现之义密相契合，题材取向蕴藏着某种程度上的一致性。而简称为“变”，也和《降魔变文》之类的简称为《降魔变》的性质相同。故“变”既可是变相之变，也可是变文之变。和变文相类，变相是采用造像、画像的形式表现经文的要义，这也是一种艺术形式的衍变。《佛说陀罗尼集经》云：“通身白色，面有三眼……师子座上结加趺座……两臂作屈，左臂屈肘，侧在胸上，其左手仰五指申展，掌中画作七宝经函……右手垂著右膝之上，五指舒展……右厢安梵摩天……左厢安帝释天……菩萨光上两厢，皆画作一须陀会天……其像座下，画作香炉供养之具。其供养具左右两厢，各画布置八神王像。”[③]又《梁书·扶南传》有云：“其图经变，并吴人张繇之手。”[④]又唐人清昼《画救苦观世音菩萨赞》序亦云：“乃于玉胜殿内，按经图变。只于壁上，观示现之门；不舍毫端，礼分身之国。”“依经画变”“具如经文”“其图经变”“按经图变”云云，谓按照经文的内容、精神来画，均可表明变相是经文内容的艺术变易。《全唐文》收任华《西方变画赞序》云：“故尚书左丞赠太子太常卿侯大祥，敬画《妙法莲花变》一铺。”[⑤]这一铺变相图当是扣紧《妙法莲花经》的经文内容而画出。

---

①［唐］释道宣：《续高僧传》，《大正藏》第50册，台北佛陀教育基金会1990年影印本，第492、634、692页。

②［唐］善导集记：《观念阿弥陀佛相海三昧功德法门》，《大正藏》第47册，台北佛陀教育基金会1990年影印本，第25页。

③［唐］阿地瞿多译：《佛说陀罗尼集经》卷3，《大正藏》第18册，台北佛陀教育基金会1990年影印本，第805页。

④［唐］姚思廉：《梁书》，中华书局1973年版，第793页。

⑤［清］董诰：《全唐文》，中华书局1983年影印本，第9556、3824页。

变相也并不局限于神变变现的经文内容，还有讲经、地狱、西方诸场景。从题材上看，变相所描绘的大致有两类图景，一类是以人物画像、造像为主的变相图，如结伽趺坐的佛陀、讲经的维摩诘等，成为中土变相最常见的题材。晋之戴逵善造佛像，曾在瓦官寺造佛像五躯，与顾恺之所绘维摩诘像、狮子国（斯里兰卡）所赠玉雕佛像，时并称“三绝”。高僧道宣对此给予极高评价，以为戴逵以前的佛像，未离西方之制，“自泥洹以来，久逾千祀，西方像制，流式中夏，虽依经熔铸，各务仿佛，名士奇匠，竞心展力，而精分密数，未有殊绝。晋世有谯国戴逵……机思通瞻，巧拟造化……核准度于毫芒，审光色于浓淡，其和墨、点彩、刻形、缕法，虽周人尽策之徽，宋客象楮之妙，不能逾也。委心积虑，三年方成”，“东夏制像之妙，未有如上之像也”[①]。唐时吴道子擅长佛教寺院壁画，“凡画人物、佛像、神鬼、禽兽、山水、台殿、草木皆冠绝于世，国朝第一”[②]，佛像及诸经变画尤所擅长，世称其佛画样式为“吴家样”。所画长安菩提寺佛像“天衣飞扬，满壁风动”，“佛殿内槽东壁维摩变，舍利弗角而转膝”，资圣寺人物“出奇变态千万端”，使人“覩之忽忽毛骨寒”[③]。据宋人李之纯《大圣慈寺画记》介绍，唐时成都大圣慈寺“总九十六院，楼阁殿塔厅堂廊庑无虑八千五百二十四间，画诸佛如来一千二百一十五，菩萨一万四百八十八，帝释梵天六十八，罗汉祖僧一千七百八十五，天王明王大神将二百六十二，佛会经验变相一百五十八，诸夹紵雕塑不与焉”[④]。由此可以见出寺院变相之普遍。

另一类是具有故事意味的经变图，如地狱变、降魔变等。史载尉迟乙僧的寺院壁画，“今慈恩寺塔前功德，又凹凸花面中间千手眼大悲，精妙之状，不可名焉。又光宅寺七宝台后面画《降魔像》，千状万怪，实奇踪

① 分见[唐]释道世：《法苑珠林》卷16《敬佛篇》、卷13《观佛部第三》，《大正藏》第53册，台北佛陀教育基金会1990年影印本，第406、386页。

② [唐]朱景玄：《唐朝名画录》，《景印文渊阁四库全书》第812册，台湾商务印书馆1983—1986年版，第364页。

③ [唐]段成式：《寺塔记》，方南生点校：《酉阳杂俎》，中华书局1981年版，第252、252、261、262页。

④ [宋]程遇孙辑：《成都文类》卷45，清文渊阁《四库全书》补配清文津阁《四库全书》本，第8页。

也。”[①]段成式《寺塔记》记其《降魔变》曰：“四壁画像及脱皮白骨，匠意极险，变形三魔女，身若出壁。”[②]“地狱变相”是吴道子画得最多的题材，除此之外，吴道子也有其他题材的经变画，“兴唐寺有院内西壁吴画《金刚变》，千福寺有吴画《弥勒下生变》，懿德寺有《华严变》，荐福寺有《维摩诘本行变》，光宅寺有《西方变》，大云寺有《净土经变》，昭成寺有《净土变》《药师变》。”[③]现传世的《释迦降生图卷》，有腾挪欲跃的神兽，也有髭须怒张的神人，笔画之间洋溢着一种雄健外拓的精神。元人汤垕说：“唐人名手至多，吴道子笔法超妙，为百代画圣。”[④]

变相首先具备其观想的宗教功能。大量的变相壁画、石雕都制作于大小寺院或是佛教圣地石窟之中，寺院僧众始终置身于或庄严或慈悲的宗教氛围，佛陀菩萨罗汉们的各异相貌，佛祖本生故事里的佛学要义，都在僧众们的日夜观想中化导有情，令悟法性。唐善导《观念阿弥陀佛相海三昧功德法门》有云：“又若有人，依观经等画造《净土庄严变》，日月想观宝地者，现生念念除灭八十亿劫生死之罪。”[⑤]

变相的社会功用自然是向更广泛的民众传达佛教思想，因为绘画、浮雕之类的画像，能够更直观地传达抽象的佛教理念，或需要观众读者的想象联想作为补充的佛教故事。吴道子画地狱变相，着眼点不在于地狱中油锅鼎沸、刀锯林立的恐怖景象，而常常“以金胄杂于桎梏”[⑥]，精心描画金胄达贵因作恶多端被鬼神捉拿押解、桎梏加身惊怖莫名的状貌，“不见其造业之因，而见其受罪之状”[⑦]，画图所传达的“诸恶莫作”的佛教思

①［唐］朱景玄：《唐朝名画录》，《景印文渊阁四库全书》第812册，台北商务印书馆1983—1986年版，第365页。

②［唐］段成式：《寺塔记》，方南生点校：《酉阳杂俎》，中华书局1981年版，第257页。

③［唐］张彦远：《历代名画记》卷3，人民美术出版社1963年版，第49—67页。

④［元］汤垕：《画鉴》，《景印文渊阁四库全书》第814册，台北商务印书馆1983—1986年版，第421页。

⑤《大正藏》第47册，台北佛陀教育基金会1990年影印本，第25页。

⑥俞剑华标注：《宣和画谱》，人民美术出版社1964年版，第47页。

⑦［宋］苏轼：《跋吴道子地狱变相》，孔凡礼点校：《苏轼文集》第70卷，中华书局1986年版，第2213页。

想和触目惊心的审美效果，使所有见过的人都不能无动于衷，“京都屠沽渔罟之辈，见之而惧罪改业者，往往有之，率皆修善”①，“吴生画此地狱相，都人咸观，惧罪修善。两市屠沽经月不售”②。即使是身为学者的段成式，观图时也觉得毛骨悚然：“吴道玄白画地狱变，笔力劲怒，变状阴怪，睹之不觉毛戴！”③苏东坡观图也发出惊呼：“悲哉！悲哉！”④

与社会功用相伴的，是变相的文化审美功能。作为一种艺术，以佛教内容为题材的绘画，自然也有反映时代社会风貌、表达时人精神品格的作用。据沙门昙宗《京师寺记》载，东晋顾恺之在建康瓦官寺画维摩诘像，“闭户往来一月余日，所画维摩诘一躯，工毕，将欲点眸子……及开户，光照一寺，施者填咽，俄而得钱百万”⑤。清癯灼砾的维摩诘居士像，既是魏晋时士子亦朝亦野心态的审美观照，又传达出佛家教义的精奇微妙，正所谓“岂为象形也笃，故亦传心者极矣”⑥。

在存在的意义上，变相有其独立性特点。上述在各地寺院墙壁上绘制的各类维摩诘像、地狱变相、降魔变相等，都以其自身独立的佛教内容和艺术形式向世人宣说其独到而丰赡的主题魅力。与此同时，变相还有依附性特征，即与变文互为表里，相辅相成：变文是变相的文字说明，变相是变文的直观表现。如P.2299号《太子成道经》写卷有几个小标题：“第二下降阎浮柘胎相”，“第三王宫诞质相”，“第四纳妃相”，“第五逾城出家相”。这表明《太子成道经》在讲说过程中配有数幅与内容相适应的图画，这些图画叫作“相”，应即是“变相”。画面尽管是静止性的，但是内容却是故事性的，几幅连贯起来就反映了太子成道的整个过程。另如斯2614号

① 俞剑华标注：《宣和画谱》，人民美术出版社1964年版，第49页注引《唐朝名画录》所载长安景云寺老僧语。

② [宋]黄休复：《益州名画录》，人民美术出版社1964年版，第13页。

③ [唐]段成式：《寺塔记》，方南生点校：《酉阳杂俎》，中华书局1981年版，第248页。

④ [宋]苏轼：《跋吴道子地狱变相》，孔凡礼点校：《苏轼文集》第70卷，中华书局1986年版，第2213页。

⑤ [唐]张彦远：《历代名画记》卷3，人民美术出版社1963年版，第113—114页。

⑥ [南朝宋]谢灵运：《佛影铭序》，《全宋文》卷33，[清]严可均校辑：《全上古三代秦汉三国六朝文》第3册，中华书局1958年版，第2618页上。

卷子的标题是“大目乾连冥间救母变文并图一卷并序”，现在此图虽已佚失，然标题本身说明原来有图配合，这图自然是变相图。又斯5511号《降魔变文一卷》是一个变文抄本，伯4524号卷子则是与这一变文内容相呼应的一卷图画，画卷背面抄有《降魔变》的文字内容，两件东西极有可能是互相配合的文图搭档。这种变文变相正背结合的形式，有如蒂萼相生、桴鼓相应，置于实际讲说过程中，在启发听众联想的同时，也启动了他们的直观思维。变文接受的对象，既是听众，也成了观众。这种宣教方式，直接带动接受者从视与听的双重角度去领悟去感受。

变相的独立性与依附性特点，有分离也有联系。如变文中有叙佛陀降魔故事，敦煌壁画中也有诸多同类作品，如西千佛洞第十窟隋时壁画《祇园记图》，是壁画《劳度叉斗经变》的最早形式，也与《降魔变文》所叙述的故事内容相一致。又敦煌壁画中有《张议潮收复河西图》，则与《张议潮变文》所叙之时事遥相呼应。敦煌壁画的形式，并不等同于变文写卷背面的变相图画，或是与变文如影随形的纸绢图画，却从一个侧面证明，变相艺术与变文艺术一样，都是从佛经正文变化而来的，其宣教辅教、化导众生的作用也正与变文同。又如云岗石窟第六窟有太子成道组画，是壁雕形式的变相图，第六窟开凿时间是在辽代，比《太子成道经》变文所配的变相出现要晚，而且造像材料也不相同，配合《太子成道经》变文的变相图画或许也没有这么多幅，但在以组画表现佛传故事这一点上，两者却是一致的。这就在不同空间不同时间内，形成了精神上的呼应。

从变相图的单位来看，变相适从变像而来的痕迹也比较明显。如《王昭君变文》内有“上卷立铺毕，此入下卷”之语，《汉将王陵变》中亦有“从此一铺，便有变初”之语。其中“铺”即是指图画的单位。这个“铺”的概念即是从最初的造像单位沿袭而来的。王昶《金石萃编》云：“造像或称一区，或称一堪，其后乃称一铺。”[①]造像的单位是一区，或一堪、一铺，有单尊也有双尊，因为造像也有其佛家的仪轨，单尊一般都是佛陀坐像，而双尊则多为释迦佛和多宝佛，典出《妙法莲花经·见宝塔品》：“尔

① [清]王昶：《金石萃编》第1册卷39，中国书店出版社1985年版，第5页。

时多宝佛于宝塔中，分半座与释迦牟尼佛，而作是言：‘释迦牟尼佛，可就此座。’即时释迦牟尼佛入其塔中，坐其半座，结加趺坐。尔时大众见二如来，在七宝塔中师子座上结加趺座。”[①]北齐至隋代的双尊造像，借鉴了释迦多宝佛并坐的形式，有双释迦、双弥陀和双立佛、双观音和双菩萨等，虽然在佛典中不易找到根据，但应是从释伽多宝并坐像发展而来。《续高僧传》卷十七“释慧思”条云：“又梦弥勒弥陀说法开悟，故造二像并同供养。”则是佛陀与弥勒二像并供。像制中还有以主像为中心、辅以胁侍的组像，有三尊、五尊、七尊不等。这类造像的单位也是一铺。所以一铺的概念和“一组”既类似又有所区别。《续高僧传》记载历代高僧造像功业，多用“躯”，或“铺”，除前引诸例子用到之外尚有：“（释神照）又造像数百铺，写经数千卷。”（卷十三）“（智顗）所造大寺三十五所，手度僧众四千余人，写经一十五藏，金檀画像十万许躯，五十余州道俗受菩萨戒者，不可称纪，传业学士三十二人。”（卷十七）“有敕施僧基业，见于寺录，造金铜尊像小大十躯。”（卷十九）“（释道密）仁寿之末，又敕送于郑州黄鹄山晋安寺，掘基至水，获金像一躯，高尺许，仪制特异。”（卷二十六）“（释真观）又造藏经三千余卷，金铜大像五躯，构塔五层。”（卷三十）[②]

一躯即是一区，以身躯之躯为造像单位，则说明造像最初是单尊，后来才发展为双尊、多尊组像。《京师寺记》载东晋顾恺之在建康瓦官寺“画维摩诘一躯”，即是明证。一躯是一铺、一堪，一组则可以是多尊，内容相关的多尊佛菩萨形象的组合也可称为一铺，相当于一组。由单纯的佛陀、菩萨塑像而发展变化，渐有平面画像，内容多取经文人物场景，于是有了变相。而变相并非人们所认为的就是与变文相配合的纸或绢上所绘的经义图画，也有绘制于寺院墙壁上、或雕刻于石崖、石窟等自然岩壁的浮

① 《妙法莲花经》卷4《见宝塔品》，《大正藏》第9册，台北佛陀教育基金会1990年影印本，第33页。

② [唐]释道宣：《续高僧传》卷13、卷17、卷19、卷26、卷30，《大正藏》第50册，台北佛陀教育基金会1990年影印本，第529、568、586、668、703页。

雕。日本僧人元开写于大历年间的《唐大和上东征记》叙天宝时明州阿育王塔："其塔非金非玉，非石非土，非铜非铁，紫乌色，刻镂非常：一面萨埵王变，一面舍眼变，一面出脑变，一面救鸽变。"[①]乃是表现四个佛本生故事的四面壁雕。这四面壁雕，则可称之为四铺、四躯或四堪。开凿于辽代的云冈石窟第六窟后室中心塔柱下层四方壁上，是一组表现太子成道过程的浮雕造像，由右到左的顺序排列，分别表现摩耶夫人手攀无忧树枝、仙人双手举太子观看、少年太子骑象出行、太子拉弓射箭、宫中娱乐、耶苏陀罗入梦、接受牧女糜乳、初转法轮等主题。东南西北四个壁面，并非只有一种主题，而都是有两种内容，如仙人手举太子和太子骑象出行即在同一面壁上，前者居右，后者居左，中间还有其他雕像凸现。如以一面为一铺，则一铺之内会有两种主题的绘制。以此来看《汉将王陵变》中"从此一铺，便有变初"的意思，应是指先打开变相图卷，然后继以讲述变文故事；《王昭君变文》中"上卷立铺毕，此入下卷"的意思，推测应该是两幅图画，分别表现一个故事，即王昭君变文的故事分成上下两卷，用两铺变相图来绘出。

综上所述，可以看出，变相和变文有着基本相同的题材特征，即都是根据佛经所描述的内容发生，这些内容或是神变故事，或是本生故事，而变相作为直观艺术之与变文异者，还另有佛陀菩萨弘法像或维摩诘居士说经场景的表现。在其作用与功能上，变相与变文也有最基本的相同点，即都以示现为目的，将作品当作一种开导众生的方便法门，以辅助教义的传布。从体裁命名的角度说，变相之"变"与变文之"变"相同，是从经文衍变、变易而来，只不过变相还经历了从"像"衍变的环节，而典籍中每每经像并提，是以知佛像之为正，正与佛经之为正同。

［原载《黄海学术论坛》2004年第2期］

①《大正藏》第51册，台北佛陀教育基金会1990年影印本，第989页。

论变文是俗讲的书录本

20世纪初发现的敦煌文献中大量的讲唱文学资料，学界统称之为变文，在其发生和形成的性质上有着较为一致的看法，即以之为说唱人的底本，或云即是俗讲的底本。如向达以为："押座文与变文相联属，则变文之与俗讲有关，而即为俗讲之话本，从可知矣。"[①]（"话本"之命名始于鲁迅当初在北大中文系开设中国小说史的讲稿，即后来成文发表的《中国小说史略》："说话之事，虽在说话人各运匠心，随时生发，而仍有底本以作凭依，是为'话本'。"[②]）徐嘉龄也提出："变文就是这种俗讲的话本。变文大致源出佛教中的唱导。"[③]白化文以为："变文配合变相'转变'……变文是这种演唱的底本。"[④]孙楷第提出："转变这个词，拿现在的话解释，就是奇异事的歌咏。歌咏奇异事的本子，就叫做变文。"[⑤]胡士莹则以为变文是一种话本："话本在严格的科学的意义上说来，应该是并且仅仅是说话艺术的底本。"[⑥]袁行霈定义为："敦煌变文是指在敦煌发现

---

① 向达：《唐代俗讲考》，初稿曾刊《燕京学报》第16期，1940年改写，后收入周绍良、白化文编：《敦煌变文论文录》，上海古籍出版社1982年版，第52页。

② 鲁迅：《鲁迅全集》卷9，人民文学出版社1981年版，第111页。

③ 徐嘉龄：《我对变文的几点初步认识》，原载《光明日报》1956年9月16日《文学遗产》，周绍良、白化文编：《敦煌变文论文录》，上海古籍出版社1982年版，第327页。

④ 白化文：《什么是变文》，原载《古典文学论丛》第2辑，周绍良、白化文编：《敦煌变文论文录》，上海古籍出版社1982年版，第442页。

⑤ 孙楷第：《俗讲说话与白话小说》，作家出版社1957年版，第1页。

⑥ 胡士莹：《话本小说概论》，中华书局1980年版，第155页。

的、唐代俗讲僧和民间艺人讲说故事的底本。”[①]高国藩则如此定义曰：“变文原是唐代民间盛行的一种叫‘转变’的民间文艺体裁的蓝本。”[②]张鸿勋则曰：“变文，是唐五代时期说唱技艺‘转变’的底本。转变，就是演唱变文。”[③]欧阳代发在其《话本小说史》中则将变文与话本作了一些区分云：“‘变文’是俗讲的底本，后逐渐走向世俗民间，由通俗化的佛经故事发展到宗教文学与民间文学相结合；‘话本’本是民间‘说话’的底本，因受‘俗讲’影响而其中有宗教故事。”[④]曲金良说法略有不同：“所有的‘变文’不一定是‘转变’的底本，然而‘转变’的底本一定是‘变文’。”[⑤]章培恒主编的《中国文学史》则曰：“变文是民间曲艺‘转变’所用的底本。”[⑥]陆永峰则认为俗讲和转变是两种密不可分的说唱形式，“对于变文的搬演，在僧（以佛教变文为主）称俗讲（或讲经），在俗，既由民间艺人表演，便不得如上称，而称之为转变。两者的底本都可称为变文”[⑦]。

底本说潜伏着一些疑问：这些变文究竟是产生在俗讲或转变之前，还是之后？转变之变是否即指已经成文的变文？俗讲是否遵循已有的文字材料开讲？王重民、周一良曾经提出与底本说的思路截然不同的观点：“早在公元六世纪以前，我国寺院中盛行着一种‘俗讲’，记录这种俗讲的文字，名叫变文。”[⑧]路工亦言：“俗讲是僧徒根据佛经的教义，用俚语宣讲佛经故事，或者采取民间故事进行‘改编’，加入佛经‘轮回’‘因果报应’之说。俗讲的记录本，称为‘变文’。”“变文是僧徒——职业的唱导

① 袁行霈：《中国文学史纲要》，北京大学出版社1983年版，第298页。

② 高国藩：《敦煌民间文学》，台北联经出版社1983年版，第19页。

③ 张鸿勋：《变文》，见《敦煌文学》，甘肃人民出版社1989年版。

④ 欧阳代发：《话本小说史》，武汉出版社1994年版，第41页。

⑤ 曲金良：《敦煌佛教文学研究》，台北文津出版社1995年版，第163页。

⑥ 章培恒、骆玉明主编：《中国文学史》，复旦大学出版社1996年版，第230页。

⑦ 陆永峰：《敦煌变文研究》，巴蜀书社2000年版，第69页。

⑧ 王重民、周一良：《敦煌变文集·出版说明》，人民文学出版社1957年版。

者宣唱的记录本。”[①]变文主要演说佛经故事这一点上，几乎是学者们一致的看法；而它是底本、蓝本，还是记录本的问题上，这里已经有了分歧。

笔者以为，变文就其题材而言，是从经文变易而来；就其发生与形成的过程而言，应该是讲说佛经故事的口头文学的记录。

一、从变文和说话渊源推导其可然性

变文是从讲经文发展衍变而来，其最初的源头自然是汉译佛典。印度佛经成文本身便经历了一个从口传到记录的过程，佛教东传之后，佛典的翻译仍然遵循了从口述、口诵、口译，先口传而后笔录成文的过程。这种先口传后笔录的方式，深远地影响到后来中国寺院中宣讲经文、传布教义时口诵而后笔录的形式的形成。可以肯定的是，僧徒讲经并不是照本宣科，依据佛经原文一字不漏地诵读出来。佛经本身就有大量的譬喻、故事、寓言，为教义的推广普及铺设了方便接受的因素。佛教在进入中土文化体系的过程中，又借用本土固有的儒道经典文化内涵对佛典作格义拟配，这是在讲说过程中又出现了文化的移位与杂糅。高僧们出入朝廷豪门、交好君臣名士，为佛典的本土化创造了讲说论议阐释发挥的机缘。在具体的讲经场景中，不论面对的是僧还是俗，讲经法师要化深奥的经文为简易的话语，必将进行阐释、科判、起尽。法师讲经依据的是佛经，而不是某个或某些现成的讲经文。换言之，法师根据讲说需要，随时可以添加辅助材料，临时发挥居多，而绝无事先准备好讲稿再照本宣科的可能。普通僧徒听写记录以备学习、传诵，这是讲经文出现和存在的理据。讲经文也许是二传三传需要的，但不是主讲法师自备的。同理相衡，无论僧讲俗讲，像文溆这样的大法师即使在使用当下发生的见闻作为辅助材料时，也不需要事先准备好文稿，再一一宣读。经师、导师、法师们以讲唱为手段宣讲教义、化导众俗时，皆能针对受众的不同身份、教养，指事造形，随

① 路工：《唐代的说话与变文》，原载《民间文学》1962年第6期，周绍良、白化文编：《敦煌变文论文录》，上海古籍出版社1982年版，第399、401页。

手拈来。变态种种，“与事而兴”，说明说唱内容有随机性、针对性，即兴发挥的意味很浓。变文也是如此，既然它主要是以佛经为依据，从讲经文衍变而来，则在最初的实际演出中，它是流传于转变者、说话者的口头的。只有当某种宗教的或实际的需要出现时，它才会被记录下来并传写出去，成为一种新的文体。

再从单纯的民间说唱技艺来看，变文或话本是民间艺人说唱前必备的底本吗？未必然。说唱文学的演出者一般也遵循口耳相传、口传心授的传艺方式，早期的说书艺人甚至有很多是盲瞽，他们文化水平不高，并不是从读底本学会说唱的，而应该是从师傅那里“听”会了说，习练日久而成一门技艺[①]。当俗讲、转变传向民间时，他们自然也听会了所有内容，并进而掌握啭读唱导的技巧，而后作为谋取生活的手段在民间表演。王建之蛮妓、李贺之郑姬、吉师老之蜀女，照情理推测，她们所转之变不是从转变的底本看会的，而更应该是从她们的师傅那里听会的。转变作为技艺，所需要的是较强的记忆力、婉转的歌喉、善辩的口才，而不一定需要佛教与歌咏的专业知识和理论素养，甚至连基本的读写技能都不一定要有[②]。与此相关，俗讲僧能够获取俗讲法师的称号，深受听众欢迎，但于佛学理论未必有很高的修养。由于俗讲、转变已成为谋求金钱的手段，所以佛法便不再成为俗讲僧的专业必修课，甚至唱导师、经师的佛法水平也不一定与早期的南唱之都讲、北机之法师相比伦，以故释慧皎评判经导二伎是“于道为末”，只在“悟俗”方面“可崇”。我们也可以借此推导：南北朝时经导已至道末，发展到唐时大兴的俗讲，在传“道”上势必更走向“末”流，而为正统士子所不屑。这也许是出身于贵族的赵璘对文溆持嗤鄙态度的原因。按赵璘为唐德宗时宰相赵宗儒之侄孙，其母柳氏乃关中贵

①［美］梅维恒认为，盲目是歌者的一个标志，“印本对他们而言意义甚微。他们的歌或故事是由嗜好者、印行者和学者们写出来的”。梅维恒著，杨继东、陈引驰译：《唐代变文》，（香港）中国佛教文化出版有限公司1999年版，第238—239页。

②这种情形仿佛今天参加各种大奖赛的歌手，能够获奖却不识五线谱、能频频出镜却连长安街都不知道在哪里的情形相仿佛；而专业理论素养和基本文化知识的欠缺，却并不成为他们获取大奖的障碍。

族，柳氏之叔曾祖姑为玄宗婕妤，生延王玢，是肃宗弟兄。《因话录》的写作得之于其家族和亲故间的异闻轶事，其中也有他本人的亲历或见闻。出于家世的原因而持正统的立场，又以深厚的文化素养评判文溆等“庸僧”之假托经论而言淫秽鄙亵，这是可以理解的。这反过来也证明文溆等众多俗讲僧本身的说唱技艺，实与其佛学理论素养的深浅无大关系。黄永年在论及佛教为什么能战胜道教时说：“佛教真能针对不同对象做工作，对高级知识分子提供深奥有味道的理论，对一般人做价钱低廉而好处实在的交易，真是雅俗共赏，少长咸宜。”[①]这道出了中土民间的佛教文化所具备的通俗性特点。

胡士莹在《话本小说概论》中曾论及话本的形成曰：“话本在严格的科学的意义上说来，应该是并且仅仅是说话艺术的底本。”[②]这段话实际存在着两个疑问：一是，话本“仅仅是”说话的底本的判断，与“说话艺人是没有底本的”之断语相抵牾；二是，话本的出现是为了艺人的“记忆”而存在，这和说话艺人“口口相传”的传统习惯有抵触。既然说话艺人是不用底本的，那么话本的出现就不是为了给说话艺人提供说话之前的文字参照，而更可能另有他用。说话作为一种行业，艺人们不仅不需要参看底本，而且也不希望这一技艺通过书面形式传布给竞争者。梅维恒以为：“‘变’之演艺人很可能并不依据文字。写录文字的往往是听众，那些写录口述文字而开始使之转为书面通俗文学的人很少是口头文学的演述者自己……艺人们最不希望看到的就是他秘密传承的东西被公开，因为这威胁到他从中赚钱。那些希望文字本子记录下来并传布的是说书人圈子之外的人们。”[③]韩国学者金敏镐以为说话艺人有底本也没有用，如果是为了帮助艺人记忆，“只须简单的提纲”就可以操作；“一般讲唱人不是背诵整个作品的文字，他们掌握基本的素材以后，根据自己的灵感和伎艺进行发挥，

① 黄永年：《唐代史事考释》，台北联经出版事业公司1998年版，第641页。

② 胡士莹：《话本小说概论》，中华书局1980年版，第155页。

③ [美]梅维恒著，杨继东、陈引驰译：《唐代变文》，（香港）中国佛教文化出版有限公司1999年版，第226、234页。

有时临场的发挥非常重要”[①]。金敏镐并引了汪景寿《中国曲艺艺术论》中的一段话为证云：

> 说书所依据的提纲式的故事梗概，艺术术语叫做“梁子”。“梁子”，有的类似提纲，有的还不如提纲完整，只不过是断断续续的只言片语，演员把“梁子”敷演成书，艺术术语叫做“跑梁子”，又叫做“蹚”。以简略的“梁子”蹚出成本大套的书来，全凭演员的艺术造诣。[②]

根据现代曲艺艺术的传递情况来推断中古时期的转变说话情况，也许不是非常贴切，其间已有种种变故发生。但同一民族的同一艺术种类总有其文化传统的承袭与发展的连续性，某一艺术种类的发生与形成所从何来又去向何处，与它此前的文化血脉有割不断的渊源关系，同时又较为深远地影响着后世艺术的发展。就说唱艺术而言，从释家的啭读唱导和民间的口头说唱发展到转变、说话，再延续衍变为后世的说唱文学，脉流涌动不断，依据其上流与下游的实际状况作出合乎情理的推导，应该是一种切实可行的辅证方法。从这样的角度出发，笔者以为变文并非转变、说话的底本，而是一种记录本、听写本。

二、从经文和变文写本判断其实然性

变文是听写本，并不意味着一定是听写者边听俗讲、转变边录写，而有可能出于某种需要，在观听俗讲过后作的记录或传抄。这种听写最初可以说是出于宗教的需要，即为了发愿祈福而书录成文。

作为这种判断的一个首要理据是，我们常能看到相关史籍中记载着抄

① [韩]金敏镐：《敦煌讲唱写本果然是说唱人的底本吗?》，韩国《国际中国学研究》2001年第4辑。

② 汪景寿：《中国曲艺艺术论》，北京大学出版社1994年版，第91页。

写佛经以为发愿或用作供养的事例，如《隋书·经籍志》记载隋文帝诏令曰："京师及并州、相州、洛州等诸大都邑之处，并官写一切经，置于寺内；而又别写，藏于秘阁。天下之人，从风而靡，竞相景慕，民间佛经，多于六经数十百倍。"①写经作为最基本而又最容易做的崇佛行为，经帝王提倡之后自然成为百姓的日常佛事。《续高僧传》多记有僧人写经事，如释僧彻"刻像书经"（卷20），释普明"写金刚般若千余部"（卷20）②。写经不仅是为了念经，更主要的是借此修持，写字本身就是静心养性、收敛放心的方法，而抄写经书更具有涤净心性的功能。进一步的虔诚之举，是用自己的血来抄写佛经。《旧唐书》卷10叙及唐肃宗皇后刺血写经；卷162叙韦绶丧父，"刺血写佛经"③；唐释道世之《法苑珠林》记唐人司马乔卿丁母忧，"刺心上血写《金刚般若经》二卷"；李虔观"丁父忧，乃刺血写《金刚般若经》及《般若心经》各一卷，《随愿往生经》一卷"④；唐人屈突仲任"刺臂血朱和用写一切经。其人年且六十，色黄而羸瘠。而书经已数百卷"⑤；《释氏稽古略》卷3记唐宣宗时万敬孺，"庐州人，三世同居丧亲庐墓，刺指血书佛经"⑥；《宋高僧传》卷26记唐释增忍"刺血写诸经"⑦；唐僧祥《法华传记》卷7记释义彻"发愿以身血写经"⑧。血写经书，最早的倡扬是在佛经中。按《华严经》有曰："复次善男子，言常随佛学者，如此娑婆世界，毗卢遮那如来，从初发心，精进不退，以不可说不可说身命，而为布施，剥皮为纸，折骨为笔，刺血为墨，书写经典，积如须弥，为重法故，不惜身命，何况王位。"⑨血写经书，在僧侣是消解业

①［唐］魏征：《隋书》第4册，第1099页。

②《大正藏》第50册，台北佛陀教育基金会1990年影印本，第595、598页。

③［后晋］刘昫等：《旧唐书》第1册，第260页；第13册，第4244页。

④《大正藏》第53册，台北佛陀教育基金会1990年影印本，第422页。

⑤［宋］李昉等编：《太平广记》卷100，中华书局1961年版，第2册第667—668页。

⑥《大正藏》第49册，台北佛陀教育基金会1990年影印本，第840页。

⑦ 范祥雍点校：《宋高僧传》，第667页。

⑧《大正藏》第51册，台北佛陀教育基金会1990年影印本，第81页。

⑨《大正藏》第10册，台北佛陀教育基金会1990年影印本，第845页。

障、累积功德的一大法门[①]，所以为弘扬佛法、精进不退，可以不惜身命刺血书经；在普通人则含有报佛恩、报父母恩的意愿，所以在父母去世之时更须刺血写经。血写经书，反映了僧俗一种极度的宗教热忱。写经为发愿、修持，则书录俗讲、转变的内容成为变文，以为发愿修持，也是很符合情理的事情。

变文出自发愿而听写记录的直接依据是，一些变文的卷末题写着书录人的姓名，书录的时间以及书录的目的，有的甚至清楚说明书录的目的是修持。如《大目乾连冥间救母变文》敦煌藏卷有九个写卷，分别为斯.2614、斯.3704、伯.2319、伯.3485、伯.3107、伯.4988、北京盈字76、北京丽字89[②]。其中有两个记有明确的书录纪年，一是斯.2614号写卷末题有“贞明柒年辛巳岁四月十六日净土寺学郎薛安俊写”句，一是北京盈字76号写卷末详细题道：

> 太平兴国二年，岁在丁丑润六月五日，显德寺学仕郎杨愿受一人思微，发愿作福，写尽此《目连变》一卷。后同释迦牟尼佛一会弥勒生作佛为定。后有众生同发信心，写尽《目连变》者，同池（持）愿力，莫堕三途。[③]

贞明乃五代十国时期后梁末帝朱友贞的年号，贞明七年为921年；太平兴国乃宋太宗赵炅的年号，太平兴国二年为977年。书录的时间在五代宋初，适可表明它的形成在此之前。尤其值得注意的是，两篇的书录者都注明是“学郎”“学士郎”，后一篇注明书录的目的是“发愿作福”“同持愿力，莫堕三途”，前篇未表，而目的也可从此推知。又伯.3107号写卷背疏云：

> 谨请西南方鸡足山宾头颇罗堕和尚

① 北京市房山区云居寺藏有明代崇祯十三年妙莲寺僧祖慧以舌血书写的经书7卷；山东省图书馆藏有康熙年间四明嗣法沙门深湛大师刺血写本《华严经》81册，分装于16函中。

② 参见李时人：《全唐五代小说》，陕西人民出版社1998年版，第2799页“笺”。

③ 黄征、张涌泉：《敦煌变文校注》，中华书局1997年版，第1069页注515。

右今月八日于南阎浮提大唐国沙洲就净土寺奉为

故父某某大祥追福设供，伏愿誓受佛敕，不舍苍生，兴运慈悲，依时降驾

戊寅年六月十六日孤子某某谨疏①

与上二例年代最接近的戊寅年有918年（五代时，前蜀皇帝王建卒），978年（五代结束之年，南唐后主李煜被杀）。此卷是某孤子为其故父追福设供而抄写的发愿疏，书录者是普通百姓。这最有力地表明，变文之为文，不是俗讲僧或说唱艺人的底本，而完全是出于某种需要而加以听写的。可以作为这种判断的一个佐证是，敦煌遗书P.2029号《净名经关中释抄》卷上之题记曰：

壬辰年正月一日，河西管内都僧政京城进论，赐朝天紫（衣）大德，曹和尚就开元寺为城隍禳灾，僧进《维摩诘》。当寺弟子僧智惠而随听，写此上批，至二月二十日写讫。

查壬辰年为872年，唐懿宗咸通十三年。这一年同时还发生唐懿宗李漼诏令迎奉法门寺佛骨，河西节度使兼御史大夫河西万户侯张议潮逝于长安、诏赐太保两件大事。此题记清楚表明《净名经关中释抄》是河西僧政进论、当寺僧“随听”书录成文，从正月一日起至二月二十日写完。经文出自听写，听写为了修持。此可为一旁证。

再来看其他那些记录有写者姓名、书录时间的变文题记，蕴藏着哪些有价值的信息：

《大目乾连冥间救母变文并图一卷并序》斯.2614：贞明柒年辛巳岁四月十六日净土寺学郎薛安俊写，张保达文书

《汉八年楚灭汉兴王陵变一铺》丁卷：天福四年八月十六日孔目

① 黄征、张涌泉：《敦煌变文校注》，中华书局1997年版，第1041页注41。

官阁物成写记

《孔子项托相问书》壬卷斯.395：天福八年癸卯岁十一月十日净土寺学郎张延保记

《燕子赋》甲卷伯.2491：天福八年，岁次癸卯十月一日

《燕子赋》乙卷伯.3666：咸通八年……家学生

《破魔变》：天福九年甲辰祀，黄钟之月，蓂生十叶，冷凝呵笔而写记。居净土寺释门法律沙门愿荣写

《舜子变》：天福十五年，岁当己酉朱明蕤宾之日，蓂生拾肆叶，写毕记

《频婆娑罗王后宫綵女功德意供养塔生天因缘变》：维大周广顺叁年癸丑岁肆月二十日三界寺禅僧法保自手写纪

《茶酒论》伯.2718：开宝三年壬申岁正月十四日知术院弟子阎海真自手书记

《庐山远公话》：开宝五年张长继书记

《捉季布传文》辛卷斯.5441：太平兴国三年戊寅岁四月十日记，氾孔目学仕郎阴奴儿手自写季布一卷

《茶酒论》伯.3910：癸未年二月六日净土寺弥赵员住方手书

《燕子赋》戊卷斯.214：癸未年十二月廿一日永安寺学士郎杜友遂书记之耳（又题有“甲申年三月廿三日永安寺学士郎杜友遂书记之耳”）

《燕子赋》丙卷伯.3757：金光明学士郎就义征孔目氾员宗

《韩朋赋》：癸巳年三月八日张爱道书了

《欢喜国王缘》伯.3375：乙卯年七月六日三界寺僧戒净写耳

《苏武李陵执别词》伯.3595：己巳年六月五日[①]

我们从中获得的最直接的信息，是这些变文书录的时间。按咸通八年为

① 分见黄征、张涌泉：《敦煌变文校注》，中华书局1997年版，第1038页、72页、360页注1、380页注1、380页注1、536页、204页、1083页、424页、269页、99页、425页、380页注1、380页注1、215页、1093页、1203页。

867年，咸通是唐懿宗年号，贞明七年为921年，天福四年为939年，天福八年为943年，天福九年为944年，天福十五年为950年，大周广顺叁年为953年，开宝三年为970年，而壬申年实为开宝五年，即972年，太平兴国三年为978年。从它们都抄写于10世纪的情况来看，其他变文的产生年代也大致在晚唐五代十国之时。未题年号的三个年份，经查核，癸未年有923年，当后梁龙德三年，或983年，当宋太平兴国八年；癸巳年有933年，当五代后唐明宗长兴四年，993年，当宋太宗淳化四年；乙卯年为955年，当后周世宗显德二年，或895年，当唐昭宗乾宁二年。作为俗讲记录本的变文大致产生于9世纪末，并在10世纪达到鼎盛；而作为变文书录依据的俗讲、转变活动当进行在此之前。大开俗讲转变是在8—9世纪，俗讲僧文溆法师俗讲活动的时间和俗讲事业达到顶峰的时间是在9世纪上半叶。两者的时间是完全一致的[①]。从先讲唱而后书录的时间顺序来看，变文当然不会是俗讲僧和说唱艺人的底本，而只能是他们说唱内容的听写记录本。这种“书录”，可以是随听随记，也可以是事后根据记忆默写。这也许可以解释同样一个题材的变文何以出现多部副本的原因。如果是有底本可依的抄写本，则不大可能出现同一题材的不同抄本篇幅长短不一、文字差异颇多的情况。因为出于发愿等目的，抄写者不太可能会自作增减。他们多半是将变文作为经文的变体来看待和书录的。

细看《破魔变》篇末题记，天福为后晋出帝石重贵年号，天福九年当为公元944年，黄钟之月为十月，蓂生十叶为初十日。因篇末韵文首句为“自从仆射镇一方，继统旌幢左（佐）大梁”，归义军政权自张议潮封官仆射、太保之后，历任节度使皆私承仆射称号，大梁时在公元907至923年之间，曹议金在914年封官掌权，《敦煌变文校注》以为当时称“仆射”者只能是曹议金[②]。荣新江考证曹议金卒于后唐清泰二年（935年）：“伯二六

① 当然我们目前看到的变文来源局限于离长安较远的敦煌地区，有关唐时长安变文情况的资料的缺乏，为我们的论证带来困难。而京城是否可能比边远地区更早（比如在盛唐中唐时期）就有变文出现，这只能是我们的一种推测了。

② 见黄征、张涌泉：《敦煌变文校注》，中华书局1997年版，第539页注39。

三八……其中载有：‘乙未年……大王临圹衣物，唱得布八千五百二十尺。’乙未年即清泰二年（公元九三五年），此时沙州可称大王者，舍曹议金莫属……再结合斯四二九一的二月十日为父王忌日的记载，可以比较肯定地说，曹议金死在九三五年二月十日。”[①]据此推测，《破魔变》故事作为俗讲材料面世时，当在914至922年之间，而题记却明白记载写记于944年。从讲唱发生与文字写记的时间差来看，变文呈现出来的更应该是一个先讲后写、先口头后书面的过程。

其次是变文书录者的身份。从上述材料看，书录者有学士郎、寺僧、孔目官、知术院弟子以及不明身份者。学士郎多半在寺院中寓居，故称“净土寺学士郎”“显德寺学士郎”“永安寺学士郎”。孔目为唐玄宗开元五年（717）始设，孔目官是当时在职的官吏，是地方官府掌管文秘、图书的属吏[②]。知术院是官方所设的管理艺人的机构，知术院弟子当为此机构中管理层的艺人。未写明身份但为故父追福发愿的“孤子”，当为普通百姓。那些没有注明书录者身份的变文，应当出自一般庶民之手，作为积功德的途径之一，他们没有在书录完毕之后署名的意识和习惯。这也可以作为变文是说唱文学的书录本而非底本的支撑，因为如果是转变、俗讲的底本，书录者多半应该是俗讲僧和转变艺人，而不应该出现这么驳杂的身份。这些普通百姓身份的书录者也有相当程度的文化水平，因为所听写或默写的内容，其中有很多典故、教义、术语以及整齐的句式，倘若仅仅是识字，不太容易做到听写或默写的准确。同时，变文中也常有借字出现，如“即与政著”的“政”字当作“正”字。这也可以看作是听写的证据之一，因为如果变文是依据原有的讲唱底本抄录的，那么应该不会出现那么多的错字、借字[③]。这与后世小说家编撰前代小说文本时，根据自己的功

① 荣新江：《敦煌卷子札记四则》，《敦煌吐鲁番文献研究论集》第2辑。

② 参见徐连达：《中国历代官职辞典》，安徽教育出版社1991年版，第256页。

③ [美]梅维恒曾敏锐指出：“常常误用同音字意味着写变文的人深受故事口头表演而不是文字的影响。”“大量同音讹用多于错字的情况意味着某些变文与口头文学而不是书面文学更近。”分见梅维恒著，杨继东、陈引驰译：《唐代变文》，（香港）中国佛教文化出版有限公司1999年版，第239、242—243页。

底和才能，对那些文本作增减、加工、润色的习惯，是何等的不同。

三、从书录变文目的推断其阅读群体

俗讲和转变书面化后，从口头文学变成了书面文学，接受者从现场听讲走向了案头阅读。这意味着变文不是作为讲唱的底本存在的，而是作为一种读本，走向更广阔的接受群。这种判断首先要确定一点：变文的书录本身就包含有供人阅读的目的。

我们可以从变文的书录者身份的不同，推断其书写目的的不同。书录变文最显明的也是最基本的目的，是发愿追福，此点如上所述，当无异议。出于这种目的而书录的人，除了为父亲作追荐的“孤子”外，还有为报“一人恩微”的学士郎。寺僧书录变文，也多出于发愿修持的目的，这和手写经书的情况相仿佛。此外寺僧书录还有没有其他的目的？从落款的情况看，有很多没有明言。因此我们只好根据寺院的常情和书录者的身份来作各种推断。

推断之一：寺僧书录变文不仅为着发愿修持，更可能带有以变文为筹码，换取钱物，以提供寺院的香火和修缮寺庙等日常开支的目的。变文因从经文衍变而来，就其宣讲佛理、开导示现的宗教功用而言，变文和经文有着等值的意义，到寺院求取变文和求经一样，都成为普通百姓积功德、修佛性的渠道。为适应这种需求，寺僧完全可能将书录变文作为换取布施的修持来进行。唐玄宗开元十九年（731）诏令言及僧尼“因依讲话”，“唯财是敛”[①]，鉴虚和尚在贞元（785—805）年间，“以讲说为事，敛用货利”[②]。既然邀布施、求财物是大开俗讲的重要目的，则它同样可以成为书录变文的重要目的。唐玄宗开元二年二月诏书有曰：“坊巷之内，开

① [宋]宋敏求：《唐大诏令集》卷113《诫励僧尼敕》，《景印文渊阁四库全书》第426册，台北商务印书馆1983—1986年版，第792页。

② 《唐会要》卷60《御史中丞》条，《景印文渊阁四库全书》第606册，台湾商务印书馆1983—1986年版，第774页。

铺写经，公然铸佛。”[①]写经已经市场化，则书录变文也可以商品化。这是变文从寺院走向方外俗众的一个动力。

推断之二：寓居寺院的学士郎为了维持生活、换取报酬而受佣于寺僧，听写或默写所听受的俗讲内容，使之成文。学士郎通常会在大考之时会聚京城，京城寺院及其附近郡县的寺院便成为诸多士子静心读书备考的简便居所，如唐元稹《会真记》叙“张生游于蒲，蒲之东十余里，有僧舍曰普救寺，张生寓焉”，不久后张生因为“文调及期”而西去[②]。有时候也有可能因为生活拮据而流寓寺院，如唐裴鉶《崔炜》叙贞元时崔炜为人豁达，“不事家产，多尚豪侠，不数年，财业殚尽，多栖止佛舍”，而时值中元日，“番禺人多陈设珍异于佛庙，集百戏于开元寺”[③]。两篇虽属文言小说，却从侧面扫描了唐时士子生活的一隅。可以想见，寺院中大开俗讲的宗教氛围和百戏集会的娱乐环境，自然会给寓居寺院的士子们以影响，也给落魄的士子以谋生的机会[④]。

推断之三：孔目官出于整理民间文献以备案，或供给不方便到寺院听讲的人阅读的目的，书录俗讲的内容。《汉将王陵变》戊卷题记云：“孔目官学仕郎索清子书记耳。后有人读讽者，请莫怪了也。”此落款清楚显示孔目官的书录是为了供人阅读。《降魔变文》甲卷题记有曰：“或见不是处，有人读者，即与政著。”这条题记虽未记录书写者的姓名身份，但也同样清楚说明变文的书录是供人阅读。《茶酒论》篇末云：“若人读之一本，永世不害酒颠茶风。”[⑤]谓读者有免疫力，而不提观众，说

① 《全唐文》卷26《禁坊市铸佛写经诏》，[清]董诰：《全唐文》，中华书局1983年版，第300页。

② 李时人编校：《全唐五代小说》第1册，第655、659页。

③ 李时人编校：《全唐五代小说》第3册，第1747页。

④ [韩]金敏镐在《敦煌讲唱写本果然是说唱人的底本吗?》一文的注释中，还引了唐代以后小说中的例子作为佐证，如陆人龙《型世言》第8回：“(程济)弱冠时，与一个朋友，姓高名翔字仲举，同在里中维摩寺读书。”《警世通言》第17卷：“(钝秀才)夜间常在祖师庙，关圣庙，五显庙这几处安身，或与道人代写疏头，趁几文钱度日。”《聊斋志异》卷1《娇娜》：“孔生雪笠，圣裔也，为人蕴藉，工诗。有执友令天台，寄函招之。生往，令适卒，落拓不得归。寓菩陀寺，佣为寺僧抄录。”见韩国《国际中国学研究》2001年第4辑，第89页注28、29。

⑤ 分见李时人编校：《全唐五代小说》第4册，第2498、2740、2450页。

明此本专录以供阅读。那么是谁来阅读这些变文？金敏镐以为孔目官抄写变文，是供给上级和皇帝了解民情："古代中国有过专门蒐集民间故事和风俗的稗官……唐太宗时候，皇帝派臣下们体察过民情和风俗，还有使地方的官吏轮流着来首都，让他们报告民间的疾苦。"[①]俗讲题材大部分都是佛教故事，也有以中国历史人物和当下时事为题材的，俗讲转变本身可以算是民间风俗的一种，但据此书录的变文却并不一定反映了民间的疾苦、百姓的生活。所以供给皇帝体察民情说，还不足以解释孔目书录变文的原因。孔目是官府的文秘、书记，书录本身带有公务的性质，从为官府备案角度来说，孔目书录变文，亦是为官府和朝廷提供利于教化的文案。联系到佛教文化活动在中土深受各方人士关注并参与的文化现象，这种可能是完全存在的。从这个角度说，孔目官的书录是为了让各级官员和皇帝了解民心民情，掌握俗讲方向，推动教化进行。唐玄宗开元十九年曾下诏令禁断俗讲，认为"溪壑无厌，唯财是敛"的俗讲会导致"津梁自坏，其教安施；无益于人，有蠹于俗"[②]。赵璘《因话录》云"近日庸僧以名系功德使，不惧台省府县"[③]，反映各级官府本应掌握和控制俗讲的性质和程度，而庸僧的肆行无碍使俗讲出现了失控现象。这些都表明朝廷大开俗讲或禁断俗讲，都是从施行教化、淳朴民俗、有益政局的立场出发；而皇帝能如此及时地了解俗讲的进行状况，极有可能是建立在阅读地方官吏关于俗讲获利情况的公文报告和记录俗讲内容的变文材料的基础之上的。

推断之四：知术院弟子为适应不能在场听讲的人阅读的需要，而手自书录变文。这种推测首先排除了为民间说唱艺人提供说唱底本的可能性，因为说唱艺人耳口传授，不需要通过书面的文字来念诵、记熟说唱的内容，而且唱的技巧在变文中并没有得到反映。金敏镐以为唐时"蒐集民间

① [韩]金敏镐：《敦煌讲唱写本果然是说唱人的底本吗?》，韩国《国际中国学研究》2001年第4辑。

② 《唐大诏令集》卷113《戒励僧尼敕》，《景印文渊阁四库全书》第426册，台湾商务印书馆1983—1986年版，第792页。

③ 《景印文渊阁四库全书》第1035卷，台湾商务印书馆1983—1986年版，第487页。

技艺，做百戏的教习，排练，演出等事务的教坊，为了资料蒐集和素材开发而求讲唱写本的可能性也不小”[①]。这种说法实际意味着知术院弟子的书录，是在准备下一轮讲唱的底本。这与说唱技艺的历史状貌不相符合。其次这种机构内的弟子也不太可能如孔目官一般，有着呈供朝廷知晓、以助教化的职责，去为官府备案。剩下的可能性，就是为某些需要阅读的人准备文字材料，而他们近水楼台的身份，为书录变文提供了极大的便利。为谁提供阅读文本，我们尚无直接的材料，然可从其他相关材料作出推导。赵璘《因话录》言文溆僧俗讲技艺之高超，令“教坊效其声调，以为歌曲”[②]：这是教坊主动的艺术仿效；唐文宗“采其声为曲子，号‘文溆子’”[③]：这是皇帝旨意下教坊的艺术创造。此皆皇帝喜听俗讲唱艺的事实。又天都外臣《水浒传叙》有曰：“小说之兴，始于宋仁宗。于时天下小康，边衅未动，人主垂衣之暇，命教坊乐部纂取野记，按以歌词，与秘戏优工，相杂而奏。是后盛行，遍于朝野。”[④]此段所叙乃宋仁宗（1022—1063）之时，事当敦煌变文书录的时间之后不久。教坊作为基层的艺人机构，离民间的口头文学最近，最能提供时兴的民间曲艺节目。这条材料叙述了小说从教坊集录口头文学、说唱演出，到书面文本的形成过程。俗讲和变文的情况，也可从中得到一些推导：皇帝出自个人的喜好欲阅读俗讲的内容，教坊、知术院便作搜览抄录，变文因此诞生。明冯梦龙《喻世明言》序中提到南宋皇帝喜阅话本之事曰：“泥马倦勤，以太上享天下之养，仁寿清暇，喜阅话本，命内珰日进一帙，当意，则以金钱厚酬。于是内珰辈广求先代奇迹及闾里新闻，倩人敷演进御，以怡天颜。然一览辄置，卒多浮沉内庭，其传布民间者，什不一二耳。”[⑤]南宋距离唐五代已远，但皇

① [韩]金敏镐：《敦煌讲唱写本果然是说唱人的底本吗?》，韩国《国际中国学研究》2001年第4辑。

②《景印文渊阁四库全书》第1035卷，台湾商务印书馆1983—1986年版，第487页。

③《景印文渊阁四库全书》第839册，台湾商务印书馆1983—1986年版，第998页。

④ 黄霖、韩同文选注：《中国历代小说论著选》，江西人民出版社2000年版，第128页。

⑤ 刘世德等辑：《古本小说丛刊》第31辑，第5页。

帝喜阅话本而命有关机构进献话本的现象，可以启发我们对知术院弟子书录变文的目的的理解。

这样看来，书录变文的目的就有四种：发愿修持，受佣换钱，官府备案，供人阅读。这四种目的之间，又并非截然对立、互不牵连的。一方面，寺僧、学士郎、孔目官、知术院弟子都有以书录变文为发愿祈福、积德修持途径的可能。另一方面，寺僧、学士郎和孔目官、知术院弟子的书录，都含有提供给不便到现场观听俗讲的人阅读的目的。这个基本判断又包含以下两方面的内容：一是，寺僧和学士郎书录的变文，可以换取一定的钱物，维持寺院的香火修缮开支，或寓居的学士郎一时的基本生活。就寺僧而言，发愿固然是其主要的书录目的，但同时有对外出售、供人阅读的动机。俗讲除了它的宗教功用之外，作为一门技艺，本身就被俗讲僧用作换取报酬的便捷途径，民间转变更是如此。那么记录俗讲内容的变文，自然也可以当作换取钱物的商品。学士郎的书录，虽不一定直接传递到寺院外的市场，而其服务于寺僧的行为，却间接参与了这种传播过程，更接近于一种纯粹提供阅读文本的有偿服务。在这个意义上，变文成了文化商品，走向广阔的阅读市场。市场需求意味着变文作为阅读物存现于历史长河中。二是，孔目官和知术院弟子的书录，是为着上级官府和朝廷了解民间的大众文化状貌，并有助于教化的有序进行，或纯粹是为了皇帝的课外阅读的需要。从这样的意义上说，变文便成为各级官吏和皇帝工作中、闲暇时的读物。孔目官的备案是不带商业性质的公务行为，但它同样也将寺院与民间的宗教或准宗教主题的说唱文本推广到社会文化生活的上层。

从上述几种书录变文的目的，可以推知变文都有哪些阅读的人群。变文最早的接受者应该就是变文的书录者。如前所述，变文的书录者主要有寺院僧尼、学士郎、孔目官、知术院弟子以及有相当文化程度的普通百姓。书录完毕，自己首先一览，而后供养、交付他人，或归档、呈递上级。对于这些接受者而言，他们是听讲与阅读的双重接受。从这个角度出发，我们可以列出以下几种读者群。

其一，一般的文人学士应是一个基本的阅读群。变文是供人阅读的，没有文化程度的下层俗众，不会产生案头阅读的需要。学士郎即属于这个基本的读者群。张祜与白居易共话《目连变》，也不排除他们此前阅读到目连故事的变文的可能。

其二，有一定文化程度的黎民百姓。这是一个最广泛的读者群体。我们现在没有充分的材料说明这一点，只好根据情理作一般性的推测。今天所见到的变文，基本上是在敦煌地区搜集起来的，没有记录于长安等都市的痕迹。但敦煌作为离京城较远的地区，在晚唐时期出现变文，则俗讲兴盛的盛唐中唐时期，长安会有书录变文的情况出现，应该是很可能的事情。圆仁《入唐求法巡礼行记》记叙会昌初年长安各大寺院俗讲大开的情况，则俗讲在长安应拥有最广大的接受群。但即使在这种盛况空前的情况下，也不排除仍然有大量的人观听不到俗讲。寺院场地本身是有限制的，每次观听者都会受到人数的控制。《庐山远公话》中的一段描述，可为我们的推断提供一定的参考："道安开讲，敢（感）得天花乱坠，乐味花香……无数听众，踏破讲筵，开启不得……是时有敕：'若要听道安讲者，每人纳绢一疋，方得听一日。'当时缘愚（遇）清平，百物时贱，每日纳绢一疋，约有三二万人。"[①]佛教主题的通俗讲唱文学，能够令黑白观听，士女成群，"踏破讲筵，开启不得"的描写也当建立在一定的现实依据之上。而诸多不能到现场观听的人需要读本以作阅读，由喜闻进而乐见，应该是自然合理的事情。

其三，官府各级官员和皇帝。孔目官的书录既然是为着官府备案所用，则各级官吏都可见到所书录的变文，在浏览教化公文的同时完成了案头文学的阅读程序。朝廷官员与皇帝都会在这种公式化的传播中了解变文。

其四，道士女冠。韩愈《华山女》诗在描绘了俗众听释家俗讲的热闹场面之后，又描写道士女冠开讲道经，欲与释家俗讲争胜的场景："遂来

① 李时人编校：《全唐五代小说》第4册，陕西人民出版社1998年版，第2599页。

升座演真诀，观门不许人开扃。不知谁人暗相报，訇然振动如雷霆。扫除众寺人迹绝，骅骝塞路连辎軿。观中人满坐观外，后至无地无由听。”[①]诗中虽透露韩愈偏道抑佛的宗教价值取向，但也道破释家俗讲影响道家俗讲的明显事实。释子面俗讲经，有变文传出，则道家讲经会有“变文”产生不难推知。按向达《唐代俗讲考》注26曾云：“英京藏有道家所作变文一种，余未见到。王君重民以告余者。号码名目内容均未详，据王君告语，则系完全摹仿佛家作风。唐代寺院俗讲对于当时之影响，除教坊效其声调以为歌曲而外，此亦是一大事也。”[②]藉此可以想见，道士女冠也可能成为释家变文的阅读者。

梅维恒曾就变文的写录者身份作过推测：“口头文学传统的大部分，其写录必是由粗识文字者或商业性本子的制作商人做的。”[③]金敏镐以为商人阶层是变文的阅读者[④]。根据唐代商品流通与交通运输的发展情况，推断商人是变文的阅读者，有其合理的一面，只是缺乏直接的史料证明。商人都具有阅读能力的说法，并不一定确实。从现存变文题记来看，尚无商人听写或默写的记录。如果商人是变文的读者，则其变文更可能是由寺僧或学士郎手中买来。不过变文脱离其讲唱母体成为小说的叙述，却相当精辟。

总之，寺僧、学士郎、孔目官、知术院弟子的书录、传抄与外传、上呈，实际构成了变文全方位的传播与辐射，上至皇帝，下至黎民百姓，都成为变文的接受者。在这一过程中，变文以教化工具和娱乐工具的双重身份进入唐五代社会俗众的日常文化生活。

[原载《温州师范学院学报》(哲学社会科学版)2006年第4期，
发表时略有删节，现以原稿付排]

① [清]彭定求等编:《全唐诗》第10册，中华书局1960年版，第3823页。

② 周绍良、白化文编:《敦煌变文论文录》，上海古籍出版社1982年版，第65页。

③ [美]梅维恒著，杨继东、陈引驰译:《唐代变文》，(香港)中国佛教文化出版有限公司1999年版，第226—227页。

④ [韩]金敏镐:《敦煌讲唱写本果然是说唱人的底本吗?》，韩国《国际中国学研究》2001年第4辑。

敦煌变文佛经故事文本的小说质素谈略

敦煌变文一部分以佛经故事为题材的叙事性篇目，如《八相变》《破魔变文》《目连缘起》《降魔变文》《难陀出家缘起》《欢喜国王缘》等，本源于佛经故事，在流播中土的漫长过程中自我演化，在形制与叙事等方面具备了早期白话小说的风貌。王国维、鲁迅、郑振铎、孙楷第、傅芸子、王重民等，均在不同程度上认为，变文是宋以后白话小说的始祖。胡士莹、张鸿勋、胡戟等，较多关注到中土题材的一部分变文作品。笔者曾搜集敦煌藏卷中部分叙事性作品39种，以此为唐五代白话小说的主体构成，并撰专书[①]论其形成和存在的状貌、叙事体制等。该书主要偏重相关史实的考论和文学原生态的复原，相关文本的文学分析尚有不足。本文乃以一部分佛经题材的变文作品为例，阐析其中蕴涵的诸多小说质素，以为诸家观点之佐证。

质者，性质、本质之谓也。素者，指构成事物的基本成分，如元素、因素、要素等。质素，指事物固有的品质或性质。章炳麟《訄书·订文》附《正名杂义》有云："炭也，铅也，金刚石也，此三者质素相同，而成形各异。"[②]本文所谓"小说质素"，乃谓文体意义上的"小说"所应有的品质、因子、元素，如情节的虚构性、故事的戏剧性、细节的趣味性，形象描写的真切、心理描写的细腻与叙事技巧的营运等。就敦煌变文相关作

① 参见俞晓红：《佛教与唐五代白话小说研究》，人民出版社2006年版。

② 陈平原编校：《中国现代学术经典·章太炎卷》，河北教育出版社1996年版，第277页。

品而言，诸项质素未必备具，然均在不同程度上显示出浓郁的小说况味。

一

《八相变》，国图藏卷新编号为“北图8437”（旧编号为“北图云字二十四号”），标题原有。另有国图藏同内容之敦煌卷，历来被用为参校本：1.新编号“北图8438”（旧编号“北图乃字九十一号”），一般称为“甲卷”；2.新编号“北图8671”，一般称为“乙卷”。三卷均拟名“八相成道俗文”。

“八相成道”谓佛陀一生的八种仪相，也即指佛陀生命历程中的八个重大事迹：（1）降兜率相：菩萨从兜率天降生。（2）入胎相：菩萨入住母胎。（3）降生相：菩萨初出。（4）出家相：菩萨出家修道。（5）降魔相：菩萨降伏魔波旬。（6）成道相：菩萨成道。（7）说法相：世尊说法。（8）涅槃相：世尊入灭。成道是八相之一，却又是八相中最重要的事迹。佛陀以成道为中心，示现由始至终一期之相状，故称八相成道。又称作八相作佛、八相示现、释迦八相，略称八相。

八相成道故事源于佛典中的佛祖本行系列。八相是佛陀一生中最重要的事迹。在佛典长期的流播过程中，佛陀成道的事迹逐渐增衍出传奇性、戏剧性的情节场面，形成了系列性的佛传文学。敦煌变文中八相题材的作品，均演绎佛陀诞生、修道、成道过程，显系佛传文学中各种佛本行经故事的衍化。即如《八相变》而言，佛陀以太子身，从不凡出生、无忧成长，到深刻体验生命的向度，由喜乐贪欲转为忧愁悲切，再到闻佛生欢、专注净行，完构了太子的成长历程，也表现出托身凡人的诸般情致。它在场面的描写和人物的刻画上有明显的虚构成分，其小说因子是显而易见的。

《八相变》所叙的佛陀成道过程，涵括从兜率天降生、入住母胎、初出母肋、出家修道、降魔、成道六大事迹，其中降魔和成道只略提及，说法和入灭未加叙述。由此可知，《八相变》情节的铺开并非一一对应“八相成道”故事的八个环节，它在素材选择和叙述详略方面作了艺术处理，突出了成道过程中较具戏剧意味的环节。它描写佛陀甫一出生便手指天地、足步莲花、口称独尊诸般异相在朝臣中所引起的震撼和惶恐，又叙写仙人占卜、泥神礼拜诸事，均是为了烘托佛陀出生之超凡效果。继而叙写19岁时太子游历四座城门，分别观悟生、老、病、死四事，既符合释家“示现”的宗旨与手法，又在生动场景的铺叙中呈现生命的真实性与审美的层次感。接写太子得到师僧启悟、欲修行而不得出宫，增加情节行进的顿挫感；金团天子派“瞌睡神”下界令宫人沉睡，则更见浸润于幻化细节的喜剧趣味。雪山修行、受乳成道本应是八相成道故事中至为重要的环节，在《八相变》中却处理成了整篇故事的结局，简明带过。这说明，《八相变》的讲述者和书录者有着显明的布局意识与叙事技巧。

就其结构而言，《八相变》主体内容当由四个部分组成：其一，降于兜率天；其二，初出母肋、众议纷然，仙人占卜、泥神礼拜；其三，游历四门、感悟人生，师僧启悟、夜半逾城；其四，雪山修行、降魔成道。这一进程恰与“起、承、转、合”的古文章法相合，显示了它内在结构的严谨有度。篇首叙佛陀早成正觉、发愿救度以为降生缘由，篇末概言“开题示目”结束，一开一合，在超越现世的时空框架中呈现有开放意味的叙事结构。

二

《破魔变文》，敦煌藏卷有两个写本，编号分别为伯．2187、斯．3491。《敦煌变文集》王重民校记曰：“伯二一八七首尾完全无缺。前题作《降魔变神押座文》，后题作《破魔变一卷》，因与另一《降魔变文》区别，故用后题。前题《押座文》，则专指开端之押座文也。”

《破魔变文》所叙佛陀降服魔波旬故事，乃佛本行系列八相成道故事链环中的一节。其题材亦源于汉译佛典。西晋永嘉二年（308）竺法护译《普曜经》第六有《降魔品》叙及。东晋佛陀跋陀罗译《观佛三昧海经》

卷二叙魔女幻美为丑时，以夸饰之笔绘其发白面皱、色黑脓流、虫啮毒侵诸般丑鄙之状。刘宋求那跋陀罗译《杂阿含经》卷二十九叙及魔女、魔波旬先后迷乱世尊修道事。梁僧祐撰《释迦谱》广引大小乘经律，从三藏中选集释迦一生教化的事迹，为我国撰述佛传之始，其卷三叙魔女先魅惑失败而后激怒魔王出兵。隋阇那崛多译《佛本行集经》第二十七、二十八写及魔女幻演各种妖冶姿态魅惑世尊，极尽铺叙之能事。唐地婆诃罗译《方广大庄严经》说佛成道八相，其卷第九及第十叙及。唐道液《净名经关中释抄》卷上简略叙及。新罗僧璟兴撰《无量寿经连义述文赞》卷上亦叙魔女绮言妖姿三十二种媚惑菩萨种种。诸经叙魔军魔女出现前后有所不同，叙魔女诸般妖冶姿态亦有详略之别[①]，然不同程度地成为《破魔变文》题材的渊源。

《破魔变文》虽源于佛传中成道序列之八相题材，然其情节框架不像《八相变》等篇目那样涵括八相成道的完整过程。它仅将八相中的“降魔”一节拈出，以作专题铺陈敷衍，始叙佛陀修道已成、震动魔宫为端绪，详绘魔王欲捉如来却至输阵以为发展，铺陈魔女色诱世尊、反被幻化为丑母为情节高潮，末写魔女求复美貌、还归本天为结局。作品首尾完整，情节生动，为一单篇独立之作。

《破魔变文》在情节顺序上取魔王率魔军攻击如来于前、魔王三女盛妆色诱如来于后，这与诸经先举魔女、后举魔军之序有异，然更适宜于酿造波澜起伏的戏剧化故事进程。魔王领魔军与如来对仗失败，遂有魔女请缨，设计色诱如来，是谓“一计不成，又生一计”，令读者生出魔王阵营诡计多端之感。此其一。魔王魔军是如来修道过程中各种障碍心魔的外化，魔王三女是世俗色欲贪恋的象征；如来降服魔王魔女，不惟清除障碍、征服心魔，且更泯灭尘欲、超脱凡体而得以成道，证得佛家无上菩提

① 孙楷第、傅芸子、项楚曾指出《破魔变文》的佛经渊源及魔军魔女次序与变文之异同。参见孙楷第：《读变文·唱经题之变文》，傅芸子：《关于〈破魔变文〉》，分见周绍良、白化文编：《敦煌变文论文录》，上海古籍出版社1982年版，第243、502页；项楚：《敦煌文学杂考》，项楚：《敦煌文学丛考》，上海古籍出版社1991年版，第21—23页。

之旨。此其二。先以如来迎对众魔军的跋扈凌厉予以击破，场面阔大，气势恢弘；后使如来面临三魔女的妖冶媚惑而施幻化，情境香艳，手段旖旎。这就形成了刚柔相济、张弛有度的情节结构，对于受众而言，能领略到场景的变幻感和情节的顿挫感。此其三。显然，相对于经文的场景描写，《破魔变文》叙事更富有跌宕起伏的韵味。这是该篇有小说情节营构意识的表现。

再就描写魔女诱惑如来的文字来看，佛经或较变文更尽铺排夸饰之功。《佛本行集经》写魔女“示现种种妇女媚惑谄曲之事”40余种，如微笑露齿、扬眉瞬目、散髻梳发、露腋弄乳、现腹拍脐、脱衣系衣、或行或止、或歌或舞等，极为性感旖旎。《方广大庄严经》将魔女用以媚惑菩萨的32种“绮言妖姿”一一排列，诸如扬眉不语、低颜含笑、媚眼斜眄、乍喜乍悲、或起或坐、美目谛视、顾步流眄等，较前更显曼妙飘逸。至《破魔变文》，魔女容貌的描写趋于本土化：“玉貌似雪，徒夸洛浦之容；朱脸如花，漫说巫山之貌。行风行雨，倾国倾城。人飘五色之衣，日照三铢之服。仙娥从后，持宝盖以后随；织女引前，扇香风而塞路。”原典种种铺饰风情悄然隐退，而代之以四六骈俪的句式对魔女姿容作虚化的概括和简洁的勾勒，用典甚为秾丽，洛浦、巫山、仙娥、织女等词完全出于本土文化。

作品在句式的选择运用上，有似于本土典型的骈偶句式。其两两对出的句子如“红颜渐渐鸡皮皱，缘鬓看看鹤发苍”，“千山白雪分明在，万树红花暗欲开”，“邻封发使和三面，航海余深到九天”等，从颜色词、方位词、数量词、叠字词、联绵词的使用上，可以看出这种对偶句式完全出自一种主观的选择，体现了讲说者或抄写者的对仗意识。其他如“昭王之世，挟祥梦于千秋；壬午之年，弃皇宫于雪岭”，“洗多年之腻体，证紫磨之金身。出清净之爱河，遇吉祥之长者”及前引“玉貌似雪”[①]数句等，句法结构显然有四六意味，也证成变文小说脱胎于寺院讲唱文学的艺术

① 李时人编校、何满子审订、詹绪左覆校：《全唐五代小说》第6册，中华书局2014年版，第3321—3334页。

轨迹。

在本土文学固有的仙界、凡界、冥界之外，源于佛典的《破魔变》构建了一个魔界，向中国读者提供了一个崭新的奇幻世界；同时也为中国古代小说史提供了新颖的形象系列，魔王波旬、魔军、魔女等奇异不凡的魔系形象，在唐前本土文学中是一种阙如。佛魔对阵的场景，成为后世神魔小说战场描写的艺术源泉。故此，《破魔变》的小说史意义是十分明显的。

三

目连题材的变文，敦煌藏卷中共有12个写本，其中最具小说意味的有三：《目连缘起》原卷编号为伯．2193，标题原有；《大目乾连冥间救母变文》原卷编号为斯．2614，标题原有；《目连变文》原卷编号为北京成字96号，原本无标题，系向达据斯．2614号《大目犍连冥间救母变文》定题。

目连，即大目乾连，亦译大目犍连，乃佛陀十大弟子之一，号称神通第一。缘起，即因缘而起，释家以谓事物之起因，后用于叙述事起由来的书名或篇名。“目连缘起”表明是叙述目连救母事迹缘由的通俗故事。目连入地狱救母故事，源于西晋竺法护译《佛说盂兰盆经》。此经梵名Ullambana-su^tra，全一卷，又称《盂兰经》，属方等部经典，收于大正藏第16册。其同本异译经，有东晋失译的《佛说报恩奉盆经》一卷，亦收于《大正藏》第16册；载于《开元释教录》卷18《疑惑再详录》中的《净土盂兰盆经》一卷，已佚，《法苑珠林》卷62曾引用其文。

三篇作品情节与经文基本相同，增设的情节有：目连母名青提，亡父已生天宫，青提杀生兼欺诳，故死堕阿鼻地狱，目连升天咨父，入地寻母，母备受磨折后生出悔意，化身为狗，最终得生上天。《目连变文》增饰稍少；《大目乾连冥间救母变文》则较多描叙刀山剑树地狱、铜柱铁床地狱、阿鼻地狱等种种惨怛恐怖的场景，说法布道的宗教功能更为强大。《目连缘起》情节有较多虚构，场景描写则离佛经善用的铺陈手法较远；

叙目连将家财分为三份而后外出经商，更合世俗生活的情理；叙及父亲先亡、青提孀居，则交代了青提在目连出门后能恣情纵乐、杀生无度的缘由；叙地狱恐怖之状较略，更能突出青提悭吝不施、杀生纵乐，导致堕入阿鼻地狱这一中心。就全篇而言，《目连缘起》情节表现曲折集中，场景转换简洁流畅，因而也更见裁剪提炼之功。在表现目连心理变化时，该篇亦细腻婉转，先有惆怅、闷绝，后又哀哭、大哭，转为喜欢，再转焦急，其间数度“雨泪”，伴随目连嘱母、咨邻、白佛、寻母、餉母、设盂兰、置道场等系列行动，其情可怜，其诚可鉴，在寻母救母的坚毅过程中诠释了“孝”的题旨。

在诸多变文抄本中，有关目连的变文抄本数量最多，说明目连救母故事深受中土百姓欢迎。这是因为该作品所倡导的以供僧功德救度亡故父母的核心观念，与中土讲究孝道的传统思想契合度较高之故。梁武帝最早于大同四年（538）七月十五日，在同泰寺举办第一次盂兰盆会。至唐时，盂兰盆会便在民间广泛流行，而民众对目连故事的熟悉程度，也超出其他佛教故事。据唐孟棨《本事诗》记云，白居易任苏州刺史（825—826）时，张祜以《长恨歌》“上穷碧落下黄泉，两处茫茫皆不见”之句来嘲谑白居易曾作《目连变》[①]。藉此可知中唐时期目连故事流传面之广。又北京盈字76号卷末题记云：“太平兴国二年，岁在丁丑润六月五日，显德寺学仕郎杨愿受一人恩微，发愿作福，写尽此《目连变》一卷。”[②]太平兴国二年（977）年正值北宋初年，中元节朝廷庆典宴饮。这说明目连救母设盂兰盆会的题材盛行于中土民间，经久不衰。时至今日，盂兰盆会已成为中国传统民俗的一个有机部分。

四

《降魔变文》共有5个写卷：斯.5511、斯.4398、伯.4615、伯.4524、

① 丁福保辑：《历代诗话续编》，中华书局1983年版，第21页。

② 黄征、张涌泉：《敦煌变文校注》，中华书局1997年版，第1069页注515。

罗振玉藏卷。其中斯.5511裂为两段，一段在伦敦，一段存国内。《敦煌变文集》以此为原卷，篇题原作“降魔变文一卷”。甲卷为斯.4398号，题为“降魔变一卷”。《降魔变文》实源于佛典中的祇园斗法故事，题材同源的作品还有《祇园因由记》，敦煌藏卷有两本，伯.23441、伯.3784。《敦煌变文集》王庆菽校时以前者为原卷，以后者为甲卷，标题原卷缺，据甲卷尾题补。因首段有“伏惟我大唐汉朝圣主开元天宝圣文神武应道皇帝陛下”之句，据此可推知本篇当成于唐玄宗开元天宝年间。

祇园斗法题材源于北魏太平真君六年（445）凉州（今甘肃武威）沙门慧觉（一作昙觉）等译《贤愚经》卷10《须达起精舍品第四十一》。《贤愚经》一名《贤愚因缘经》，为收集种种譬喻因缘的经典，内容系关于贤者与愚者的种种譬喻，梵名Damamu^ka-ni=da^na-su^tra，凡13卷。汉译而外，还有藏文、蒙文译本。该经收在《大正藏》第4册。它是汉译譬喻文学中的三大部之一[①]。

《降魔变文》取韵散结合体式，全文13000余字，篇幅较经文扩展近10倍。其情节与经文大致相同，而有诸多变异增饰之处。一是如来弟子舍利弗与六师弟子劳度叉斗法，劳度叉变化顺序有所改动，经文依序变形为树、池、山、龙、牛、夜叉，《降魔变文》则按山、牛、池、龙、夜叉、树的顺序变形，将自然景物与怪异动物两相交错进行，整个斗法场景动静相间，张弛有度，画面更为生动，富有艺术张力。二是情节有所增删，阿难乞食、护弥女出门瞻礼、须达设计赚园、宣扬如来法威等环节为经文所无，增加后令故事发展更为曲折自然，更富有戏剧性色彩；经文中须达与舍利弗共起精舍、请佛佛至、大地震动诸事，变文均舍而不取，这就淡化了讲经说法的主观意图，突出了“斗法”故事的本体性价值。

《降魔变文》在中国小说史上的意义，不仅在于在神界、凡界、冥界之外设置了一个魔界，而且还勾画了想象奇异的佛魔斗法故事，描绘了生动多变的佛魔形象。这为后世神魔小说的产生提供了丰富的艺术滋养。《西游记》中孙悟空身为魔猴时与二郎神斗法，皈依后以释家弟子身份与

① 另两部是吴支谦译《撰集百缘经》10卷、北魏吉迦夜共昙曜译《杂宝藏经》10卷。

魔斗法（如车迟国斗法及其他降魔故事），其艺术源泉正在于此。作为现知书录年代最早的一个作品，《降魔变文》显示了它在古代白话小说史上的重要价值。

《祇园因由记》较本经篇幅增加一倍，全篇散文，显然与本经原以散文叙述密切相关。较之本经，其情节略有增删，文字叙述亦有差异，然其斗法变形顺序与经文相同。相较可知，《祇园因由记》当直接承袭经文而来，《降魔变文》则更多延展发挥，在情节增饰、场景铺陈、形象勾画等方面较本经更远，而更显示了小说家的虚构铺写意识，因而离小说更近。

五

《难陀出家缘起》，敦煌藏卷编号为伯.2324，原卷无题，系王重民据《佛本行集经》补题。该故事讲述佛陀亲弟难陀受世尊化导而出家的故事，是佛教流布过程中产生的一个传说。北魏吉迦夜、昙曜合译的《杂宝藏经》，梵名Sam!yukta-ratna-pit!aka-su^tra，10卷（或8卷、13卷），收在《大正藏》第4册，系集录关于佛陀、佛弟子及佛陀入灭后之诸种事缘，实际上是以佛陀及其弟子为中心人物的佛教故事集，其第8卷有“佛弟难陀为佛所逼出家得道缘”一段。印度法救造、后秦竺佛念译《出曜经》30卷，又称《出曜论》，系由诗颂（uda^na，即优陀那，感兴偈）和注释此诗颂的故事（avada^na，即阿波陀那、譬喻）组成，收在《大正藏》第4册。其卷24记世尊化导难陀出家经过。梁宝唱等集《经律异相》卷7“诸释部”亦记难陀出家事，注明“出《童子问佛乞食经》，又出《出耀经》第十六卷”[①]。按《童子问佛乞食经》不知确指，《大正藏》无此经名；《出耀经》记难陀出家事当在第24卷，非第16卷。又梁僧祐《释迦谱》有《释迦从弟孙陀罗难陀出家缘记》，注明“出《普曜经》”。然西晋竺法护所译《普曜经》并未记载世尊化导难陀出家的经过，“出《普曜经》”疑为“出《出曜经》”之误。隋阇那崛多译《佛本行集经》卷56、57有《难陀出家

① [南朝梁]僧旻、宝唱等：《经律异相》，上海古籍出版社1988年版，第36页。

因缘品》。另公元2世纪时印度佛教诗人马鸣的叙事诗《美难陀传》亦讲述了难陀出家故事，因其梵文抄本发现于19世纪末，唐人无缘得见，及至今日尚无完整汉译。

《难陀出家缘起》在经文故事的基本框架之内，增加了诸多小说元素。一是敷演出一些颇具戏剧性、趣味性的情节。经文叙佛陀与阿难乞食，难陀“盛食奉佛”；《缘起》写佛陀专要钵饭，而难陀在厨房里捞尽七瓮香米饭，却只装得半钵。经文叙难陀汲水，一瓶适满，一瓶复翻；《缘起》写难陀取瓶添水，添三个倒两个，添四个倒三个，最后将瓶全部打破。经文叙难陀离院闭门，适闭一门，一门复开；《缘起》写难陀扫地，扫向西被西方吹回东，扫周围被风吹四面。二是增加了人物对话的现场感和个性特征。经文中天女叙天子为佛弟难陀，“我等是天，汝今是人，还舍人寿，更生此间，便可得住”云云，较少情感色彩；《缘起》写天女答语，以十分夸耀的口吻描述未来夫主不同凡响的身份、地位、威仪、装束等，较多凡间人情意味，因而也更多些亲切生动的感觉。三是在描写难陀心理活动较为细致婉转。难陀与娇妻共饮时，世尊到门化饭，难陀本不想出见，又不敢不见，于是打算略见一见，仍回与妻共饮；及至见面，佯作欢喜，礼拜问候，并取斋饭。难陀那种耽于世俗享乐的个性，百般踌躇、矫情的心态，一一展现。及至汲水、扫地时的恼怒，藏身树后的慌张，火待烧身时的害怕，随佛观天时的无奈，闻天女语后的欢喜，面对镬汤煎煮时的恐惧等，甚是真切。

语言形式上，《杂宝藏经》与《出曜经》所叙难陀故事，多用散句，中间穿插一两首偈言，《难陀出家缘起》却是经典的韵散结合体式，韵文前并有“吟”“断”等字作为引导词，释家讲唱的痕迹宛然。这是古代白话小说从讲唱文学的书录本转向案头创作之路的明证。

六

《欢喜国王缘》又名《有相夫人生天因缘》。原卷分为两段，前段从

“谨按”到“国王乍闻心痛切”，罗振玉旧藏；后段从“朝臣知了泪摧摧”到结尾，在法国，编号伯.3375背。“欢喜国王缘”系原校者启功据尾题补。甲卷卷首残，从“若论舞”起三行每行下半缺七字，卷末无篇题。原卷前段与甲卷现藏上海图书馆。篇末标注本篇书写时间为“乙卯年七月六日”，乙卯年为955年，当后周世宗显德二年；或895年，当唐昭宗乾宁二年；或835年，当唐文宗大和九年。三界寺乃敦煌地区较有名的寺观，820年前后初见其名，北宋天禧三年（1019）犹存，敦煌名僧道真、法松等均在此出家[①]。据此可知，本篇书录时间当在835—955年之间。

本篇题材源出元魏吉迦夜与昙曜共译《杂宝藏经》卷10之《优陀羡王缘》，收在《大正藏》第4册。唐释道世撰《法苑珠林》卷22和《诸经要集》卷4均引录《杂宝藏经》有关优陀羡王故事的经文，分别收于《大正藏》第53、54册。同题材而情节略有不同的故事，在梵文本《业天譬喻经》及汉译《佛说杂藏经》《根本说一切有部毗奈耶》、藏文《甘珠尔》律部中亦有不同程度的记述。陈寅恪曾指出：“义净译《根本说一切有部毘奈耶》卷45《入王宫门学处》第八十二之二仙道王及月光夫人事亦与此同。”[②]

《欢喜国王缘》韵散结合，主要情节与《杂宝藏经·优陀羡王缘》大致相同。经文较简处，《欢喜国王缘》皆有所敷演，如有相夫人的美貌、国王睹其死相后的悲伤等。原典中“请王弹琴”和“立誓相见”两处情节，变文舍而不取，另增饰有相夫人辞父母、石室比丘说因缘等情节。陈允吉以为白居易《长恨歌》的大部分情节内容是在附会《欢喜国王缘》的基础上形成的[③]，傅璇琮则以为变文吸取了《长恨歌》的情节而使《优陀羡王缘》的简单情节得到较大的发展[④]。陈寅恪曾指出：“予曾见柏林人类

① 参见李正宇：《敦煌地区古代祠庙寺观简志》，《敦煌学辑刊》，1988年第1、2期。

② 周绍良、白化文编：《敦煌变文论文集》下册，上海古籍出版社1982年版，第477页。

③ 陈允吉：《从〈欢喜国王缘〉变文看〈长恨歌〉故事的构成》，陈允吉：《古典文学佛教溯源十论》，复旦大学出版社2002年版，第114页。

④ 傅璇琮：《谈古代文学研究中的文化意识》，傅璇琮：《唐诗论学丛稿》，京华出版社1999年版，第266—267页。

学博物馆土鲁番壁画中，有欢喜王观有相夫人跳舞图。可知有相夫人生天因缘，为西北当日民间盛行之故事，歌曲画图，莫不于斯取材。”[①]要在多元化的唐代文化生态中，厘清取材于时事的经典诗作与本源于佛典的变文故事之间的互动关系，洵非易事。然此变文能令人联想到颇富戏剧性情节的长篇叙事诗《长恨歌》，则足以说明变文从经文中蜕变出来后，所蕴涵的诸多虚构性的小说质素。

首先，变文将诠释佛旨的经文素材演绎为一个乐极生悲的悲剧故事题材。有相夫人位居王后，品貌出众，温婉多情，能歌善舞，深得国王宠爱，可谓占尽人间种种美满欢愉之胜境；然七日之内，经历了由至美至乐到极苦极悲的骤变，而后受戒生天、福得自随。变文叙述了生命历程的大起大落、大喜大悲，在情节的起伏跌宕中宣示了凡间生命的脆弱和上天福寿的永恒。情节上的这种跌宕起伏，令作品更凸显其小说的况味。其次，作品对有相夫人情感与心理世界的描绘细腻入微。有相夫人由欢愉的巅峰陡然转入对死亡的恐惧，继而由离宫回家时的凄凉悲切延展出对葆有现世生命的祈求与渴望，再以宁静的心情迎接死亡，后大彻大悟，生至上天，又转出对人间君王的殷切期盼。这样婉转曲折、变化多端的心理描写，在敦煌变文小说中还是少有的。又次，该篇在叙事上，常以韵文重复叙述散文部分的大意，又加以整齐的咏叹，这就收到了哀婉、眷恋的抒情效果。

诸家多举白氏《长恨歌》以比照《欢喜国王缘》，除了认同两者情节结构与精神风貌上较为相似之外，恐与两作审美追求亦较一致不无关系。杨太真与有相夫人有太多的相似点：绝世的容貌与才华，至高的地位与君宠，是自然美和艺术美融合为一的鲜活呈现，是美到极致的代表。从某种意义上而言，这两个形象已臻符号化，因而也更具文化的象征性。然而世间极致之美刹那间毁灭，带给受众的不仅是对生命个体的怜悯，而更是对“美的毁灭”的痛惜。由于作品的佛教宗旨之故，《欢喜国王缘》的乐极生悲，似更具有悲剧的崇高感，也更能激发受众的宗教悲悯。

① 陈寅恪：《有相夫人生天因缘曲跋》，周绍良、白化文编：《敦煌变文论文集》下册，上海古籍出版社1982年版，第477页。

以上对敦煌变文中部分佛经故事文本作了基本的梳理分析。借助这一梳理，可以得出以下三项结论。

其一，敦煌变文中部分佛经故事文本，在不同层面、不同程度上具备了“小说质素”。《八相变》情节结构的剪裁和布局，《破魔变文》之于佛魔对阵、魔女色诱的场景描写和服务于小说阅读需求的情节调度，《目连缘起》之心理描写的细腻曲折与场景转换的剪裁意识，《降魔变文》之斗法场景的交错绘饰、斗法情节的虚构增设和佛魔形象的着意刻画，《难陀出家缘起》之细节描写的戏剧性、人物对话的现场感及心理描写的真切度，《欢喜国王缘》之题材的悲剧性、情节的跌宕性与人物心理的婉转变化等，都是“小说”所应具备的质素。

其二，诸般小说质素均出于变文作者（讲唱者和书录者）的有意营构。这些质素出现在不同作品中，并非偶然的“遇见”，反而充盈着一种设计感，乃与唐人“有意为小说”的史实逼近。它们是佛经故事流播中土之后逐渐演化的结果，在作品中起到了烘染主旨、增加可读性以利于阅读传播的作用，令相关文本成为文体意义上的“小说”。

其三，敦煌变文中的这部分佛经题材的叙事性作品，因已具备初期白话小说的审美品质、构成元素和社会功用，与其他一些中土题材的变文作品一起，共构了中国古代白话小说的早期状貌，从而显示了它们特殊的小说史价值。至于它们作为“小说”的“白话”性状特征及其书面阅读功能，因已论在《佛教与唐五代白话短篇小说研究》[①]一书，此不赘述。

［原载《中国文化》2019年第2期］

① 俞晓红：《佛教与唐五代白话短篇小说研究》，人民出版社2006年版。

论佛教文学对中国文学观念世界的影响

佛教文学进入中土，对传统文学的文体和风格造成了冲击，而两者文学思维有其内在相通之处，这是促成佛教文学逐渐融入传统文学队伍的一个平台。

一、佛教文学拓展了中国文学的想象空间

唐前中国传统的文学样式是史传和诗赋。史传是中国传统文学中居于正统位置的文学样式之一，也是唐前叙事文学的最高艺术代表。作为历史事件的真实记录，史传文学以写实为原则，相对缺乏艺术的虚构与想象。史家的书录原则就是要忠实于历史，在以往历史事件中找出可资后世君主借鉴的东西，因此史家往往将关注的目光投向现实人和事的本真面目，而不是任意驰骋想象的笔触，虚构或创造出一个与现实世界完全不同的想象天地。子不语怪力乱神。在儒家思想占据正统地位的时代，史传也不可能将笔触伸向现实以外的世界。重实黜虚的儒家观念，限制了中国古代作家想象力的发展。这是除了史传之外其他文学样式也同样缺乏想象力的重要原因。诗骚中的想象世界比较丰富，然无论是御羲和还是叩帝阍，所构拟的时空仍有很大的局限；虬龙鸾凤以托君子，飘风云霓以为小人，文学想象的功能被限制在伦理功利的范围之内。先秦诸子的散文也有很多想象和虚构，《庄子》《孟子》《韩非子》等著作皆包含诸多寓言故事，然诸子首

先是思想家哲学家，设置寓言故事的目的在于辅助说明义理，寓言所构建的想象世界，也仍未脱离一线永恒、三维一体的时空观念。《山海经》等典籍包孕着不少短小的神话故事，其中蕴藏着极为丰富的想象因子，创造出填海精卫、补天女娲、触山共工、逐日夸父等一系列神话形象，但神话本身不成体系，大多形式散乱，篇制短小，内容简单。与西方神话相比，其想象空间仍然显得相当逼仄。加之本土的民族性格是重实黜虚，有些神话被史家历史化，在更广阔的意义上造成神话的极不发达。子贡问孔子："古者黄帝四面，信乎？"孔子答曰："黄帝取合己者四人使治四方，不谋而亲，不约而成，大有成功，此之谓四面也。"①鲁哀公问孔子："乐正夔一足，信乎？"孔子却引舜因夔能和乐之节而以之为乐正事，正误曰："若夔者，一而足矣。故曰夔一足，非一足也。"②神话被儒家解释为历史，神话本身所葆有的想象力被消融在历史现实的土壤中，其结果是消解了神话艺术本身。文史不分，使文学渗入历史，并以历史相标榜；历史则像个帝王，正襟危坐，雍容而严肃地注视着殿前的文化正餐，文学的想象悄然退席。

夸饰铺陈、比兴譬喻，是营造文学想象空间的重要手段。中土自《诗经》始开创了抒情言志的传统。关雎为求偶之声，蒹葭表伊人所在，硕鼠刺不劳而获，伐檀讽尸位素餐，硕人绘庄姜之美，伯兮发思妇之怨。《诗经》中有很多叙事性的篇章，然对人物和事件的描写趋于简洁凝练；诗中往往运用比兴手法，创造了诗歌的形象生动，然这种比兴也还是比较单纯的。古诗《陌上桑》是唐前叙事诗中艺术成就较为突出的一篇，在描写罗敷的美貌时云："行者见罗敷，下担捋髭须；少年见罗敷，脱帽著帩头。耕者忘其犁，锄者忘其锄。"这一烘云托月手法的运用使《陌上桑》成了古典诗歌中的经典。而汉译佛典中也有以烘托手法描容写貌的，如《佛所行赞》描绘太子出游，城民齐集街巷观看太子的丰姿："街巷散众华，宝缦蔽路旁，垣树列道侧，宝器以庄严，缯盖诸幢幡，缤纷随风扬。观者挟

①［清］汪继培辑：《尸子》，上海古籍出版社1989年版，第18页。

②［汉］高诱注：《吕氏春秋》，上海古籍出版社1989年版，第294页。

长路，侧身目连光，瞪瞩而不瞬，如并青莲花。臣民悉扈从，如星随宿王，异口同声叹，称庆世希有。贵贱及贫富，长幼及中年，悉皆恭敬礼，唯愿令吉祥。郭邑及田里，闻太子当出，尊卑不待辞，寤寐不相告，六畜不遑收，钱财不及敛，门户不容闭，奔驰走路旁。楼阁堤塘树，窗牖衢巷间，侧身竞容目，瞪瞩观无厌。"[①]与《陌上桑》相比，佛典更重排比，夸饰更为细腻。又宝云译本《佛本行经》第八品《与诸婇女游居品》描写太子与婇女入浴一段[②]，以排比、比喻、夸饰手法，描写太子入池后诸女围绕相戏的情景，十分真切；而为了表达离欲的主题，将诸女之身姿描写得如此妩媚浓丽，在汉译佛典往往而有。这种排比夸饰也是本土诗歌中少见的。本土赋中的夸张与铺陈往往是对现实事物某一方面的夸张，主要作为一种修辞手段使用于赋中；佛典大量使用幻想、夸张来经营布局，构想和描绘佛菩萨种种分身变现、法术幻化、境界变异、升天入地、游历龙宫事迹，夸张铺饰成为表现幻界的主要方式。

佛典比中土辞赋更多地使用比喻。《大涅槃经》曾提到八种比喻方法曰："喻有八种：一者顺喻，二者逆喻，三者现喻，四者非喻，五者先喻，六者后喻，七者先后喻，八者遍喻。"[③]经以天降大雨、沟渎满水而至泉河满水、终至大海满水释顺喻，以大海逆推至天雨释逆喻，以众生心性如猕猴之性释现喻，以持戒布施以受无可逃避之生老病死四山释非喻，以贪取妙花反漂没于水、众生贪欲而为生老死水漂没释先喻，以水渧虽微渐盈大器、莫以小恶为无殃释后喻，以芭蕉生果即死释先后喻，以三十三天波利质多树之根、枝、叶、色、疱、嘴、香、光喻佛弟子修道过程之各环节释遍喻。《大智度论》又言"譬喻有二种：一者假以为喻，二者实事为

① 《佛所行赞》卷1《厌患品第三》，《大正藏》第4册，日本大正一切经编辑委员会编，大正一切经刊行会大正十一年至昭和七年（1922—1933）刊行，台北佛陀教育基金会1990年影印本，第5页。

② [宋]释宝云译：《佛本行经》卷2《与众婇女游居品第八》，《大正藏》第4册，台北佛陀教育基金会1990年影印本，第63页。

③ 《大般涅槃经》卷29《师子吼菩萨品第十一》，《大正藏》第12册，台北佛陀教育基金会1990年影印本，第536页。

喻”[①]，此即“假喻”和“实喻”。此外还有“博喻”，即多种比喻并列使用。这些比喻手段在佛典中往往而在。佛典比喻之多，与佛陀生前说法即善用譬喻有关，佛陀要将奥妙抽象的佛法宣说给弟子接受，须借助各种浅显易懂的现实景况为喻，而大乘佛教则更富于夸张玄想，更重譬喻之用。大乘经中《法华经》被称为“经王”，其《序品》明确道出：“我以无数方便，种种因缘，譬喻言辞，演说诸法。”[②]这个意思在本经中一再强调。释道宣在《妙法莲华经弘传序》揭示曰：“朽宅通入大之文轨，化城引昔缘之不坠，系珠明理性之常在，凿井显示悟之多方，词义宛然，喻陈惟远。”[③]“朽宅”喻（即火宅喻）、“化城”喻、“系珠”喻、“凿井”喻四喻，加上“穷子”喻、“药草”喻、“医师”喻，即是著名的“《法华》七喻”。《法华》七喻是佛家用以示现化导、宣说佛法的手段，实际上表现为七个具体生动的故事。《大智度论》卷95云：“智者以譬喻得解。”[④]《大智度论》卷22《释初品中八念义第三十六之余》曰：“依随经法，自演作义理，譬喻庄严法施，为众生说。”[⑤]《华严经》卷45《入法界品》说到菩萨教化，对借助想象、譬喻以示现化导众生的宗教意义作了详细申说。佛教的教化目的，决定了它宣教辅教的重要手段，是利用种种形象譬喻。佛典中著名的譬喻如南本《大般涅槃经》卷30《师子吼菩萨品》，即设置了一个为中土受众所熟知的譬喻故事：众生说佛性有如盲人说象，各得其实而非佛性。因为大量使用形象化的譬喻、铺陈性的夸饰，佛典文学中展现的大千世界，呈现出奇妙夸诞的神异色彩。有譬喻，则有故事性；形象化，

---

① [后秦]鸠摩罗什译：《大智度论》卷35《释习相应品第三》，《大正藏》第25册，台北佛陀教育基金会1990年影印本，第320页。

② [后秦]鸠摩罗什译：《妙法莲花经》卷1，《大正藏》第9册，台北佛陀教育基金会1990年影印本，第7页。

③ [唐]释道宣：《妙法莲花经弘传序》，《大正藏》第9册，台北佛陀教育基金会1990年影印本，第1页。

④《大智度论》卷95《释七喻品》，《大正藏》第25册，台北佛陀教育基金会1990年影印本，第722页。

⑤《大智度论》卷22《释初品中八念义第三十六之余》，《大正藏》第25册，台北佛陀教育基金会1990年影印本，第227页。

则故事趣味可读；夸饰铺陈，则场面宏大；既以示现化导为目的，则具备明确的主题倾向。这样的文学作品，已经含有一定的小说因素。

比较而言，史传重实黜虚，具备囊括寰宇的宏大叙事功能，但艺术虚构和审美想象的因素相对贫弱；诗赋言志抒情，比兴与铺陈的手法与佛典大略相通，然更重意境的创造，叙事则较为简洁。佛典汉译之后，佛教文学的丰富想象力和强大的虚构功能，对本土传统的文学体裁形成了冲击，为文学带来了新鲜的空气和血液。在长期的文化交流和文学创作中，佛教文学与传统文学由碰撞而交融，在艺术的诸多方面对传统文学形成了一种补构，改变了本土文学的美学风貌，并带来诸多新文体、新方法、新风格的产生。

二、佛教文学补构了中国文学的形象体系

中国传统文学中的形象系统，乃以帝王将相、君子后妃为主。这与史传和诗赋乃是唐前传统文学的最经典样式密切相关。史传所载，是帝王将相、历史英雄在各种历史事件中的作为和历史进程中的作用，而凡是影响到历史进程某方面发展变化的其他普通民众，也会被列入传记的范围。诗歌所言，也多是君臣相得、香草美人、求女求仕的主题，尽管有很多篇章涉及到下层百姓的生活层面，征夫怨妇、渔樵氓庶，但诗文的总体倾向还是基于儒家修身齐家治国平天下的思想体系，故无论是正面的歌咏，还是讽谏或批判，所有形象的设置都只是为了服从于表现这一主题。从思维与想象的空间而言，唐前传统诗文的形象几乎没有超出现实人物的范围。《离骚》虽也上天入地，叩阍不答，求女不遇，求卜不合，去国不堪，无论幻化的境界如何腾挪跌宕，终归还是摆脱不了众嫉娥眉、国人莫知、哲王不悟、君臣相离的现实功利的拘囿。而此种寓情草木、托意男女的抒情方式，也深刻影响到楚辞及后世诗歌的表现手法。《高唐赋》《洛神赋》《长门赋》以及《长恨歌》，大多脱离不了君臣男女的思维格局。

佛教文学的进入中土，则为中土文学的形象体系提供了诸多崭新的形

象。释迦牟尼、阿难、大迦叶、舍利弗、目连、须菩提等形象，在佛教文化数千年的流传变异中，逐渐远离了历史人物的现实状貌，而凝固为已成正觉、慈悲神异的佛菩萨形象。这与中国传统圣人如孔子老庄者，数千年流传中仍然是高超凡人的思想家哲学家形象，是何等的不同。佛菩萨罗汉的形象特征与神通法力，又与中土原有的帝王将相、征夫怨妇完全不同，这就给中土文学带来了新异的面孔和感觉。佛教文化中的诸天护法天王，亦有大威力大神通。帝释天、大梵天、那罗延天、大自在天等大天王，具有天帝特征。大梵天原是婆罗门教的造物主，与帝释天频繁出现于各部佛经，出现时或考验菩萨愿力，或赞叹菩萨功德，或肯定佛陀说法。此外还有四大天王：东方天王提多罗吒，南方天王毗琉璃，西方天王毗留博叉，北方天王毗沙门，乃是帝释天的下属，居于须弥山腰，各率部众护持一方，故又称“世四天王”，衍变为“四大金刚”，佛教寺院中常见其雕塑或画像。另外还有诸天界的众天王，在佛经中常以群体形象出现，率各自部族参加佛陀法会和菩萨道场，是天龙八部之一。所谓天龙八部，亦属于佛教护法队伍，包括天众、龙众、乾达婆、夜叉、阿修罗、紧那罗、迦楼罗和摩喉罗迦八部，又称“八部众”。

各类天王均具有变化自在、降魔伏妖的神通，进入中土后对传统文学形象系统中的帝王将相形象形成了一种补构，且对后世神魔小说系列的文学带来很大影响，如《西游记》中的西方诸佛形象，即从佛经诸佛形象延伸而来，托塔李天王和哪吒父子，乃是由毗沙门天王父子形象演变而来。《贤愚因缘经》卷10《须达起精舍品》中须达长者为供养佛陀而买园建立精舍，引起六师外道的嫉恨和阻挠，舍利弗变幻神通，降伏六师外道。敦煌藏卷《降魔变文》和《破魔变文》直接取材于《须达起精舍品》舍利弗降伏六师外道事迹。《西游记》中孙悟空的神通变化、与二郎斗法、车迟国斗法以及西行途中其他种种降魔伏妖经历，其艺术源泉皆在于此。《卢志长者经》写帝释天化为卢志长者施行教化，引出真假之争。《西游记》真假美猴王、真假牛魔王的情节，亦源于此。《中阿含经》卷30《降魔经》叙大目犍连尊者入定时，忽觉魔王化作细形入己腹中，乃呵叱令其出，魔王即化细形出尊者之口；又《旧杂譬喻经》有“梵志作术”条。这些故事均启发了《西游记》中孙悟空化虫钻进罗刹女肚子的情节。

帝释天王所居处，构成了天宫系统。《西游记》的天宫、西天，几乎是《佛说无量寿经》所描绘的无量寿国和《华严经》所构创的华严世界的翻版。和天宫相对应的有地狱和魔界。佛经中的地狱（niraya，或naraka）是一个恐怖的世界，八热地狱、八寒地狱合为十六根本地狱，主管地狱的是阎摩（Yama），即阎罗王。阎罗王掌管着世间众生的生死簿，生人的寿命也在他的掌握之中。地狱设有各种机构和牛头马面、狱卒、狱主、五道将军、阎王形象。地狱众生是佛陀救度的对象。佛的对手是魔，魔所居处是魔宫。魔王波旬率有魔军，常阻挠佛、菩萨、佛弟子修持，干扰佛陀说法。世尊成道之日，魔王先遣魔女诱惑，后遣魔军出击，均被世尊施法力化解击退。世尊之灭度，乃是魔波旬再三劝请，催逼世尊实践灭度之预言的结果。魔波旬、魔女系列形象，在唐前本土文学中是一种阙如。《维摩诘经》中叙魔王数句曰：“时魔波旬从万二千天女，状如帝释，鼓乐弦歌，来诣我所。”[①]这在变文中敷衍成为数千字的故事。唐五代白话小说的魔界，有魔王、魔女，魔王能驱使罗刹、夜叉、阎罗王、五道神，可以呼唤风伯雨师、鬼王妖婆。佛魔对阵的描写，成为讲史类小说战场描写的一个艺术启示。

佛教文学中诸多动物形象，也随着佛经的汉译而进入了中国文学的画廊，如金翅鸟、龙、狮子、孔雀、九色鹿等，均为美好的生灵形象，为唐前本土文化所没有。佛经中龙的形象，与中土文化中的龙也有着很大差异。中土观念中，龙为鳞鱼之长，乃从古代爬虫类的图腾崇拜而来。传说龙有四足，蛇身狮头鹿角人须，所谓神龙见首不见尾，不以全貌示人。《礼记・礼运》将麟凤龟龙四者并提，谓之四灵。《左传・襄公二十一年》：“深山大泽，实生龙蛇。”[②]龙与蛇并列，说明龙只是动物之一种。《楚辞・

①《大正藏》第14册，台北佛陀教育基金会1990年影印本，第543页。

②［春秋］左丘明撰，［晋］杜预注，［唐］孔颖达疏：《春秋左传正义》，中华书局1980年影印本，第1971页下。

天问》王逸注有河伯化为白龙之说，然化为龙后是动物性质的龙。《广雅》有云：“有鳞曰蛟龙，有翼曰应龙，有角曰虬龙，无角曰螭龙，又有升天者曰蟠龙。”[①]六朝以前中国文化中的龙，基本上是动物的龙；而佛教文学中的龙，则是人格化的神灵。龙的梵文为Naga，音译“那伽”，身长而无足，能变化云雨。僧伽跋陀罗译《善见律毗婆沙》卷17云：“龙者，长身无足。”[②]《华严经》曰：“（龙）其数无量，莫不勤力兴云布雨，令诸众生热恼消灭。”[③]天龙八部的龙，是人格化的神灵，居于天界并守护天界，是六道中处于天人和畜生之间的众生。龙有龙王，有眷属，有龙子龙孙，形成一个庞大的家族系统。龙不仅能行云布雨，还能随意变化形体，有时候变成人形来听说佛法。龙有善恶：善龙善行，佛出生时吐水洗礼，佛宴坐时遮风挡雨；恶龙恶行，与佛为敌，危害众生，而往往被佛降伏。佛陀时代，龙被佛及其弟子降伏而皈依三宝，成为三宝的护法。西晋竺法护译《海龙王经·请佛品》中，叙海龙王诣灵鹫山，闻佛说法，信心欢喜，请佛至大海龙宫供养，佛许之[④]。《孔雀王经》《大云经》《僧护经》都有龙王护持佛法的故事。龙经听法修道，可以变幻自身，《法华经》中龙女转女成男而为佛身，伊罗钵龙王以神力变为转轮圣王身而见佛陀，因在迦叶佛时做比丘而轻慢佛所说法，便堕龙身受苦，身有七头，头上生树，风吹树摇，身出浓血，痛苦无穷，而又寿长一劫，至弥勒佛出世，人寿八万岁时，才能舍此长寿龙身。《海龙王经·授决品》叙佛为海龙王说大乘之深义，为龙子威音龙女宝锦授记作佛[⑤]。《法华经·提婆达多品》云娑竭罗龙女年始八岁，须臾而成正觉。佛经传入中土，Naga对应译为“龙”，与本土文化中的“龙”的形象混合而为一体。《庐山远公话》写了千尺潭龙化

① [清]王念孙：《广雅疏证》，江苏古籍出版社2000年版，第369页。

②《大正藏》第24册，台北佛陀教育基金会1990年影印本，第795页。

③ [唐]实叉难陀译：《大方广佛华严经》卷1，《大正藏》第10册，台北佛陀教育基金会1990年影印本，第4页。

④《佛说海龙王经》卷3《请佛品》，《大正藏》第15册，台北佛陀教育基金会1990年影印本，第144页。

⑤《佛说海龙王经》卷3《授决品》，《大正藏》第15册，台北佛陀教育基金会1990年影印本，第143页。

身人形来听远公说法。《柳毅传》中的洞庭湖龙君龙女，《封神榜》《西游记》中的四海龙王，皆非传统文化中的龙神，而是佛经文学中Naga形象的异化。显然，自唐始，龙开始以人格化的神灵的身份进入中国文学的画廊，并延伸出种种人龙婚恋故事，而这，正是汉译佛典带来的新风貌。

佛经文学中的植物形象，也在佛教文化的东传过程中，渗透到中国文化的精神层面。其中最典型的是莲花意象。《佛本行集经》卷10叙释迦牟尼出生时步步生莲花的美妙情景曰："童子初生，无人扶持，住立于地，各行七步，凡所履处，皆生莲花，顾视四方，目不曾瞬，不畏不惊。"[①]《瑞应本起经》叙释迦牟尼前世向燃灯佛献莲花，被燃灯佛授记的事迹。《妙法莲花经》将大乘妙法喻为莲花，莲华即妙法，代表接引众生的法门。莲座乃为佛陀结跏趺坐讲经开释而设。佛家以莲为座，乃是因为莲花软净庄严、香洁坦大的缘故。《大智度论》卷8《放光释论第十四之余》云："又以莲华软净，欲现神力能坐其上令花不坏故。又以庄严妙法座故。又以诸华皆小，无如此华香净大者。人中莲华大不过尺，漫陀耆尼池。及阿那婆达多池中莲华，大如车盖。天上宝莲华复大于此，是则可容结加趺坐。佛所坐华复胜于此百千万倍。"[②]《佛说阿弥陀经》描述了佛国莲花的光灿香洁形象："极乐国土，有七宝池，八功德水，充满其中，池底纯以金沙布地……池中莲花，大如车轮，青色青光，黄色黄光，赤色赤光，白色白光，微妙香洁。"[③]佛经中称佛国为"莲界"，称寺庙为"莲舍"，称袈裟为"莲服"，称僧徒行法手印为"莲华合掌"，念珠亦以莲子串成，以莲子作念珠胜过槐木珠。《华严经》述莲花的意义云："大莲华者，梁摄论中四义：一如世莲华，在泥不污，譬法界真如，在世不为世法所污。二如莲华，自性开发，譬真如自性开悟，众生若证，则自性开发。三如莲华，为

①《佛本行集经》卷10《私陀问瑞品第九》，《大正藏》第3册，台北佛陀教育基金会1990年影印本，第699页。

②《大智度论》卷8《初品中放光释论第十四》，《大正藏》第25册，台北佛陀教育基金会1990年影印本，第115—116页。

③［姚秦］鸠摩罗什译：《佛说阿弥陀经》，《大正藏》第12册，台北佛陀教育基金会1990年影印本，第346—347页。

群蜂所采，譬真如为众圣所用。四如莲华，有四德：一香、二净、三柔软、四可爱，譬真如四德，谓常、乐、我、净。”[①]佛教东传之后，中国寺院中的塑像，除了如来之外，阿弥陀佛亦结跏趺坐于莲台，双手仰掌置于足上，掌托莲台，意在指引众生通往西方佛国净土；大慈大悲观世音菩萨亦着白衣坐于白色莲花之上，一手持净瓶一手执白莲，亦有引导众生去往佛国净土的意味。又据说南齐废帝以金凿地为莲花，令潘妃行走其上，美其名曰步步生莲花。宋周敦颐作《爱莲说》，咏莲花之出淤泥而不染，莲花品格经此一说，而深深影响了中国人的文化生活，成为国人民族品格的一个重要元素。《中阿含经》卷23记释迦牟尼语曰：“以此人心不生恶欲、恶见而住，犹如青莲华，红、赤、白莲花，水生水长，出水上，不著水。”[②]又佛教谓世间众生无不在四生六道中轮回，而从莲花化生则能获得清净不染之身性。《封神演义》写哪吒太子触犯天条而受惩，剔骨还父，割肉还母，灵魂经太乙真人帮助而从莲花再生，从此不朽。

三、佛教理念生发了中国文学的三生观念

佛教传来之前的中国文学，虽也有鬼神和报应的观念，但对其内涵并没有深加构想。中国古代人对“鬼”的看法与对死亡的感觉一样，充满了神秘感和敬畏感。依《说文解字》的说法，“死”即“归”，而“人所归为鬼”[③]。《淮南子·泰族训》以为鬼是一种“视之无形，听之无声”[④]的精气，《论衡·讥日》则曰：“鬼者，死人之精也。”[⑤]鬼，即是死者的精魂。可以看出，在古代中国人的概念中，生命终止之后的情况是神是气，而神

① [唐]法藏：《华严经探玄记》卷3《卢舍那佛品第二》，《大正藏》第35册，台北佛陀教育基金会1990年影印本，第163页。

② 《中阿含经》卷23《青白莲华喻经第六》，《大正藏》第1册，台北佛陀教育基金会1990年影印本，第575页。

③ [汉]许慎：《说文解字》，中华书局1963年影印本，第188页。

④ 张双棣：《淮南子校释》，北京大学出版社1997年版，第2040页。

⑤ [东汉]王充：《论衡·讥日》，上海人民出版社1974年版，第366页。

气精魂皆虚无飘渺，居处无所。《墨子》卷8《明鬼》下所记“杜伯报冤”故事，可谓最早的冤魂复仇的故事。鬼魂报冤故事的产生，往往是由于现实情境的局囿或逼迫，冤死者无从雪冤，人们便借助鬼魂来实施复仇的朴素愿望。《墨子》卷8《明鬼》下同时载有庄子仪鬼魂击杀燕简公事，亦是为了说明“鬼神之罚不可为富贵众强、勇力强武、坚甲利兵，鬼神之罚必胜之”①。与此相关的是鬼魂报恩，如《左传·宣公十五年》记有魏颗因父死，嫁父之妾，后与秦国杜回交战，所嫁妾之父的鬼魂“结草”绊倒杜回使被抓获，以报魏颗之恩。尽管人们构想出一个鬼神世界来与生人世界对应或对抗，但这个世界的状貌和机构俱无实际内涵，也缺乏一定的运行机制和管理秩序，属于不可知的范围。中国本土的文学观念，在涉及到人自身之外的世界时，总是敬而远之，缺乏一种整体性的构想。

中国文化中生命存在的时空观念，是一生一世、一次完成的。佛经的东传，带来了中国文化中所没有的三生三界、百千万劫轮回不已的时空观念，人有前生今生和来生，说明的是一个经常探讨而又极难解决的哲学命题：生命从何处来又向何处去。这就生发了中国文学的三生观念。检阅唐诗，可以发现“三生”“前生”“来生”等词在当时诗人的笔下，运用得相当娴熟。用到“三生”的，如白居易《赠张处士山人》：“世说三生如不谬，共疑巢许是前身。”张祜《赠禅师》：“坐见三生事，宗传一衲来。”唐彦谦《游南明山》：“投闲息万机，三生有宿契。”徐夤《赠月君》：“出水莲花比性灵，三生尘梦一时醒。”用到“前生”的，如刘禹锡《送僧元暠东游》：“彭泽因家凡几世，灵山预会是前生。”李涉《题涧饮寺》：“还似萧郎许玄度，再看庭石悟前生。”张祜《题画僧二首》：“僧仪又入清流品，却恐前生是许询。”寒山诗：“今日如许贫，总是前生作。今生又不修，来生还如故。”用到“来生”的，如白居易《送后集往庐山东林寺，兼寄云皋上人》：“来生缘会应非远，彼此年过七十余。”姚合《寄无可上人》：

①［清］孙诒让诂，孙以楷点校：《墨子闲诂》，中华书局1986年版，第204、220—221页。

"见世虑皆尽，来生事更修。"[①]

三生观念对小说创作的渗透，首先体现在小说的叙事结构和情节内容上。因为佛教有轮回转世的说法，影响到中国小说，即是在结构上出现了两世生存的链接，情节中出现转生为人的故事。佛典中的本生故事系列，有其固有的两世结构，佛陀总是向菩萨和弟子叙说自身在过去某世以某种生存形式出现时的种种事迹，最后揭示过去世中的某某就是佛陀自己。佛的妻子耶输陀罗、子罗云、大弟子阿难等、堂兄提婆达多，都在佛的某次生中担任过陪伴佛或对抗佛的某一身份角色。佛本生故事系列的框架结构，一般都只涉及佛的前生和今生，故呈现为两世结构。而这个两世故事，乃以讲述过去生故事为主体，今生只作为主题的归结和框架的完整而存在。从发生学的角度来看，构成本生经的主要方式，是把佛陀过去某世的具体善行附会到原有的民间故事中去，其中占有相当分量的故事，是以动物为主人公的善行，带有浓厚的民间寓言、神话、传说的痕迹。中国虽自先秦始就有了神话、寓言和传说，但无论是篇幅上，还是内容上，均无佛本生故事所拥有的两世结构。从表现方法而言，中土原有的文学作品和佛本生作品，有着很大的差异。三生观念进入中国文学，自魏晋南北朝时即始。《裴子语林》记有张衡转世为蔡邕的传说，《独异记》记有羊祜乃东邻子转世的传说，《冥祥记》载有胡沙门转生为王珉之子的传说。《晋书》将羊祜之事作为史实加以叙述，说明中土的三生观念倾向于实。《太平广记》中记有出自唐时《甘泽谣》的《圆观》篇，叙圆观和尚转生小儿，与友李源再次相逢的故事，其"三生石上旧精魂，赏月吟风莫要论；惭愧情人远相访，此身虽异性长存"之诗[②]，既有佛家旨趣，又有人间情味。牛僧孺《玄怪录》中的《杜子春》篇，将三生故事容纳在梦中，实际上只有一生，然在主人公转世再生的描述中表现了人性和情感。明代小说中有很

① [清]彭定求等编：《全唐诗》，中华书局1960年版，第14册第5256页，第15册第5836页，第20册第7679页，第21册第8163页，第11册第4057页，第14册第5435页，第15册第5848页，第23册第9068页，第15册第5644页。

② 《太平广记》卷387《圆观》，[宋]李昉等：《太平广记》第8册，中华书局1961年版，第3089—3090页。

多表现转世观念的名篇，短篇有《古今小说》中的《月明和尚度柳翠》《明悟禅师赶五戒》，《型世言》中的《前世怨徐文伏罪》，“二拍”中的《庵内看恶鬼善神》，《欢喜冤家》中《吴千里两世谐佳丽》，《石点头》中《玉箫女再世玉环缘》；长篇则有《金瓶梅》《醒世姻缘传》等。这些作品的叙述框架，乃是构建在人物的两世故事的基础之上。与佛本生故事注重前生和此生的框架稍异，中土小说大多侧重于今生和来生，尽管从来生的角度看，今生也是来生的前生，但基本上还是由今及后，不涉前世。这与佛教果报观念进入中土之后，经慧远等人的改造，突出今生作业来生报应、引导人们重视今生作业的倾向有很大关系。而前生故事的阙如，又由孟婆汤典故的创造而得到了合理的解释，于是中土化的三生故事，就多趋于两世为人的情节与框架了。两世为人的框架，为小说提供了更大的艺术时空，增加了情节的容量和叙述的弹性。

三生观念对中国小说的渗透，也表现在小说更新了善恶果报观念的内涵及其价值。中国文化中的果报观，是现世现报，祸福返于已身，或是延及子孙，子孙成为父祖善恶行为的后果承受者。而佛教三生三世六道轮回的观念，将果报的效应从现世延及来生，地狱的设置又为果报提供了实践的空间。这种观念体系一旦进入中国小说，便和传统文学固有的社会功用观相结合，成为儒家正统观念的辅助，对儒家积极入世的文学观形成了一种有力的补构。诸多小说作品有意无意使用了三生果报的情节和结构，使小说产生了惩恶扬善的伦理价值和社会效应，中国小说的伦理品位因此而得到提升。对这一点，小说批评者看得十分清楚，并对其伦理价值表示明确的肯定。冯梦龙（1574—1646）为《石点头》所作的序中说：“‘石点头’者，生公在虎丘说法故事也。小说家推因及果，劝人作善，开清净方便法门，能使顽夫伥子，积迷顿悟，此与高僧悟石何异？”[①]明笑花主人在《今古奇观序》将善恶果报和儒家伦理观念等同看待，论述小说的社会教化之功曰：“仁义礼智，谓之常心；忠孝节烈，谓之常行；善恶果报，谓之常理；圣贤豪杰，谓之常人。然常心不多保，常行不多修，常理不多

① [明]冯梦龙：《石点头序》，[明]天然痴叟：《石点头》，上海古籍出版社1957年版，第329页。

显，常人不多见，则相与惊而道之，闻者或悲或叹，或喜或愕。其善者知劝，而不善者亦有所惭恧悚惕，以共成风化之美。”[①]明署名欣欣子的《金瓶梅词话序》则针对报应论其戒恶劝善功用云：“（《金瓶梅》）语句新奇，脍炙人口，无非明人伦，戒淫奔，分淑慝，化善恶，知盛衰消长之机，取报应轮回之事，如在目前始终，如脉络贯通，如万系迎风而不乱也，使观者庶几可以一哂而忘忧也……至于淫人妻子，妻子淫人，祸因恶积，福缘善庆，种种皆不出循环之机，故天有春夏秋冬，人有悲欢离合，莫怪其然也。”[②]清人纪晓岚在其《槐西杂志》中曾说：“佛自西域而来，其空虚清净之义，可使驰骛者息营求，忧愁者得排遣；其因果报应之说，亦足警戒下愚，使回心向善，于世不为无补。”[③]佛教的三生果报观，生发了中国小说的三生观念，拓展了小说创作的思维空间，激发了小说作家的想象潜能，使得中国小说呈现出前所未有的文学风貌。佛家的宇宙时空观念与儒家的完全不同，它所构架的胜妙阔远境界，为中国文学开辟了新的时空意识，提供了新的人生态度。

［原载《东方丛刊》2005年第2期］

① 廖东校点：《今古奇观》，齐鲁书社2002年版，第1页。

② 欣欣子：《金瓶梅词话序》，黄霖、韩同文选注：《中国历代小说论著选》上，江西人民出版社2000年版，第200—201页。

③ 汪贤度校点：《阅微草堂笔记》，上海古籍出版社2001年版，第296页。

古代文学“鬼魂”意象的文化索解

在中国古代文学作品中，“鬼魂”意象出现得相当频繁，历代很多样式的文学作品皆有涉及，尤其是戏曲小说作品中，常飘悠着恍兮惚兮的憧憧鬼影。“鬼魂”中究竟蕴涵着什么样的文化心理？古代人对鬼魂的观念如何影响了文学的世界？本文试从语言与文学的角度入手，对鬼魂现象作一简要梳理。

鬼魂：形异化而质同构的“人”

中国古代人对“鬼”的看法与对死亡的感觉一样，充满了神秘感和敬畏感。事实上，鬼神观念与死亡现象也恰有着至为密切的联系。一方面，“死”就意味着“归”，而“人所归为鬼”[①]；另一方面，“鬼者，归也。故古人以死人为归人”[②]。“视死如归”一词意谓对死亡无所畏惧，有着从容就死、大义凛然的英雄气概，但这种气概却是从十分朴素的“视鬼为归”的意识中升腾演化而来的。死即归，归即为鬼，“鬼者，死人之精也”[③]，鬼，即是死者的精魂。

在先民的意识中，人的精气还有“魂”和“魄”的区别：阳之精气为

①［汉］许慎：《说文解字》，中华书局1963年影印本，第188页。

②［清］汪继培辑：《尸子》，上海古籍出版社1989年版，第30页。

③［东汉］王充：《论衡·讥日》，上海人民出版社1974年版，第366页。

魂，阴之精气为魄，“魂，阳气也”，“魄，阴神也”[①]，“阳魂为神，阴魄为鬼”[②]；魂魄本来是人生命的根本，人一死，则“魂气上升于天为神，体魄下降于地为鬼”[③]。孔子曾向学生解释鬼与神的不同，说：“气也者，神之盛也；魄也者，鬼之盛也。”[④]神为魂（魂气），鬼为魄；神属阳魂，鬼为阴魄；神升于天，鬼降于地；神为天气，鬼为地气：在古人的观念中，魂不同于魄，鬼不同于神，何质何形，何由何往，何高何下，都区分得一清二楚。故而，“鬼域”迥异于“神州”，“神机妙算”也不同于“鬼计多端”。不过有时候，鬼与魂、魂与魄、神与鬼又是合二为一，难以辨明的。“鬼神无常享”[⑤]，“心之精爽，是谓魂魄；魂魄去之，何以能久”[⑥]，“敬鬼神而远之”[⑦]，“身既死兮神以灵，子魂魄兮为鬼雄”[⑧]，诸端皆是两两并用，似乎并无阴阳之别，高低之分。汉语中有个“魋”字，“神也”，也即“神”字的别体；而鬼字又可写作“示”字旁的“鬼”，“古文从示”[⑨]。这说明神、鬼原是一物。而在一些涵义固定的语词如“神出鬼没”“鬼斧神工”“鬼使神差”“牛鬼蛇神”“魂飞魄散”之中，“鬼”和“神”，“魂”和“魄”意义基本上毫无二致。古代的鬼诗词、鬼小说、鬼戏曲中，虽多生魂游荡，亦常视同鬼影。这似乎反映了古代中国人认识世界和人自身时，所葆有的既唯心而又辩证的思维方式。

---

①[汉]许慎:《说文解字》,中华书局1963年影印本,第188页。

②《康熙字典》(标点整理版),上海汉语大词典出版社2002年版,第802页。

③[北周]卢辩注:《大戴礼·曾子天圆》,《景印文渊阁四库全书》第128册,台湾商务印书馆1983—1986年版,第457页。

④[元]陈澔注:《礼记·祭义》,上海古籍出版社1987年版,第260页。

⑤《尚书·太甲下》,[唐]孔颖达疏:《尚书正义》,[清]阮元刻:《十三经注疏》,中华书局1980年影印本,第165页上。

⑥《左传·昭公二十五年》,[春秋]左丘明撰,[晋]杜预注,[唐]孔颖达疏:《春秋左传正义》,中华书局1980年影印本,第2107页上。

⑦[魏]何晏集解,[宋]邢昺疏:《论语注疏》,[清]阮元刻:《十三经注疏》,中华书局1980年影印本,第2479中。

⑧[战国楚]屈原:《楚辞·九歌·国殇》,[汉]王逸章句,[宋]洪兴祖补注,四部丛刊景明翻宋本,卷2第31页。

⑨[汉]许慎:《说文解字》,中华书局1963年影印本,第188页。

无论是上天还是入地，究其实，"鬼"不过是"人"的一种变异，或者说是人根据自己的形象而想象设计出来的幻影。在甲骨文中，"鬼"的字形有如一个面目可憎的"人"；小篆有了变化，仍然是"从人，像鬼头"[①]。这说明，古人视"鬼"为"人"在另一世界的延续，或谓"鬼"乃"人"的异化。这种形异化而质同构的现象，使得人世间的一些道德观念也延及于鬼世界中。既然人有善恶之分，那么鬼也就有了贤愚之别。"圣人精气谓之神，贤智之精气谓之鬼也"[②]，贤者、智者死后必是好鬼、贤鬼；"生当作人杰，死亦为鬼雄"，人杰死后当然是鬼雄、英灵；而"魔""鬼罗刹"皆为恶鬼，"魑"指能使人财物耗尽的恶鬼[③]，"魅"为厉鬼[④]，而"厉"本身也是恶鬼[⑤]。民间有所谓"鬼有所归，乃不为厉"的说法，大约是说人死后魂灵若能有所归依，有所寄附，就不会成为厉鬼，反之则为"厉"。

人死后是否成为恶鬼，取决于人生前品行善贤与否。"子高曰：吾闻之也，生有益于人，死不害于人。吾纵生无益于人，吾可以死害于人乎哉?"[⑥]可见，在世时有益于人的，死后便会成为对人行善的好鬼；生前有害人之心或有劣迹的，死后就会变为害人的恶鬼。另一种情况是，人若无后而死，亦为"厉鬼"。因为有违儒家"不孝有三，无后为大"的伦理准则：无后，则有罪于祖先，一旦为鬼，则不能归依祖灵，那它当然是"魅"亦即"失鬼"——游荡无依的孤魂野鬼、罪大恶极的"虐厉之鬼"[⑦]

---

① [汉]许慎:《说文解字》,中华书局1963年影印本,第188页。

② [汉]司马迁:《史记》第4册,[南朝宋]裴骃《史记》集解"幽则有鬼神"句引[汉]郑玄语,中华书局1959年版,第1190页。

③《文选·扬雄〈甘泉赋〉》:"属堪舆以壁垒兮,捎夔魑而抶獝狂。"李善注引孟康曰:"魑,耗鬼也。"

④ [汉]许慎:《说文解字》,中华书局1963年影印本,第188页。

⑤《左传·襄公二十六年》:"厉之不如。"杜预注:"厉,恶鬼也。"[春秋]左丘明撰,[晋]杜预注,[唐]孔颖达疏:《春秋左传正义》,中华书局1980年影印本,第1989页中。

⑥ [元]陈澔注:《礼记·檀弓上》,上海古籍出版社1987年版,第43页。

⑦《说文解字》:"魅,厉鬼也。"段注:"厉之言烈也。厉鬼,谓虐厉之鬼。"《说文解字段注》上册,成都古籍书店1981年影印本,第461页上。

了。如果“其无所归，或为人害”，则“祀之”[1]：祭祀目的之一，是为了安抚鬼，使之有所“享受”而放弃害人之念。或者，为使四处游荡的失鬼亡魂有所安顿，却其祸害生人之念，便借助“招魂”的途径，招亡魂回其躯体或是故里、圹穴：“魂兮归来，君无下此幽都些……归来归来，恐自遗灾些……魂兮归来，入修门些……魂兮归来，反故居些。”[2]在“叶落归根”“魂归故里”这样一些语词中，仍明显含有死后灵魂归依祖灵的传统意涵。

古人的“鬼”心思可真多，他们不仅想象出一个复杂多样的鬼世界来，而且还从身家贵贱与品性高下上予以详尽的区分，并替鬼安排善意的归宿。鬼若真的有知，岂不要对人感激涕零？又怎肯使用鬼蜮伎俩，祸害生人呢？

鬼话：鬼魂意识的二元性特征

然而鬼仍然不能引发人们的好感。“丑”的繁体为“醜”，从鬼，酉声，意谓“可恶”：凡鬼皆丑而且可恶也！于是从《墨子·明鬼》中的“杜伯报冤”开始，历代都有鬼故事鬼传奇。其中鬼们大多面目狰狞，令人畏惧。它们往往披头散发，面无血色，舌头长而垂，手爪尖而利，有时还张着血盆大口，声音阴森惨凄。它们的名称也繁多，诸如吊死鬼、水鬼、饿鬼、路倒鬼、痨病鬼、替死鬼、风流鬼，女鬼、男鬼，黑无常、白无常，大头鬼、无头鬼，厕鬼、虎伥……鬼名各式各样，有的显其性别，有的明其职责（或勾魂，或开路），有的示其死而为鬼的原因（或吊死，或病死，或饿死，或淹死等）。“鬼”名堂如此之多，古人想象力之丰富可谓于此为极。

有鬼之可怕，自然便有不怕鬼的故事。一则“艾子识鬼”，说是因沟

① [元]陈澔注：《礼记·祭法》之孔颖达疏，上海古籍出版社1987年版，第255页。

② [战国楚]屈原：《楚辞·招魂》，[汉]王逸章句，[宋]洪兴祖补注，四部丛刊景明翻宋本，卷9第6—10页。

中水深不可涉，有人便将附近庙中神像拖来横架沟上作桥，踩踏而过；另一人见了，以为大不恭敬，将神像扶起放回神座之上，拂拭干净，再拜而去。于是小鬼请求施祸于村民。鬼王却下令施祸于后来者。小鬼不明就里，鬼王说：前面那人已不信鬼，又怎么能施祸给他？艾子见闻了这一切之后说：真是鬼怕恶人也！

常人怕鬼、敬神，鬼神反而怕恶人，这似乎反映了信则有、不信则无的鬼魂观念。不信不敬，就不可能怕鬼，鬼也就无法左右人的生死祸福。可是另一方面，若真是不信鬼不敬神，这鬼世界又是如何创造出来的？鬼形象之可怕又如何渗透到人的感性世界里去呢？这应是古代人鬼观念中的一个鬼情结。

另一则“宋定伯捉鬼”①，说南阳宋定伯年少时，曾夜行逢鬼，便谎称自己也是鬼，于是相商彼此轮换背行去宛市。鬼背定伯，因觉得他太重不像鬼而生疑心，定伯便说自己新鬼故身重；定伯背鬼时，鬼轻得几乎没有重量。渡水时，鬼了无声息，定伯却发出哗哗的声响。至宛市，定伯抓住鬼，使它变成了一只羊；又怕它变化，吐唾沫将它“定格”，然后卖了一千五百钱。

这又是一个悖论。不怕鬼的前提是不信鬼，不信鬼则无鬼，而人又如何能面对面地去与鬼斗智斗勇？若信鬼而鬼真在，人自然是信而惧之，又怎能巧与周旋，无畏无惧以至“捉鬼卖钱”？宋定伯与鬼斗智的身影里，胶合着古代人“鬼”观念的矛盾心理。既然鬼是“视之无形，听之无声”的一股“精气”，是阳魂阴魄，自然是虚幻的存在；而它却能与人交谈，甚至变化为羊，似乎又具备某种实体性；鬼本是“人鬼”，最后却化为“物鬼”。这就透射出了古代人“鬼”意识的二元性特征。

鬼世界的神秘莫测，丰富多样，正反映了古代人对人自身生命的依恋与思求。尽管人们认为鬼是人的延长，人死变成鬼便去另一个世界居住，可是那一世界毕竟是陌生不可知的。死亡如同一道黑色的屏障，将生人与

①［晋］干宝著，汪绍楹校注：《搜神记》卷16《宋定伯》，中华书局1979年版，第199页。又见《列异传》。

死鬼隔开；屏障那边的世界中，生命如何延续，人鬼如何联系，鬼魂能否复生，又怎样复生，便是活着的人们渴望了解并试图把握的。既然死亡是永恒的话题，“鬼话”便是人们对死事的解释；“鬼话”越多，越能说明人们对死亡的恐惧以及由此滋生的自我宽慰。不怕鬼的故事，便是从话题的另一端来思考并消解种种畏惧意识。

冤魂:果报主题中的复仇意向

鬼中不乏冤魂。大凡冤屈而死的鬼魂，在“鬼话”中又往往是复仇者。它们一股冤气凝结不散，整日游来荡去，不肯过奈何桥，也不以尽快转世做人为目的；遇有机会，便降灾于世间，或施祸于仇敌。俗云“纠缠如毒蛇，执着如冤魂”，古代文学作品中，冤鬼以执着复仇而著称。

“杜伯报冤”是最早的冤魂复仇的故事。周宣王冤杀杜伯，三年后宣王出猎时，杜伯鬼魂显形，“乘白马素车，朱衣冠，执朱弓，挟朱矢，追周宣王，射之车上，中心折脊，殪车中，伏弢而死”①。鬼魂报冤故事的产生，往往是由于现实情境的局囿或逼迫，冤死者无从雪冤，人们便借助鬼魂来实施复仇的朴素愿望；与杜伯射杀周宣王事同时载有的庄子仪鬼魂击杀燕简公事，亦是为了说明“鬼神之罚，不可为富贵众强、勇力强武、坚甲利兵，鬼神之罚必胜之”②。人们还认定，这种冤魂复仇体现的是神灵的旨意：“周之兴也，鸑鷟鸣于岐山；其衰也，杜伯射于鄗。是皆明神之志者也。”③此后，诸多史书、笔记中皆有类似主题，如张华《列异传》述交趾刺史何敞为苏娥冤魂申冤④，至《搜神记》增饰情节，将故事原型中的惩凶敷演为族诛，“以明鬼神，以助阴诛”⑤；又《后汉书》记县令王

①《墨子》卷8《明鬼》下，[清]孙诒让：《墨子闲诂》，中华书局1986年版，第204页。

②《墨子》卷8《明鬼》下，[清]孙诒让：《墨子闲诂》，中华书局1986年版，第220—221页。

③鲍思陶点校：《国语》，齐鲁书社2005年版，第15页。

④本事见《列异传》，亦见《水经注》37、《还冤记》4。何敞，见《后汉书》卷43《朱乐何列传第三十三》。

⑤[晋]干宝著，汪绍楹校注：《搜神记》卷16《苏娥》，中华书局1979年版，第195页。

忳夜宿时有女鬼诉冤，后为冤鬼惩凶复仇之事[①]。这些鬼魂皆化作有形实体出现，能言能为，虽不一定能像杜伯那样面对仇敌直接复仇，却也能借助清官之手来达到目的。在多数鬼魂诉冤故事中，鬼魂所起的作用主要是提供线索或证据；若无鬼魂出场，很多冤案无从甄别、申雪。鬼魂的显形出场，仍然是为了验证“天道明察，鬼神难诬”[②]，冥冥当中，自有正道存在；生前柔弱、冤屈而死的鬼魂之诉冤，往往成为事件转折的一个契机，甚至成为解决问题的一种至关重要的力量。从《搜神记》《冤魂志》，到唐传奇中的一些篇章如《谢小娥传》《霍小玉》等，鬼魂诉冤或化厉复仇的故事层出不穷，“令鬼神诉者，千载无一”[③]，人们借此母题，来昭示“天人共怨”“神人共诛”的道德力量。古人对鬼神的神秘感和敬畏感，使得中国文学中的果报主题得以代代延续，形成古代作品那一种浓郁而持久的阅读张力。

元剧《窦娥冤》达到了这类“鬼魂诉冤，清官雪冤”故事的极致。窦娥受冤屈而死，她的鬼魂一直飘飘荡荡不肯将息，先是让那楚州大旱三年，将冤屈昭示于楚州百姓；后又借父亲巡察楚州之际，显魂诉冤，恳求复审。审案出现麻烦，不能顺利进行时，鬼魂便直奔公堂，与陷害她的仇人当面对质。结果是真相昭揭，正义伸张，鬼魂悄然退去。窦娥鬼魂诉冤，成为该剧情节发展的动力，让故事有了一个合乎百姓愿望的理想结局。诉冤而取得胜利，是窦娥抗争意志与无畏精神在虚幻世界中的延伸和继续。

与冤魂复仇的题旨密相关涉的，是鬼魂报恩。多因生人有恩于鬼魂、鬼魂寻机报恩，解救生人困厄，如《左传·宣公十五年》记有魏颗因父死，嫁父之妾，后与秦国杜回交战，所嫁妾之父的鬼魂“结草”绊倒杜回使被抓获，以报魏颗之恩；王嘉《拾遗记》中载富敌王侯的糜竺因重新深

①［南朝宋］范晔：《后汉书》卷81《独行列传第七十一》，第9册，中华书局1965年版，第2681页。又晋常璩《华阳国志》卷10亦记有此事。

②［南朝宋］范晔：《后汉书》卷10下《皇后纪第十下·灵帝宋皇后》，第2册，中华书局1965年版，第449页。

③［晋］干宝著，汪绍楹校注：《搜神记》卷16《苏娥》，中华书局1979年版，第195页。

埋了一具无名裸尸，而得鬼魂所遣之青衣小童的火灾警告，作了预防，从而在火灾降临时避免了巨大的财物损失；刘义庆《幽明录》述平民姚牛手刃杀父仇敌，县令“深矜孝节，为推迁其事”，又“会赦得免”，令后出猎，逐鹿临井，姚父鬼魂出现，举杖击马，令遂得救。这类鬼话中，蕴藏着深厚的道德因素，有恩必报的坚韧意识渗透鬼魂观念，使得一些原本为“厉”为“虐”、四处游荡、无所归依的恶鬼，在一定条件下转化为解人灾难、助人成功的善鬼。鬼魂或报仇，或报恩，这是一个问题的两面，可谓古代中国人果报观念中一把特殊的“双刃剑”。

离魂:青春生命的曲曲悲歌

《搜神记》中有“汉谈生”的故事。谈生常挑灯夜读，有年方二八的美丽少女前来相就，并要求谈生三年中不能用灯照她，但谈生忍了两年忍不住了，在少女熟睡之后执火照之，看见“其腰以上，生肉如人，腰已下，但有枯骨”[①]。原来这少女得生人之气，三年便可使全身生肉复活，谈生一照，便破灭了复活的希望。《搜神后记》中也有类似的情节，只不过破灭了少女复活希望的，不是她的所爱，而是她的父亲。

这类鬼魂复活的故事很多，常常是在死去的尸身经生命的滋润行将复活之时，一桩意外的事故将这梦幻扑灭。这种复活和一般意义上的灵魂转世为人有极大的不同。人死后鬼魂投胎，随婴儿的出世而转生为人，这一生死轮回乃是带有宿命色彩的世俗化、功利化了的鬼魂观念；鬼魂与原来的尸身复合，欲借生人的精气重生，则更像是小说家的文学创作。介于这两者之间的，是鬼魂附体，借助他人躯体来完成自己的夙愿，如《宣室志》《子不语》皆载有借尸还魂的故事。鬼魂既然可以寄托于婴儿之身，当然也可以依附成人躯体；再往前进一步，便是回到自己的原尸身。那原尸身若是完好无损，鬼魂便真的复活，回到亲人们中间。倘若时间已久，尸身腐烂，只要能白骨生肉，便仍然有复活的希望。人们想生命永恒，死

①［晋］干宝著，汪绍楹校注：《搜神记》卷16《汉谈生》，中华书局1979年版，第202页。

而复生，这愿望是何等强烈啊！尤其是对那些还没有来得及品尝生活的欢乐便告夭亡的少男少女，人们更是怀着深深的怜悯和同情。于是，在诸多鬼魂复活的故事里，便时时飘忽着生死人而肉白骨的美丽身影。不幸的是，她们的结局大多凄凉苦楚。

由此便衍生出种种“离魂”故事。死鬼复生太艰难太不易，生魂离体然后返回躯体，是不是就容易多了呢？于是在派生的故事里，魂与身可分可合，分则一为真身一为假身，合则是魂归本体。分时，真身（躯体）病卧在床，形容枯槁，气息奄奄，假身（生魂）宛似真人，飘离出户，与所爱同止同息；合后，原来不可能实现的愿望经此传奇经历的折腾，往往得以顺遂如愿。这是名副其实的文学构想。

较早的离魂传奇是《幽明录》中的庞阿故事。石姓少女爱上了美男子庞阿，离魂私奔；庞妻令婢捆送石家，半路化烟而灭。石父闻说大惊，因女儿并未离家。次日少女又奔，庞妻亲送石门；石父令女出见，与此同时，捆送来的石女烟然而灭。原来，石女曾梦至庞家，被庞妻所缚。他人则以为是石女真身私奔。在少女为虚为梦，在庞家为实为真，这是以梦游形式演出离魂主题。最后的结果，是石姓少女与庞阿终成眷属。

离魂少女中最有名的，是唐传奇《离魂记》中的张倩娘。倩娘与王宙自小相爱，长大后张父将倩娘另许他门，王宙因愤恨悲恸而远走他乡，倩娘也抑郁不乐，当夜便离魂出走，追随爱人而去。两人在他乡生活了五年，生育两子。因为有爱，倩娘之生魂欢畅愉悦，容光焕发；而无爱之真身则病卧数年，始终沉郁无语。当二人相携回家时，一家惊疑。舟中的倩娘“颜色怡畅”，室内的倩娘“喜而起，饰装更衣，笑而不语，出与相迎，翕然合为一体”。元杂剧《倩女离魂》据此改编，剧作者设计了王生高中状元携妻回家的情节，并设计病卧的倩娘不知自己魂奔，闻讯后悲愤难忍，飞泪如雨。尽管结局依旧，但情节的改变使得离魂话题衍生出魂身之间人格分裂的新意向。不过，诸多离魂故事，仍然表达了人们对欢乐愉快的青春生命的深深祝福，给现实生活中未来得及享受爱情或是没有权利追求幸福的不幸少女们以心灵的宽慰和怜爱，也给所有无爱的人们送上一份

"精神快餐"。

古代离魂少女如此之多，说明了礼教束缚之严之深，宋明理学则将这种束缚发展到极致。与封建的"理"与"礼"相对抗的，是"情"。"理"所倡行的，建基于封建伦理纲常对自然人的正常人性欲望的扼杀泯灭上；而"情"所追求的，却是这种人性的合理自由的伸展。"理"摧残生命，变人为鬼；有"情"人却能因情而复生为人。这便诞生了光彩照人的杜丽娘形象。"如丽娘者，乃可谓之有情人耳。情不知所起，一往而深，生者可以死，死者可以生。生者不可与死，死而不可复生者，皆非情之至也。"①杜丽娘因情爱在现实中无法实践，悒郁而终。可是死亡并非其生命的终结，而是她理想生活的开端，在幽冥之中，她仍在追求在现实中得不到的东西，最终在爱情的滋润下复活了。

这一文学形象颇耐人寻味。杜丽娘先是因情成梦，梦中情合；又因梦而死，死后仍然情合；最后死而复生，终谐连理。始乃梦魂，继是鬼魂，终为生命实体。梦遇柳梦梅，重复的是《幽明录》中石姓少女的梦游情结；死后鬼魂托梦与柳梦梅，并以鬼魂身份继续出演这一情爱故事，则浓缩和升华了各类人鬼恋的主题；而竟生还，再续前缘，又叠印着张倩娘等少女的倩影。生人、梦魂、鬼魂三位一体，以历时性的爱情体验精妙地传达出生死维系于一"情"的即时性题旨。也许，这是古代最好最美丽最曲折的鬼魂故事了。

石氏女、张倩娘、杜丽娘，以及宋元话本、"三言二拍"、《聊斋志异》中许许多多的鬼魂如璩秀秀、小谢秋容者，多以美丽多情的少女形象出现。如同鬼有贵贱善恶之分一样，人们当然会在那些丑陋狰狞的可憎面目之外，异想天开地构拟出如花似玉的可爱容颜来。钟馗"捉鬼"之鬼，自然是恶鬼丑鬼厉鬼；蒲松龄"雅爱搜神，喜人谈鬼"之鬼，则多半是善鬼美鬼贤鬼；倩娘丽娘的鬼魂，当然是"倩"魂"丽"鬼了。《楚辞》中的"山鬼"，其实不是鬼，而是美丽绝伦、丰神飘逸的女神：或许，这山鬼就是后世倩女丽娘（亦即倩魂丽鬼）形象的一个审美参照?!

① [明]汤显祖:《牡丹亭》,人民文学出版社1963年版,第1页。

“我有迷魂招不得”：贤鬼、恶鬼，英灵、鬼雄，冤魂、厉鬼，生魂、死鬼……鬼魂意象的内涵如此丰富复杂，真令人神魂迷惘，沉潜其中，索解未有穷已之时。其中所包孕的浓郁的文化信息，此仅揭举其荦荦大端，余者更有待于方家。

[原载《湖南农业大学学报》(社会科学版)2000年第2期]

《窦娥冤》与《哈姆雷特》"鬼魂诉冤"情节比较谈

我国古代伟大的戏剧家、元杂剧奠基人关汉卿，在他的悲剧杰作《窦娥冤》里，精心设置了一个"鬼魂诉冤"的情节，使得这一严峻深刻的现实主义剧作，弥漫着一派悲凉浓郁的浪漫主义精神氛围。时隔三个多世纪，英国文艺复兴时期的伟大戏剧家莎士比亚，在他的著名悲剧《哈姆雷特》中，也安排了一个"鬼魂诉冤"的情节。这一艺术巧合，体现了东西方两位文学家不谋而合、超乎寻常的艺术匠心。它们在渲染气氛、刻画形象、推动情节、表现主题诸方面所起的艺术作用，既合拍一致，又风格各具而有异曲同工之妙。对此，我们试作一简要的比较分析。

"鬼魂诉怨"情节，显示出两位戏剧大师艺术构思中的诸多共同点。

首先，《窦娥冤》中的窦娥鬼魂与《哈姆雷特》中的老王鬼魂都是罪恶与阴谋的受害者、控诉者，它们的诉冤是情节发展的动力，是全剧必不可少的一个重要环节。窦娥鬼魂上场，将受诬冤杀的经过哭诉给父亲，从而使自己的冤屈得以伸张，仇人一一相报，让这一悲剧故事有了一个合于观众读者愿望的结局。而老王鬼魂复现，也将自己冤死的真相披露于世人，从而引出波澜曲折的故事情节。鬼魂实乃复仇之神；正是由于它们的出现，事件的真相得以昭揭，情节被推动向前发展。

其次，两个鬼魂诉冤的对象都是它们的至亲，《窦娥冤》中是女儿诉与父亲，《哈姆雷特》中是父亲诉与儿子。这似乎意味着，无论在中国，还是在欧洲，生存于那一人人不可信、不可依的冷酷黑暗时代里，只有依赖于血缘之亲、天伦之义，才能有效地铲除邪恶报仇雪冤。

再次，两个鬼魂都在苦海中受熬煎又都必须在天明之前离开。窦娥鬼魂“每日里哭啼啼守定望乡台”“一灵儿怨哀哀”，冤屈深深，哀怨沉沉，在申冤的焦虑渴望与暗夜的漫漫无际中辗转折磨；老王因为没经心灵的忏悔便被害死，只好让戴罪的魂灵承受地狱之火的煎烤，灾难深重，痛苦不堪。它们虽都是“执着一念”，不肯将息，游荡复现于尘世，寻觅诉冤雪恨的机会，可是它们又都不能长时间眷恋逗留，鸡鸣使它们惊惧恐慌，曙色让它们畏缩不前，执着而来，转瞬却又消逝，恍如荒诞之梦。两个鬼魂的悲惨处境与飘忽行踪如此相似，反映了古代东西方文化观念中有关鬼神世界的共同认定。

最后，两个鬼魂的出现都在不同程度上渲染了阴暗沉重的悲剧气氛，与作品的悲剧精神和谐一致并为之服务。窦娥鬼魂“慢腾腾昏雾里走，足律律旋风儿来”，上场时“雾锁云埋”，酿造了阴森冷戚、昏黑迷蒙的悲凄氛围；老王鬼魂面呈怒容，身穿战铠，深夜而至，带来了肃穆凝重、阴沉神秘的惨淡气氛。它们的出现，正是剧作家浪漫手法的巧妙运用，不仅没有引起任何滑稽可笑、有悖情理的感觉，反而让观众在惊愕和悲凉中产生心灵的震颤与情感的伤痛。鬼魂酿就的悲剧氛围，成为两部现实严肃剧中一个重要的艺术构成部分。

真正的艺术是从不重复的。两个“鬼魂诉冤”情节，在艺术上异彩纷呈，各竞其芳。其一，窦娥鬼魂出现于末折，处在剧情发展的最后阶段；老王鬼魂出现于首幕，处在全剧情节的开端。前者导致了全剧的结局，为观众读者在阴影中伤痛悲愤的心灵抹上一层淡淡的抚慰药剂；后者却揭出一项阴谋，以补叙手法引导全剧情节的逶迤展开，首先给猝不及防的观众读者的心灵重重地打上悲怆的阴影，使他们在恐怖紧张中与主人公同时产生复仇的欲念。

其二，窦娥鬼魂诉冤后，虽说窦天章翻案在当时现实中是可能有的事，但在剧中却更显得要借助他的权力才得以实现；换言之，鬼魂诉冤还须和现实权力结合，才能雪冤复仇，否则那鬼魂也只好作一个屈死的幽灵到处悠悠荡荡，难以将息。老王鬼魂诉冤后，王子哈姆雷特内心经历了“是生还是死”的艰难选择和复杂斗争，克服了天性的软弱，依赖其执着的个性，终于达到目的。在哈姆雷特的复仇观念与实施过程中，权力无足轻重，人性被提到第一位。无论是他的犹豫、软弱，还是他的冲动、固执，无不浸透着人性的忧伤和苦痛。这就使得哈姆雷特的形象具备了人文主义的色彩。

其三，《窦娥冤》中鬼魂是主人公窦娥之魂，《哈姆雷特》中鬼魂是主人公哈姆雷特父亲之魂。前者是对主人公性格塑造的补充和加强，后者是对主人公性格展示的铺垫和衬托。所谓“纠缠如毒蛇，执着如冤鬼”，窦娥鬼魂的诉冤正充分体现了窦娥与恶势力抗争、“死而不已”的倔强个性；诉冤而至取胜，是其抗争意志与无畏精神在虚幻世界中的延伸和继续。老王鬼魂的诉冤，则警醒了哈姆雷特的天真与单纯，它为哈姆雷特的思想矛盾和复仇行动提供了依据；而在王子忧郁痛苦、紧张不安、踌躇无措的迷狂时刻，鬼魂再次上场，来砥砺王子行将磨灭的意志，指引他的心灵前行。它为王子性格的充分展示起了铺垫和烘托作用，映衬出王子个性苏醒的曲折过程。

其四，窦娥之死乃是一桩民间冤案，鬼魂诉冤凝聚着平民百姓无辜被害的悲愤之情；鬼魂重现，代表了那一时代普通民众的共同意志和善良愿望，反映出古代中国人文化观念中潜伏的善恶因果意识。老王之死则源于一件宫廷阴谋，鬼魂诉冤浓缩了王族内部骨肉相残的悲凉之意；发生于古丹麦宫廷中的流血事件，被作者借用来影射英国当时的黑暗现实，故而鬼魂复出，象征着人们试图借助鬼神力量来对抗现实、以求心灵慰藉的历史心态。

由于两剧产生于不同的文化传统与历史背景，两个“鬼魂诉鬼”的情节便具备了各自不同的现实意义和审美内蕴。它们在悲剧主人公的选择上，在悲剧结构的安排、悲剧冲突的解决方式上，都因有各自的抒情传统和民族风格而凸显其异。可是，主人公无论是底层民女，还是王公贵族，“诉冤”无论在情节的起点还是在结构的终端，结局也无论是果报不爽还是玉石俱焚；“鬼魂诉冤”情节在这两部杰作中的出现，皆如横云断山，引人入胜，收到了山断云连、奇谲魂丽的艺术效果。

[原载《语文月刊》1996年第4期，原题为“横云断山 异曲同工——《窦娥冤》与《哈姆雷特》‘鬼魂诉冤’情节比较谈”，收入本集以原文副标题为题]

王思任小品文三题

王思任（1575—1646），字季重，号遂东，晚号谑庵，浙江山阴（今绍兴）人，万历二十三年（1595）进士，曾知兴平、富平、当涂、青浦诸县，迁袁州推官，擢刑部主事，转工部，出为江西佥事。后隐居林下，游历著作以自娱。1645年，清兵攻陷杭州，鲁王监国驻绍兴，授礼部侍郎兼詹事，后进礼部尚书。次年6月，清军南下，绍兴陷落，鲁王亡走海上，王思任弃家遁入城南凤林山中，自号采薇子。9月，绝食而死。

王思任生活的时代，正值明末东林与魏党激烈纷争之际。他以保持自我个性为原则，坚决不卷入党派纷争，自谓“不曾投刺于东林魏党，乞食墦间，沽名井上。所以然者，脚底有文，脚心有骨”[①]。他曾为阉党阮大铖的传奇《十错认春灯谜记》作序，盛赞该剧创作文思奇巧，堪与《牡丹亭》并肩；而当阮大铖、马士英得势，报复、迫害复社诸君子时，王思任在给朋友的信中嘲讽马阮二人“尽草包，一摇鼓鼙卖官，一拿绰板唱曲子也”[②]，并上书太后，请“立斩士英之头，传示各省，以为误国欺君之戒”[③]；当马士英败走浙江，他斥责马士英“酒色逢君，门墙固党，以致人心解体，士气不扬。叛军至则束手无措，强敌来而先期以走”，以为

① [明]王思任：《脚板赞》，李鸣选注：《王季重小品》，文化艺术出版社1996年版，第25页。

② [明]王思任：《简徐亮生》，李鸣选注：《王季重小品》，文化艺术出版社1996年版，第10页。

③ [明]计六奇：《明季南略》卷5，中华书局1984年版，第286页。

“吾越乃报仇雪耻之国，非藏垢纳污之地”[①]，试图阻止马士英逃绍。绍兴城降清时，王思任“闭其门，大书曰不降”[②]。至城陷落，王思任“弃家入山，仅携书一卷、棋一枰而已”。数月后竟死。在江山易主、名流纷降之际，王思任横而不流，表现出民族的气节和人格的尊严，“先生之死，岂不皎皎与日月争光”[③]?!

一、王思任序文说

王思任性喜谑浪，于官吏文士、尘世俗事、山水景观无不以笑谑态度相对。他十分赞赏李贽的为人和文章：“西方菩提，东方滑稽。箭起鹘落，刃騞牛飞。快如嚼藕，爽则哀梨。是非颠倒，骂笑以嬉。公之生死，《藏书》《焚书》。”[④]李贽的那种嬉笑怒骂、爽快悍然的犀利作风，在王思任那里作了无形的精神延伸，经过时代内容和气质特征的整合变形，形成了他刚直悍怒而又谐谑放达的个性。他自称“舌如风，笑一肚”[⑤]，张岱说他“人方耽耽虎视，将下石先生，而先生对之调笑狎侮，谑浪如常，不肯少自贬损也”，继又引王思任的门人陆德先的话说：“先生之莅官行政、摘伏发奸以及论文赋诗，无不以谑用事。”[⑥]王思任曾经评议友人屠田叔的个性说：“海上憨老先生者老矣，历尽寒暑，勘破玄黄，举人间世一切虾蟆傀儡马牛魑魅抢攘忙迫之态，用醉眼一缝，尽行囊括，日居月诸，堆堆积积，不觉胸中五岳坟起，欲叹则气短，欲骂则恶声有限，欲哭则为其近于

① [明]王思任:《让马瑶草》,李鸣选注:《王季重小品》,文化艺术出版社1996年版,第13页。

② [明]张岱:《王谑庵先生传》,[明]张岱:《琅嬛文集》,岳麓书社1985年版,第196页。

③ [明]唐久经:《文饭小品序》,[明]王思任:《文饭小品》,岳麓书社1989年版,第499页。

④ [明]王思任:《题李卓吾先生小像赞》,[明]王思任:《文饭小品》,岳麓书社1989年版,第42页。

⑤ [明]王思任:《谑庵自赞》,李鸣选注:《王季重小品》,文化艺术出版社1996年版,第26页。

⑥ [明]张岱:《王谑庵先生传》,[明]张岱:《琅嬛文集》卷4,上海古籍出版社1991年版,第195页。

妇人，于是破涕为笑。”[1]对屠田叔为人性情的解读，不妨看作是王思任自出机杼，自道平生。正因由此，王思任才既有“职当先赴胥涛，乞素车白马，以拒阁下”[2]的悍烈赴死之气，又有“半通今，半博古。友子瞻，师杜甫。酒不让，棋堪赌。爱山水，怕官府”[3]的自我嘲谑之心，更有“若吕豫石，一脸旧选君气，足未行而肚先走，李玄素两摆摇断玉鱼，往来三山街，邀喝人下马是其本等”[4]的谑浪忤人之性，以及他的山水游记中那种喜作翻案文章的怪奇险奥谐谑俊妙文字[5]。

王思任作品现存有《文饭小品》5卷和《王季重十种》。两书篇目同异共存，适可互补。其中序文很多，基本收入《王季重十种》，约占该书散文篇目的三分之二[6]。它们大致有三类：一类是王思任为友人、门生、同乡及其他同时代人的诗文集或戏曲作品所作的序文，如《礋园诗稿序》《十错认春灯谜记序》等；一类是王思任为自己的诗文所作的序言，如《游唤序》等；还有一类是王思任为一些经当时人重新整理出版的前代作家的诗文戏曲作品而作的序文，如《李贺诗解序》《王实甫西厢序》等。另有一些图谱序、杂序等。

中国古代传统的序文作法基本上有两类，一类沿袭司马迁《史记·太史公自序》的传统，以记叙为主，一般是在诗文作品完成之后，对其写作缘由、内容、体例和目次，加以叙述、申说，后世有名序文，有李清照的《金石录后序》和文天祥的《指南录后序》；另一类自刘向的《战国策序》始，以议论为主，借序来表达自己的社会历史观点，后世著名序文有欧阳修的《五代史伶官传序》。两类序文间并无绝对的界线，许多序文往往记叙、议论、抒情互相配合，从而成为文学史上的散文名篇[7]。王思任的序

① [明]王思任:《屠田叔笑词序》，李鸣选注:《王季重小品》，文化艺术出版社1996年版，第156页。

② [明]王思任:《让马瑶草》，李鸣选注:《王季重小品》，文化艺术出版社1996年版，第13页。

③ [明]王思任:《谑庵自赞》，李鸣选注:《王季重小品》，文化艺术出版社1996年版，第26页。

④ [明]王思任:《答李伯襄》，李鸣选注:《王季重小品》，文化艺术出版社1996年版，第8页。

⑤ 参见吴承学:《晚明小品研究》，江苏古籍出版社1998年版，第214—219页。

⑥《王季重十种》中散文部分有游记、杂记51篇，序文、杂序97篇，浙江古籍出版社1987年版。

⑦ 参见褚斌杰:《中国古代文体概论》，北京大学出版社1990年版，第378—381页。

文既非纯粹的记叙或议论，又不以介绍作品的体例目次或申说自己的某种历史观社会观为题旨，而是既叙又议，每篇都力求新奇灵怪，面目各异，尤其在文字表述上罕有雷同，读来如行山阴道上，令人目眩。倘若细加体味比较，则可见出其序文在谋篇布局和写作技法上有着某种内在的一致性。他的大部分序文，皆十分注重对题目词意的阐释和申发，好以一两句精炼的文字“破题”，讲究起承转合，虽篇幅短小，而始终扣紧题意，不及其余。如《陈学士尺牍引》，首句即行道破题目的中心词义：“尺牍者，代言之书也。”然后承之以对“代言”之意的阐说：“而言为心声，对人言必自对我言始。凡可以对我言，即无不可以对人言。但对我言以神，对人言以笔。神有疚，尚可回也；笔有疚，不可追也。”将破题之意加以引申之后，既而列出尺牍写作缘由的三种类型：“凡尺牍之道，不可上君父，而惟以与朋友……有期期乞乞，舌短心长，不能言而言之以尺牍者；有忞忞昧昧，睽违匆遽，不得言而言之以尺牍者；又有几几格格，意锐面难，不可以言而言之以尺牍者。”又以“明白正大，婉曲详尽，达之而已”为写作尺牍的审美标准，并列举文学史上作尺牍而至“妙”“捷”“畅”“韵”“快”之佳境的名手，衬以或藻饰或艰涩之反例；继论尺牍之忌；末评陈学士之《秋痕》集，是深得尺牍之道的“大人君子之笔”[①]。全序阐论则详畅而婉曲，例说则明确而精到，句式整饬而又错落，文字显得十分练达。其他如《萍社诗选引》先破题：“萍社者，鸟鸣之变也。”[②]而后释“萍”之名，解“萍社”之义，论“萍社诗”之清真香洁语调，以萍之色之味之实之旨，参萍社诗之志，于浅明的喻象中阐说诗选集的旨义风格；《名园咏序》开篇先破“名园”二字，尔后承以详论；《屠田叔笑词序》先破“笑”之所出，承以“笑术”之辨，转申屠田叔“笑”之所由来，以“可以群，可以怨”与“笑词”之题关合[③]。另有一些篇章似乎在结构形式

①［明］王思任：《陈学士尺牍引》，李鸣选注：《王季重小品》，文化艺术出版社1996年版，第143、144页。

②［明］王思任：《萍社诗选引》，李鸣选注：《王季重小品》，文化艺术出版社1996年版，第142页。

③［明］王思任：《王季重十种》，浙江古籍出版社1987年版，第19、20页。

上并不特别醒目，然其行文中破题以立意、承转而申论的内在脉络仍然清晰可见。如《小题锐序》《知希子诗集序》《十错认春灯谜记序》等，分别以“锐”“知希”“错认”为眼，却并未在序文开篇破释其意，只先叙序之起因，在篇中或篇后才点醒其“体锐”之劲、“不易知”之贵、“铸错”之妙[①]。此亦可视为破题之变体。王思任实际借鉴了八股文的写作技法，而又融入了自己的个性与技巧，使其序文作法精妙灵怪，面目翻新，成为序文写作的一种变格。这种序文技法，在晚明作家中还是罕见的。

表面上看，晚明小品的抒发性灵、清雅疏放与八股文的申发经义、拘紧板滞彼此悖离，艺术品味很难相容，但八股文的形式和技法却与散文小品有着千丝万缕的联系。会八股是明代士子进身宦途所具备的先行条件，作为科举考试手段，它必然对当时人有重要影响。写作八股，必须思路清楚，懂得起承转合，严密组织文字；掌握八股技巧的过程，是严格训练思维和语言的过程。八股文本身不可能成为名篇佳作，但明清一些大家如袁枚、归有光等都是会写八股的名家。明代文人从中掌握了基本的写作技巧，对其他文体的写作必定会起一些影响。王思任虽是晚明小品文作家中的名手，性格疏狂谑浪，同时于八股之道却也颇为谙熟，尤其擅作八股中的“小题”文字。所谓“小题”，和标准的八股文不同，它不以阐发申论经义为要旨，而是通过单句形式，以短小的篇幅，叙说作者对生活的思考和品评。对此，王夫之有甚为明确的表述：“经义之设，本以扬搉大义，剔发微言；或且推广事理，以宣昭实用。小题无当于此数者，斯不足以传世。”这种小题文字，乃以“一种说事说物单句语，于义无与，亦无所碍，可以灵隽之思致，写令生活……拟其笔意以骀宕心灵，亦文人之乐事也”[②]。可见“小题”即是以灵动自然的文思来书写美好的生活感受。颖慧过人、少有文名的王思任在其老师黄葵阳的精心“斧藻”下，13岁就

① 分见[明]王思任：《小题锐序》《知希子诗集序》，李鸣选注：《王季重小品》，文化艺术出版社1996年版，第227、243页；《十错认春灯谜记序》，《王季重十种》，浙江古籍出版社1987年版，第77—78页。

② [清]王夫之：《夕堂永日绪论外编》，《薑斋诗文集》，上海书店1989年影印《四部丛刊初编》本，第267册，第20页b—21页a。

“落笔灵异”，“学业日进”[①]，“每奏一篇，先生辄呼叫可儿可儿”，而当“虎豹犀象作出，长安渲沸，正孙策提刀十三岁也”[②]。当他20岁中举、21岁进士及第时，“房书出，一时纸贵洛阳，士林学究以至村塾顽童，无不口诵先生之文及幼小题”[③]。人谓其“传世小题，幼不可及”[④]。黄葵阳后来“延漏仲容名师教其幼履素”，复征王思任“伴之”，于是王思任“大集新旧之藏，颁之教而示之的”，并将幼时所作小题文字整理合并，刊刻为集，题以《小题怡赠》[⑤]。在理论上，王思任也有颇为细致的思考。他相当重视八股“破题”之于全篇的重要性，说“当日场中，原以破题定甲乙”，又以选美色来比喻选文章，以为“其面在破，其颈在承，其肩胸在起，其腰肢在股段，其足在结束，其大体在长短纤肥，神态艳媚，若远若近，是耶非耶之间”；美人之美“以面为主，面不佳，百佳费解也”，文章之美以破题为主，“岂有不能破而能文者乎”？能破能文，须先戒贫乏、寡知和浮躁，“好色”方能“别色”[⑥]。对于小题文字，王思任更有神会之论：“孔孟语言，无有小处，大题小做，小题大做，题外生文，题中归命，一部缩入一章，一章缩入一句，知是者吾与之论文矣。”[⑦]他认为“小题”应“大做”，应于题外发挥为文，意趣横生而又不离题旨，精辟处可凝注在一句。而要修炼到这种境界，既要饱读、识书，操千器而后识声，又要有杜撰的奇思，方当得描魂沥魄手。自幼于八股小题训练有素的王思任，理论上又有自觉认识，故无论序文、游记，以小题技法为之，自然是得心

① [明]张岱：《王谑庵先生传》，[明]张岱：《琅嬛文集》卷4，上海古籍出版社1991年版，第193页。

② [明]王思任：《小题怡赠自序》，李鸣选注：《王季重小品》，文化艺术出版社1996年版，第219页。

③ [明]张岱：《王谑庵先生传》，张岱：《琅嬛文集》卷4，岳麓书社1985年版，第193页。

④ [明]张岱：《王季重先生像赞》，[明]张岱：《琅嬛文集》卷5，岳麓书社1985年版，第247页。

⑤ [明]王思任：《小题怡赠自序》，李鸣选注：《王季重小品》，文化艺术出版社1996年版，第219页。

⑥ [明]王思任：《著坛搜逸序》，李鸣选注：《王季重小品》，文化艺术出版社1996年版，第234页。

⑦ [明]王思任：《小题怡赠自序》，李鸣选注：《王季重小品》，文化艺术出版社1996年版，第219页。

应手，灵动裕如。汤显祖称赞他的小题文字“能于笔墨之外言所欲言”，“灵心洞脱，孤游皓杳”[①]，王夫之将他与汤显祖、刘侗诸家并举，认为其文章“所得在此”，“余皆不足比数”[②]。这也印证了王思任得益于八股小题技法的序文写作风格。

王思任关于“题外生文，题中归命”的观点，与他的诙谑个性相结合，便使他的序文生发出无限的趣味来。如《徐伯鹰天目游诗纪序》，便是破题技法与诙谑雅趣融合得极好的文章。“天目”本山名，而序文却以此为“眼”，开篇即云：“尝欲佞吾目，每岁见一绝代丽人，每月见一种异书，每日见几处山水，逢阿堵举却，遇纱帽则逃入深竹，如此则目著吾面不辱也。”不说徐伯鹰，不说天目山，却先说要谄媚自己的眼睛，岁赏佳人，月读异书，日观山水，避金钱，逃官势，如此，眼睛在面才不感耻辱。承叙徐伯鹰形貌往事及其游诗，尔后叙其语曰：“色易衰，书易倦，无斁无妒，世间惟山水。”故而愿放眼观赏山水秀色，又因“雨濛故”，徐伯鹰“仅放只眼”。王思任借此发挥，故作嗟叹，以其为“人心不足”，转出奇思妙想：“使当日生人之初，增设四眼”，犹以为未供其观；“使人人而皆只眼”，“则亦相安无越思矣”。这是作者故作宕笔，玩奇弄险，目的全在引出徐伯鹰的惊人妙语：“然。吾第欲还我双眼。所愿一眼如天，一眼如海。”这样是为了“不但看山水，亦看伊也”[③]。由山名“天目”引逗出人目如“天”如海，正所谓开“天眼”以观山水，并赏爱观山水之人，在与友人的彼此戏谑中，将“天目”二字作了别解，以释题意，语势极为夸张，而文字便在起承黏合之际转而横生出诸多诙谑情趣来。其他如《呆道人吹笛引》，先叙呆道人“善欢喜，善诙谑”，继引呆道人对“笛吹”诗之妙处的参究，末品曰：“余读其自叙，如曼倩之自责，乃自誉也。道人

① [明]汤显祖：《王季重小题文字序》，汤显祖著，徐朔方笺校：《汤显祖诗文集》卷32，上海古籍出版社1982年版，第1074—1075页。

② [清]王夫之：《夕堂永日绪论外编》，《薑斋诗文集》，上海书店1989年影印《四部丛刊初编》本，第267册，第21页b。

③ [明]王思任：《王季重十种》，浙江古籍出版社1987年版，第48—49页。

乖极，那得呆！”[①]是故作如梦初醒之状，而逞其寓谑于叙之技。《南明纪游序》谓“大来徒作一邮使矣”，貌似嘲贬，实则激赏吕大来纪游之作能达于传神入妙之境，使人读后而“山川自笑，草木狂舞”[②]之态如在目前，在反语中出其谑意。叙而能谑，以谑出奇，这在王思任的序文中随处可见。

王思任的“谑”又并不是谑浪不羁，疏狂无度。与他悍烈刚硬的个性气节相印合，王思任在其“戏谑”人生、自嘲嘲人之中，又蕴含着一股坚硬孤狷之气。《郑逸少诗文序》中说自己三十年前在南京任郎官时，读郑逸少诗文，即以为其才足以待诏皇殿之下了；三十年后自己又任郎官于南京，而郑逸少仍是一介儒士，难道说是郑逸少不工于“揣摩”之术吗？郑逸少解答说：“唯之于阿，相去几何？吾子既工于揣摩矣，而颜驷如故也。”这是说，你和我有什么差别呢？你若工于揣摩，怎么会像颜驷一样几十年来官阶如故呢？颜驷是汉文帝时郎官，武帝见到颜驷龙眉皓发，便问他：“何时为郎？何其老也？”颜驷答道：“臣文帝时为郎，文帝好文，而臣好武；至景帝好美，而臣貌丑；陛下即位，好少，而臣已老。是以三世不遇，故老于郎署。”[③]“老于郎署”之典与王思任的仕宦生涯如此切合，只是所由有异：“有门户时，子不知出；有党时，子不知植；有中立之名时，而子不见收。”郑逸少并说，你也不过和我一样：“工乎否也？”对语之中，似乎王思任讥嘲他人而自己反被他人取笑，以致被击中要害时竟是如此无奈；而王思任紧接其后反做文章，以为“不然”：“我辈之钝，正我辈之所以为工也。”官场之钝，正是做人之工：这恰是王思任一生铮然骨气的自我表白。序文转而申发“文章节义，皆准山岳江河之气”[④]的题旨。用典精切而注重翻新出奇，叙录对语而渗透自我解嘲，与《谑庵自

---

①［明］王思任：《呆道人吹笛引》，李鸣选注：《王季重小品》，文化艺术出版社1996年版，第148、149页。

②［明］王思任：《王季重十种》，浙江古籍出版社1987年版，第40页。

③事见《文选》张衡《思玄赋》注引《汉武故事》。［南北朝］萧统编，［唐］李善注：《文选》卷15，清胡刻本，第9页。

④［明］王思任：《王季重十种》，浙江古籍出版社1987年版，第57页。

赞》中“爱山水，怕官府。奉高堂，居乐土……任天公，皆有数。不告贫，不诉苦”[①]的自赞自谑、执拗孤狷同出一源。谑而能正，以真贯谑，是王思任独特性情气节的自然流露。

写序文，既不重太史公、战国策的传统，也不蹈其后夹叙夹议、声情并茂的路数，而是借重八股小题中破题承题的写作技巧，发掘事理或题意中可戏可谑的细节，间以序者与作者的趣味话语，题外生文，题中归命，以显其生活感观，构其智慧语境，呈其谑浪本色，表达“真我”的生命体验。古代序文不知其千千万万，王思任为之，则另出心裁，别具风味；八股小题不独王思任一人役使，而到王思任手中，则至出神入化之境；谐谑性情亦不独王思任一人性情，而王思任偏能熔化于小题技法之中，奇险灵怪，“灵心洞脱”；悍烈气骨亦不独王思任一人具备，却能与其戏谑之笔相融无间。谑庵其人，笔悍胆怒[②]；谑庵之文，神乎技矣。

王思任为别人作序，往往突出其人某一性情、特殊感情遭际或是其人所居处的地理环境特征，来品评其诗文作品的风格、韵味。《屠田叔笑词序》叙屠田叔阅历深厚，胸积块垒，原可愤怒为诗，却“破涕为笑”，“极笑之变，各赋一词”[③]，笑傲尘世，于是魑魅傀儡为之遁形，而作者胸襟亦为之开朗舒畅。对屠田叔化苦为乐、笑谑人生的性情，王思任自有其深挚的体悟，故能以极为赏爱的语势，摩其态，追其由，序其词。《潜园小草序》先不言诗，而叙诗作者生长地“秦”之风貌，摹写秦之山势高险峻绝，突出“秦之血气独强，其心智亦最悍”，而秦人之“秦声”居然有“招八州而朝同列之气”；及再读其《潜园小草》诗，立觉其“用峻灵之资，发玄探之想”[④]，推誉诗作者有如龙潜重渊，飞天之势必在旦夕。其他如《水署闲吟序》《蔡汉逸梅花诗序》《郑逸少诗文序》《李大生诗集序》等篇，莫不然者。如此作法，自然与“知人论事”的传统文论观分不开。

① [明]王思任:《谑庵自赞》,李鸣选注:《王季重小品》,文化艺术出版社1996年版,第26页。

② [明]张岱:《王谑庵先生传》,[明]张岱:《琅嬛文集》卷4,岳麓书社1985年版,第193页。

③ [明]王思任:《王季重十种》,浙江古籍出版社1987年版,第20页。

④ [明]王思任:《王季重十种》,浙江古籍出版社1987年版,第84—85页。

值得一提的是，王思任对此有自觉的理论认识。他在《唐诗纪事序》中说："善作诗者，必起于知诗；善知诗者，必起于知人。"并称赞《唐诗纪事》是唐诗的"轩镜（明察之镜）禹图（地理之书）"[①]。知人论诗，实际成了王思任作序的一个理论起点。而其"知人"，又并不叙及诗文作者的生平行状，或是与自己的交往历程，而仅凸显其人某一特性，某一事件，生活的某一层断面，这就使其序文因精悍奇峭的品味，而有别于前人或同时代其他作家的序文写作。

王思任在为其友人、门生或同乡等所作的序文中，喜欢将这些诗文作者与历史上的文学大家名手相攀附比拟。如《闲居百咏序》评价其友人开美之诗"在渊明观复之间"，《倪翼元宦游诗序》评倪诗在"钱（起）刘（长卿）岑（参）孟（浩然）之间"，《萍吟草序》谓许仲子诗有佳句，不减孟襄然、岑嘉州、王江宁、高仲武，《落花诗序》谓戴大圆诗"杂之苏（轼）杜（牧），一时难问须眉"，《李道生五游草序》评其畏友李道声"其文似孟子、漆园（庄子）、洛阳年少（贾谊）与龙门太史令（司马迁）"，"其诗在夔州（杜甫）伯仲间"，《知希子诗集序》既赞巢必大相貌"在张留侯（良）沈隐侯（约）之间"，又称其诗"古（古风）可置之汉魏，律（律诗）则驾以历（大历）元（开元）"[②]……诸诗文作者在明末诗界文坛并不负有盛名，这些评价是言过其实的溢美之词。这就使原本高雅的作诗论诗之举，渗进了些许尘俗之气，或可云之媚雅。然既是序文，在印刷业已十分发达而又推重文采风流、刻意追求名士风度的明末，王思任此举或许出于推广诗人声名、促进诗作之流传与销售的考虑，仿佛今之促销手段。在《王季重十种》所收的97篇序文中，这类为同时代人包括友人、乡人或素不相识、友人荐访者的诗文集所作的序文竟多达73篇。即此可以想见王思任作序的动机、目的。人谓《文饭小品》的"文饭"二字当为"以

① [明]王思任：《王季重十种》，浙江古籍出版社1987年版，第75页。

② 分见李鸣选注：《王季重小品》，文化艺术出版社1996年版，第158、172、164、176、248、242—243页。

文为饭”、须臾不可离去[①]之意，今视之，“以文为饭”之“为”或可解作“换”字。若此，王思任的赞誉倒不失其文人的清雅淳正的本色。《醉吟近草序》文末提到“眉公书来，欲广鸣球于奇绝、险绝、快绝之际”[②]，明白无误地说出，陈继儒寄书王思任，要他作序以增广吴鸣球的诗名。另一方面，王思任比附前人，也出于序文之实际作用的考虑。序文作为作品的眉额，带有导读的性质，如空言“流芬著采，叶徵赓商”“和平正大，开爽精灵”之句则抽象而不易好；而一与曹植、应（瑒）、刘（桢）、钱（起）、刘（长卿）、岑（参）、孟（浩然）比拟[③]，则其诗文作品立刻确定了一个品位，诗文风格由此坐实。然总的看来，序文的这种比附还是一种媚雅之俗，在构思上如出一辙，有复制之嫌。

综观王思任序文，其技法之重破题承题，源于八股小题；其叙人之书吉光片羽，神似《世说新语》；其赞辞之好比附古人，则又不免投俗。建构上的这些相似之处，使其序文读来仿佛有“复制”之感；同时总体上因缺乏厚重的社会内容，而多感染了晚明小品文的轻薄灵巧风气，几与“小摆设”相类。而王思任之“牙室利灵，笔颠老秀”[④]，又使得其序文内容与文辞皆各各不同，呈现出千姿百态的体貌来。诸方面合而为一，揉成一道道奇异的景观。其中既能突破其既定格局又敛含其神技者，往往去芜存精，臻于佳境，别有一番深情在焉。如《世说新语序》《呆道人吹笛引》《礋园诗稿序》《徐伯鹰天目游诗纪序》《南明纪游序》《集唐诗序》《李贺诗解序》《游唤序》《唐诗纪事序》诸篇，皆为王思任序文中的上乘之作。

二、王思任与晚明尺牍小品

王思任游记搜奇捡怪，神清气凝，充溢谐谑之趣；序文好为“小题”，

① [明]张岱:《王季重先生像赞》,《琅嬛文集》,岳麓书社1985年版。第247页。

② [明]王思任:《王季重十种》,浙江古籍出版社1987年版,第47页。

③ 分见[明]王思任:《三春九夏社咏序》《倪翼元宦游诗序》,王思任:《王季重十种》,浙江古籍出版社1987年版,第56、23页。

④ [明]王思任:《〈世说新语〉序》,王思任:《王季重十种》,浙江古籍出版社1987年版,第3页。

在文体上创为变格；尺牍小品则“潇洒倜傥，笔墨寥寥而神情毕见”[①]，在其散文创作中别具一格。

尺牍是书信的别称，但和一般书信不一样。古代文人写作书信，有时具有“公开信”的性质，以备日后收入文集，所以较注重内容的有意义、形式的合度；尺牍却是私人化写作较强的一种文体，往往随心所至，不加规范。书信常与友人谈书论道，忧世忧民，或阐发不同政见，述志书愤，故多以议论见长，动辄千言，或叙议间杂，以事明理；尺牍内容涉及较广，多日常琐事，或一时感慨，篇幅短小，可文可白，可骈可散，文体自由简短。尺牍的历史亦相当悠久，王思任以为尺牍“妙于郑子家及子产，捷于鲁仲连，畅于苏（武）李（陵），韵于二王（王羲之、王献之），快于坡谷（苏轼、黄庭坚）”[②]。宋时苏黄欧阳将尺牍列入文集，给予尺牍以文集中的地位。晚明是尺牍小品的鼎盛时期，尺牍不仅列入作家文集，还有专门收辑尺牍的集子。

明屠隆曾言：“夫不翼而飞，无胫而走者，其为方寸之牍乎！扬芬振藻，宣情吐臆，述事陈理，伤离道别，则此道胜矣。”[③]他准确地把握住了尺牍广为流传的奥秘，指出了尺牍无事不可言，无情不可道，表现对象宽泛而篇幅短小自由的特点。冯梦祯亦言：“原夫尺牍之为道，叙情最真而致用甚博。本无师匠，莹自心神，语不费饰，片辞可宝；意不涉泛，千言足述。”[④]说明尺牍应用性很广，而且最能抒发个性和性灵，从心底流溢，自然不饰。在写作手法上，尺牍又可诙谐入文，还可借用小说笔法，“盖平常柬牍，半杂方言，半杂诙谐，古人且有用小说及《世说新语》者

① 李鸣选注:《王季重小品•序》,文化艺术出版社1996年版,第1页。

② [明]王思任:《陈学士尺牍引》,李鸣选注:《王季重小品》,文化艺术出版社1996年版,第143页。

③ [明]屠隆:《皇明名公翰藻序》,屠隆:《白榆集》之《文集》卷1《序一》,明万历龚尧惠刻本,第1页。

④ [明]冯梦祯:《叙七子尺牍》,冯梦祯:《快雪堂集》卷一,明万历四十四年黄汝亨朱之蕃等刻本,第13页。

矣”[①]。由于自由简短，实用性强，又因为是私人化写作，阅读对象又是文士，故而尺牍渐趋于既通俗又高雅、既有实用意义又有审美价值的文体风格。而这一点恰和晚明文人的审美趣味相合拍，于是到了晚明，尺牍便蔚然风行。不仅一些著名作家如李贽、徐渭、汤显祖、袁宏道、张岱等都是写作尺牍的高手，而且还相继出现了大量的尺牍文集，如陈继儒辑《寸札粹编》2卷，丁允和品定、陆云龙评注《书隽》2卷，沈佳胤辑《翰海》12卷，陆云龙辑《小札简》2卷，清初陈枚辑《写心集》16卷、《写心二集》20卷，周亮工《尺牍新钞》，以及黄定兰《明人尺牍》、黄本骥《明尺牍墨华》等。

从形态上看，王思任的尺牍是名副其实的短札，一般都只寥寥数语，如《简徐亮生》：

> 马阮尽草包，一摇鼓槖卖官，一拿绰板唱曲子耳。天下事去矣，足下可速归。[②]

短只三五言，就表示了自己对当时混乱政局及其发展趋势的正确估计，对弘光朝廷重臣马士英、阮大铖之流不学无术而卖官营私、不谋国事而专声色之娱的小人佞臣之本质的透视力，自己的轻蔑与义愤，献劝归之计于友人等内容，随心抒发，不造作，无虚饰，既形象又诚恳。

王思任的一些尺牍十分传神地再现了晚明士子世俗卑陋的精神状态。如《答李伯襄》：

> 灵谷松妙，寺前涧亦可。约唐存忆同往则妙。若吕豫石，一脸旧选君气，足未行而肚先走，李玄素两摆摇断玉鱼，往来三山街，邀喝人下马是其本等，山水之间著不得也。[③]

① [明]艾南英：《再答夏彝仲论文书》，[清]黄宗羲编：《明文授读》卷22，清康熙三十六年张锡琨味芹堂刻本，第32页。

② [明]王思任：《简徐亮生》，李鸣选注：《王季重小品》，文化艺术出版社1996年版，第10页。

③ 李鸣选注：《王季重小品》，文化艺术出版社1996年版，第8页。

片语刻镂出当时仕宦群小肥蠢傲慢、装腔作势的卑陋面目，和不懂品赏山水、毫无文人雅趣的俗劣情态。又如《与柳陈父》：

> 徐老官至卿贰，体亦尊矣，而每一拜客，必促膝低声，时时袖障其口，若惟恐触之者。此患得患失猥态也，而兄以为谦诚可法，弟不谓然。淮清桥下，叫街乞丐小花子实实饿了，何尝不谦，何尝不诚，而人法之不？[①]

王思任对友人所言徐侍郎“谦诚可法”大不以为然，先白描其形态，后喻以乞丐叫街，对猥琐卑下者的刻画犀利传神。这种风格与其谐谑狂放的个性密相关涉。其《文饭小品》卷2有仿《诗经》之作13篇，其中《东人之什》曰：

> 东人之子，有蒜其头。西人之子，有葱其腿。或拗其腧，或摇其尾。
>
> 东人之子，膝行而前。西人之子，蛇行宛延。博猱一笑，博猱一怜。

其门人马权奇眉批曰：“至此人面无血矣。”[②]该诗对群小的奴颜婢膝极尽谑骂之能事，与上引二则比照参读，可得其中精髓。张岱谓其游记“笔悍而胆怒，眼俊而舌尖，恣意描摹，尽情刻画”[③]，其尺牍又何尝不是如此？笔锋的精悍犀利，目光的明快深邃，使其尺牍小品数语如画。

王思任尺牍中也有一些写景名篇，如《上黄葵阳老师》：

---

① 李鸣选注：《王季重小品》，文化艺术出版社1996年版，第9页。

② [明]王思任：《文饭小品》卷2《东人之什》，岳麓书社1989年版，第114页。

③ [明]张岱：《王谑庵先生传》，[明]张岱：《琅嬛文集》卷4，岳麓书社1985年版，第193页。

> 隆恩寺无他奇，独大会明堂有百余丈，可玩月，门生曾雪卧其间者十日。径下有云深庵，曾以五月暾其樱桃，八月落其苹果。樱桃人暾后则百鸟俱来，就中有绿羽翠翎者，有白身朱咮者，语皆侏离呋舌，噪杂清妙。苹果之香在于午夜，某曾早起嗅之，其逸品入神，谓之清香。清不同而香更异，老师不可不访之。①

小札突出了作者暾樱桃、落苹果这一既世俗又清雅的生活品味，摹写百鸟俱来之际色彩鲜丽而鸣声杂妙，以及凌晨时分苹果韵味芳香悠然。全篇无虚饰客套语，惟有清言雅趣，诚挚动人。

王思任抨击时政，辛辣无情；描摹山水风物，又清雅妙逸；讽刺群小，则穷形尽相，入木三分。群而不党的政治立场，谐谑狂放的个性特质，赏玩景致、寄情山水的审美心态，都一一再现于尺牍小品的写作中。他评友人尺牍是“情愫肝胆，张若灰箕，事势时宜，洞若火镜”②，移之于此，以谓王思任尺牍，亦无不当。

王思任写尺牍小品能如此雅俗兼融，随心抒发，纯出自然，是因为他对尺牍之道有独到的理解。他在《陈学士尺牍引》中详论“尺牍之道”，以为“尺牍者，代言之书也”，尺牍只适合在朋友之间递相往来，而非有“上君父”的正途，具备私人信件的性质：或是口头表达困难，或是不好直说，或是想法不明确，皆借助尺牍来表达。尺牍作用即在于“代言”，而言为心声，尺牍所写亦必出自内心真情：“凡可以对我言即无不可以对人言”，所以有内容，亦多锐气，与晚明一些作家空洞无物、单纯追求形式之美的尺牍判然有别。王思任又提出衡量尺牍优劣的标准，当为“明白正大，婉曲详尽”，忌用“隐事”和“宽事”③，体现在写作中，即是说明即止，切近现实，绝无拖泥带水、枝蔓繁杂之笔，故能切中肯綮，明净

① 李鸣选注:《王季重小品》,文化艺术出版社1996年版,第5页。

② [明]王思任:《陈学士尺牍引》,李鸣选注:《王季重小品》,文化艺术出版社1996年版,第143页。

③ [明]王思任:《陈学士尺牍引》,李鸣选注:《王季重小品》,文化艺术出版社1996年版,第143页。

畅达。

晚明尺牍多数往往略去日常生活琐事的陈述，而择留其抒发性灵的成分，好比蒸馏过的文字，渐渐走向形式化，而削弱了它的实际功能。因为晚明文人的心态本来就是将生活艺术化，将事物审美化的，加之有意为文，删割枝蔓，只留取隽妙之辞，以备入集，是将尺牍雅化、诗化了，实际上也就走向了矫揉造作、虚饰绮绘。对此，谢肇淛、孔尚任都曾指破其弊。至清代许葭村《秋水轩尺牍》，有形式规格而少个人想象，有文才而少性灵，合于体式标准而内容空洞。尺牍一旦走向了标准化、形式化，也就走向了衰微。

三、《古月临松赋》：谑而能雅 清味自悠

古月临松赋

崇祯己巳闰四月之望，待诏都下，山寺独居，天空如洗，老月下来，忽闻人语飞上松架，作此。

青州阙贡，不记何年之松；盘古以来，仅见今夜之月。虽良媾之偶沮，匪我媒而弗悦。天方学水，不难其静，而难其湛湛之深；风更犹鱼，不当其困，而当其圉圉之活。横空织翠，嵌一隋侯之珠；吊碧投蝉，吸百苌弘之血。松怜月寡，月爱松节。境已入于杳然，事亦叨乎冷绝。琴鹤莫来，咽片语而较多；佳人倘玩，突一叹而成蝶。眇眇愁予，孤狷附洁。二老若不我三，则清退而进雪。[①]

《古月临松赋》写于崇祯二年（1629），王思任54岁。青州，是古九州之一，在今山东一带。《尚书·禹贡》载有青州向天子进贡松树、怪石等物；阙，欠缺，应给的未给。《左传·襄公四年》："敝邑褊小，阙而为罪，

① 李鸣选注：《王季重小品》，文化艺术出版社1996年版，第27页。

寡君是以愿借助焉。”杜预注：“阙，不共也。”[①]显而易见，此处之“阙贡”也即“应贡而未贡”的意思。首句言眼前松树年龄之“老”：它在“禹贡”之时便应作为栋梁上贡天子，由于某种原因未能上贡，而幸留至今。《禹贡》所谓大禹治水，天下始安，九州地域从此划定，事当在公元前21世纪，距王思任作此文时已约有3700年；在此，王思任假借松树在夏禹时即已长成栋梁的想象，以写松龄之老，语意极为夸张，而松树苍虬劲古的态势亦由此可以想见。与此相对应，下句言今夜之望月乃盘古开天地时孕成，自那时至今，人所“仅见”。“仅见”不是至今夜才见到，而是说自盘古至今，恒久未变的是月。句意与唐代诗人张若虚《春江花月夜》中“江畔何人初见月，江月何年初照人。人生代代无穷已，江月年年只相似”数句所传达的境界相似，且显得更为明净。起首两句，从远古混沌苍茫天地初分、日月形成、九州始定时说起，将眼前之松之月与天地同有的时空维度点染出来，以月之古久永恒匹配松之苍古珍希，凸显松月亘古罕有、超越时空的宇宙情怀。

“虽良媾之偶沮，匪我媒而弗悦”二句，是将松月比成一对千古恋人，它们在今夜会合，因我的到来而偶然受阻；可若不是有我为媒，它们也不能如此相互悦慕。媾：婚媾，交合；沮：终止，阻止。这是照应小序中所言“老月下来，忽闻人语飞上松架”之意，将年岁古久的老松老月写得十分活泼而多情，是作者的“谑语”。下面写夜空因望月的明亮而空阔清朗，不直写，而说天正“学水”，如水的静谧并不难得，难得的在于它如水一般的深湛澄明。这就写出了月亮遮蔽星光、夜空晴朗无云的“闰四月之望”的特点。而风儿更像鱼儿，没遇到它困顿停止之时，而是恰值它渐渐游动而又不太舒展之时。圉圉：不舒展貌。典出《孟子·万章上》：“昔者有馈生鱼于郑子产，子产使校人畜之池。校人烹之，反命曰：始舍之，圉圉焉；少则洋洋焉，倏然而逝。”赵歧注“圉圉”为“鱼在水羸劣之貌”，

① [春秋]左丘明撰，[晋]杜预注，[唐]孔颖达疏：《春秋左传正义》，[清]阮元刻：《十三经注疏》，中华书局1980年影印本，第1932页下。

“洋洋”为“舒缓摇尾之貌”[①]。由此可见，“圉圉之活”乃是形容夜风初动，柔困懒缓的感觉。“横空织翠”，既写千年老松高拔横空，又出夜月的澄明光亮：正因月明，才照出松枝的“翠”色；又因松高，树形好似“织”在月空。“隋侯之珠”，指宝珠。典出《淮南子·览冥》注，谓隋侯曾救一蛇，后蛇衔一大珠相报。此句言月圆如宝珠，“嵌”于松枝之间，与序中说老月“飞上松架”又成照应。“吊碧投蝉”，仍是形容月之圆之亮。碧：碧玉，喻指圆月。蝉：原意指古代一种极薄的丝织品，以其薄如蝉翼而得名。汉《急就篇》卷2：“绨络缣练素帛蝉。”颜师古注云：“蝉，谓缯之轻薄者，若蝉翼也。”[②]“素帛蝉”则昭示其薄如蝉翼的丝帛色为素白，作者以此形容投射于松枝之间的如素丝般薄而白的月光，可谓恰如其分。苌弘之血，典出《庄子·外物》：“苌弘死于蜀，藏其血，三年化而为碧。”[③]血所化之“碧”，即碧玉，亦即是“吊碧”之“碧”。写夜空垂挂着碧玉般的圆月，在松树的缝隙间投射下素丝般的月光；月是如此的明亮，仿佛汲取了成百个苌弘的血所凝成。月织松形，松透月光，松与月又是如此和谐如此多情地融合交会为一体，可不就是彼此悦慕、久而弥深的千古“良媾”么？“松怜月寡，月爱松节”是以谑笔写松月之情缘，一“怜”一“爱”拟松月之互悦情趣，一“寡”一“节”显松月之互异气质。以上数句写“古月临松”的形影、光色和情趣，“戏说”意味显豁。

“境已入于杳然，事亦叨乎冷绝”，转写静谧之境已至杳然，媾合之事也渐近冷绝，此时再美妙的声音都不宜出现。琴鹄：琴与鹄。鹄一指天鹅，一通“鹤”。因同以尚高飞而羽洁白著称，故“鹄鹤”常并用，欧阳修《送荥阳魏主簿》有“俯首鹄鹤啄，进趋凫雁联”之句[④]。又古人常以琴鹤相随，表示清高、廉洁，唐郑谷《赠富平李宰》有“夫君清且贫，琴

① 杨伯峻译注:《孟子译注》,中华书局1960年版,第210页,第212页注16、17引赵歧注。

② [汉]史游撰,[唐]颜师古注:《急就篇》,四部丛刊续编景明钞本,第28页。

③ 曹础基:《庄子浅注》,中华书局1982年版,第407页。

④ [宋]欧阳修:《送荥阳魏主簿》,欧阳修:《欧阳修全集·居士集》卷4,中国书店1986年版,第29页。

鹤最相亲”之句[①]。此处“琴鹊”宜指“琴”与“鹤”，因琴音鹤韵原是最宜友松伴月的，此时作者却希望二者莫来，因为片言只语都嫌多余。咽语：低语。媟：侮狎，轻慢。月光松影，本宜佳人赏玩，但佳人一见此松此月，定发惊叹，而哪怕是一声叹息，也会成为对松月的侮狎轻慢。此数句从设想的情境出发，以琴鹊佳人之芜杂多余烘染松月之高洁清雅，是前一层面意境的一个延展伸发。

末四句收束全篇。眇眇愁予，语出《楚辞》：“帝子降兮北渚，目眇眇兮愁予。”王逸注曰：“眇眇，好貌。”洪兴祖补注：“眇眇，微貌。言神之降，望而不见，使我愁也。”[②]附：追随，亲近。清退：廉洁谦退。作者由琴鹊佳人而延及自己，谓己因仰观松月之高洁而生淡愁，虽孤傲狷狂，亦愿追随松之节、亲近月之洁；倘若松月二老并不希望与我成为三友，那么我就只好谦退“出局”，进奉高洁之雪以代之。

该篇名“赋”而实写景小品，显示了王思任小品文的一种雅谑风格。雅，首先表现为文思不俗。前人写月，或赞月轮之皎皎，或画月境之清幽，或叹时光之不再，或拟嫦娥之孤寂；写松，则歌其终年之长青，或咏其岁寒而后凋，或描其形态之虬劲，或颂其气节之崇高。松月合咏而至佳境者，似以“明月松间照”为最。王思任则重月之古松之老，横亘古今，情缘恒在；又刻其形，镂其影，透其光，画其色，复悦其灵动怜爱之情趣。虽亦有“节”，却不刻意颂其节，非将传统文人爱吟咏的人格因素加之于自然景物之上；而竟言“寡”，又恰是对“节”的一个解构。在突出松月超越时空局囿的恒久意义上戏说其悦慕私情，在月光松影的静谧清幽中点染其人间尘俗之情，自有一种脱俗之雅。同时，该文虽写松月之恋，却并不颂其“海枯石烂”式的“不渝”，亦不叹其“金风玉露”式的惋伤，或唱其“朝朝暮暮”式的缠绵。王思任性喜谑浪，好以诙谐为文，此文亦谑意显明：松月原为“良媾”，我亦热心为“媒”，松月“二老”互爱，却

① [唐]郑谷：《赠富平李宰》，[清]彭定求编：《全唐诗》卷674，中华书局1960年版，第7714页。

② [战国楚]屈原：《楚辞·九歌·湘夫人》，[汉]王逸章句，[宋]洪兴祖补注，四部丛刊景明翻宋本，卷2第10—11页。

又如此羞怯、矜持。“谑”既别出心裁，令人忍俊不禁，又适可而止，不至唐突松月。作者只是轻轻一“谑”，随即收住，仍回到松高月圆上来。此不俗之二。似俗而不“俗”（不拘旧套），谑而偏能雅，清雅有趣，文思灵动可爱。

在表现方式上，雅意也很显明。王思任是晚明小品文作家中写“小题”文字的好手，喜用小题八股的技法来作小品文，也即看重破题，讲求起承转合。《古月临松赋》起句即破题，凸显松龄月岁之古老；承写松色月光，戏说其情；转写境界杳然；最后束题。全篇结构井然，承转无痕，轻悦与清冷、戏谑与庄重融滑无间，“古”意的建构与“节”旨的解构随心所欲。此乃结构之雅。全篇用典较多，意象密集而自然妥切；句式四六交错，齐整之中透出流宕不滞。整个文字既显凝重含蓄，又圆转尖新。此谓文句之雅。雅而能谑，“谑”而不至“虐”，“谑”到了王思任笔下，可谓神乎技矣。王思任曾评价《世说新语》“牙室利灵，笔颠老秀”“泥沙既尽，清味自悠”[①]，移借于此，以品《古月临松赋》，可也。

［原为三篇，分别刊载于《安庆师范学院学报》(社会科学版)2000年第1期，《学语文》1999年第2期，《名作欣赏》1999年第6期］

①［明］王思任：《〈世说新语〉序》，［明］王思任：《王季重十种》，浙江古籍出版社1987年版，第3页。

明清桐城望族文化基因及其传续机制疏略

春秋有桐国，为楚附庸。西汉初为枞阳县，隶属庐阳郡。隋开皇十八年（598）改名同安县，唐至德二年（757）改桐城县。明洪武六年（1373），隶属安庆府，直隶南京。清顺治二年（1645），按明制设江南承宣布政使司，后改江南省；康熙六年（1667），划江南省为江苏、安徽二省，桐城隶属安徽省安庆府。枞阳一地始终在桐城域内[①]。

一

桐城文化的兴起，当与桐城的地理空间环境、时代经济文化、人文教育传统等多种因素相关。桐城地处长江之北，三楚之南，西北群山环绕，东南河湖交集，"山深秀而苍郁，水迤丽而荡潏"[②]，自然环境秀丽，南北交通便捷。《桐城县志略》有云："桐城西北环山，民厚而朴，代有学者。东南滨水，民秀而文，历出闻人，风俗质素。"[③]其地理位置之优越，不仅表现为山青水明，交通便利。明初朱元璋定鼎金陵，永乐年间北迁，改金陵为南京，所辖地区十四府及四州直隶南京，称为"南直隶"，以与京师

① 2016年1月4日，安徽省民政厅在枞阳县城传达国务院国函[2015]181号和安徽省关于区划调整的实施意见，枞阳县划归铜陵市管辖。

② [清]宋实颖：《龙眠风雅序》，[清]潘江辑：《龙眠风雅》，清康熙十七年潘氏石经斋刻本，四库禁毁书丛刊，北京出版社1997年版，集部第98册，第1页。

③ [民国]徐国治修纂：《桐城县志略》，民国二十五年本，第46页。

之“北直隶”相对应。安庆府即此十四府之一。南直隶辖区内的长江三角洲地区，即传统意义上的“大江南”地带，是全国经济文化最为发达的区域，也是文人学者辈出、文学文化昌盛的区域。由于桐城直隶南京，地理位置靠近京师，区域经济文化的发展均与京师经济文化盛衰息息相关，士子文化心理亦与京师文化空间没有太大的阻隔。这就形成了一种文化的向心力，进而营构了大江南区域内呈东西走向的士子异动空间。这些因素，可以视为令桐城文化卓异于皖域的地理基因。

桐城文化的发达，也缘于它的人文传统基因。桐城历来重视文化教育，民间读书风气浓盛，“风骚乐府，户习家传”[①]。其文化由明世走向繁盛，至清季达至高峰。明代安徽境内，有文学创作经历的作家达1800余人，其中安庆府桐城、徽州府歙城、宁国府宣城三地作家最盛，均超过400人。此三“城”中，经科举而仕宦的人才也相对多而集中。明清两季，出自桐城的进士有280多人，是名副其实的“进士之乡”。尤其清世兴盛的桐城文派，以教育维结传承，绵延不歇200余年，更为桐城一地提亮增色。清道光年间徐璈《桐旧集》有云：“惟洎有明以后，凡皖北舒南之产，皆别之为桐，不至分淆，而五、六百年内名臣、硕儒、文人、畸士亦相继林出，其往行故迹、流风余韵传于文字，见于篇什，较宋、元以前，进而可征，广而能备矣。”[②]名臣硕儒的宦绩笃行，文人畸士的篇什风骨，与民风、地产、人文、教育等，共同支撑了桐城的社会名望。桐城遂亦成为安徽境内与歙城、宣城鼎足而三的区域文化重镇。

桐城文化一个重要的构成元素是它的家族文化。从明代始，桐城一地即涌现出诸多名门望族，如张氏、方氏、姚氏、左氏、马氏、吴氏、何氏、齐氏、戴氏、钱氏、赵氏等等。张氏家族曾出过一代名臣张英，他与子张廷玉并称“父子翰林”，相继为相；方氏家族则有著名学者方学渐，既是东林党魁，也是桐城学术的领袖人物；姚氏更是桐城的仕宦望族，与

① [清]陈焯：《龙眠风雅序》，[清]潘江辑：《龙眠风雅》，清康熙十七年潘氏石经斋刻本，四库禁毁书丛刊，集部第98册，北京出版社1997年版，第4页。

② [清]徐璈：《桐旧集》引，民国十六年影印桐城光云锦影印嘉庆原刻本，第1页。

张氏并称“桐城张姚”，姚鼐和方苞合称“方姚”，成为桐城派的代名词；左氏有名臣左光斗、左光先；马氏有“怡园六子”，有学者马树华、马其昶；吴氏一族明清两代仕宦90余人；何氏家族代表性人物有何如申、何如宠兄弟，明万历二十六年（1598）同科进士，一为浙江右布政使，一官至户部尚书。诸望族有着相同的理念和风尚，一是重视本族人才的教育和培养，二是重视家族文献的撰写和梓行，三是加强望族之间的联姻与交往。人才辈出是区域与家族文化孳茂的显明表征，丰富的地方文献是地域文学繁盛、文化发达的有力载体，联姻是维护家族文化代相传承的有效途径。在桐城这样一个重视文化教育的地方，望族的文化传承意识必然更为强韧，而相关的文献资料也必然更为坚实，望族之间的联姻也必然更为绵远。这样的望族，也就并非仅是人丁兴旺、地产丰饶意义上的“望族”，而更是在文章华国、诗礼传家层面上形成的“望族”。从这个意义上说，任何一个出身望族的名宦、硕儒，或是学者、作家、诗人，终其一生，都不可避免携带其家族基因。

二

记载桐城名宦大家的履历、仕绩、嘉言及其创作的文献，照例有多种方志，如张楷《（康熙）安庆府志》，胡必选《（康熙）桐城县志》，廖大闻《（道光）续修桐城县志》，赵宏恩《（乾隆）江南通志》，何绍基《（光绪）重修安徽通志》；或专门的人物志，如同治时陈作霖《明代金陵人物志》；或正史如《明史》《清史稿》等，亦有相关人物事迹的记载或诗文著述的著录。然作为地方文化名城的桐城，乃有更多的地域性文献存世。

桐城西北有龙眠山，故桐城地域文献多有以“龙眠”题名者。清康熙年间桐城人潘江编纂《龙眠风雅》，正集六十四卷、续集二十八卷，以时间为序，辑录了从明初到清初三百年间555位诗人的作品，每位诗人名下皆有小传，诗作或有简评小注。这是桐城有史以来第一部体例完备的诗歌总集。清初桐城古文创作的代表作家，潘江同时好友李雅、何永绍，乃与潘江同声呼应，将明代至清初古文家的作品辑成《龙眠古文》二十四卷传世，共收录作家93人，文339篇，奏疏、论辨、书序、杂记、碑志、辞赋各体皆备。马其昶以为，桐城先辈诗文得以存世不泯，均潘、李、何三先生之力。此外，顺治时姚文燮撰有《龙眠诗传》，钱澄之辑有《龙眠诗选》，均未梓行；嘉庆年间马树华搜罗补正乡先辈事迹辑为《龙眠识略》十二卷，光聪谐搜集整理桐城先辈著述刊刻为《龙眠丛书》90余种。

另以“桐”“桐城”“枞阳”题名的文献亦多。明万历年间，方学渐取耳目所及之忠孝义烈者，撰成《桐彝》三卷、续二卷，共50人、传23篇；另有《迩训》二十卷，所记乃人物行谊及其先世事可为法者。两书遂开桐城地域文献编纂的先河。清乾隆年间，王灼编选《枞阳诗选》二十卷，盖桐城诗文大家多出于枞阳故，惜未刊行。乾、嘉之时，姚觐阊编《桐城诗萃》三十二卷，惜未存。道光年间，文汉光、戴钧衡辑《古桐乡诗选》十二卷；戴钧衡又访得《龙眠古文》之后作家83人，辑其文1300余篇，与方宗诚合辑《国朝桐城文录》七十六卷；徐璈编撰《桐旧集》四十二卷，以姓氏为类，集桐城明初至道光庚子（1840）年间85姓共1263人诗作7800首，每位作家姓名之下皆有小传，部分收录的诗作间有简短评语或注释。道、咸之际，吴希庸、方林昌编《桐山名媛诗钞》十一卷，收录清时桐城闺阁诗人近百家诗作。同、光时期，萧穆广录明朝至清同治间作家230人、文4380余篇，纂成《国朝桐城文征》二百六十四卷；后复取清初至同治间作家57人、文580余篇，辑为《国朝桐城文征约选》二十六卷。清末民初马其昶撰成《桐城耆旧传》十二卷，乃以姓氏为纲，辑录桐城59姓123篇传记，成为桐城一地的史传性著述。

除了桐城地域诗文传记结集之外，名门望族也不断有人也将本族文史作品结集，如马树华搜集明万历至清道光年间马氏家族72位诗人的4326首诗作，纂成《桐城马氏诗钞》七十卷；其他如《桐城方氏诗集》《桐城姚氏诗集》《桐城方氏七代遗书》等。此外，明清两代及民国时期各类诗文集亦多录有桐城文人的作品及其小传，如明清之际钱谦益编《列朝诗集》，清初王端淑《名媛诗纬初编》、季娴编《闺秀集》，清顺治年间陈济生编《天启崇祯两朝遗诗》，康熙时朱彝尊编《明诗综》、张豫章等编《御选宋金元明四朝诗》、卓尔康《明遗民诗》，光绪时陈田编纂《明诗纪事》，民国徐世昌编《晚晴簃诗汇》、施淑仪编《清代闺阁诗人征略》、光铁夫辑《安徽名媛诗词征略》等。

由于这些文献的存在，使今人领略桐城文化、研究桐城人物成为可能。一个个历史人物的生平、宦绩、著述及其对地方文化建设的贡献，各种信息如此鲜活地存现于文献资料中，等待今人去触摸、去细读、去感知。谨以青山何氏家族为例，诸多文献的记述概括了望族人物的方方面面，具体而言，有以下数端。

其一，各类文献忠实地描述了何氏家族忠贞义烈的各种嘉言懿行，如何思鳌不易嗣世、不争家产；何如申为政清廉、归无长物；何如宠与物无竞、难进易退；何如宠欲以相国荫移侄儿，何应琼辞而不就；何应琼欲以己田分赠诸弟，何应璇寸地不取；何应珽光明磊落，何应珏恬淡寡欲等等。

其二，诸多文献简明地记载了何氏族人与当时名宦、宿儒、士子、畸人[①]的社交往来，如何如宠与叶灿皆从吴应寰受学，与同里方大铉、方大钦、吴应宾、叶灿、左光斗、史可法、谢逸等交好友善，唱和切磋，而吴国琦、汪国士等人又同出何如宠门；何永栋晚年以吟咏自适，与二三老人每日酬答；何应琼与左御史倪宫谕、璩武宁辈结为文章知己，日夕讨论；何应璇尝从鲍泰轮前辈倡导“怡园社”，同社友马樾襄死，为之送葬尽哀，人谓有“范张遗风”等。

其三，相关文献披示了何氏与桐城诸多望族的姻亲关系，如何思鳌、何如宠均娶方氏女，何如申长子何应琼娶吴应宾长女吴令则为妻，仲子何应璇娶方大镇三女为妻；何如申幼子何应珏娶方大美次子方承乾之女；何如申幼女嫁左光斗次子左国棅，左光斗长子左国柱娶的则是方大铉之女；何如宠独子何应璜娶张士维之女；何如宠长女嫁与方拱乾为妻，次女嫁与

① 畸人：指有独特志行、不同流俗的人。明清诸多方志有“畸人传”。

吴用先次子吴日昶；何应璜三子何采娶张士维长子张秉文之女，幼子何棠娶吴伟业女，长女嫁与方拱乾次子方亨咸，三女嫁吴家周子吴元礼，四女嫁吴国琦子吴宏宁，五女嫁吴士讲子吴世忠；何应瑗娶麻溪吴应莘之女；何应璜次子何亮功长女嫁马之瑛之子；何如申三子何应珽之三女嫁与吴日昶子吴兆熊；何应璇三女嫁与张秉文子张克倬；等等。上述姻亲关系呈现三个特点：一是桐城方氏、张氏、姚氏、吴氏、马氏与何氏等望族之间互相联姻，彼此交错，互为郎舅、翁婿；二是桐城望族之间数代联姻，姻亲关系久远绵长，其中何氏与方氏的联姻维系十余代之久；三是望族之间有跨越辈分而结秦晋者，如方承乾女嫁何应珏，其弟拱乾却娶了何应珏的堂姐为妻。

其四，一些文献著录了何氏文集诗稿之名，如何永栋著有《寒香斋录》《天园绛》《莲溪诗稿》，何应琼著有《双桂堂遗稿》，何应璇著有《据梧轩集》。或是辑录了何氏的诗文作品，如《龙眠风雅》卷一〇曾录何如宠诗62首，数量当为何氏诗人之最；又张楷纂修《（康熙）安庆府志》卷二五录其文《劝圣学疏》1篇，卷三〇录其诗《爽园》1首；陈田《明诗纪事》庚签卷一九录其诗三首，传云："晚居金陵，近体诗和平蕴藉，与谢于乔相近。"[①]诗作少至一首者，一些文献也予以载录，如何应珽年少善文，好读书，甲申国变后，应岁荐，因病未行，卒于旅舍。《龙眠风雅》卷二八录其诗《暮雨》："檐溜翻盆夜有声，案头灯火倍分明。雨来汗漫窗前暗，诗费敲推枕上成。抱膝自怜寒到骨，掩门终日静无情。时危祗合茅斋坐，不向人间浪得名。"[②]《桐旧集》卷一七亦录此诗，其中"倍分明"句作"失分明"，"雨来汗漫窗前暗"句作"云来汗漫窗前湿"，"敲推"句作"推敲"[③]。诗以清冷苦寒之笔，真实记录下作者身历国变、困顿驿舍而犹然坚守气节的微观世界。

① [清]陈田：《明诗纪事》，周骏富：《明代传记丛刊015·学林类11》，明文书局1991年版，第163页。

② [清]潘江辑：《龙眠风雅》，清康熙十七年潘氏石经斋刻本，四库禁毁书丛刊，北京出版社1997年版，集部第98册，第353页。

③ [清]徐璈：《桐旧集》第11册，民国十六年影印桐城光云锦影印嘉庆原刻本，第139—140页。

三

桐城诸多文化世家之间世代交互联姻，是明清桐城文化结构中一个不可忽视的存在。错综的姻亲关系网下潜藏着一个真切而强韧的历史事实：桐城望族十分重视女儿的文化教育，使她们出嫁后能更好地承担相夫教子、传续世家文化的责任。从时代维度看，明清时期科举取士制度，使得士人家庭将读书以仕进并借此提升家族声誉地位的期望寄托于子弟之身，这就在较大程度上导致了士人家庭早教幼教模式的逐渐形成。对于文化世家而言，由于父兄每每游学、仕宦、远幕或授馆在外，在家庭中多数时候是一种缺席的存在，于是对幼小子弟的教育训导，便往往由母亲、家族中的女性长辈或退居在家的祖辈来承担，而他们也正好有较多的闲暇、也有足够的能力在家庭之内实施早教。这就决定了士人家庭娶媳之前，除了考虑拟聘对象的品质心性之外，必然还要考察她所受文化教育的程度。一个出身当地望族的女儿，家庭背景相对透明，自小又有良好的家教，生长在同一个文化地域之内，说着同样的方言，浸润共同的良俗公序，与夫家门当户对，自然成为望族优选的对象。一嫁一娶之间，带着父家文化教养的女性嫁进夫家，与夫家的家族文化交融互补，在生物性的繁衍功能而外，还有文化融合与传续的责任在内，进而形成一种维护家族基因延续、促进家族文化上升的文化传续机制。

现以何、吴、方三姓姻亲关系网为例，来研判文化世家中的女性在维系家族血脉、传续望族文化进程中的作用。何氏八世何如宠与吴应宾、方大钦最为友善，彼此唱和，交谊匪浅。吴氏先祖亦自婺源迁居桐乡，其家族之兴从明中叶吴一介开始。吴一介为嘉靖三十五年（1556）进士，官至河南右布政使。子吴应寰为万历间邑廪生，与弟应宾齐名，应宾每自谓不及，何如宠、叶灿皆从受学。吴应宾少时即博览群书，诵咏千言，万历十四年（1586）进士，选翰林院庶吉士，授命编修，以目疾告归，居乡四十载，教授门徒，闭户著述，为文数万言，口授而弟子记录之。其为人操行端正严谨，孝顺友善，精通性命之学，学理推宗儒释，认为作诗为余技。吴应宾有两个饱读诗书的女儿，他将长女吴令则嫁给了挚友何如宠兄子何应琼为妻，又将次女吴令仪许配了挚友方大钦兄子方孔炤。方大钦兄弟三人，兄方大镇，弟方大铉。方大镇将长女方孟式嫁给清河张家的张秉文，将次女方维仪嫁给姚氏家族的姚孙棨，三女嫁给何如宠兄子何应璇，所生女儿后来嫁给张秉文子克倬。何如宠则以幼女许配吴家，方大铉则亦将女儿方维则嫁至吴氏家族。我们可以看到：何应琼和方孔炤是连襟，其弟何应璇和姚孙棨、张秉文是连襟；方孟式、方维仪和吴令仪是姑嫂，吴令则和方孟式三妹是妯娌；方孟式与丈夫是姑舅表兄妹，与自己三妹之女是婆媳。由于这样的一种姻亲联系，来自不同家族的文学文化、家风家学就在姻亲网的牵引与交错中，获得了促进、交融和整合，家族文化基因也借助品质上乘的多重联姻得到优化。

从方氏姐妹和吴氏姐妹的命名，可以想见桐城望族对女儿文化教育的重视和对她们将来所要承担的家族责任的期望。式者，准则也，榜样也。《东观汉记》谓邓彪“以廉让率下，为百僚式”[①]。则者，楷模也，准则也。元刘祁《归潜志》：“不若居高养蒙，不为世网所羁，颇以李白为则。”[②]仪者，容止也，仪表也；引申为表率、标准、准则。元戴表元《祭徐母吴氏夫人文》：“有闺门贞淑之节，而能督饰孩稚，家仪塾范，与父师均。”[③]方氏长女曰“孟式”，“孟”既是孟仲叔季之孟，也是“孟光”之“孟”。孟光字德曜，方孟式（1582—1639）乃字如耀[④]。合而观之，“孟式”之名，要求的是要以古代贤妻的典范孟光为榜样，铸造自己的道德人生。又维者，护也，持也。“维仪”“维则”之名，要求的是要维护古代闺阁贤德的准则和仪度，以此规范自己的行为容止。所以方维仪（1585—1668）字“仲贤”，方维则字“季准”。不知是心有灵犀，还是有约在前，

①［汉］刘珍：《东观汉记》卷十八列传十三，清武英殿聚珍版丛书本，第438页。

②［元］刘祁：《归潜志》卷三，清武英殿聚珍版丛书本，第65页。

③［元］戴表元：《剡源戴先生文集》卷二十三，四部丛刊景明本，第752页。

④［清］王端淑《名媛诗纬初编》卷一〇作“德耀”，［清］徐璈《桐旧集》卷四一、［清］马其昶《桐城耆旧传》卷一二均作“如耀”。

抑或受到启发，吴应宾亦以“则”“仪”为女儿命名。令者，善也，美好也。“令则”原指美好而合于礼法规范的品德；“令仪”则指美好的仪容与风范。古籍中两词多用于颂扬女子美德与美仪，如汉灵帝刘宏曾因追思逝去的美人王荣而作《追德赋》《令仪颂》，其子刘协继位后追谥王荣为灵怀皇后。又北周宣帝陈皇后册诏曰：“咨尔仪范柔闲，操履凝洁，淑问彰于远近，令则冠于宫闱。”[①]唐司空图《障车文》以“令仪淑德，玉秀兰芳”[②]之句颂新婚女子之德貌。吴应宾为女儿取名“令则”“令仪”，显然对她们的未来寄寓了美好的期望。

名字寓意有极高相似度的这五位才媛，其人生经历各有差异，大致可分为三组。据前述相关文献知，方孟式天资明敏，志笃诗书，九岁能文，颇有诗才，父甚爱之，每以是女身为憾。夫张秉文年少俊朗，风采非凡，两人吟咏唱和，敬爱和睦。方孟式二十余生一子，夭折，仅有女名德茂。于是“嗟自无子，选置妾媵”[③]，“随举三子，笃爱如己出”[④]。崇祯十一年（1638），张秉文任山东左布政使，孟式随往，秉文衣不卸甲，日夜守城。次年正月初二，城破，秉文披甲与清军巷战，中箭身亡。孟式遂投大明湖殉死，年五十八。有相似经历的是吴令则，文献称其聪颖机敏，幽雅贞静，少从父学诗，博通经史，崇尚礼义，其诗声调婉丽，尤能相夫佐读，遵守闺范，孝敬长辈，出嫁二十余年，朝夕问姑嫜安，“敬顺夫子……无子，遂置妾媵，欲广其嗣”[⑤]。吴令则为夫置妾，作为她美好妇德的证明记录在案，然这一举措似无明显的现实效应。遍查文献，未见有何应琼子嗣信息。令则每临清风明月，吟诗咏怀，多焚其稿，惟姻亲所藏数首传世。何应琼后流寓江南多年，病逝他乡，吴令则前往理丧，因伤心过度，未及一年，卒于墓地。无子，置妾，死节：相似的人生历程，证明

①［唐］令狐德棻：《周书》卷九《列传》第一，《二十五史》第3册，上海古籍出版社、上海书店1978年影印本，第2596页。

②［唐］司空图：《司空表圣文集》，四部丛刊景旧钞本，第229页。

③［清］王端淑：《名媛诗纬初编》卷一〇，清康熙山阴王氏清音堂刻本。

④［清］马其昶：《桐城耆旧传》卷一二，毛伯舟点校，黄山书社1990年版，第453页。

⑤［清］王端淑：《名媛诗纬初编》卷一〇，清康熙山阴王氏清音堂刻本。

了她们生命观、价值观的高度趋同，而后者，乃是以她们从原生家庭接受的文化教育与训导为底蕴的。

另一组有极为相似的人生经历的是方维仪、方维则姐妹。方维仪受家学熏陶，自幼聪慧，曾随父游居天雄、北京等地，能即景吟咏。博学多才，亦通佛经，常与姐弟文辞唱和。万历二十九年（1601）秋，年十七，嫁同邑姚孙棨。姚孙棨聪颖好学，孝顺友爱，与维仪伉俪情深。但因长期苦读成疾，容颜憔悴，婚时已病久。次年五月，姚孙棨病情加重，仍目不离卷，作诗百首。维仪以有孕之身，躬扶起居，侍奉汤药，周旋左右。九月，姚卒。后维仪生一女，九月夭折。因孀居家窘，兼有闲言，遂请归母家守节。清康熙七年（1668）卒，年八十四。方维则亦自小工诗，年十四时，嫁同邑诸生吴绍忠。年十六，夫死，一子复夭折，遂守节。年八十四，卒。方维则孀居近七十年，较方维仪更多一载。嫁与书生，早寡无子，守节终身，八十四卒：不知是巧合，还是宿命，姊妹俩不仅名字充满设计感，人生轨迹也被设计得如此相似，不能不说是她们原生家庭文化观念的强韧介入所致。原生家庭对女儿的早教，除了勤读文史、学习吟诗作文之外，有更多的传统妇德规范的教导，其中贞节观的输入力度远胜物质生命本身的存在价值；联姻时对子婿出身门楣的选择及其由读书而仕进的可能性的考虑，大大超出了对他们个体体质强度与生命长度的考察。当子婿因勤读过度、损伤身体而病卒之后，他们的女儿对传统的女性生命价值观的遵守程度，几乎达到宗教式的理念层面。

与前两组才媛生命轨迹均不相同的是吴令仪（1592—1622）。吴令仪，字棣倩，原本聪慧勤学，喜读书史，学识渊博，精通佛典，又能写诗作文，词翰清新婉丽，书法学卫夫人，有飘逸之态，与姐令则同有才名。嫁后侍奉公婆勤谨，相夫教子，与夫婿琴瑟相和。由于吴令仪嫁的是方维仪、方维则的弟弟方孔炤（1591—1655），这就拓展了她与方氏三姐妹深度交往的时空维度，且使方、吴两家这一代五位才媛走到了一起，进而组成桐城文化史上最富才名的闺蜜群。方氏闺阁中，方孟式有“纫兰阁”，与维仪“清芬阁”、维则“茂松阁”并称“三阁”；而维仪才情特高，颇有大志，常自恨不为男子，建功立业于世。清初朱彝尊曾评价方维仪之才曰："龙眠闺阁多才，方、吴二门称盛。夫人才尤杰出，其诗一洗铅华，归于质直。"他举例称："若'白日不相照，何况他人心'，'高楼秋雨时，事事异畴昔'，何其辞之近乎孟贞曜也?"[①]朱彝尊竟以唐时孟郊比照维仪，可知朱彝尊对维仪诗作的品质风神甚为推许。此时睹面，五位才媛既是姊妹，又是姑嫂、妯娌，众皆推维仪为师，每每以研读文史为织纴，吟咏酬唱于清芬阁，遂结成明清文化史上第一个女性诗社，即著名的"名媛诗社"。古来女子吟咏非桐城独有，然江南闺阁唱和之事，却由桐城名媛开其端绪。潘江曾评曰："龙眠彤管之盛，倡自纫兰、清芬，久登词坛……若夫环珠、棣倩，咸琢词章……内行肃雍，母仪贞顺。笔霑花露，皆琺金虹璧之吟；墨蘸香脂，鲜冶叶倡条之奏。则又闺阁铮铮，雅音与高行并传矣。"[②]有益於风教的诗歌和音乐是为"雅音"，贤人君子美异高尚之行为是为"高行"。潘江之评，将吴、方姐妹推至诗文与道德交相辉映的精神高地。

由于方维仪长居母家，与弟媳令仪朝夕相处，而令仪师事维仪亦较他人更为便捷，两"仪"情谊之深厚密切亦甚于他人。令仪有《呈姚维仪姑姊》诗曰："与姑为伴十年余，胶漆金兰总不如。忆得峨眉山下住，相思惟有一双鱼。"[③]足可为证。然而不幸的家庭各有各的不幸，此一金兰之谊不久就遭致生命本身变故的打击。维仪弟孔炤于万历四十四年（1616）登第，入选京师，其后任嘉定知州，次年又迁官福建福宁，令仪随夫宦游。后令仪于天启二年（1622）病逝，年方三十一。此时孔炤宦游在外，子以智年方十二，女子耀九岁，次子其义（1620—1649）年仅三岁。回母家守节的方维仪此时遂毅然担负起奉亲、颐侄、理家的重任。方维仪《未亡人

---

① [清]朱彝尊：《静志居诗话》，人民文学出版社1998年版，第725页。

② [清]潘江：《龙眠风雅》凡例，[清]潘江辑：《龙眠风雅》，清康熙十七年潘氏石经斋刻本，四库禁毁书丛刊，集部第98册，北京出版社1997年版，第1页。"环珠"指吴令则，盖令则有《环珠室集》二卷，今未见。

③ [清]潘江辑：《龙眠风雅》卷十九，清康熙十七年潘氏石经斋刻本，四库禁毁书丛刊，集部第98册，北京出版社1997年版，第230页。

微生述》一文自述曰："弟妻吴宜人愉惋同保，不幸早世，余抚其诸英，训诲成立，完其婚嫁，必当终于一诺也。长上姻亲，敢不恭敬和睦？卑幼仆从，忍不慰谕恩款？如此以无拂两门之欢心，凡余所为极难耳。"[①]方以智后来追述曰："智十二丧母，为姑所托，《礼记》《离骚》皆姑授也。"[②]其子方中履在为姑母方子耀作传时，清晰地描述了这一段经历："吴太恭人早卒，时先公十二岁，恭人九岁，皆育于仲姑清芬阁中……恭人学图、史、礼法，清芬实兼母与师。"[③]方维仪不仅是子耀的母与师，也是以智和其义的母与师。她要求方以智生活节俭，为学谦谨，从政不忘祖辈之德。方以智对姑母充满了感激与赞赏之情，他在《清芬阁集跋》中赞曰："能著书若吾姑者，岂非大丈夫哉？"[④]"大丈夫"者，有志气、有节操、有作为的男子之谓也。孟子曰："富贵不能淫，贫贱不能移，威武不能屈，此之谓大丈夫。"[⑤]以"大丈夫"之名称赏一介女性，自然不是仅因方维仪本人有男儿志，更多的是因为她虽终身守节，却全力担负起教育训导子侄并使他们成长成名、传续家族文化血脉的重任。

两"仪"交集后的故事，足可提供这样的一个典型例证：明清时期桐城望族子弟的家庭早教，在母亲生命中止、父亲严重缺席的时候，可由其他更有文化素养的女性长辈来承担，她们在原生家庭所接受的底蕴深厚的文化教导，使得这种替补式母教成为可能和必然。从这一视角来看，桐城域内文化世家的相互联姻，无异于一种家族文化资源的流转与共享。它所缩结的家风、家学、家训等内核，在文化世家之间的多重血亲融合中不断产生新的文化细胞，激发多个家族的子弟融通经史，焕新家学，进而形成地方特点明显的区域文化版图，并不断充实、更新、光大之。

---

① [清]马其昶：《桐城耆旧传》卷一二，毛伯舟点校，黄山书社1990年版，第456页。

② [清]方以智：《浮山文集前编》，四库禁毁书丛刊，北京出版社1997年版，第2页。

③ [清]方中履：《姑母孙恭人传》，方中履：《汗青阁文集》，光绪十四年刻本。

④ [清]方以智：《浮山文集前编》，四库禁毁书丛刊，北京出版社1997年版，第3页。

⑤ 杨伯峻译注：《孟子译注》，中华书局1960年版，第141页。

四

若进一步考察桐城何氏与方氏联姻之于族人科举仕进和文化资源流转之间的关系，则这种望族联姻传续机制的意义也许就更为显豁。

桐城青山何氏源于婺源何氏。自何鼎洪武初北迁桐乡，至七世何思鳌以岁贡廷试第一、授山东栖霞知县，何氏大家族的基础方始开启。据现有文献记载，何氏家族与方氏家族联姻，是从何思鳌父辈开始的。何氏六世岫、峒、峤、峋，均有女嫁入黄华方氏。何思鳌妻正出自黄华方氏，两人共养育了三子一女：长子何如达授上林苑署丞、邑举乡饮大宾；次子如申万历二十三年（1595）进士，官至浙江右布政使；三子如宠万历二十六年进士，历礼部尚书、户部尚书，进武英殿大学士；一女嫁回黄华方氏。何思鳌妻后以次子如申浙江右布政赠淑人、三子如宠大学士赠一品夫人，寿九十五。何氏望族地位乃是从何如宠这一代奠定的。

与此同时，何如申、何如宠兄弟俩也空前重视与桐城第一文化世家桂林方氏的联姻。何如宠（1569—1641）娶妻黄华方氏[①]，长女嫁给桂林方氏，万历十四年进士、太仆寺少卿方大美之幼子，崇祯时少詹事方拱乾。何如申先娶鲍氏、继娶程氏，纳侧室江氏，均非大族，然为长子何应琼娶桐城吴氏女为妻，为幼子何应珏娶桂林方氏、方大美次子承乾之女为室（何应珏继室仍来自桂林方氏），为仲子何应璇娶桂林方大镇三女为室（方孟式、方维仪的亲妹妹）。按道理，方大镇如此注重长女和次女的早教，以饱含闺阁言行典范意义的词语为她们取名，让她们广泛涉猎经史子集，诗文书画样样出色，对三女儿的文化教育也当十分重视才是。然遍查现存文献，罕有此女信息，文史教养、诗画才名均不可见，甚而名字亦未能知，殊可怪异。最有可能的情况是，方大镇的三女儿无甚才学，没有任何

① 何如宠岳父许静斋先祖许道兼祧许、方两姓，并允子孙自主姓氏，故其后姓方者甚多。[清]胡必选：《（康熙）桐城县志·列女·明》："相国何如宠妻方氏，何与方皆著姓，青山故两姓世为婚姻。"《中国地方志集成》之《安徽府县志辑》第12册，江苏古籍出版社1998年版，第182页。

诗文作品，甚至也没有多少可以嘉许的言行，故而雁过无痕。然而这一秦晋之缔，无疑又一次巩固了何方两个望族之间的文化联盟。至何氏九世，何、方联姻更甚于前。何如宠独子何应璜将长女嫁入桂林方氏，顺治四年（1647）进士、监察御史方亨咸（方拱乾与何应璜姑母所生次子）。何如申幼子何应珏则将长女嫁给方若珽子方宣言。这是何氏十世，此世与桂林方氏联姻有12次。据何氏宗谱统计，至十六世（清同治朝），累计达到266次[①]。何、方两大家族的联姻一直持续到清末。

桐城桂林方氏是典型的诗礼簪缨之族。作为桐城地域内第一文化世家，其形成源于自明建文元年（1399）五世祖方法起始的家族文化的累世积淀。明清桐城地域文化的一个重要特征是理学繁盛，桂林方氏则恰以理学而著称。据相关方志记载，明清两季桐城著名理学家18人，出自方氏家族的就有5人：十一世方学渐，子方大镇，孙方孔炤，曾孙方以智，玄孙方中通[②]。方学渐（1540—1615），万历二十六年（1598）岁贡，因科考不顺，遂潜心儒学，砥砺名节，讲贯文学，以诸生主讲席二十余年，声名远播，与东林党人高攀龙、顾宪成交游，尝至东林书院讲“身心性命”之学，备受推崇，东南学者推之为“帜志”。晚年归里，于桐城县城北门筑建桐川会馆，门下数百人受教，桐城设馆讲学自此始。清大学士张英曾赞曰：“明善先生以布衣振风教，食其泽者累世，皆先生之彀诒也。”[③]方大镇（1561—1631），万历十七年进士，历大名府推官、擢升江西道御史、大理寺丞、大理寺少卿。致仕后，与邹元标、冯从吾、高攀龙等建“首善书院”，聚集志趣相投者讲学。其学沿其父之说，倡导性善之论，详析良知之说，辩论儒释之别。方孔炤，万历四十四年进士，初任嘉定知州，官至湖广巡抚。崇祯末，以旧官起用，屯田山东、河北，兼理军务，未行而京城失陷，遂奉母南奔，归隐白鹿山。入清后，洪承畴屡次举荐，辞不

① 参见吴功华：《六皖风云起 开先宰相家》，安徽人民出版社2019年版。

② [清]廖大闻：《(道光)续修桐城县志》卷十四《人物志》“理学”条，《中国地方志集成》之《安徽府县志辑》第12册，江苏古籍出版社1998年版。

③ [清]马其昶：《桐城耆旧传》卷四《方明善先生传》，毛伯舟点校，黄山书社1990年版，第102页。

出。方以智（1611—1671），明末“四公子”之一。崇祯十二年（1639）由乡试中举人，十三年进士，授翰林院检讨。清顺治三年（1646），因拥立桂王有功，擢左中允；四年，擢侍讲学士，拜礼部侍郎、东阁大学士，旋遭劾罢职。方以智“生有异禀，年十五，群经、子、史，略能背诵，博涉多通”，天文地理、诗文书画等，皆能“考其源流，析其旨趣”[①]。

自宋元而至明清，理学家往往以《易》立论。朱熹即从《易》经解释入手，阐发其理学理论，提出“太极”即“理”、“阴阳”即“气”的命题[②]。其理学和易学互相渗透，引导了宋以降中国文化史的学术思想走向。明清之际桐城方氏亦是以解《易》经而成就理学的文化家族，方学渐是这个家族易学创始之人，著有《易蠡》十卷；方大镇著有《易意》四卷，《千顷堂书目》著录；方孔炤著述甚勤，潜心经训，与子方以智合著《周易时论合编》二十三卷（清顺治十七年刊本），另有《学易中旁通》等著；方以智著述数百万言，有《周易时论》十五卷、《易余》二卷，另有《易筹》《学易纲宗》等（已散佚）；方以智长子中德（1632—1716）通经工史，著有《经学撮钞》《心学宗续编》《易爻拟论》《性理指归》等，次子中通（1635—1698）是一位数学家，同时也浸润易学，著有《心学宗续编》四卷、《周易深浅说》等。有人认为，桐城方氏易学到了方以智时已完全走向成熟，具备了集大成的品质，其子嗣延续父辈的致思路径作了补充工作[③]。易学与理学、诗学，共构了桐城方氏家学内核。

将何氏家学与方氏家学的相关资讯作一比照，可以约略知道望族之间的联姻之于两姓家学的交互促进作用。一个显而易见的历史事实是，桐城何氏家族的家学要旨亦是易学，而且以易学进仕正是从七世何思鳌开宗。与方学渐同辈的何思鳌先以《易》补郡廪生，而后由岁贡廷试第一知山东栖霞县；同辈何思鸣、何思烈、何思衡兄弟亦以治易经而出名。八世何如

① 赵尔巽:《清史稿》列传第二八七《遗逸》,《二十五史》第12册《清史稿》下,上海古籍出版社、上海书店,1978年影印本,第10378页。

② 参见史少博:《朱熹理学与易学的关系》,山东大学博士学位论文,2004年。

③ 参见蒋国保:《方以智易学思想研究》,苏州大学博士学位论文,2011年。

达、何如申均以《易》补郡廪生，何如大、何如衢、何如极、何如彦等均以《易》补邑庠生。九世有19人皆攻《易》经，以《易》而补郡庠生者9人，何如达五子均以治易而显；何应奎以《易》补郡廪生，万历戊午（1618）举人、己未（1619）进士。十世以《易》而显者22人，其中何如宠孙何檠以《易》补邑庠生；另一孙何采以《易》补江宁县庠生，顺治戊子（1648）举人，己丑（1649）进士，改庶吉士，授翰林院编修。十一世治易者16人，其中何梦元为何如达曾孙，以《易》补邑庠生，乾隆丙辰（1736）科中第十名举人。十二世治易者15人，其中何光连为何梦元子，以《易》补邑庠生，康熙己卯科（1699）中第六十九名举人。至十三世，桐城何氏家族以《易》而取功名者累计已达91人。

由此可知，望族联姻的绩效，不仅体现在望族女儿将父族文化基因融入夫族，促进夫族家学文化的衍生与传续，而且更体现在有姻娅关系的男子之间学术文化思想的深层交流与交互激发。即如上述何、方两族名人中，何如宠与方大美是亲家，何如申与方大镇是亲家；何应璇与方孔炤是郎舅；何应琼是方以智的姨丈，方承乾与何应珏是翁婿，何应珏又与方若珽是亲家；方拱乾是何檠、何采、何亮功的姑丈，方亨咸与何采又是郎舅。桐城其他望族也有治易者，如吴用先著《周易筏语》，张英著《易经衷论》，但均不及何、方两族治易之盛，且他们亦与何、方两族有割不断的文化血亲关系：吴用先与何如宠是亲家，何应璜是张英的姑丈，何采与张英既是郎舅，又是挚友。何、方世代联姻，两姓均治《易》经，文化血脉代代相连，学术资源共建共享，遂营造出明清桐城学术文化史的一大地域特色。

对上述种种现象作一圆览，可以较好地解释，何以桐城何氏家族要与本地其他望族之间世代交错联姻，尤其是与方氏家族联姻十余代。因为望族文化会由此得到稳定而持久的传续，一种渊源有自的家学也不会因为某种突然的变故而遭致中断；望族男性之间的学术文化交流，也因此而更为频繁和深入，从而在思想的碰撞、治学经验的借鉴、方法的效仿与革新中，达到助力自我、光大家学的目的，并进一步实现推进国学、育导天下、传之后世的终极目标。这种有目的的联姻，并非一种纯乎自然的习惯或生物意义上的选择，更大程度上则是明清桐城文化世家的一种主观的传续理念和积极的文化行为，体现出一种学术递进的历史责任与文化传承的使命意义。就此而言，明清桐城望族的文化传续机制，是由望族姻亲系统内的诸多男性文人学士与闺阁知识分子共同营构的，世代联姻所缔造的文化血脉使这一机制得以长久而稳定地运行下去。这也是“大江南”地带多个地域文化板块之所以形成的要素之一。

［原载《苏州科技大学学报》(社会科学版)2019年第5期，
发表时略有删节，现以原稿付排］

明清徽州才媛的地理分布与文化教育

本篇所论“明清”的时间段，概以明太祖朱元璋洪武元年（1368）在金陵登基建国时为上限，以清宣统三年（1911）辛亥革命发生为下限。所言“徽州”的范围，依据“一府六县”的历史区划：一府为徽州府，六县为歙县、休宁、婺源、祁门、黟县、绩溪。这一区划在唐代开元、永泰年间即已形成，至明清时未有变动，今日既论明清才媛，则仍遵从这一区划原则。所谓“才媛”的概念，则无论其出身高低贵贱，凡有诗词、小说、书画、艺文作品传世的女子，或其作品虽未能传世然被明清以降各类文献著录的女性作者，均属于这一指称范围。所谓“徽州才媛”的概念，则既包含了徽籍本土才媛在内，也涵括了诸多寄籍外地的徽籍才媛、嫁入徽州或嫁给徽人的外地才媛。曾有学者提出：“徽州文化不能仅仅指在徽州本土上存在的文化，亦包括由徽州而发生，由本籍包括寄籍、侨居外地的徽州人创造从而辐射于外、影响于外的文化，其中的关键是要有对徽州的强烈认同。”[①]从这个意义上说，徽州才媛在其辗转流动至江浙皖地带生活的同时，也承载着将徽州区域文化传统流播开去的使命。

① 周绍泉、赵华富：《徽州文书与徽学》，周绍泉、赵华富：《1998国际徽学学术讨论会论文集》，安徽大学出版社2000年版。

一、才媛的地理分布及其居处异动

根据前述原则，翻阅《众香词》《国朝闺秀正始集》及《国朝闺秀正始续集》《名媛诗话》《国朝闺阁诗钞》《柳絮集》《国朝杭郡诗辑》《小檀栾室汇刻闺秀词》《香艳丛书》《晚晴簃诗汇》《清代闺阁诗人征略》《皖雅初集》《安徽名媛诗词征略》《安徽才媛纪略初稿》《徽州女子诗选》《历代妇女著作考》《徽州文献综录》等文献资料，检得明清两代徽州才媛共计200名。

1.地理分布

本文以1644年为界，凡存世时间在明末清初、1644年已届15岁的才媛，概算在明代。由此析出明清两代徽州才媛的地理分布及其在整个徽州府所占比例的情况，析如下表。

表1　明清徽州才媛各县分布数量比

府县	才媛总数/人及比例		明代数量/人及比例		清代数量/人及比例	
徽州府	200	100%	18	9%	182	91%
歙县	119	59.5%	13	6.5%	106	53%
休宁	45	22.5%	4	2%	41	20.5%
婺源	22	11%	1	0.5%	21	10.5%
黟县	7	3.5%	0	0	7	3.5%
绩溪	5	2.5%	0	0	5	2.5%
祁门	2	1%	0	0	2	1%

由该表可以看出，明清二百徽州才媛，就总数而言，清代是明代的十倍。这说明由明而清，徽州女子的文化教育和文学创作越来越受重视，并在当时社会男性话语圈中得到越来越多的认可。就县域而言，两代歙县才媛均超过徽州才媛总数的一半，比其他五县的总和还多，其次是休宁、婺源。才媛的地理分布极不均衡。

进一步考察明清徽州二百才媛出身可知，她们大多生活在徽州区域的中上等家庭，有很大一部分出身于当地的名门望族，或仕宦之家。明万历年间歙县才媛汪西池，是明代著名文学家汪道昆的孙女。汪道昆（1525—1593），初字玉卿，改字伯玉，号高阳生，别署南溟、南明、太函氏等，歙县西溪南乡松明山人。嘉靖二十六年进士，初任义乌知县，历官武选司署郎中事员外郎，襄阳知府，福建按察使，福建、郧阳、湖广巡抚等职，仕终兵部左侍郎。文武兼通，工诗文，与王世贞为诗坛领袖。有《太函集》120卷，杂剧有《高唐梦》《五湖游》《远山戏》《洛水悲》《唐明皇七夕长生殿》等，另有《北虏纪略》《数钱叶谱》。《明史》有传。清康熙年间，歙县潭渡黄家出了个黄克巽，她是学者黄曰瑚的女儿。黄曰瑚，字宗夏，号确夫，从李塨、刘献廷（1648—1695）问学，为刘献廷辑《广阳杂记》。刘献廷为讲《离骚经讲录》，黄曰瑚集录整理为书。后参少保张公幕，多有殊绩。黄曰瑚又精通声韵，著有《新韵语》。事见清潘祖荫《广阳杂记跋》。《民国歙县志》有传。清代乾隆嘉庆年间才媛方掌珍（1783—1839），出于歙县望族，父方鸿为太学生。歙县方筠英，系乾隆元年丙辰（1736）副贡、来安教谕、诗人方自华的女儿。著名作家方成培也出自这个家庭。方成培（1713—1808）精通诗词，酷爱戏曲，著作甚丰。他是方筠英的弟弟。乾隆三十六年，方成培客居扬州时，曾据旧本改定《雷峰塔传奇》，另有著述《香研居词麈》（4卷）、《香研居谈咫》（1卷）、《听奕轩小稿》（3卷）、《方仰松词榘》（16卷）等。此外，他还著有《双泉记传奇》《诵词记疑》《镜古续录》《记后岩学诗》等。《安徽文献书目》著录。《民国歙县志》有传。歙县江秀琼，是巡抚江兰之女。江兰，字滋伯、芳谷，号畹香，贡生出身，与江春为堂兄弟。乾隆四十四年（1779）前，江兰任大理寺少卿、太仆寺卿等，此后在河南、山东、云南任布政使、按察使、巡抚等数十职，乾隆六十年（1795）至嘉庆四年（1799）任兵部侍郎。擅诗文，精瓷器，好治园，有诗文集传世。歙县人何秉棠，字子甘，号南屏，深于诗学，著有《桐花书屋诗草》，官至两淮盐知事。他的三个女儿均能诗：次女何佩芬，三女何佩玉，四女何佩珠。

歙县而外，休宁也是盛产才媛的地方。清顺治、康熙年间人汪婀，是内阁中书汪文桂之妹。汪氏本为休宁望族，后迁至桐乡。汪婀的父亲和她两个叔叔，均为清代有名的学者、收藏家、鉴赏家。汪文桂著有《鸥亭漫稿》，与两弟合刻《汪氏三子诗》，黄宗羲为序。其弟汪森（1653—1726），本名文梓，康熙拔贡，官至广西桂林府通判，累迁户部江西司郎中，还知河南郑州事，会丁母忧未赴官，告归。弟文柏（约1662—1722），乃清代著名的收藏家、鉴赏家，康熙时曾官为北城兵马司指挥，工诗画，精鉴赏，家有古香楼，收藏书画作品甚富，著有《汪司城诗集》《杜韩集韵》（3卷）《柯庭余习》（12卷）《古楼吟稿》。《国朝诗别裁集》《道光休宁县志》《光绪桐乡县志》《清诗纪事初编》有传。兄弟三人同因藏书而名盛，因文桂有裘杼楼、汪森有碧巢书屋、文柏有古香楼和澡之堂，收藏珍本秘籍达数万卷，被黄宗羲称为“汪氏三子”。金树彩（1831—1853）是武昌知府金云门的三女儿。金云门（1794—1853），字吉予，号菊轩，休宁人，道光十三年进士，官浙江云和知县，改任湖北，历天门、崇阳、随州，晋知州，擢安陆知府，署粮储道，护按察使，调署黄州。后太平天国陷黄州，云门死之，赠太仆寺卿，予骑都尉世职，谥“果毅”。《清史稿》有传。

2.居处异动

细览徽州才媛行迹可知，她们并非全都终生定居于徽州区域之内，而是呈现出较大的区域流动性。为女者，有幼随父母迁居他乡的，如乾嘉时歙县人汪嫈，幼时即随父母侨居扬州；有嫁后随夫迁居任所的，如康熙时歙县人汪是，嫁同邑吴之騄为副室，吴之騄于康熙壬子（1672）中举，官绩溪县教谕，后迁镇江府教授。这种流动一般都趋向于金陵、扬州、镇江、钱塘、宁波等江浙地区，也有随夫赴北京任官的。

从已嫁才媛情况看，她们多为仕宦之妻。有原籍徽地、嫁在徽州区域之内甚或同邑的，如清顺治康熙年间休宁人程琼，嫁与歙县人吴祚荣为妻；同光时歙县人吴修月，嫁与同邑秀才汪定执为妻；其表妹张庆云亦歙人，嫁与汪定执为继室。也有嫁至外乡、远离徽地而居的，如清同光时歙县人周桂清，19岁嫁与合肥诸生阚濬鼎为继室，光绪四年27岁时卒于江宁。也有从江浙甚至更远的异地嫁到徽州或嫁与徽人的，如乾隆时徐德音，原籍浙江钱塘，嫁与歙县人许迎年为妻；同治时吴畹五，原籍河南固始，嫁与歙县人洪镔为妻，洪镔官江苏候补直隶知州；同光时龚自璋，原籍浙江钱塘，嫁与徽州人朱祖振为妻。

才媛因婚嫁而出现居地变化的，主要有两种情况。一是原籍徽州、嫁作徽妇，嫁后随夫籍或随夫任。歙县才媛张莲贞，嫁作山东候补知府鲍瑞骏为妻。鲍瑞骏，字桐舟，号渔梁山樵，歙县人，道光癸卯年（1843）举人，力学能文，同治时以军功官山东馆陶知县，擢候补知府，历郑魏齐楚之郊，诗篇宏富，为时所称。著有《桐华舸诗集》，又著《褒忠诗》《咏史诗》。书法欧阳，画与汪昉齐名。《歙县志文苑》《清画家诗史》有传。其兄鲍康（1810—1881），字子年，号观古阁主人、岩寺人，道光己亥（1839）举人，官至四川夔州知府，为清钱币学家、金石学家。其叔鲍桂星（1764—1824），字双五，一字觉生，嘉庆四年进士，历官工部侍郎、翰林学士，终詹事。师从姚鼐，诗古文并有法。歙县才媛吴淑娟（1853—1930），为著名画家吴鸿勋之女，嫁给江宁知府、黟县人唐光照为妻。

二是原籍外地，嫁入徽籍或嫁给徽人。嘉道年间才媛陆韵梅，原为江苏吴县人，光禄寺典簿陆澧之女，嫁给歙县人潘世恩次子潘曾莹为妻。潘世恩（1769—1854），初名世辅，小字日麟，字槐堂，一作槐庭，号芝轩，晚号思补老人，室名有真意斋、思补堂、清颂堂。祖籍歙县，后迁居苏州。乾隆五十八年（1793）进士第一，授修撰，嘉庆间历侍读、侍讲学士、户部尚书；道光间至英武殿大学士，充上书房总师傅，进太傅。潘世恩为官50余年，历事乾隆、嘉庆、道光、咸丰四朝，因被称为“四朝元老”。著有《恩补斋集》。《民国歙县志》《清史稿》《歙事闲谭》有传。其子潘曾莹（1808—1878），字惺斋，道光二十一年（1841）进士，官至工部左侍郎，工史学，善书画。著有《鹦鹉帘栊词》《小鸥波馆词》。事见《憩园诗话》《歙事闲谭》《民国歙县志》。嘉道年间才媛康介眉，原为山西兴县人，乃知府康基渊孙女。康基渊，字静溪，乾隆十七年（1752）进士，次年任嵩县知县，官至江西广信知府。著有《南圃文钞》《家塾蒙求》《女学纂要》及《嵩县志》诸书。《清史稿》《清代七百名人传》有传。康介眉嫁给了歙县人鲍继培为妻。鲍继培乃道光十七年（1837）举人，历任刑部郎中、山西道监察御史、浙江道监察御史、陕西道监察御史、四川保宁府知府。

这两种情形在道光时婺源江家同时出现。婺源才媛戴烜姒（约1874—约1905），嫁给同邑江忠赓为妻。江忠赓（1874—1943），谱名孝璟，名大用，字焕其（一字叔莘），号菊圃（一作橘圃），是婺源晓起人，亦出身于望族。其父江人镜（1823—1900），字云彦，号蓉舫，道光二十九年（1849）应顺天乡试中举，次年任镶白旗汉学教习，咸丰三年（1853）任内阁中书。江忠赓是江人镜的第三个儿子，由监生任工部都水司主事，员外郎衔，升用直隶州知州，加盐运使衔，官至浙江候补知府，民国期间曾任众议院议员。著有《乐知轩诗集》《耐庵小稿》《雪鸿蜀道》等诗词集。江人镜的第二个儿子江忠振，谱名孝瑔，字采其（一字仲麟），号棣圃，婺源贡监生。他娶了道光二十九年举人、官至安徽布政使、通州人胡玉坦的女儿胡凯姒为妻，而胡凯姒亦一时才媛。江忠振为光绪二十四年（1898）进士，同年五月授江苏即用知府，胡凯姒诰封一品夫人。

徽州才媛也有嫁作徽商之妇者。康熙时歙县才媛程云（？—1770），字友鹤，号梅衫，嫁给清代著名的徽商兼藏书家汪文琛为妻。汪文琛，字厚斋，原籍徽州，寄籍仪征，历任候选道、盐运使、资政大夫。康熙年间，他在苏州开设“益美布号”，一年售布达百万匹，因而饶有资财，富甲诸商，布更遍行天下。汪文琛嗜好广收图书，为吴中藏书巨擘，与其子汪士钟先后收得黄丕烈、周锡瓒、袁廷梼、顾廷逵四大藏书家古籍，有藏书楼“三十五峰园”，著有《艺芸书舍宋元本书目》。乾隆五十三年（1788），汪文琛独力重修郡学；嘉庆十七年（1812），再修郡学。清顾震涛《吴门表隐》有传。

徽州才媛又多为令子之母。雍乾时期歙县才媛吴绣砚尤为典型。吴绣砚（1723—1784），乃太史吴华孙之妹，嫁给中宪大夫、歙县人洪琰为妻。

吴华孙，字冠山，号翼堂，雍正四年（1726）丙午乡试举人，雍正八年进士，点翰林院庶吉士，雍正十一年四月翰林院散馆，授编修，乾隆六年（1741）十二月十九日以编修差授福建学政，乾隆九年离任。著有《翼堂文集》。绣砚为父亲晚年所生，福相端庄，面如满月，幼习诗礼，与侄绥诏、恩诏同塾。母程太夫人钟爱甚笃。12岁时父卒。数年后，兄吴华孙奉慈母之命，为妹择婿洪琰，两年后请假遣嫁。洪氏乃歙县望族，全家百口，钟鸣鼎食，绣砚以谦俭处其间，雍容大方，且侍奉舅姑甚谨。洪琰诗笔高古，然不耐场屋，困经岁，村居。绣砚诗亦隽永，遇花晨月夕，家庭角韵，极天伦之乐，为邑人所艳称。吴绣砚所生三子洪朴、洪榜、洪梧，少俱颖慧，吴绣砚因以相夫教子为己任。后三子均以奇才异能召试大科，均宦。长子洪朴，字素人，号伯初，乾隆二十六年（1761）中正榜，三十一年十月由内阁中书入直，复中辛卯（1771）进士，官至广平府知府。洪朴为人耿介，严气正性，出守畿郡，劾罢墨吏，震动朝野。次子洪榜（1745—1780），字汝登，一字初堂，年十五为诸生，乾隆三十年拔贡，举乾隆戊子（1768）乡试，四十一年应天津召试，授内阁中书。洪榜温良和厚，诸艺皆精，长于经学，誉流乡党，与戴震、金榜交好，惜英年早逝，35岁卒。三子洪梧（1750—1817），字桐生，一字植恒，乾隆四十五年举人，召试中书，乾隆五十五年进士，授翰林院庶吉士，散馆授编修，官至沂州府知府。乾隆六十年，任浙江副考官，嘉庆元年，充会试同考官。洪梧博古通今，兼工词翰，尤精经学。绣砚三子先后中举授内阁中书，时有“同胞三中书”之誉，称“同胞刺史”、歙县“三凤”。绣砚三媳，一为候补道程天健女，一为兵部职方司郎中汪启淑女，一为封太仆卿江长进女。四女，分别嫁徐士义、闵道恂、方椿、朱光达。二媳汪玉英、长女洪南秀均能诗，时人谓之一门风雅。

另如乾隆年间休宁人汪佛珍，嫁与通判松江张梦喈为妻。张梦喈，字凤于，号玉垒，华亭人，贡生。出身名家，有经世之才，然天性恬淡，不乐仕进，朝夕研讨百家杂艺，尤工诗弈，著有《塔射园诗钞》。黄俊《弈人传》、叶恭绰《全清词钞》有传。汪佛珍与张梦喈所生之三子张兴镛，字金冶，嘉庆六年辛酉（1801）举人，师从乾嘉时著名文人王昶，著有《红椒山馆诗钞》。同治年间才媛吴畴五，与夫洪镔常相唱和，然平时所作，罕存其稿，自以为妇人四德，文章不在其内，区区篇翰，何足存录。畴五殁后，其子洪汝怡掇拾其遗诗，仅得生前所作十分之一，集为《杏婉遗诗》。才媛诗作，因有子女集录、付梓而得以传世。

二、才媛的婚姻状况及其身份特征

就婚姻状况看，明清徽州二百才媛，确知其婚嫁状况者170人，婚姻状况不详者19人，在室女11人。各类情况具体如下表。

表2　明清徽州才媛婚姻状况统计

已婚者	数量/人及比例		在室女	数量/人及比例		不详者	数量/人及比例	
正室	135	67.5%	未嫁而卒	6	3%	未见记载	19	9.5%
继室	16	8%	未嫁夫卒	3	1.5%			
侧室	19	9.5%	侍亲不嫁	2	1%			
小计	170	85%	小计	11	5.5%	小计	19	9.5%

才媛既有良好的文化教养，又有文学艺术的作品传世，她们嫁作正室比较多见，且也是很自然的事。然于徽州才媛而言，却多有例外。兹将上表中继室、侧室与在室女这三类情况胪列如下。

1.继室

胡氏，明代湖南人，江学海继室。江学海，字相如，号海若，晚号鸿蒙山人，学富才雄，著有《瘖堂集》。

吴吴，康熙时歙县人，知州江闿继室。江闿，字辰六，号雒萱，别号牂牁生，晚号卤夫。原籍歙县，寄籍贵州。康熙二年（1663）举人，榜姓越，后复姓江。康熙十八年（1679）召试博学鸿词，因飞鸟污卷报罢，选授益阳知县，擢均州（今湖北襄阳）知州，署郧阳知府，调解州（今山西解州）知州，随署平阳知府，吏部考察为优等，升员外郎，未到任而卒。

曹贞秀，乾隆时休宁人，长洲王芑孙继室。王芑孙，字念丰，一字沤波，号惕甫，一号铁夫、云房，又号楞伽山人。早有诗名，精于诗文书法，然累次困顿场屋，公卿大夫重其才，咸与订交。乾隆五十三年（1788）召试举人，官华亭教谕。63岁卒。

陆青存，乾隆时钱塘人，徽州守备吴孔皆继室。

汪嫈，乾嘉时歙县人，同邑程鼎调继室。程鼎调（1767—1815），字梅谷，歙县人，贵州巡抚程鹤桥弟。屡试不中，遂务盐业。

殷德徽，乾嘉时歙县人，知县钱抚棠继室。钱抚棠（？—1815），嘉善人，乾隆五十四年己酉（1789）充江西副考官，嘉庆年间督学江苏。

王玉芬，嘉道时婺源人，严逊继室。严逊，字子高，号茗庵，东河总督严烺三子，仁和人，官南河同知。

孙采芙，道光至光绪时休宁人，绩溪胡培系继室。胡培系（1818—1888），字子继，号郇霞，绩溪人，宁国府教谕。

郑芬，咸同时歙县人，南昌通判天津王煊继室。王煊，字焕斋，宣城人，咸丰间入周天受（？—1860）营，官守备，加都司衔。

周桂清，咸同时歙县人，合肥诸生阚濬鼎继室。

张庆云，同光时歙县人，歙县汪定执继室。汪定执（1870—1955），字允中（一字慕云），别署旷公，善画梅，清末民初著名诗人。

吴畴五，同治时固始人，歙县洪镔继室。洪镔（1834—1881），字廉夫，号莲敷，一号念桥、行一，歙县廪贡生，同治辛未进士，充国史馆誊录、议叙盐大使等，光绪时官江苏候补直隶州知州。

程淑，同光时休宁人，绩溪汪渊继室。汪渊，康熙年间人，字时甫，一字诗圃。贡生，工词。又集宋元人词句，为《麝尘莲寸集》传世。

王纫佩，同光时婺源人，观察江峰青继室。江峰青（1860—1931），字湘岚，号襄柄，婺源人，能诗善画，画作笔墨超逸，画品较高。光绪十二年进士，成立对山亭文社，创建官药局。光绪二十年重修《嘉善县志》。后迁江西道员，宣统间任江西审判厅丞。

汪观定，光绪至民国时婺源人，溧阳狄葆贤继室。狄葆贤（1875—

1921），溧阳人，字楚青、平子，斋名平等阁。擅诗文书画，与谭嗣同、唐才常交往甚密，戊戌后逃亡日本。光绪二十六年（1900）回国，参与自立军，事败后复走日本。1904年前后返上海，集资从事新闻业，创办《时报》。宣统三年（1911）在北京发刊京津版《时报》，又办《民报》，并设有正书局，任经理。后专攻佛学。

邵振华，光绪至民国时绩溪人，劳絅章继室。劳絅章（1874—?），字闇文，光绪二十七年入县庠，附生，宣统元年（1909）当选为浙江省咨议局议员。光绪二十六年，邵振华19岁与劳絅章完婚于绩溪。

2.侧室

佘五娘，明万历前人，原籍歙县，生于扬州，嫁与扬州盐商某为妾。

孙瑶华，明天启、崇祯年间人，金陵人。歙县汪景纯侧室。景纯，江左大侠，忧时慷慨，期毁家以纾国难，灵光多所佽助，景纯以畏友目之。

张启，明万历至崇祯时休宁人，汪汝萃侧室。汪汝萃，休宁人，侨居扬州。婚后不久，汝萃卒。

徐简，明末清初浙江嘉兴人，休宁吴玙侧室。吴玙，字于庭，明末国子监生。

洪元志，顺治时歙县人，太仆少卿胡文学侧室。胡文学，字道南，一字卜言，歙县人，顺治九年进士。

汪是，顺康时歙县人，吴之騄侧室。吴之騄，字耳公，歙县人，康熙十一年壬子（1672）举人，任绩溪教谕，迁镇江府教授。

陈玉，乾隆时休宁人，侨居长州，王鸣盛侧室。王鸣盛（1722—1797），字凤喈，一字礼堂，别字西庄，晚号西江。嘉定人。乾隆十九年（1754）榜眼，官侍读学士；乾隆二十四年，官至内阁学士兼礼部侍郎。

王碧珠，乾嘉时歙县人，休宁汪谷侧室。汪谷（1754—1821），字琴田，号心农，休宁人，候选道。

唐庆云，乾嘉时歙县人，阮元侧室。阮元（1764—1849），扬州仪征人，字伯元，号云台、雷塘庵主，晚号怡性老人，谥号“文达”，乾隆五十四年进士，官至体仁阁大学士，加太子太保。

陈绛绡，乾隆时长州人，先许字某氏，未婚，夫卒，后嫁为吴虆孙侧室。吴虆孙，歙县人，光禄吴觐阳三子，监生，乾隆年间任直隶布政司理问、四川成都府汉州知州。

程蟾仙，乾隆时歙县人，朱夔侧室。朱夔，乾隆年间海宁人，官中书，精绘事。

胡佩兰，乾隆时人，原籍休宁，寄籍江苏太仓。汪启淑侧室。汪启淑（1729—1799），字慎仪，号秀峰，又号讱庵，自称印癖先生，歙县人，侨寓杭州，官兵部郎中。

邱卷珠，乾嘉时闽县人，婺源詹振甲侧室。

沈蕙香，乾嘉时钱塘人，婺源詹应甲侧室。

张绣珠，乾嘉时长州人，詹振甲侧室。

张喜珠，乾嘉时黄州人，詹振甲侧室。

王静兰，嘉道时苏州人，婺源张建亭侧室。

李淑仪，嘉道时歙县人，休宁黄仁麟妾。黄仁麟，号莲青主人，休宁人，著有《花隐香巢古今体诗》二卷、《花隐香巢试贴偶存》二卷。

盛丽珠，清代长州人。歙县郑元苍侧室。

3.在室女

明清两代徽州才媛在室女11人，其中未嫁而卒者6人，占全部才媛的3%；未嫁夫卒者3人，占全部才媛的1.5%；侍亲不嫁者2人，占全部才媛的1%。具体如下。

陈同，顺治时歙县人，许字吴人，未嫁而卒。吴人（约1650—?），又名仪一，字舒凫，钱塘人。因居吴山草堂，故又字吴山。吴吴山髫年游太学，名满都下。尤工词，为王士祯所称，为西泠三子之一。著有《吴山草堂词》17卷，传于世。

汪娴，顺康时休宁人，许字戴判官之子，未嫁而卒，仅14岁。

吴氏，康熙时歙县人，许字歙县丛睦汪某，将嫁前一月，汪某病卒，女养亲终身，47岁卒。

叶氏，康熙时歙县人，许字黟县卢容。容弱冠时病，卒。至卢家，奉卢容木牌而居，三年服丧毕，请母相见，绝食十余日，卒。

汪桂芳，乾隆时歙县人，许字方芬，未几，方芬卒。桂芳闻讯，绝食而死，时年19岁。

黄嫆，雍乾时休宁人。父殁，侍母不字。

徐七宝，乾隆时歙县人，许字同邑曹榜，未嫁而卒。曹榜，字玉堂，歙县雄村人，善画花鸟，苍逸似八大山人，与曹鼎著有徽剧《双凤笺》。清蒋宝龄《墨林今话》《清代碑传全集》《民国歙县志》有传。

金树彩，道咸时休宁人，20岁时尚未字人，与长姊随侍母亲汪恭人于武昌寓所，咸丰二年壬子十二月初四（1853年1月12日），太平天国攻占武昌，与母、姊俱殉难。

金环秀，咸同光时期婺源人。金芳女，俞补之弟子。金芳，字永俅，与詹天佑祖父詹世鸾为同乡好友。环秀年未及笄，殁。

汪阿秀，光绪至民国时黟县人，因不堪流言，投黟县屏山村长宁湖而亡，年方23岁，尚未字人。

孙旭媖，年代、生平不详，歙县人，侨居无锡。孙云朝女。无兄弟，家贫，侍亲不嫁。

三、才媛接受教育的主要途径

明清徽州的才媛诗人，一般都有中等及以上的家世背景和良好的文化教养，自小得到文学艺术的熏陶，所嫁非富即贵、或贾或儒，在夫家仍有较好的诗文书画氛围。她们接受文化教育的途径主要有家庭训育、塾师教导、名师授艺三大类。

1.家庭训育

徽州才媛的家庭文化教育，最多也最直接的是幼承父训。

清代著名画家、歙县人罗聘之妻方婉仪（1732—1779），幼承家学，跟从父亲方愿瑛和姑母方颂玉学习诗画，闺中无事之时便习吟咏，长于半格体诗而短于律诗。歙县才媛吴淑娟（1853—1930）是著名画家吴鸿勋之女，幼承庭训，工山水、花鸟、人物、虫鱼，其绘画技艺“尽得其父笔法之妙，乃益肆力于六法，由平正之于神妙，由规矩以超乎奇杰”[①]，因有出蓝之誉。淑娟10岁时，曾随父亲从歙县流寓上海，作为父亲的助手，与父亲一道鬻画自给。歙县才媛江寄生，自幼从父亲江沐曾学习六经、四子书，能诗。歙县才媛汪景山，7岁即工诗。休宁才媛查士英，幼承父训，7岁即颖慧，读书破万卷。休宁才媛金树彩（1831—1853），武昌知府休宁金云门三女。金淑彩少在家时，金云门曾以“吟风弄月”戏命其孙属对，金树彩在旁应声道：“立地顶天。”云门出而叹之曰：“惜哉，女子也！”[②]休宁才媛程淑（1858—1899），幼即聪慧，9岁即通晓四声，喜吟咏，其父以为奇，深爱之，择偶甚苛。会汪渊受祁寿阳师知，连试皆冠军，程金鉴见汪渊文章，遂将女淑许字汪渊。绩溪胡培系继室孙采芙（1825—1881），幼即聪慧，父亲课读，经史而外，凡医卜、星算之书，均令采芙涉猎。采芙9岁辨四声，13岁能诗，尤工刺绣。婺源人俞富仪（1901—1927），幼即聪慧，3岁诵唐诗，10岁能吟咏，未出阁已积诗成帙。16岁归郎传仁为室。婺源人胡素芳幼聪敏，好读书，10岁知书算，诗学李杜，文爱韩苏。

父亲而外，母亲也是才媛们直接的教育者和训导者。歙县才媛黄之柔，亲自教育女儿吴吴。歙县叶氏，幼失怙，母教以字，好读书，学为诗，寡言笑，许字卢容。徐七宝（1735—1750）生时，母梦仙姬送铜雀砚、龙宾墨、琅玕纸、珊瑚架、玳瑁筒、水晶池、玉镇纸，曰：此七宝也，以供闲雅用。次日女生，因名“七宝”，字“雅闲”。因承母训，七宝3岁识字，5岁识至数千，并解字义。9岁熟读四书、毛诗、小学，教之以唐宋诗集，其天性尤爱宋诗。歙县鲍印，系随园女弟子之一，生女渊润，自幼从母学诗，13岁时即能作诗。歙县洪南秀，为吴绣砚之女，少承母训，工诗。龚自璋幼承母训，蕴藉风流，能诗，工书翰，书法娟秀；因自璋字“圭斋”，又常与母亲唱和，相得甚欢，母名“淑斋”，故其好友沈善宝有“羲之献之”之喻。李凤璋与戴恭谨之女李静淑（约1855—?），实承

① 恽茹辛：《民国书画汇传》，台湾商务印书馆1986年版，第68页。

② 胡文楷、张宏生：《历代妇女著作考》（增订本），上海古籍出版社2008年版，第1153页。

母训，著有《艺兰轩诗草》。休宁黄卷幼承母训，工吟咏，以为诗以道情，闺阁中语不可以外传，故姻娅亲戚之间罕见其诗。

在一些父亲缺席的家庭中，才媛的祖父或是伯父承担了她们的文化教育之责。休宁才媛汪亮（约1710—1760后），是汪文柏的孙女，才媛汪娴的侄孙女，幼时丧父，然聪颖好学，因祖父以诗画名天下，汪亮得以传承其学。有汪文柏的教导，汪亮多才多艺，能留心典籍，善诗，琴棋书画皆擅，尤以丹青擅名。康熙三十九年（1700）进士、内阁中书、歙县人许迎年，其妻徐德音（约1681—1761后）是顺治十二年（1655）进士、工部侍郎徐旭龄的孙女。德音父亲早卒，母亲楼餐霞亦工翰墨。徐旭龄制府淮南时，徐德音年仅六七岁。每当家中有长辈或是故人来访，德音就仿效男子衣裤装扮，行长揖礼，客人每每称道；女子所有的钗环耳坠等，德音均不佩戴。及遇到宾客幕僚赋诗，祖父就让德音侍立旁边，德音随即能作五言七言韵语，其意特别灵巧敏捷。祖父因此非常喜爱德音，以为生男如此，一定不会像韩愈之子那样发生妄改“金根”典故的谬误，只可惜德音身为女子，无法扬名。不久后，祖父亦殁，德音遂与家人持丧回杭州。后德音年稍长，便能涉猎群书；居住在湖山之间，每当烟云入户，鱼鸟近人，德音就流连忘返，吟诵小诗以自适。有件衣服穿的时间最长，细看时，上面墨迹斑斑，颜色如同古代鼎彝，保姆欲换其衣，德音不许。许承家为徐旭龄生前所得贤士，其孙许迎年亦一时俊才。徐旭龄病重之时，曾郑重嘱咐德音母楼恭人云，德音日后择婿，许生而外再无称意人选，当不计辈分，将德音许配之。以是之故，楼餐霞从其言，后乃以德音许字迎年。

道光时休宁才媛沈冬龄，亦幼时聪慧，伯父沈石坪钟爱特甚，常令随侍左右。冬龄得以常问字义，而颇有见识。后沈石坪殁，冬龄及笈，18岁方嫁方宗埙。

徽州不少才媛，素有慧根，在室时已有基础，出阁之后，因受夫婿的教引、鼓励或浸染、滋润，其潜在的才情也被激发出来，发为诗歌，或挥作丹青。歙县才媛唐锦蕙（1857—1881）是唐光照的妹妹，吴淑娟小姑子。锦蕙生而秀慧，尝作蝇头小字，冰清玉润，秀色可餐。长大后，好读唐宋六朝诗，偶有会意，废寝忘食。光绪乙亥年（1875）春，锦蕙19岁，嫁同邑名士张金榜。张金榜亦豪于诗作，见锦蕙闲暇时常常诵读古人诗句，于是便鼓励锦蕙学作诗歌。锦蕙即便习作，下笔便觉清爽洁净。每当花晨月夕，锦蕙与夫婿闺中唱和，长歌短咏，聊以自娱，一时传为佳话。惟诗稿留存不多，稍微有不惬意的诗作，便即焚毁丢弃。光绪七年因难产而卒，年仅25岁。张金榜从破箧中捡得诗草一卷，名《碧窗绣余贤课》，细细翻阅，均锦蕙生前亲手录制的得意诗作。于是唐光照为序，张金榜跋，光绪十三年将《碧窗绣余贤课》刊刻行世。

清乾隆年间，休宁人汪佛珍，嫁给通判张梦喈为妻。张梦喈出身松江名家，有经世之才，然天性恬淡，不乐仕进，朝夕研讨百家杂艺，尤工诗弈。佛珍15岁归梦喈，娟婉柔顺，孝事婆母，17岁生子兴载。兴载4岁时，张梦喈教之识字，而佛珍在旁，过目不忘，不过两月，点画尽熟，并晓文义。此后朝夕研究，渐能作诗词，最爱读唐宋人诗，亦留心经书，务明大义。子女未就塾之前，佛珍先自己教授；若师不在，佛珍亦代为约束之，并教以保家之道、处世之方。会梦喈外出，有小偷夜晚入室，佛珍佯为不知，故意说：今晚靠某某在家相护，可以高枕无忧矣！“某某”即其亲戚中有勇力者，小偷闻言而逃。其子兴载、兴镛与女玉珍，俱能诗。玉珍曾因诗进《随园诗话补遗》而以弟子礼见袁枚，不知均母训之功。又休宁人胡佩兰，为侨寓杭州的歙县人汪启淑侧室。汪启淑（1729—1799），官至兵部郎中，家有开万楼，藏书数千种，尤酷嗜印章，工诗好古，常与顾之斑、朱樟、杭世骏、厉鹗诸人相唱和。乾隆三十七年应诏，献书500余种。刻有《说文系传》《通志》《撷芳集》，著有《讱庵诗存》《水曹清暇录》《续印人传》等。佩兰幼攻经书，能小楷，15岁归汪启淑，汪氏教之以画兰竹，习声诗，移时即工。乾隆三十二年丁亥（1767），汪启淑时出夫妇唱和诗稿，请吴钧点定。乾隆五十年乙巳（1785），汪启淑回故里已两年，吴钧复馆其家，佩兰诗已成帙，集名《国香楼诗抄》，因请吴钧为序。又休宁人陈玉，其夫王鸣盛（1722—1797）乃是清代著名史学家、经学家、考据学家，以汉学考证方法治史，为吴派考据学大师。陈玉出阁后从夫学诗，王鸣盛以洪迈的《唐人绝句选》作为教材教陈玉，陈玉于是能写诗。后将诗作编为《散花室学吟》，郭邕为序。

徽州也有婢女出身的才媛。她们为数不多，却也有属于自己的一片清亮的星空。春桃，是歙县才媛洪昙蕊侍婢，因与洪昙蕊朝夕相处故，春桃也有了一定的诗才。其惟一诗作《和乩仙》："菩提无树岂开花，香袭云衣也是瑕。优钵肯容桃影泊？自应拈献梵王家。"[①]另一位歙县才媛梦云（1817—？），出身于一个普通的农家，幼时即思慕风雅，见村塾中少儿读书，心窃好之。后值年岁饥荒，家中贫困，无以存活，父母将她卖给当地李姓富户。梦云遂成为李恭人的随身婢女。李恭人知书善吟，十分喜爱聪慧的梦云，因小女女淑懋与梦云同岁，遂将梦云当作自己女儿一样看待，为梦云取字淑仪，让她姓李，并在空暇之时教授梦云知识，口授唐宋元诗词。然因淑仪乃青衣身份，李恭人也只是私下里传授诗书知识，不敢令人知悉此事。道光十年庚寅（1830）春二月，淑仪14岁时，李恭人病逝，才43岁。她的亲生女儿淑楙该年也14岁，尚未出阁。李恭人留下遗言，以淑仪归黄仁麟，并再三叮嘱家人善待淑仪。黄仁麟此时19岁，方读礼，于是将淑仪寄养在仁麟叔母程太夫人处为侍婢。淑仪针黹之余，焚香独坐，始有机会致力作诗。道光十二年壬辰（1832）夏六月，淑仪于归。莲青主人亦一才子，与淑仪闺中唱和，其才情方始为人知晓。然黄妇好妒，日见摧残，淑仪无可申诉，为避雷霆计，离家至休宁城北15公里外松萝山别墅独居，临水照影、种竹莳花度日，遂为名花百咏，写忧解闷。道光十三年癸巳（1833）秋，淑仪《疏影楼名姝百咏》与《疏影楼名花百咏》《疏影楼吟草》合刊。《名花百咏》前有毕怀珠序并自序，后有漫题小诗二首。《名姝百咏》前有汪端序，吴藻、黄英玉等十名媛题词，并有自序，名姝百人，均有小传，后有漫题小词7阕。汪端序云："今年夏，新安李女史梦云，以所著《名花百咏》《名姝百咏》及《梦云吟草》寄余。焚香讽诵，近体则声情绵缈，如董双成吹云和笙；古作则音节苍凉，如婉凌华拊五灵

① 光铁夫：《安徽名媛诗词征略》，黄山书社1986年版，第145页。《撷芳集》收录，题作《答乩仙琳韵仙姑见赠之作》。

石。以视韫玉楼、昙花阁诸诗，有加美焉。”[①]

2.塾学教导

明清徽州地区的教育机构有府学、县学、书院、社学、塾学、义学、书屋和文会等。由于时代与性别的局限，明清时徽州女子无法进入正规的学校接受系统的文化教育，但却有各种机会进入家塾或私塾，与男孩一起读书、学诗、学画。婺源才媛王纫佩（1862—1891），幼而聪慧，6岁入塾读书，过目成诵。稍长，习针线刺绣之余，浏览书籍，通文艺，旁涉相人之书。其书法明润秀媚，一如其诗。王纫佩未嫁时，不多下笔，也未留稿。20岁时嫁江峰青，有《韵珊学吟草》一册。江峰青能诗善画，画作笔墨超逸，画品较高。光绪十二年进士。成立对山亭文社，创建官药局。光绪十七年（1891），江峰青除嘉善令，王纫佩随任，因病驱荏弱，不耐作诗，笔墨渐至荒废，不久即逝。遗言以奁蓄二千金兴义学，峰青捐廉俸助成其美。

婺源延川人金环秀，父亲金芳与詹天佑祖父詹世鸾为同乡好友。环秀幼时从塾师俞补之学习《内则》，摒弃繁华，性情敏慧，能诗，父师兄妹均爱怜之。时与同为侨居扬州的同乡女伴张蕴之相酬和，凡见之者无不称赏。年未及笄，殁。弥留之际，环秀翻检其诗文稿焚毁，云，不让父师兄妹日后睹物思人、伤心痛苦。而后端坐合掌逝去。其师俞补之不忍环秀没世无闻，故节录环秀遗句，为序，行于世，名之曰《留香小草》，为惜其才华，兼悲其情志。

3.名师专授

歙县人鲍诗，为鲍怡山次女，曾从徽州老诸生程立岩学花卉，程立岩传之白阳法。歙县人汪嫈（1781—1842），为名士汪锡维长女，幼即聪颖，过目成诵，随父母侨居扬州，从宿儒黄秋平及黄孺人张净因读书。另一位歙县才媛江月娥，亦同时从张净因读书学诗，因与汪嫈结下深厚情谊。休宁人金若兰，为知县金翀之女，是袁枚随园女弟子之一。歙县程绮堂室朱兰，父瑶襄与画家袁慰祖交好，朱兰少时从袁慰祖学书画，得其真传，花

①［清］李淑仪：《疏影楼名姝百咏 疏影楼吟草》，清道光十三年新安李氏疏影楼刻本。

卉栩栩有生气；又从“京口三诗人”之一的丹徒人王豫学诗，并与王豫的妹妹王琼及其女儿王廼德、王廼容酬和最密。朱兰临殁，谓夫绮堂曰：遗诗必得王先生柳村选刻，吾目始瞑矣。绮堂诺，兰遂含笑逝。休宁人汪亮先得传祖父之学，后又师从“清初画圣”王翚、瓜田逸史张庚，得两位画界名师专授；又从钱陈群学诗，诗学益进。《国朝闺秀正始集》《安徽名媛诗词征略》都著录其诗作《哭瓜田师》：

> 骨相寒梧瘦，神同秋水清。有书能寿世，无药可长生。甘作青门隐，长留月旦评。（先生著《纲目释地纠谬》并《画征录》前后续录）平生叨教益，一忆一伤情。[①]

瓜田师即张庚（1685—1760），原名焘，字溥三，改名后号浦山，字公之干，自号瓜田逸史，又号弥伽居士、白苎村桑者，秀水（今浙江嘉兴）人。雍正十三年（1735）应鸿博诏。少与钱载尝从陈书受业。庚乃钱氏近戚，为犹子行。亦善白描，工细人物，写花卉宗陈道复。著《清朝画征录》《强恕斋集》《浦山论画》《纲目释地纠谬》《画征前后续录》等。汪诗短短四十字，书写了恩师的相貌、性情和功绩，抒发了感激与怀念之情。

四、才媛文化的区域空间特征

徽州才媛以其秀美、婉约、灵动的文学身影，或深或浅，或长或短，鲜活地流动于明清两季沿江江南的区域空间。她们的存在和创作，已然形成了徽州的才媛文化。它有以下四个特点：一是才媛在徽州的地理分布极不均衡，其居处有较大的区域流动性，且流向长江中下游一带城市为多。二是才媛们都受过良好的文化教育，其授业老师或是父、母、祖父、伯父、兄、夫，或是私塾师，或是父母为她们延请的名师宿儒。三是才媛的精神生活主要是吟诗、作文、绘画，随父习画，与夫唱和，或教育子女；

① 光铁夫：《安徽名媛诗词征略》，黄山书社1986年版，第175页。

其诗文作品多藉其夫其子之力集录行世。四是多数才媛的婚姻状况良好，且大多呈现“高嫁”的趋势，她们或为官宦之妻，或为徽商之妇，或为令子之母，尤其是那些为人继室、侧室的女子，其高嫁趋势更为明显；只有少数才媛没有婚姻生活，或未许字而身先卒，或已许嫁而夫先卒，或家贫侍母不嫁。概而言之，地理分布不均衡，文化教育程度高，日常生活文学化，夫家高门富户多，这是徽州才媛文化的基本特征。

有一个突出的问题是：徽州才媛为何以歙县居多？歙县一直是徽州府政治与文化的区域中心，传统文化基因较其他五县更加密集。一是理学观念更为深重。程颢、程颐、朱熹祖籍均在歙县篁墩，朱熹母亲生于歙县城内，父亲曾于城南紫阳读书，朱熹曾三次回歙省亲讲学，南宋理宗在朱熹逝后追封他为徽国公，并题写“紫阳书院”匾额。二是读书重教风气更为浓厚。徽州书院林立，而以“紫阳”为大。儒与商并重的观念以歙县人为最强，藏书最多者出于歙县，刻书业最辉煌的是歙人。三是方言更易于交流。徽州五里一方音，作为徽州府治的歙县，城中方音融合了较多江淮官话的要素，在徽州区域内最为通俗醇雅，被视为徽州官话。四是望族数量居徽州之首。所谓“新安十五姓”，大姓以歙县为最多，休宁次之。从某种意义上说，徽州女子的文化教育是家族之事，名门大姓可能比普通百姓家庭更注重女儿的教育；出于诞育优秀的家族继承人的考虑，他们会在择媳、娶媳问题上，也比一般家庭更重视候选对象的受教育程度。因此，徽州才媛以歙县为最多，就是可以理解的事了。

另一个问题也是需要深入思考的，就是徽州才媛既有才学，出身亦好，何以有那么多的人愿意嫁作继室甚或侧室？这自然也与徽州区域文化习俗有很大关系。徽州地处山区，地理环境较为封闭，交通极为不便，人多地狭，但竹、木、茶、果等山产品又极为丰富，与外界的贸易往来便成为一种必须。职是之故，徽州男子多在十四五六岁时，先在家乡娶一门亲，随即去外地经商，四出经商者往往过半。他们有的往返于徽州和行商地之间；有的长期在外经商，十年二十年不归，所获财利寄回家乡置产。诸多在江、浙、闽等地经商的徽人，尤其是那些坐商者，为了生活的方便，会在当地另娶一妻，家产另置，其地位与家中原配同等，子女、财产彼此独立，互无纠葛。这种现象称作“两头大”。因有这样的文化氛围，徽州女子嫁作继室、侧室，并不见得就是有辱人格、低人一等的事。更何况，从前述材料看，嫁作继室、侧室的诸多才媛，夫家门槛多高于父家，是“高嫁”；除了个别才媛嫁后不久丈夫即殁之外，多数都夫唱妇随，琴瑟和合。换个角度看，能够娶继室、侧室的男子，基本上都已功成名就，或已发家致富，他们更希望有一位（或多位）拥有令人欣悦的文化品味、能产生精神和鸣的伴侣，为庸俗琐碎的日常生活增添亮色；一些颇有识见的父母，也愿意将有才学的女儿嫁给他们满意的官员或富商做继室、侧室。由此可以解释嫁为继室或侧室的才媛比例如此之高的原因。

总之，明清徽州才媛拥有丰富的文学书写能力和艺术表现技艺，其文化成因是多元的。明清徽州区域文化传统、徽商重教兴学实务、徽州刻坊业的兴盛、才媛的家族文化背景等，都对才媛群体精神世界的建构发挥了重要功能，为徽州才媛文化的生成提供了区域性的自然基因与文化基因。

［原载卜宪群主编:《中国区域文化研究》第1辑创刊号,社会科学文献出版社2019年版］

明清徽州闺媛的文学书写

一提到古代女子，一般人印象每每还停留在受尽苦难的孟姜女、祥林嫂，或是没有爱情婚姻自由的杜丽娘、林黛玉，抑或文学史上仅有一两个的才媛典范李清照、朱淑真身上。在认真翻动那些发黄的书卷以前，我们可能并不清楚，明清时期江浙皖一带曾浮现过那么多满溢才情的闺媛形象，然而这是事实。仅以徽州为例，明清两季的历史屏幕上曾闪现过多少才媛的倩影，也许我们迄今仍不能准确地计数；而在我们的阅读与想象中，那些书卷却向相距百年以上的后人真切地展示了她们借助传统的文学形式所书写的人世沧桑、爱恨情仇。

一、徽媛，曾在书写、曾被书写

明清徽州闺媛文学书写最主要的形式是诗词。中国古代是一个诗歌的国度，然在明前，从事文学创作的中国女性知名者不过数百，徽州女子的诗词创作未见著录；明代徽州女性作者诗词创作虽有辑本，而流传下来的并不多；至清初，在一些男性文人的有意倡导和促进下，江浙皖一带的女性文学创作出现了前所未有的繁荣现象，或深闺独咏，或结社联吟，或参与文学社交活动，诗词创作蔚为一时之盛。她们的作品多有辑本，诗词作品有数千首之多。她们从先生、父母、兄长或丈夫那里不同程度地接受到诗礼熏陶与文化教养，父女兄妹相承，母女婆媳唱和，夫妻姐妹联吟。她们以自己独特的阅历与视角，审视彼时的区域文化、社会现象、家庭生活和情感风貌，书写明清时期徽州女性的精神与性灵的生命篇章。

这些女性作者基本上生活在徽州地区的中上等家庭，或为士子之女，或为官宦之妻，或为徽商之妇。为女者，有幼随父母迁居他乡的，如清乾嘉时歙县人汪嫈，幼时即随父母侨居扬州；有嫁后随夫迁居任所的，如康熙时歙县人汪是，嫁同邑吴之騄为副室，吴之騄于康熙壬子（1672）中举，官绩溪县教谕，后迁镇江府教授；也有未嫁而卒或终身不嫁的，如康熙时休宁人黄嫆，因父殁而终身侍母不字；乾隆时歙县人徐七宝，曾许字曹榜，出嫁前一日病重而殁；休宁人汪娴，已许字戴姓之子，未嫁而卒，年仅14岁；清末民初歙县人汪阿秀，死时23岁，尚未字人。为妻者，有原籍徽地、嫁在徽州区域之内甚或同邑的，如清顺治康熙年间休宁人程琼，嫁与歙县人吴祚荣为妻；同光时歙县人吴修月，嫁与同邑秀才汪定执为妻，光绪二十年28岁时卒；吴修月表妹张庆云亦歙人，嫁与汪定执为继室。也有嫁至外乡、远离徽地而居的，如清同光时歙县人周桂清，19岁嫁与合肥诸生阚濬鼎为继室，光绪四年27岁时卒于江宁。也有从江浙甚至更远的异地嫁到徽州或嫁与徽人的，这种情况似更为多见，如乾隆时徐德音，原籍浙江钱塘，嫁与歙县人许迎年为妻；同治时吴畤五，原籍河南固始，嫁与歙县人洪镔为妻，洪镔为同治壬戌（1862）举人、辛未（1871）进士，授编修，光绪时官江苏候补直隶知州；同光时龚自璋，原籍浙江钱塘，嫁与徽州人朱祖振为妻。

大多数徽媛们的文学书写选择了中国传统的诗歌样式。她们所用到的诗体不外五律、五绝、七律、七绝和四言、五言、七言的古诗数种，其中歙人汪嫈的五言诗《哭亡侄孙士铨》长达162句，其四言古诗《题扬州宛虹桥史母张孺人澄潭尽节图代葆儿作》有52句；歙人何佩玉的七言古诗《题常熟张孝女传后》有54句之多。律绝发展到唐时已非常成熟，体式固定，较古体诗更容易把握和写作；明清徽媛选择古体诗体式书写的作品有40首之多，有的还三七言、四六言夹杂，在一定程度上反映了徽媛对诗歌创作技巧的驾驭能力。诗歌而外，她们也擅长作词。目今所见的徽媛词作小令、中调、长调都有，所用的词牌达30余种，其中既用到宋词高频词牌如《浣溪沙》《鹧鸪天》《菩萨蛮》《满江红》《减字木兰花》《点绛唇》《清平乐》《踏莎行》等，也有一般用频的词牌如《南乡子》《望江南》《浪淘沙》《青玉案》《齐天乐》《丑奴儿》《雨中花》《忆王孙》《昭君怨》《醉花阴》《金缕曲》《苏幕遮》《捣练子》《酒泉子》等，还有一些宋词中极少用到的词牌如《乳燕飞》《传言玉女》《醉太平》《杨柳枝》《忆汉月》《醉公子》①。词在宋代都与音乐配合，某一词牌在宋代词人手中使用频率的高低，能够反映该词牌在当时的流行程度；这与词牌首创者的词作经典与否有关，也与那匹配词牌的乐曲是否广受听众喜爱并受作者青睐有关。词至明清，已渐脱离了音乐而独立存在，成为纯粹的案头写作和阅读的文字作品，词牌本身对乐曲的规定和依赖已不复存在。也就是说，明清徽媛们作词时对词牌的选择已完全不受音乐的限制，所以一些在宋世不太流行甚至在《全宋词》中只出现两三次的词牌，却能在总量无法和全宋词相比的明清徽媛的词作中出现。从另一个角度而言，这可能说明徽媛有一定的“翻新”意识。从她们中的一些人会选择《上西楼》《一痕沙》《沙头雨》《鹤中子》《百尺楼》等词牌名也可以看出这一点：《上西楼》也即《相见欢》，又作《西楼子》；《一痕沙》也即《昭君怨》，《沙头雨》也即《点绛唇》，《鹤中子》也即《画堂春》，《百尺楼》也即《卜算子》②。可以看出，徽媛们因为受过良好的文化教育，用以书写生活、抒发性灵的诗词作品体式呈现多样化的格局。

明清徽媛们在用诗、用词、用性灵书写着自己的人生，企望在口齿噙香之时能留香青史；她们的名字和她们的书写本身，也在身后被读者、商家、诗家、评论家书写。后一种书写首先是著录。明前徽州才媛的文学作品从不见著录，明季有作品而无当代著录。至清时，这种情况有了很大的

① 查《全宋词》，这些词牌使用的频率是：《乳燕飞》14次，《传言玉女》14次，《醉太平》10次，《杨柳枝》6次，《忆汉月》2次（又作《望汉月》3次，共5次），《醉公子》2次。

② 《全宋词》中用《相见欢》名16次，用《上西楼》名1次；用《昭君怨》名30次，但《一痕沙》名没有用过；《点绛唇》名，《全宋词》出现389次，然《沙头雨》名只出现1次；《画堂春》名用到36次，《鹤中子》名1次也没有用过；《卜算子》名用到234次，《百尺楼》1次也没有用过。

改变。康熙间徐树敏、钱岳编《众香词》，选明末清初400余家女子词作，其中选徽州女词家8名，录词作28篇。道光十一年，江苏完颜恽珠与孙女完颜妙莲保编《国朝闺秀正始集》及《国朝闺秀正始续集》，祖孙二人以女性身份编选闺阁诗作，略带女子“艺文志”的特点，称得上一部闺媛诗歌总集，两集共收明清徽州闺秀诗人56名、录作品95篇。道光二十二至二十六年，钱塘女诗家沈善宝编撰《名媛诗话》刊行，该书以女性作者的视角，对清代女诗人的创作状况及其家庭生活、交游、教育及宗教信仰等状况作了书录，收录徽州女诗人11名。道光二十四年蔡殿齐编辑刊行《国朝闺阁诗钞》100种，系清代闺阁诗集，其中收录徽州女诗人4名。同治十三年，吴颢原编、吴振棫重编《国朝杭郡诗辑》刊行，辑录清初至同治女诗家事迹与诗作，其中徽州女诗家7人。光绪二十一至二十二年，徐乃昌编辑《小檀栾室汇刻闺秀词》刊行，计收录明代女词人3家词别集，清代女词人97家词别集，其中徽州词媛11人。宣统元年张廷华（虫天子）编辑刊行《香艳丛书》20集80卷，著录从隋至晚清女子著作和有关女性的文言小说、诗词曲赋、野史笔记等，其中收录徽州女作者13人。民国年间徐世昌《晚晴簃诗汇》是一部清代诗歌总集，其中收徽州女诗人10名，录作品20篇。1922年，施淑仪所编《清代闺阁诗人征略》，辑录清顺治至光绪年间1260余名女诗人的姓名、里居、著述、事迹等有关资料，收录徽州女诗人25名。1929年，庐江陈诗编辑《皖雅初集》刊行，收录清代安徽各地82位名人诗作192首，其中徽州女诗人8名。1936年，桐城光铁夫所辑《安徽名媛诗词征略》行世，该书辑录安徽历代名媛400名诗词作品，其中徽州名媛106人，诗作209篇，占全书四分之一。同年绩溪人胡在渭编辑油印《新安闺秀诗选》（又名《徽州女子诗选》），收明清两朝63位女作者109篇诗作。1957年昆山胡文楷从历代官私书志、笔记中稽出自汉魏至近代女作家4000余人、有文集者800余人，编成《历代妇女著作考》刊行，文集版本流传、小传及见诸文献均考证详尽，其中辑录清代徽州女诗人87名。从作品、文集到徽媛的个人小传，徽州闺媛的芳名和倩影前所未有地浮出了文学史地表，构成了一道道忠贞侠义、多才重情的靓丽的人文景观。

徽媛们的被书写也体现在明清两季诸多诗人对她们才情的吟咏、评家对她们诗词的评点上。顺康时歙县人黄之柔，嫁与江都词人、湖州知府吴绮（1619—1694）为妻，日相唱和，颇自相得。吴绮曾以《临江仙》一阕赠黄之柔，中有“秦嘉书两纸，苏惠锦前丝”之句，用到汉代秦嘉与妻徐淑以诗赠答、前秦苏惠织回文诗于锦（即《璇玑图》）的典故，来赞誉其妻出色的诗才和琴瑟相和之情。康熙时吴江人徐釚（1636—1708）所编辑的第一部大型词学资料著作《词苑丛谈》对此有书录，并誉黄之柔有“林下之风”“出尘之韵”①；乾隆时冯金伯《词苑萃编》再次书录。雍乾时休宁人汪韫玉（1743—1778），嫁与湖州诸生金潮为室，乾隆四十三年五月八日病卒，年仅36岁，有《听月楼遗草》二卷，上卷收诗64首、下卷收诗73首。《听月楼遗草》于乾隆四十八年（1783）刊印，诗中文字多有圈点，并有吴、汪、陆、秦、王诸名家评语。乾隆三十一年进士、安徽提督学政秦潮，乾隆三十年进士、内阁学士、礼部侍郎、休宁人汪滋畹及金成琏三人为之作序，汪沦为这位女诗人作传②。乾隆三十六年状元、翰林院修撰、休宁人黄轩，曾在汪韫玉卒后作悼亡诗曰：“燃脂弄墨笑徒工，懿行曹昭合与同。闺阁才华矜柳絮，一编独有涧苹风。”“道根早已彻声闻，不习华严习典坟。赋罢游仙归碧落，瑶宫应待女修文。”二诗也收进了《听月楼遗草》③。歙人吴修月工于吟咏，在本地同乡的文化圈中享有“才媛”的盛名。然她比汪韫玉更短寿，光绪二十年卒时年方28岁。夫汪定执整理《修月遗稿》一卷，晚清名家、道光进士、德清俞曲园和精通韵律的徽州府教授、宁国人周赟均为之作序④，曲园谓之怀抱不凡，周赟比之右台派；光绪举人、内阁中书、临桂况周颐精选吴修月的诗作刊入《餐樱庑

① [清]徐釚编撰，唐珪璋校注：《词苑丛谈》，上海古籍出版社1981年版，第213页。

② 参见胡文楷：《历代妇女著作考》，上海古籍出版社2008年版，第359页。

③《听月楼遗草》后附，清乾隆刻本，国家图书馆、南京图书馆均有藏。

④ 参见胡文楷：《历代妇女著作考》，上海古籍出版社2008年版，第306页。

漫笔》[①]。汪韫玉和吴修月生年不永，身后却有这么多男性文人（甚或著名文学家、词论家）为之作序、撰传、赋诗、评点，也足慰生平了。

二、徽媛文学书写了什么

明清徽州闺媛们用诗歌形式书写的，涉及居家、读书、出游、唱和、思亲、教子、悼亡、守贞、咏史、题画、夫妻情感等多方面内容。其中被闺媛们书写较多或较突出的，有以下三个层面。

一是徽媛们闺中读诗咏史而感怀为诗，或是题写对画作内容与艺术的感受。清初休宁人戴玺读隋史，知隋炀帝巡游江都、极尽奢华，有多少黎民百姓因此家破人亡，从而发出“一瞬繁华万古愁”[②]的慨叹；歙县人殷德徽读唐史，以为当初如果对西川有所防备，何能导致安史之乱，又“何至仓皇大变生”？读宋史，以为梁红玉助夫破敌乃成就中兴功绩，因赞之“闻风草木惊强敌，指日声名震要津”；读三国史，以为白帝宾天而致吴蜀连和成为千载遗恨，因叹孙夫人“云旗影里泣婵娟”[③]。康熙时歙人许迎年室徐德音读昭君出塞，以为区区一妇人能够和戎而使边庭无战事，功勋足以载入史册，所谓“蛾眉也合画麒麟”[④]，这就改写了历来以薄命赋昭君的咏叹思路，写出了女子也能建功立业的闺媛视角。徽媛们对书史有较宽的阅读面，这使得她们即使在走出闺门后的行旅中也能随时吊古怀幽，书写对古人史迹的评说。徐德音曾渡长江至镇江金山脚下，去到郭璞的墓前把酒临风，凭吊这位晋世文学家、训诂学家，以为郭景纯耻于偷生，力

① 参见光铁夫:《安徽名媛诗词征略》,黄山书社1986年版,第160页。《餐樱庑漫笔》乃况周颐为《申报》撰写的专栏文章,后结集。

② [清]戴玺:《读隋史》,光铁夫:《安徽名媛诗词征略》,黄山书社1986年版,第169页。

③ 分见[清]殷德徽:《马嵬》《梁夫人》《孙夫人》,光铁夫:《安徽名媛诗词征略》,黄山书社1986年版,第127页。

④ [清]徐德音:《出塞》,[清]蔡殿齐:《国朝闺阁诗抄》第3卷,续修《四库全书》本,第1626册,上海古籍出版社2002年版,第488页。

阻王敦谋逆，实属悲壮，“堪嗟化碧义从容，自是骖螭返蓬阆”[①]。徐德音不惟能在咏史怀古诗上挥洒自如，而且题画诗也颇见其历史文化的修养和清新流转的笔力，其《题投笔图》有“生当封定远，梦合笑文通”[②]之句，将定远侯班超和文人江淹（字文通）随意嵌入诗内，巧妙地表达了投笔从戎的儒生意气和画作主题；其《题大痴老人山水图》有“连云欲接富春岭，鼓棹直溯桐君滩”之句，视界宽阔，富有想象力，又有一种倾泻而出的才力，而“自笑频年车历鹿，子舍栖迟就微禄。吾家旧在湖山澳，别来几度春山绿”[③]数句，更见其自然宛转的情致。康雍时休宁人查士英，写有题画词，其题杏花图有“画他芳草马蹄骄，人醉花朝”句，极为轻快妖娆；又其题雪景画有“打头飞絮，风雪归来暮”[④]句，又极为朴素冷凝。乾隆时歙人方婉仪，嫁与“扬州八怪”中最年轻的画家罗聘为室，与“秦淮八艳”之一的马湘兰颇有交谊。马湘兰擅画兰竹，方婉仪曾题其兰花图曰：“楚畹幽兰冠众芳，双钩画法异寻常。”[⑤]她还另有《观夫子两峰仿唐人墨竹》[⑥]《题明妃图》等诗作。咸丰道光年间歙人张莤贞，嫁与同乡鲍瑞骏为继室，其夫能诗擅画，家藏清初名画家王翚的山水画卷，张莤贞经常与这位知县丈夫共同赏画、题画，留下了《题家藏石谷画卷与桐舟外子同作》[⑦]《同夫子题画》[⑧]等诗作。歙人吴淑娟同治时随父亲、名画家吴鸿

①［清］徐德音：《渡江吊郭景纯墓》，［清］阮元：《淮海英灵集》壬集第1卷，续修《四库全书》本，第1682册，上海古籍出版社2002年版，第300页。

②［清］蔡殿齐：《国朝闺阁诗抄》，续修《四库全书》本，第1626册，上海古籍出版社2002年版，第488页。

③［清］蔡殿齐：《国朝闺阁诗抄》，续修《四库全书》本，第1626册，上海古籍出版社2002年版，第488页。

④［清］查士英：《鹤中子·题画杏花》《沙头雨·题画雪景》，［清］徐树敏、钱岳：《众香词》御集，上海大东书局民国二十三年（1934）影印本，第51、50页。

⑤［清］方婉仪：《题马守贞双钩兰花卷》，［清］徐世昌：《晚清簃诗汇》第185卷，续修《四库全书》本集部总集类，第1633册，上海古籍出版社2002年版，第386—387页。

⑥罗聘，字两峰，曾有仿唐人墨竹图。

⑦［近代］陈诗：《皖雅初集》歙县第14卷，上海美艺图书公司民国己巳（1929年）精印排印本，第27—28页。［清］王翚（1632—1720），字石谷，号耕烟，常熟人，为“虞山派”主将。［清］鲍瑞骏，字桐舟，歙人，咸丰二年举人，官山东长山知县。

⑧光铁夫：《安徽名媛诗词征略》，黄山书社1986年版，第156页。

勋寓居上海，因自幼随父习画，其作承父衣钵，得其真传，成为徽州闺媛画家中最著名的一位。吴淑娟画作多，自题画诗亦多，如题《钟阜余霞图》云“山色殷红何灿烂，霞光返照夕阳西”，题《罗浮香雪图》云“银光遥看浑如雪，一路香风拂拂来”等[①]。徽媛们用诗词书写她们对历史的评赞、对画意的解读，向明清时世展示她们别一样的情思，别一样的文化风韵。

二是徽媛们对闺闱内外生活的多方叙写，其中不乏对特殊生活经历的书录。她们春时庭前“绣倦倚朱栏”[②]，夏日“一盏真茶消永昼”[③]，秋夜临窗“闲坐凉侵骨”[④]；深闺中是“绣衾金压凤，好梦同郎共”[⑤]，园居时则“刻竹惊栖鸟，抛花引戏鸥”[⑥]；春天邀邻踏青“对景分题争绝句”[⑦]，秋日偕友赏菊“主人爱客来，煮茗助幽致”[⑧]；游山但见“细雨微微燕啄泥，菜花满地蝶参差”[⑨]，泛舟则是“一棹水云里，微茫何处寻”[⑩]……徽媛们的生活常态多半优雅闲适，饶有意趣。一些闺媛曾经有过不寻常的生活经历，她们用诗词描绘那些铁与血的故事，书写自己或顽强或苦难的人生体验，或以生命来表达对闺媛生存价值的张扬。歙人毕著字韬文，年二十时父任蓟州太守，毕著随行。崇祯十五年（1642），清将阿巴泰率军进犯蓟州，毕父出战身亡，尸为贼掳，毕著身率精锐夜袭敌营，手刃敌军首

① 光铁夫：《安徽名媛诗词征略》，黄山书社1986年版，第165页。

② [清]汪玉英：《春雨》，光铁夫：《安徽名媛诗词征略》，黄山书社1986年版，第148页。

③ [清]方婉仪：《生日偶成》，[清]恽珠：《国朝闺秀正始集》卷14，道光癸巳仲秋红香馆原本，退思堂重刊，第2页。

④ [清]胡佩兰：《山斋夜坐》，光铁夫：《安徽名媛诗词征略》，黄山书社1986年版，第147页。

⑤ [清]孙荪意：《菩萨蛮》，徐乃昌：《小檀栾室汇刻闺秀词》，《衍波词》，清光绪徐氏刊本，第9页。

⑥ [清]黄之柔：《园居即事》，[清]恽珠：《国朝闺秀正始集》第2卷，道光癸巳仲秋红香馆原本，退思堂重刊，第7页。

⑦ [清]黄浣月：《与邻女游春分韵得东字》，光铁夫：《安徽名媛诗词征略》，黄山书社1986年版，第172页。

⑧ [清]汪韫玉：《过凝香阁看菊》，[清]蔡殿齐：《国朝闺阁诗抄》第9卷，续修四库全书本，第1626册，上海古籍出版社2002年版，第529页。

⑨ [清]张茝贞：《春游》，光铁夫：《安徽名媛诗词征略》，黄山书社1986年版，第156页。

⑩ [清]张绣珠：《西湖泛月次夫子韵》，光铁夫：《安徽名媛诗词征略》，黄山书社1986年版，第125页。

领，清军溃败，毕著车载父尸而回。督师闻此大异，上书崇祯皇帝，建议授其官职。毕著辞归，葬父尸于南京龙潭。毕著以诗书录此事曰：

吾父矢报国，战死于蓟邱。父马为贼乘，父尸为贼收。父仇不能报，有愧秦女休。乘贼不及防，夜进千貔貅。杀贼血漉漉，手握仇人头。贼众自相杀，尸横满坑沟。父体舆榇归，薄葬荒山陬。相期智勇士，慨焉赋同仇。蛾贼一扫清，国家固金瓯。[①]

诗作写实性地书写了作者自己深入敌营报仇杀敌的过程，一股巾帼英雄的凌厉之气在字里行间驰骋纵横。时人沈来远为其《韬文诗稿》作序，有“梨花枪万人无敌，铁胎弓五石能开”之誉[②]。沈德潜誉之：“机智勇义忠孝，于一诗中见之。”[③]道咸年间才媛沈善宝“读其传而慕之”[④]。况周颐赞之曰：“古今闺秀以材武著称，间见载籍。若能诗而兼有勇，则尤罕见。”[⑤]同为歙人的方月容，丈夫谢天恩祖父存仁为明朝兵部尚书，甲申兵乱时率子媳殉难，惟天恩孑然一身入赘方家，方兄继贵心狠，劝月容改嫁，又以谋逆陷害天恩，后伪称天恩已死，逼妹另嫁，月容不从，自剜左目，誓无他志。不久方月容生子，恐兄加害，密嘱保姆与邻妇汪氏商议，以他姓女婴换去；方继贵来时见到女婴，以为月容所产，把女婴踩死。月容悲恸欲绝，怀抱女婴尸体，写下绝命诗四首，绝食而死。诗有曰：“樊笼摧翮一鸾单，雏凤分飞顾影寒。心逐玉冰君不见，何年回首月中看?”[⑥]这是顺治十一年（1654）的事。过了十余年，谢天恩“遇赦还，从保姆得诗，感泣，又闻易婴事，乃大恸。觅儿归，始悟诗中雏凤实有所指，而玉

①［明］毕著：《纪事》，［清］恽珠：《国朝闺秀正始集》第1卷，道光癸巳仲秋红香馆原本，退思堂重刊，第1—2页。

②［清］施淑仪：《清代闺阁诗人征略》第1卷，上海书店1987年版，第2页。

③［清］沈德潜：《国朝诗集别裁集》，岳麓书社1998年版，第972页。

④［清］沈善宝：《名媛诗话》第1卷，《续修四库全书》第1706册，上海古籍出版社2002年版，第548页。

⑤［清］况周颐：《眉庐丛话》，《民国笔记小说大观》第1辑，山西古籍出版社1996年版，第353页。

⑥ 光铁夫：《安徽名媛诗词征略》，黄山书社1986年版，第119页。

冰则析汪字之合体也”[①]。方月容坚毅与智慧兼融，誓志不肯二嫁，非止守贞，而竟有孟子所言“富贵不能淫、贫贱不能移、威武不能屈”[②]的大丈夫气概；为留存谢氏血脉而换婴，其事堪与著名的“存孤”之事相比；既以诗明志，复藏语于诗，而后从容就死，体现了徽媛们对自我生命价值的深刻理解和别样书写。和毕著一样，这种用生命作注、挥洒正义之气于天地之间的书写，在明清两季闺媛群中并不多见。

三是徽媛们借诗表达对父兄姊妹的思念、对子侄辈的教育训示，或是宣泄因亲人早逝而致的哀伤。嘉道时歙人何佩芬为两淮盐知事何秉堂次女，何秉堂运送军粮入蜀，佩芬担忧蜀道之难、长途之苦，既不能伴父而去，又不得及时传书，因而赋诗云：“雁影传书至，钟声响梦残。不如琴与剑，犹得伴征鞍。”[③]歙人汪景山曾以诗代书，抒发对从兄远离官场、琴书相伴的山居生活的钦羡与赞叹，谓之“心随云共远，官与鹤俱闲”，并殷勤询问：“谢庭诸姊妹，曾否梦相关？”[④]徽媛不仅书写父女兄妹之情，也承担为人妻母的角色，多写有侍夫、示儿的诗篇，如嘉庆时歙人詹应甲副室沈蕙香，侍夫泛舟湖上，礼佛归来奉和作诗，有“肩舆遍历山深处，稳胜香车碾落花”[⑤]之句；张绣珠为詹振甲副室，亦有《西湖泛月次夫子韵》诗，中有“塔远灯浮动，潭虚月浅深”[⑥]之句。兄弟均有副室，妯娌侍夫出游，且能吟咏唱和，可谓一门风雅。如果说“侍夫”书写的是夫唱妇随、其乐融融，“示儿”则展现了徽州闺媛们对子侄辈的教育责任。徐德音早年丧夫，一场大火后楼居变作废墟，无钱补屋，无米酿酒，官吏打门催租，自己昼劳夜纺，但不忘借机告诫长子说，人生难免有很多不如意

① [清]施淑仪:《清代闺阁诗人徵略》第1卷，上海书店1987年版，第19页。

② 杨伯峻译注:《孟子译注》，中华书局1960年版，第141页。

③ [清]何佩芬:《奉怀家大人时转饷入蜀》，[清]恽珠:《国朝闺秀正始续集》第10卷，道光丙申镌，红香馆藏校，第14页。

④ [清]汪景山:《寄从兄昭化》，[清]恽珠:《国朝闺秀正始集》第7卷，道光癸巳仲秋红香馆原本，退思堂重刊，第10页。

⑤ [清]沈蕙香:《侍夫子泛舟湖上，历北山礼佛归来奉和四首》，[清]恽珠:《国朝闺秀正始集》第17卷，道光癸巳仲秋红香馆原本，退思堂重刊，第19页。

⑥ [清]恽珠:《国朝闺秀正始集》第17卷，道光癸巳仲秋红香馆原本，退思堂重刊，第20页。

的事："尽付郁攸无长物，舟居陆处总艰虞。"[①]时人赞之曰："追丧所天，复罹火患，能艰苦持家，诲勉孤稚，以有成立。"[②]徐德音长子许佩璜，后与袁枚在乾隆元年（1736）同征博学鸿词，官卫辉同知。汪嫈在丧夫后"家贫长物痛无余"，却勉力抚养儿子，子程葆为道光十三年进士，以主事分工部。汪嫈在程葆入仕之后仍作《示儿》诗曰："一勺皆君羹，知足无过望。循分守节俭，出入儿宜量。所贵取人廉，用之得其当。"[③]因"有女养闺中"，她还写有《闺训篇》，教育女儿"固穷志不惑，避嫌严瓜李。防微谨门阈，保佑更慎终"[④]；又曾作五言古诗《哭亡侄孙士铨》，凡162句，回顾自己抚育士铨成长的过程，淋漓书写了侄孙早逝给自己带来的痛苦。雍乾时休宁人汪燮亭曾任太史，婚后不久即病故他乡，其妻于氏作《悼亡》诗二首，其一曰："送君南浦正初春，惊报楼成赴玉宸。有妾可怜身后累，无儿何惜未亡人。萧条旅梓来燕氏，缥缈灵旗傍水滨。检点朝衣今尚在，凭棺恸绝恨难陈。"[⑤]丈夫早逝给这位未亡人带来的伤痛和后果是可以想象的：于氏为有清一代最年轻的状元于敏中堂妹，于敏中官至宰相，于氏却连名字都没有留下，她不仅生命长途失去了丈夫的照顾扶持，而且也没有子嗣为她立传扬名。于氏在诗中宣泄的那一种难陈之恨，又是何等的沉重伤悲！另有清末民初婺源人俞富仪，为中书俞祖馨女，嫁与同邑郎传仁为妻。传仁庶出，在外病笃，嫡母齐氏不许入门，夫妻只得寄居俞家，不久传仁卒，唯一的一个儿子也夭亡，俞富仪作《哭子》二首，其一曰："是冤是劫未分明，尽夜无眠到五更。无可奈何儿失去，最难打算此余生。"夫死子亡导致的伤恸和幻灭感，令富仪了无生趣，未几自尽，时年27岁。婺源人江峰青乃光绪进士，后官至大学士，曾应俞祖馨之请为即将刊行的《莲心室遗稿》作评，乃评此诗曰："缠绵悱恻，使人不忍卒

① [清]徐德音：《三月望日楼居火后示大儿佩璜》，[清]蔡殿齐：《国朝闺阁诗抄》第3卷，续修《四库全书》本，第1626册，上海古籍出版社2002年版，第488页。

② [清]吴颢原编，孙振棫重编：《国朝杭郡诗辑》第30卷，同治十三年（1874）刊本，第8页。

③ [清]张应昌：《清诗铎》第22卷《格言名论》，中华书局1983年版，第797—798页。

④ [清]张应昌：《清诗铎》第22卷《家训》，中华书局1983年版，第789页。

⑤ 光铁夫：《安徽名媛诗词征略》，黄山书社1986年版，第171页。

读。”[1]

徽媛们在诗词中书写的是她们的观念、生活、勇力、智慧，书写自我的生命火光、情感体验与价值追求，书写千般爱恨万种情愁。于徽媛，诗作虽只表现了她们个人生活的断面、情感的点滴，但于徽媛身后的读者们，诗作却层次丰富地呈现了明清时代徽州闺媛群体多元化的生活状态和精神风貌。这些发黄的书卷，使我们还原明清两季这一区域女性文学书写的历史状貌成为可能。

三、谁赋予了徽媛的文学书写能力

明清徽媛们拥有如此出众的文学书写能力，在明清之季的安徽境内颇为独到而领先，甚至在江浙皖一带才媛辈出、群芳灿烂的历史氛围里，也很有独秀一隅、独树一帜的意味，这与徽媛们所赖以生存的自然环境和所传承的人文传统有密切的关系。由于徽州处于浙皖赣三省交界的山区，地理空间相对独立，行政区域划分相对稳定，使用较为独特的区域方言，有共同的区域文化传统，徽州地区的女性群体因此而拥有较为一致的生活习惯、语言表达形式、思维方式、社会文化心理和精神情感特征，且彼此认同。徽州是朱子故乡，有重学传统，程朱理学的思想文化体系、徽商的流动性和对区域文化建设的贡献、名门望族对女子教育的重视、徽州语言环境的复杂性等等，都为徽媛的才学提供了必要的物质基础和精神氛围。

徽州理学思想和重学传统养育了徽州的才媛文化。徽州被誉为“东南邹鲁”“程朱阙里”，因理学大师程颢、程颐和朱熹祖籍均在歙县篁墩，朱熹母亲生于歙县城内，父亲曾于城南紫阳读书，朱熹曾三次回歙省亲讲学，南宋理宗在朱熹逝后追封他为徽国公，并题写“紫阳书院”匾额。徽州书院林立，而以紫阳为大。徽人借朱子省亲之机私淑朱子者不在少数，更有追随朱子赴闽求学者，因讲学传承故，朱子理学能在徽州区域内迅速

① 光铁夫：《安徽名媛诗词征略》，黄山书社1986年版，第181页。

传播并深深扎根。南宋以降，历代徽州人均对朱熹怀有强烈的认同感，以朱子为徽人的骄傲，因此在思想体系、文化观念、伦理道德、情感态度、行为方式上，都自觉接受朱子思想的影响。理学成了官学之后，徽州地区原有的重学之风更趋强盛，儒家文化对徽人有沦肌入髓之功效，使得徽人无论读书、求仕、行贾，都奉行儒风，重学传统也在普通百姓的意识中根深蒂固，形成徽州地区意识形态领域中一股强大的精神力量。重学的结果促进了徽人科举入仕。明清徽州文进士达1110人、占全国2.11%，清代徽州本籍和寄籍的状元19名，占全国状元的17%[①]。徽州的诸多名门、儒士、商家，为了子嗣故，也非常重视家族内女性的文化教育。在这样的区域文化氛围中成长、生活的徽媛们，自然比其他地区的女性拥有更多更深的三纲五常、忠孝节烈观念，也拥有更为深厚的传统文化底蕴。可以说，徽州文化传统为徽媛们的文学书写准备了精神温床。

徽州商业发展对闺媛文化教育有积极的促进作用。徽商作为与晋商相比肩的商人群体，在明清时获得了空前的发展，成为全国最大的商帮之一。他们往返于苏州、扬州、杭州等商业发达的沿海、沿江城市与徽州之间，具备很大的流动性特征。这种流动性不仅为山地居民打开了与外界交往的通衢，带来了发达地区先进开放的生活理念和文学视野，而且也极大推动了徽州地区的经济发展。无论行商、坐商，徽商在获得较大经济利益后一般都比较注重社会公益事业，如投资本地的文化教育、筑桥修路、救灾济民等，这种贾而好儒、重教兴学的行为方式与生活态度，已成为明清时期徽州地区的一种社会风尚。在徽商的大力投资支持下，明清徽州刻书业非常兴盛，徽州家刻、坊刻之多，堪与建阳刻坊之盛相颉颃。歙县虬村黄氏刻坊自明正德至清道光计12代人横跨4个世纪，所刻名版书籍存世有241种之多，在徽州刻书业历史上贡献甚巨，堪称刻书大族。万历时歙县书商吴勉学是徽州著名刻坊“师古斋”主人，毕生致力于刻书业，搜古今典籍而刻之，涉及经史子集及丛书。歙人汪道昆刻书超过百卷，且多为善本。刻坊的兴盛，使得诸多文化典籍

① 该组数据统计参见李琳琦：《徽商与明清徽州教育》，湖北教育出版社2003年版，第276页。

得以在徽州本地迅速而广泛地流播，其中既有《春秋四传》《诗经集传》《朱子大全集》《本草纲目》《资治通鉴》《王维诗集》等经史子集类典籍，也有《会真记》《南琵琶记》《北西厢记》《牡丹亭记》《再生缘》等文学名著。这种区域性的文化流播为徽州闺媛的成长提供了文化积淀深厚的教育氛围，促进了徽媛才学的养成与提高，为她们的文学书写准备了文化滋养；徽州刻坊之盛之多，也为承载她们文学书写的诗作辑本能够刻印传世铺垫了物质基础。

家族文化背景给予徽媛的才学以充分浸润和熏陶。明清徽州的闺媛诗人，一般都有中等及以上的家世背景和良好的文化教养，自小得到古典诗歌的熏陶，或是所嫁非富即贵、或贾或儒，在夫家仍有较好的读书作诗氛围。幼承父兄之训的，如休宁人范满珠、范满林乃是曾著有《诗苑天声》21卷的清初诗人范良之妹。同光时歙县人曹婷，父亲曹崇庆乃宣城教谕。清末民初歙县人吴淑娟，父亲吴鸿勋乃知名画家，曾入曾国藩幕府，善画兰竹、工书，吴淑娟幼承庭训，亦工山水花鸟虫鱼人物。龚自璋乃著名文字学家段玉裁外孙女儿，文学家龚自珍之妹。清末民初婺源人汪观定，“家世儒素，敏慧有文，长斋绣佛，能诗”①。汪阿秀“爱风雅，善诗词，授业于其从兄石青，治曲学，慧心妙悟”②。又有师从名家的，如汪嫈曾从宿儒黄秋平、黄夫人张净因学诗。还有嫁后得夫扶助的，如歙人黄之柔，夫吴绮乃清代著名词人，顺治九年（1652）年拔贡，官湖州知府，工骈体，与陈其年并称，夫妻常相唱和，“一家都解爱青山”③。乾隆歙人程云，夫汪文琛是清季著名的徽商和藏书大家，吴中藏书巨擘如黄丕烈的百余册宋刻本和《古今杂剧》，周锡瓒、袁廷涛、顾廷逵等家的古籍，都悉数为其购得，曾著有《艺芸书舍宋元本书目》。乾嘉时休宁人胡佩兰，嫁给歙县人汪启淑为妻，汪启淑官兵部职方司郎中，侨寓杭州，筑开万楼，藏善本书数千种，搜有周秦至元明印章数万钮，辑有《飞鸿堂印谱》五

① [近代]陈诗：《皖雅初集》第17卷，上海美艺图书公司1929年排印本，第11—12页。

② 光铁夫：《安徽名媛诗词征略》，黄山书社1986年版，第163页。

③ [清]徐釚编撰，唐圭璋校注：《词苑丛谈》，上海古籍出版社1981年版，第213页。

集、《汉铜印丛》十二卷等印谱多至二十余种[①]……徽媛中的大多数都身处良好的家庭文化环境，或蒙父兄垂训，或受丈夫扶持，或得名师嫡传，或借子嗣扬名。男性文士、塾师、商人、官家的鼓励和支持，成就了徽媛们不同寻常的文学书写能力。

徽州的语言环境为徽媛诗歌创作提供了有利条件。徽州是一个相对封闭的地理空间，徽州方言属于特殊的方言区，有着自己独特的方言体系，具有很强的独立性和封闭性，语音和词汇都保留有上古发音和构词的特点。徽州塾师教学时，均使用本地方言；徽州本地出生的闺媛，会在完全方言化的环境里接受文化教育。她们用方言读诗诵词，用方言吟诗填词；徽州方言不仅没有成为她们创作的阻碍，反而会在平仄和韵脚的使用上提供有益的帮助。与此同时，明清时期徽州人外出经商、行医、求学、仕宦，周期性回到徽州时，会出现本地方言和官话或外地方言夹杂使用的情况，对本地方言有所冲击和补充。从扬州、杭州等外地嫁入徽州为妇的闺媛，本身使用江浙方言或官话，也比较能适应徽州的语言环境，这种语言使用习惯和方式也对她们的诗词创作不构成障碍。还有一部分从徽州嫁到合肥、江宁、扬州、钱塘等地的闺媛，因为其生活的流动性特征或有较为开阔的交际圈的缘故，也直接或间接地受到官话发音特点的影响，可以较为自如地运用官话与外人交际。可以说，徽州方言系统中的上古文字与发音特点有益于徽媛们在诗词创作时准确把握平仄韵脚，而官话系统的发语特点与用词规律也助成了她们的文学书写。

总之，徽州闺媛接受文化教育的因素是多元的。明清徽州区域文化传统对徽媛的文化心理构成起了滋养与渗透作用，徽商重教兴学实务启发和孕育了闺媛的重学观念，徽州刻坊业的兴盛对闺媛有一定的情感教育意义，徽媛的家族文化背景也对徽媛群体精神世界的建构起了重要作用。凡此种种，构成了徽媛们获得文学书写能力的前提和途径。那些随父兄或丈夫去往扬州、杭州、京都等地的徽媛们，还进一步将徽州文化传统所赋予闺媛的闺阁文化特质和文学书写能力，带到了徽州以外更广阔的地域空间

① 参见《辞海》，上海辞书出版社2002年版，第1727页。

中，对传播徽州文化的独特风韵起了极大的促进作用，也令徽媛们获得了更为久远的声名，使得她们能在明清女性文学史的画廊里留下自己清晰的声音与图像。

[原载俞晓红主编《女性·文化·社会》文集，安徽人民出版社2010年版]

明清徽州才媛生命中的理与诗

徽州自古以来就相当重视文化教育。徽州一府六县在明清有大小各类书院89所，曾在徽州区域内为当时社会培养了诸多人才。据统计，徽州人中举者，明代有298名，清代达698名；中进士者比例亦高。歙县甚至获得“连科三殿撰，十里四翰林”的美誉。由于理学大师程颢、程颐和朱熹祖籍均在歙县篁墩，朱熹母亲生于歙县城内，父亲曾于城南紫阳读书，朱熹曾三次回歙省亲讲学，南宋理宗在朱熹逝后追封他为徽国公，并题写“紫阳书院”匾额。徽州书院林立，而以紫阳为大。同一时期，徽州刻书业也非常兴盛，诸多文化典籍得以在徽州本地迅速流播，其中既有《春秋四传》《诗经集传》《朱子大全集》《本草纲目》《资治通鉴》《王维诗集》等经史子集类典籍，也有《会真记》《琵琶记》《北西厢记》《牡丹亭记》《再生缘》等文学名著。明清时期的徽州地区，较其他区域更多些程朱理学的文化氛围。

深厚的区域文化传统，营造了徽州才媛接受教育的文化空间。有一定文化程度的才媛，无论其渊源是家学还是塾学，抑或择师而学，在行为礼仪、精神心理、生活法则等层面上表现出来的忠贞节烈、孝义勤俭，较之普通女性，多了几分理性的自觉。

一

节烈是徽州女子普遍的自觉行为，徽地节烈牌坊之多之普及，正说明了这一点。徽州才媛的节烈之举，往往借助诗歌记载下来。

明代婺源人叶招男，为嘉靖二年（1523）进士、山东按察司提学佥事叶份的孙女。叶招男幼娴礼教，于归后更修妇道。夫詹民先因为下闱发愤，羸弱而卒。其时招男刚30岁，悲痛欲绝。妯娌再三劝慰，方勉力视事。守孝期满后，舅姑怜悯招男无子，又贫，担心她难以坚持守节，而招男咬指出血，书于镜台。舅姑知其不可夺，遂成其志。其后愈加孝敬，凡遇舅姑生病，汤药定先尝，饮食必亲进，数十年如一日。晚年立夫弟之子为夫嗣子，抚育如同亲生之子。乡里之人均嘉勉其志，称道其孝节。

康熙年间歙县人叶氏，聘为黟县卢容室。卢容弱冠时病卒。恰遇叶母病，叶氏侍母病愈后，乃毁妆，向母亲坚决请求去卢家登堂拜婆母；又至卢容墓地，无声而泣，再拜成礼。回至卢家，登楼，询卢容卒时所处卧室而居，奉卢容木牌，三年未下楼。服丧毕，请得母亲相见，而后绝食十余日，卒。《安徽名媛诗词征略》收其唯一一首诗作《谢母诗》：

> 女身虽甚柔，秉性刚似铁。读书虽不多，见理亦明决。女子未字人，此身洁如雪；女子既字人，名分不可亵。幸长抱衾裯，夫妇知有别。不幸中道捐，永矢守清节。更惨未见夫，夫命悲月缺。女称未亡人，此时宜同穴。不为慷慨死，三年俟服阕。服阕方绝粒，情激礼难灭。舍生违母心，我心亦悲切！从夫赴黄泉，纲维庶不裂。①

叶氏强调自己待字闺中为处子，聘为人妇，就算未见夫面，也要保重名分。于是，就这样为了“纲维庶不裂”而抛母别父，“从夫赴黄泉”。礼教杀人，于此可见一端。叶氏的事迹并不非个例。徽州地区是朱子故乡，自

① 光铁夫编：《安徽名媛诗词征略》，黄山书社1986年版，第184—185页。

然也就成了礼教盛行的地方，明清时期诸多贞节牌坊便是礼教盛行的有力佐证。同时，徽州人多地少，很多徽州人都要外出经商，要求女子守节的礼教更有了存在的必要。徽州女子的贞节牌坊是时代的烙印，每个徽州女子的心中都牢牢树立着一块礼节的牌坊。现今可查的资料中，（嘉庆）《大清一统志》和（光绪）《重修安徽通志》都将叶氏收为烈女。

无独有偶，休宁人曹贞秀有从妹琼娟，未婚而夫卒，琼娟守志不嫁。贞秀赋诗《从妹琼娟未婚守志励节甚高寄示言志并见怀之作答之》云：

> 几年消息渺天涯，不道秦箫换鲁鬘。黄鹄浩歌传白雪，紫鸾孤舞烂红霞。湘筠有泪多成节，古柏留春不在花。千里裁诗寄珍重，相思聊当折疏麻。①

相类的事例多而又多。歙县人萧氏，嫁与柴某为妻。柴别娶茂陵，十年不返，萧氏孝事舅姑，舅姑相继殁，萧氏与小姑并处，长斋修佛，无怨以终。休宁人张启（约1607—1649），嫁汪汝萃为侧室。汪汝萃亦休宁人，侨居扬州。张启初归汪汝萃时，并不知自己嫁为侧室。不久后，汪汝萃嫡室王氏自休宁至扬州，张启乃知自己为媒婆所误。然张启并无怨怼，侍奉王氏甚谨。不久夫卒，张启年方19岁，与嫡妻王氏俱无子嗣。汪汝萃兄汝蕃遂以子汪楫嗣之，张启发誓不再他嫁。此后张家时时来人看望张启，张家人离开后，启必大恸，问之，始终不言何因。于是有人怀疑启有异志。后张启病重，对汪楫妻说，以前我悲恸，是因为伤于母亲逼婚，同时别人又不能理解我心理，现在终于可以免去此苦了。遂卒，方43岁。汪楫贵显后，得以褒奖双亲，想向朝廷请封张启，但因条例所限，未能实现。

婺源人俞富仪（1901—1927），幼即聪慧，3岁诵唐诗，10岁能吟咏，未出阁已积诗成帙；16岁时归同邑郎玉书庶子郎传仁为室。传仁父早逝，因随生母邹氏寄居江西浔阳。民国五年，传仁返婺源娶富仪。富仪事传仁

① [清]徐世昌著：《晚晴簃诗汇》续修四库全书本，第1633册，卷186，上海古籍出版社2002年版，第27页。

嫡母齐氏，毫无怨言。后因传仁在浔阳病甚，多次寄信促富仪赴浔阳，而齐氏不许，富仪不得已背之而往，中途送信报齐氏，齐氏不乐。俞富仪赋诗记之曰：

渺渺予怀脉脉愁，关河迢递棹孤舟。恨如远岫双峰压，泪逐长江九派流。父母恩情从此薄，夫妻罪孽自今稠。行来尽是萧条景，回念姑嫜痛不休。

到达浔阳后，传仁病笃，富仪四处求医，终无效。居浔阳时，值兵乱，寓所近战地，枪弹乱飞，富仪与生母邹氏左右护之，寸步不离。遂相偕回婺源，求嫡母见容，然嫡母齐氏不令入门，富仪乃与传仁寄居娘家，托亲友恳求齐氏收容，而始终不见纳：

丑妇终当晋见嫜，三思三想怕登堂。腼颜准备一场骂，屈膝甘容半日狂。那识片言都不发，只教立刻便成行。四邻劝慰多遭斥，料想回心不易望。

未几，传仁卒，一子复夭：

是冤是劫未分明，尽夜无眠到五更。无可奈何儿失去，最难打算此余生。

其存其殁儿何在？消息沉沉直到今。愿汝柳阴深处住，娘心即是杜娟心。①

富仪自觉了无生趣，遂自尽死，年方27岁。时民国十六年八月二十一日（1927年9月16日）。

① 俞富仪三诗题分别为：《闻外子有疾，急欲从之出门，禀于姑，姑不许，背之而行，途中感而有作》《被逐》《哭子》，见光铁夫编：《安徽名媛诗词征略》，黄山书社1986年版，第180—181页。

当父母或舅姑患病时，割股疗亲似乎是徽地才媛较为普遍的一种做法。她们相信通过割股和药、奉食亲人，可以治愈亲人的病痛。当她们确信这种方子有效而且还彰显自己的至孝大爱时，会毫不犹豫地奉行，并不顾忌此举是否会损害自己的健康。明末清初时歙县才媛吴喜珠，生而娴静，母亲爱之如掌珠，故将她取名为“喜珠”。喜珠天性至孝，未笄之前，遇上母亲生病，割股疗亲。歙县人方月容，曾两次割股疗父母疾，以孝称。康熙年间歙县人吴正通女儿，酷嗜书史，能为诗，女红妙绝一时。许字歙县丛睦汪某，将嫁而汪某病卒。吴女遂在家养亲20余年，调羹视膳，不离父母左右。遇母病，女割股和药奉上。其后父母相继殁，女哀毁骨立，摒绝荤酒。歙县人方掌珍有两次刲股疗姑之事，记在《重修安徽通志》。嘉庆、道光年间歙县人江月娥，至性纯孝，工诗善画能琴，在室时会母病剧，月娥刲股和药以进。后母病殁，月娥悲恸之余，自写《望云图》志慕，求闺秀题咏，良足重也。婺源人汪观定（1886—1922），11岁时，父母相继病，境遇惨痛，观定曾两次割股疗亲，殚诚营救，然父母沉疴莫起，遂殁。观定本身身体孱弱，此时创伤又发，几乎濒临死境，惟念父母所生四、五两弟年均幼小，自己有抚养之责，方得免。21岁时于归，每与夫狄葆贤追述往事，均潸然泣下。婺源王瑶芬、王玉芬姐妹俩，先后有相关事实的记录：玉芬割股和药侍奉的是患病的继母，而继母比玉芬大不了多少，抑或年龄相仿；瑶芬70岁时，病痢甚剧，其七女严澂华炷香祷神，请身代复，潜刲臂肉，和药以进，不数日，母病骤愈，而澂华因受感染，暴卒。

割股疗亲或许是少数徽州才媛尽孝父母、舅姑的方式之一，更多家居之时，她们勤俭持家，侍奉舅姑尤其尽心尽力。吴喜珠嫁与方如麟为妻，不久后如麟与其父相继谢世，婆母在堂，幼子在抱，喜珠甘苦茹荼，养婆母、抚幼子，夜必勤女红，篝灯课子，持家守节，闺范有声。顺治十三年丙申（1656），病卒。

乾隆嘉道年间人方掌珍（1783—1839），出身歙县望族，父亲方鸿为太学生，母亲为潘孺人。掌珍嫁给同邑潘世镛为妻，世镛父子均为儒士，在外地授馆，家事全部交给掌珍。因有两位婆母，世镛嫡母无出，掌珍孝敬无有异常。时潘氏家徒四壁，常有上门索债者，几无虚日。而掌珍妆奁甚盛，因请得婆母同意，悉数典卖以还债，家中稍安。入不敷出时，则以女红贴补家用。故潘家虽贫，饮食不乏，赖有掌珍支撑也。后遇灾荒，家更困乏无法生存时，有人劝掌珍依恃母家，掌珍不应，日食一粥，天寒衣败，十指冻裂而操作不休。

乾隆年间歙县人方彦珍，为国学生方国祥之女。方家先世本出歙县，因曾祖宦江苏，其后遂居于扬州。方彦珍幼从父读，七八岁即懂四声，十多岁时作诗，有晚唐诗风。后嫁中表程立基。程家亦歙县望族，先世经理盐业，程立基落于真州，因寄籍真州。程立基亦才学英俊，闺门唱和，和睦默契。彦珍工绣事，侍奉祖婆婆及婆母，以孝名闻于乡里。立基家道中落，彦珍辅佐之，亲自操持家务，俨然贫家妇，同时教授子女，以诵读为事。亲族之中只知彦珍贤惠，却不知彦珍乃是闺阁诗人。彦珍又雅好读史，与儿婿辈语及忠孝事，恨不得侧身其间。早寡，教子朗亭成立，子又早逝，仅一孙，与媳同抚养教导之。

乾隆年间歙县人凌结绿，嫁与同邑方成恒为妻。凌结绿生于富贵之家，及于归，事上孝敬，待下慈爱，勤俭持家，食贫作苦，从无一日有愁叹之色。宗族之人均相称道，认为凌氏有汉末贤女桓少君的风范。

休宁孙采芙（1825—1881），9岁辨四声，13岁能诗，尤工刺绣，道光二十八年（1848）嫁与胡培系为继室。绩溪胡氏自明以来，以经学世其家，培系学有根底，克绍先业，一时称为佳偶。培系方娶采芙时，寓居杭州，其母章氏、吴氏皆在故里，不久相继卒。采芙本富家女，衣丰食鲜，且嗜吟咏，针线之余，每与诸姊妹相唱和。及归培系，正值胡家穷困之际，家贫无储，而采芙自安，蔬食淡饭，从无不悦之色。因操心盐米家务事，遂不多作诗。道光三十年某日，外误传培系死，采芙脱耳上金环吞服。及暮，培系到家，急做莼菜羹使服下，获救。咸丰庚申（1860）以后，贼踪遍徽浙，是时儿女俱幼，采芙左提右挈，奔走于风声鹤唳之中，舟车劳顿，备尝艰险，三年之间共换五地。每闻培系诵诗声，则展愁眉，未能忘怀吟咏诸事。遂仿苕溪公《渔隐丛话》体例，取南宋以来诗话、小说有涉及闺阁的篇目，摘录编为《宫闺丛话》，未成稿，藏于家中。署中有花园，采芙莳花种竹，居处名之《丛笔轩》。而培系屡顿场屋，抑郁不自得时，采芙每每宽慰之。晚年遇海内平安，与夫共守贫寒，读书教子，然百病交侵，支离骨立。光绪七年辛巳正月二十日（1881年2月18日）夜，卒。例封孺人，晋封宜人。著名学者俞樾为撰《孙宜人传》，胡培系有《继室孙宜人事状》。

勤谨持家、侍奉舅姑而外，徽州才媛也有谏姑、佐夫的心理自觉。婺源人王瑶芬（1800—1883），出于婺源望族，嫁与历任知府的桐乡人严廷珏（1801—1853）为妻。严氏祖籍徽州，迁居桐乡，为当地望族，富甲一乡。瑶芬侍奉严母蔡太淑人时，乘间与婆母叙保家之道、惟在积善；又奁具中携有前哲格言，瑶芬呈之堂上，劝婆母行育婴、恤嫠及施药、施棺、施帛衣诸善举，婆母从之。从此之后，桐乡一地遂称严氏为“善门”。道光十一年（1831）春，瑶芬随夫往云南任所。道光十四年，岁大饥，因瑶芬劝言，严廷钰发仓廪六千石以振，而自捐价缴库以活百姓。同治三年（1864），瑶芬随三子严谨（1827—1865）任贵州石阡知府，次年五月十四日夜，黔匪陷贵州石阡，谨战贼死，六女永华负瑶芬逾垣投郡署后池，水浅，不得死，贼退后郡中妇女来救，乃得出。晚年归里，又以千金助赈，奉旨建乐善好施坊于门。其事迹收入《光绪桐乡县志》卷18《列女下·寿母》。

综而言之，明清徽州才媛因其所接受的传统文化教育，形成了较为强韧的区域精神特质与文化心理。表现在文学艺术作品中，也呈现了特质凸显、韵味浓郁的艺术品格。

二

徽州才媛大多选择了诗词这一形式作为文学书写的载体。写作点缀了徽州才媛的寻常人生，或者说，她们将文学书写当作了一种破忧解闷、抒发性灵、纾解压力的生活方式。幼承庭训者，少时即能诗词。清顺康时汪嫺，本出休宁望族，曾许字戴氏，未嫁而卒。《林下词选》称汪嫺聪慧寡言，有天女丰度。其词《捣练子》写夜静之时，孤鸿独往，瑶琴自理，别有一种寂寥哀愁；《浣溪沙》写春天花气袭人之态，清新别致。作为少女词人，汪嫺存词不多，然风格清新可爱，略带几许闲愁。

歙县汪玉英亦幼承庭训，在室时即著有《吟香榭初稿》。《国朝闺秀正始集》载："吟香诗才秀逸，其佳句七言如'一缕沉烟消永昼，半帘华影荡微风'，'晴日烘梅香意透，春风拂水碧纹圆'，'一声远雁羁人思，数点青山故国心'，'石松少土偏饶翠，盆藕无花却有香。'均清丽可诵。"[①]如其诗《春雨》，以游丝慵懒衬春闷，以倦倚朱栏画春情，确乎清丽淡雅，洗练可诵。又歙县人方婉仪生于六月二十四，恰逢荷花生日，对此婉仪亦引以为骄傲：

> 平箪疏帘小阁晴，朝来池畔最关情。清清不染淤泥水，我与荷花同日生。梅摹魏国夫人画，字仿杨家妹子书。一盏真茶消永昼，玉浆犀液较何如。（《生日偶吟》）[②]

祁门知县林用光室项瑱，著有《脂学楼吟稿》。《两浙輶轩续录》存其诗作《雉子游原泽篇》《白紵辞》《春雨》《秋怀奉和几山季父元韵》《小亭夜坐》《秋夜》等诗。其《春雨》写小院寂寥，自己有万千闲愁；《小亭夜坐》写秋凉日短，自己小亭吟诗，烧叶煮菱。作为女性诗人，她们大多寂寥无奈的，也期盼在胸。

清初休宁查士英擅长作词，《众香词》录其词作8首，词牌均不相同，有些词牌较为罕见，足见女词人刻意选择、争巧取胜之心。其《鹤中子·题画杏花》是题画词，《望江南·咏竹》是咏物词，《酒泉子·第九体秋夜坐日有怀故园》则是即事咏怀词，作者他乡倚窗夜坐，思乡之泪难禁。

---

① [清]恽珠编：《国朝闺秀正始续集》，道光丙申镌，红香馆藏校，第215—216页。

② [清]恽珠编：《国朝闺秀正始集》，道光丙申镌，红香馆藏校，第644—645页。

才媛写诗作词，会选择一些别出心裁的方式。清代歙县才媛程璋，临出生时，其母梦吞花叶而诞。程璋幼时极为颖慧，9岁即好翰墨，工诗文，每日摹写《曹娥》《麻姑》诸帖，书法尤称精楷。璋天性喜爱种花，更爱花叶，能将如钱般的莲叶熨平并制为信笺，曾书写《心经》一卷于莲叶笺上。长大后嫁给同邑方元白为妻，伉俪甚欢。后方元白偕友人游于广陵，程璋忧形于色，不能自已，以诗文为书信寄元白，元白读之，闭门怅惋数日。后又有书信寄至，友人伺元白出门，私下开启看时，信笺乃以新柳叶制成，翠碧如生，有程璋手书绝句于其上，共两片柳叶，每叶各一首：

杨柳叶青青，上有相思纹。与君隔千里，因风犹见君。
柳叶青复黄，君子重颜色。一朝风露寒，弃捐安可测？[①]

后程璋又有《染说》一篇、《原愁》一则寄元白，其文情缠绵悱恻，妩媚动人。然天妒红颜，程璋年21岁而卒。元白伤悼过甚，终不复娶，亦不再远游，遂入天台山为僧。

能诗的才媛除了写作诗词之外，也有编辑诗词集的愿望。清时西安人丁白，嫁与歙县张伯岩为妻。丁白先世原居关中，幼年时随父侨寓广陵，喜好吟咏，工绘事，皆得唐宋笔法。侍奉父母至孝，寝食起居，无微不至。后归张伯岩，唱和相得。丁白素有征集名媛诗词的愿望，撰有《征名媛诗启》，然终究未能实现。有诗词集《月来吟》。《众香词》《闺秀词钞十六卷》中收其词作三首：《生查子·咏蝶》写黄鸟啼声惊散双飞蝶，《醉花阴·秋日》是闺怨词，《传言玉女·闲吟》则是篇春愁佳作，以景衬情，倍添愁苦。丁白词风清雅，脱却柔媚，格调高雅而沉郁悲凉，大有宋词意境与韵味。

明清徽州能为诗词且擅长绘事的才媛，几乎都出自歙县。乾隆时程蟾仙，嫁与朱燮为侧室。朱燮乃海宁人，官至中书，精绘事。蟾仙模仿朱燮画风，惟妙惟肖。然工愁善病，26岁时卒。乾隆时吴申，字蕙姬（又作惠

① 光铁夫编：《安徽名媛诗词征略》，黄山书社1986年版，第132页。

姬），太史吴以镇长女，其母因梦鹤而生，故吴申小字鹤。吴以镇，字瑾含，号涵斋，乾隆十七年（1752）进士，翰林院庶吉士，官编修，敕授文林郎，有《涵斋诗集》问世。申夫钱东，字东皋，一字杲桑，号袖海，钱塘人，善书画，工诗，尤长词曲。吴申自幼聪慧，工水墨花卉，楚楚有致，且工诗善琴，嫁钱东后伉俪笃甚。钱东擅长丹青，曾为吴申画探梅小照。不久，钱东入都应试，惠姬卒，小照亦遗失。钱东归家，思念深切，重为之肖像，然终于不肖。后一日，忽从破簏中捡得，喜不自胜，遂加以装裱，遍求题咏，且载其《鸳鸯吟社笺诗稿》。后钱东梦吴申来，言已托生吴门赵氏，郎可以玉鱼为聘云云。钱东因此自号玉鱼生，赋诗云："可怜女士已成尘，翻使萧郎近得名。听说只今吴下路，歌场人说玉鱼生。"《随园诗话》有记[①]。

吴正肃乃嘉庆、道光时江都人，字静娴，嫁与歙县丰溪人黄履岳为妻，因自号丰溪女史。正肃善画，山水苍劲，一洗纤弱之态，得沈周笔意，亦能诗，有题画诗数首，诗为《焚香集》。

才媛绘画艺术成就最高的当属歙县吴淑娟。吴淑娟（1853—1930），自署杏芬女士，晚号杏芬女史、杏芬老人等，著名画家吴鸿勋之女，江宁知府黟县唐光照室。吴鸿勋，字子嘉，号心兰、小竹、知非翁等，擅画兰竹，曾入曾国藩幕府。淑娟幼承庭训，工山水、花鸟、人物、虫鱼，绘画技艺"尽得其父笔法之妙，乃益肆力于六法，由平正之于神妙，由规矩以超乎奇杰"[②]，因有出蓝之誉。淑娟10岁时，随父从歙县流寓上海，助父鬻画自给。光绪七年（1881），淑娟28岁，所作《百花图》长卷受到吴昌硕等众多名流题咏，声名大振。性喜游历，每至一处，归辄临摹，有十八省名胜及西湖、黄山各图印行于世。夫唐光照由部曹出守江宁府，政声卓越，后因秉性亢直遭忌者中伤，遂挂冠归，光绪三十年（1904）病逝。宣统二年（1910），意大利开博览会于罗马，淑娟所绘，大得意大利王后赞

① [清]袁枚：《随园诗话》，王英志编纂校点：《袁枚全集新编》第九册，浙江古籍出版社2015年版，第602页。

② 恽茹辛：《民国书画汇传》，台湾商务印书馆1986年版，第68页。

赏，购藏宫闱。旋即收集生平杰作十余幅，印珂罗版一巨册。中西报界，特著专评，各国博物院，均纷纷致函，誉为近世空前手笔。民国十四年（1925）淑娟79寿辰，海上著名画家王一亭、吴昌硕、黄宾虹、沈心海等均登堂拜寿，以书画庆贺。生三子一女，子唐熊得传衣钵，书画俱工。民国十九年冬78岁卒。吴淑娟在绘画上颇有成就，题画诗亦多，著有《十八省名胜及西湖、黄山各图》《吟华阁画稿》《杏芬老人遗集》等，《历代妇女著作考》著录。《皖雅初集》收“张太夫人八徽图”中的四幅题画诗，即《题急智靖变图》《题手援众溺图》《题创学惠乡图》《题燃灯照海图》。四诗各围绕一个主题，赞颂张太夫人的功德。《安徽名媛诗词征略》另存四首题图诗：

峦光变灭白云封，怪石崚嶒势不庸。宣圣昔登天下小，中原那有最高峰。（《泰顶凌云图》）

桃花春暖水平溪，绿柳依依两岸齐。山色殷红何灿烂，霞光返照夕阳西。（《钟阜余霞图》）

数十渔舟齐拍岸，风涛掀处尚飘摇。城楼高耸形何壮，时有幽人来看潮。（《黄鹤烟波图》）

曾见罗浮万树梅，花开朵朵傍山隈。银光遥看浑如雪，一路香风拂拂来。（《罗浮香雪图》）[①]

吴淑娟以诗家之笔吟出画家眼中所见景观，或为山光明灭、怪石嶙峋的泰山图，或为桃红柳绿、山色殷红的钟阜晚霞图，或是风涛拍岸、城楼高耸的烟波渔船图，或是梅雪香风、银光胜雪的罗浮香雪图。吴淑娟因绘画而盛名，然其题画诗融画入诗，诗画相映，亦是徽州才媛题画诗之翘楚。

明清徽州才媛表现出如此丰富多样的诗歌书写能力，展示其丰厚的文化底蕴，在明清之季的安徽境内颇为独到而领先，甚至在江浙皖一带才媛辈出、群芳灿烂的历史氛围里，也很有独秀一隅、独树一帜的意味。这与

① 光铁夫编：《安徽名媛诗词征略》，黄山书社1986年版，第164—165页。

才媛们所赖以生存的自然环境和所传承的人文传统有密切的关系。

三

明清徽州才媛的诗词写作，往往是幽闺独吟，大有幽闺自怜的况味。诸多在室女早慧而敏感，春秋代序、寒夜孤寂之际，每每伤感于生命脆弱、缘分不永；一些为妻者亦多深于情而浓于情，无论写景、咏物，抑或伤独、闺怨，均将吟诗填词作为纾解忧愁、发散寂寥的一个途径。从某种意义上说，幽闺独吟也即是才媛们自我调节的方式，或曰自我教育的途径之一。

乾隆时歙县才媛徐七宝在婚前一日病卒，所作诗数百首均皆焚毁，唯独病中所作《伤心吟》一组及断句若干留世，其中两首曰：

> 生来性冷爱山居，昼卷湘帘薄梦余。翠袖倚归溪上竹，云环摘罢涧边蔬。有诗只赠随风絮，无药能医病月蜍。却恐小楼人去后，镜奁谁检读残书。
>
> 寂寥人醉未调琴，谁为求凰卜好音？妆阁已抛青镜影，夜台应抱白头吟。薄缘似月还同缺，旧梦如云不可寻。回望夕阳松里屋，空留苍翠万峰阴。①

“生来”云云道出了自己心境澹雅，爱诗如命，陶醉于诗，诗亦如药，有疗病之功。她已知自己寿将不永，一来惦记诗作有谁收，二叹与夫缘薄如缺月，读罢令人唏嘘不已。

清雍乾时休宁人黄嫆，因父殁而侍母不字。其诗《冬夜作》云：

> 向晚掩窗扉，金梭涩锦机。风尖灯影怯，云重月光微。拨烬愁添

① [清]恽珠编:《国朝闺秀正始集》,道光丙申镌,红香馆藏校,第450—451页。

炭，增寒怨典衣。清宵更漏永，兀坐思依依。[①]

冬夜浓寒，孤寂纺织，衣薄影单，心怯思微。黄嫆书写与孤母相伴的个体生活，凄凉感人。

出阁后的徽州才媛，则因其生活层面较为丰富，承载在其文学书写里，也便呈现出不同的风貌。歙县才媛黄之柔《南乡子·村望》，书写独倚画楼而静观花草云烟、酒旗舒卷、行人争渡的闲适；歙县黄克巽《竹帘》，借助“竹帘”一物，书写女子无从掌控自我命运的柔弱人生。休宁才媛汤淑英有诗词集《绣余轩稿》，其作题材多样，含蓄蕴藉，可称哀婉。其诗《除夕》作于兵荒马乱之际，《柳亭诗话》称此诗是作者“侨寓吴中，以避风鹤之警”而作，“笔笔藏锋，可云哀而不怨，微而婉已”[②]。

才媛承担为人妻母的角色，多写有侍夫示夫、别夫寄夫的诗篇，这一部分几乎成了才媛出阁后的重要内容。嘉庆时歙人詹应甲副室沈蕙香，侍夫泛舟湖上，礼佛归来奉和作诗，有“肩舆遍历山深处，稳胜香车碾落花”[③]之句；张绣珠为詹振甲副室，亦有《西湖泛月次夫子韵》诗，中有“塔远灯浮动，潭虚月浅深”[④]之句。兄弟均有副室，妯娌侍夫出游，且能吟咏唱和，自谓一门风雅。婺源汪观定有诗《示外子》：“法法缘成法法空，个中消息有谁通？寂光常照如如佛，唤作如如又一重。”[⑤]汪观定丈夫狄葆贤曾专门研究佛法，观定自己对佛法的领悟往往高于其夫，所以常加开示。

夫在身边有侍夫、示夫之诗，夫出远门则有送夫、别夫之作。歙县吴䃅存诗很少，其一即为《送外游金陵》：

---

① [清]恽珠编:《国朝闺秀正始续集》,道光丙申镌,红香馆藏校,第323—324页。

② [清]宋长白:《柳亭诗话》卷29,清康熙天苗园刻本,第320页。

③ [清]沈蕙香:《侍夫子泛舟湖上,历北山礼佛归来奉和四首》,[清]恽珠:《国朝闺秀正始集》第17卷,道光癸巳仲秋红香馆原本,退思堂重刊,第19页。

④ [清]恽珠:《国朝闺秀正始集》第17卷,道光癸巳仲秋红香馆原本,退思堂重,第20页刊。

⑤ [近代]陈诗编辑:《皖雅初集》卷17,民国己巳(1929)上海美术图书公司排印本,第11—12页。

此游名胜地，须认旧繁华。芳草秦淮岸，斜阳燕子家。江声无铁锁，渡口有桃花。多少兴亡事，山陵见暮鸦。[①]

古都金陵自六朝以来就成为文人骚客吟咏的对象，女子送夫游金陵，亦作此诗。颔联有刘禹锡《乌衣巷》之味，末句尤妙。与此相类，休宁汪韫玉有《送外之兰陵》：

绿遍郊原草正肥，垂杨千缕思依依。已怜春去客兼去，那更帆飞花又飞。玉笛寻常吹落月，疏林容易下斜晖。劝君别后休吟苦，白雪天涯和者稀。[②]

垂杨依恋，客去帆飞，笛声落月，疏林遮目，别时无奈与别后孤寂之情全在其中。无独有偶，休宁陈玉为王鸣盛侧室，亦有诗《送外口占》："送郎送罢立沙滩，只见风帆不见船。转眼连帆都不见，奴身欲化望夫山。"[③]由此可知，徽州男性多乘船经水路外出为宦或经商，船帆成了才媛用以寄托分离之苦、依恋之情的常见意象。

才媛诗词中，不乏传统的闺怨之作。如休宁程凤娥颇多闺怨之词：

腊未尽，柝逾长，匆匆岁暮最凄凉。庭梅窗外飘，残雪何事，良人滞远方。（《捣练子》）

竟日湘帘慵卷，窗外已来新燕。双袖倚雕栏，日暖风和人倦。人倦，人倦，独上画楼消遣。（《如梦令　春闺》）

一点愁心指上弹，梅花羞带病中看，相怜早被湖山隔，空对孤灯带影残。情没绪，思无端，更深犹自倚朱栏，长空独有天边雁，为我勾留伴晓寒。（《鹧鸪天　有怀》）

---

① [清]恽珠编：《国朝闺秀正始续集》，道光丙申镌，红香馆藏校，第227—228页。

② [清]恽珠编：《国朝闺秀正始集》，道光丙申镌，红香馆藏校，第588—591页。

③ 光铁夫编：《安徽名媛诗词征略》，黄山书社1986年版，第171页。

> 思漫漫，恨漫漫，无限离愁指上弹，翠被怯春寒。　对栏干，倚栏干，一纸家书仔细看，函露语平安。（《长相思　信至》）[①]

程凤娥是官宦妻室，其夫宦游异地，诗词书写了徽州女人的特有心境。腊月之后是新年，正当阖家团圆之际，留守在家的徽州女人却感受岁暮凄凉；风和日暖之春，只能独上画楼，病中羞看梅花；更多时候是空倚栏干，摩挲家书，聊以慰藉。

休宁金若兰著有《花语轩诗抄》，道光二十四年甲辰（1844）娜嬛别馆刊入《国朝闺阁诗抄》第6集，收诗20首。其《四时闺怨》诗，诗意相同，方式各一。其《暮春遣怀》亦书写暮春寂寥：

> 不绣鸳鸯爱读书，草留书带拂庭除。天边有梦怜鸿雁，江上何人寄鲤鱼。好藉风云挥彩笔，休寻花竹恋郊居。高车驷马家声旧，莫笑题桥客不如。（《暮春遣怀》选一）

作为寡居的女性诗人，金若兰所存20余首诗作，多书写自己的无尽寂寥之境。唯《见燕》诗略有不同："巢新泥未干，雨细丝初剪。最喜汝归来，花影和帘卷。"[②]如此春意融融、愉悦清新之作，在金若兰诗作中难得一见。

夫婿在外，不能随去，才媛多有寄夫赠夫之诗。歙人汪嫈有《寄夫子》诗，句意多为作者对夫君的劝诫和嘱咐。原籍休宁的胡佩兰为歙县汪启淑侧室，以"主人"呼夫，有《寄主人》一诗："珍簟生凉感别愁，闲听风竹满庭秋。惟应团扇情相似，空对山楼月一钩。"[③]凉秋之际深感离愁，虽寂寥而无奈，团扇见弃之怨亦只轻诉。休宁人吴淑有诗《酬夫子见怀韵》，虽为酬和，亦同寄夫，"怀人江上起离愁""却诵新吟添别恨"[④]之

① [清]徐树敏、钱岳编选：《众香词》，民国二十三年（1934）上海大东书局影印本，御集。

② 均见胡文楷编辑：《历代妇女著作考》，上海古籍出版社1985年版，第405页。

③ [清]恽珠编：《国朝闺秀正始续集》，道光丙申镌，红香馆藏校，第215—216页。

④ [清]吴颢原编、孙振棫重编：《国朝杭郡诗辑》卷30，同治十三年（1874）刊本，第43页。

句，直诉离愁别恨。

夫君外任，为妻者本当随任同去，然有双亲在堂、需要侍奉时，才媛便陷入了两难境地。婺源王少华有词《浪淘沙》曰：

> 皓魄满窗前，不照人圆，离魂真欲上青天。只为分巢双燕小，破尽宵眠！　何计慰高年，日薄虞渊，时来甥馆问鱼笺。甚日浣花溪畔水，准送归船！

题下注曰："丙寅仲秋，余以侍亲留白下，遣方海、方澜两儿赴蜀侍夫子。"[①]侍亲与侍夫不能兼顾，遂遣两子代己侍奉，然常问书信，是借双亲之念，寄寓思夫之情。虞渊，古代神话所说日入之处，典出《淮南子·天文训》。末二句盼归之意显豁而又柔婉。

有子者可以遣子侍夫，无子者只能在家痴等。倘若遇到没有行为约束力的丈夫，才媛也只好采取委婉的方式进行劝谏。歙县程伯生室张玉仪，有诗《戏示外子盖因其好作狭邪游也》云："歌舞楼中列绮筵，等闲花草亦因缘。可曾记得痴性情，郎不归来妾不眠。"[②]作者劝诫丈夫不要眠花宿柳，可是又顾及丈夫颜面，于是只好"戏示"。

才媛患病甚或病重之时，关注的仍是夫婿生活和儿女成长。顺康时歙县才媛汪是，嫁同邑吴之騄为侧室，夫迁任镇江府教授，时正在病中的汪是留在家中侍亲养儿，为免夫君担心，遂赋诗《病中送郎北上》示夫，既理性劝勉夫君，又恐自己病重，永无再见之日，生离即成死别，不禁恸绝。汪是存诗不多，但均为示夫、别夫之作，一感君恩，二念幼子，三嘱将金钗绣褥留待新人，均哀婉自怜，伤痛无已。

休宁才媛程琼，夫吴震生是歙县人，号玉勾词客，乃康乾时期文学家，诗文戏曲作品俱丰。程琼病弱，子又夭折，更加重病势，遂一病不起。其病中诗作《有疾豫别玉勾词客》，预感自己寿将不永、痛惜夫妇情

① [清]徐乃昌：《闺秀词钞十六卷》十集卷12，宣统元年己酉年刊本，第36页。

② 光铁夫编：《安徽名媛诗词征略》，黄山书社1986年版，第157页。

感不能持久；《卧病坐乐轩》则深知自己回天乏术；《疾作梦母氏孙淑人挈儿来兹不复梦矣》是因子夭折，悲痛成疾，梦见母亲携子来探而作，见出诗人对人伦亲情的珍视；《属玉勾生榇外题小眠斋三字》则是嘱咐丈夫在自己死后的眠息之榇上题“小眠斋”三字。人之将死，殷殷嘱咐化作点点期许，读来自然缠绵凄恻。

相对于才媛自身体弱病亡所致的伤感，夫婿亡故带给才媛的悲恸要更深更重。文襄公于敏中（1714—1780）堂妹于氏，乃太史休宁汪燮亭室。夫殁，赋《悼亡》诗曰：

送君南浦正初春，惊报楼成赴玉宸。有妾可怜身后累，无儿何惜未亡人！萧条旅榇来燕市，缥缈灵旗傍水滨。检点朝衣今尚在，凭棺恸绝恨难陈。

闻道临危珍重言，累伊辛苦主苹蘩。北方有药如钩吻，西域无方不返魂。少妇低头甘井臼，严亲系念切晨昏。他生若化通灵鸟，愿效慈乌答厚恩。①

初春才送丈夫远行，不料此时已经撒手人寰，朝服还在，而人已故去，不禁感慨万千，悲从中来。诗作哀而不怨，伤而不绝，如泣如诉，是悼亡诗中的佳作。

才媛们在诗词中书写的是她们的观念、生活、勇力、智慧，书写自我的生命火光、情感体验与价值追求，书写千般爱恨万种情愁。于徽州才媛，诗作虽只表现了她们个人生活的断面、情感的点滴，但于徽州才媛身后的读者们，诗作却层次丰富地呈现了明清时代徽州闺媛群体多元化的生活状态和精神风貌。这些发黄的书卷，使我们还原明清两季这一区域女性文学书写的历史状貌成为可能。

［原载《中国诗学研究》2018年第1期］

① 光铁夫编：《安徽名媛诗词征略》，黄山书社1986年版，第171—172页。

从“东风吹杏雨”诗意说曹雪芹卒年

关于曹雪芹的卒年，学术界有壬午说、癸未说、甲申说等多种说法。癸未说的依据主要来自敦敏的《懋斋诗钞》中《小诗代简寄曹雪芹》一诗：

东风吹杏雨，又早落花辰。好枉故人驾，来看小院春。诗才忆曹植，酒盏愧陈遵。上巳前三日，相劳醉碧茵。[①]

这首诗的意思浅显明了：敦敏邀请曹雪芹在上巳节前三天来自家小院共同饮酒赏春。上巳是三月三，前三日当在二月的最后一天。写诗时间应在此日前三五天。这首诗没有纪年，但此诗前《古刹小憩》诗题下标有“癸未”二字，有学者认为《懋斋诗钞》是严格编年的，所以《小诗代简》应写于癸未年二月。既然癸未年春天敦敏还邀请曹雪芹赏春，那么后者当然不可能逝于壬午年除夕：这是癸未说的唯一根据。此说成立的前提是，《懋斋诗钞》必须是严格按年编次的。持论者认为这个抄本经过敦敏、敦诚兄弟亲手整理，又有纪年，其编排顺序应是真实可靠的。曾有学者列出壬午和癸未两年的二月二十五日，一刚交春分，一在清明后三日，后者适宜赏春，故此诗写作的年份应在癸未[②]。反对者则认为，这个抄本有剪接、

① [清]爱新觉罗·敦敏：《懋斋诗抄》，上海古籍出版社1984年版，第90页。

② 参见曾次亮：《曹雪芹卒年问题的商讨》，1954年4月26日《光明日报》“文学遗产”栏目。

粘贴乃至错装的痕迹，其编年并不一定严谨有序，且《古刹小憩》诗题下标注的"癸未"二字并非原注，是后人贴补上去的；《小诗代简》可能写于壬午年，也可能写于壬午年以前的任何一年[①]。而且，将脂批中的"壬午除夕"当作是"癸未除夕"误记的说法，也缺乏说服力，不足为凭。经进一步推考，此说将《小诗代简》的写作时间推定为庚辰年[②]。从敦敏诗作可知，他写诗之时，正当京城春雨霏霏，院中杏花开放，因此有赏春的喜悦和邀约的雅致。因查《万年历》并证以乾隆的《御制诗》，知癸未年春天北京奇旱无雨，以致灾变乱生，敦敏应不会有赏春的条件和心情；壬午年二月二十五日春分、三月十二日清明，彼时气候寒冷，花期较晚，二月末当不适合赏春；然庚辰年是二月初四日春分、二月十九日清明，正是暖春且京城雨量丰沛，花事较盛，二月末宜有赏春之事。所以《小诗代简》写于庚辰年二月末的可能性更大[③]。

这里涉及对"杏雨"一词的理解。有人认为"杏雨"乃谓"杏花飘谢如雨"，癸未年北京奇旱无雨与"东风吹杏雨"之景并不矛盾。反对者认为"杏雨"乃指雨后的杏花，或谓"杏雨"指杏花春雨，即杏花开放时节的降雨，并提供了大量书证[④]。在此，笔者愿就"杏雨"一词的语义稍事伸衍，以为补缀。

一

所谓"杏雨"，乃指清明时节所降的雨水，时值杏花盛开，故称"杏雨"。宋时僧志南《绝句》云："沾衣欲湿杏花雨，吹面不寒杨柳风。"诗句描绘的是早春二月时的美景：杏花初放时的细雨，微微沾湿了衣裳；杨

① 俞平伯、王佩璋、周绍良、陈毓罴、邓允建等均对癸未说质疑。

② 陈毓罴推断敦敏此诗写于庚辰年，见《曹雪芹卒年问题再商榷》，1962年6月10日《光明日报》；《曹雪芹卒于癸未除夕新证质疑》，《新建设》1964年3月号。

③ 参见沈治钧：《〈小诗代简寄曹雪芹〉写作年代补证》，《红楼梦成书研究》，中国书店2004年版，第459—475页。

④ 参见沈治钧：《红楼梦成书研究》，中国书店2004年版，第470页，第586—597页。

柳始绿时的微风，吹到脸上已不觉寒冷。杨柳风并非杨柳飘起如风，杏花雨自然也不是杏花飘落如雨。朱熹曾跋志南诗卷，有曰：“南诗清丽有余，格力闲暇，无蔬笋气……余深爱之。”后又作书荐至袁梅岩处，袁遂赋诗赞云：“上人解作风骚话，云谷书来特地夸。杨柳杏花风雨外，不知诗轴在谁家!”[①]元陈元靓《岁时广记》卷一引《提要录》：“杏花开时，正值清明前后，必有雨也，谓之杏花雨。”句下所引正是僧志南绝句，后并引相关诗词以证：“晏元献公词云：红杏开时，一霎清明雨。赵德麟词云：红杏枝头花几许，啼痕止恨清明雨。”[②]唐代以降，诗文中以“杏花雨”及其缩略语“杏雨”指代清明时节雨水的用法往往而是。这里略举数条清人诗作中的例子：

1. 杨柳风轻浑是梦，杏花雨细欲成尘。（金琮《送别史痴翁分得尘字》）[③]

2. 一径红沾杏花雨，数家青飏酒旗风。（塞尔赫《春郊即目》）[④]

3. 蒙蒙杨柳烟，萧萧杏花雨。（袁枚《尹宫幕府钮牧村骑牛图》）[⑤]

4. 杨柳烟抛双翦碧，杏花雨湿两衿红。（允礼《燕》）[⑥]

5. 杏花雨歇鸟争啼，绿过河桥西复西。（彭孙贻《上巳阁望》）[⑦]

6. 夜半小楼催杏雨，晓来深巷卖花声。无端莺语闹清明。（黄泰来《浣溪沙》）[⑧]

---

① [宋]魏庆之:《诗人玉屑》,上海古籍出版社1978年版,第451—452页。

② [元]陈元靓:《岁时广记》,商务印书馆1939年版,第5页。

③ [清]钱谦益:《列朝诗集》丙集卷十四,清顺治九年毛氏汲古阁刻本,第31页。

④ [清]塞赫尔:《晚亭诗钞》卷二《三余集》,清乾隆十四年鄂洛顺刻本,第2页。

⑤ [清]袁枚:《小仓山房诗集补遗》卷二,《小仓山房集》,清乾隆刻增修本,第15页。

⑥ [清]允礼:《春和堂诗集》卷一,清雍正刻本,第33页。

⑦ [清]彭孙贻:《茗斋集》卷五,四部丛刊续编景写本,第91页。

⑧ [清]丁绍仪:《国朝词综补》卷五,清光绪刻前五十八卷本,第3页。

7. 曲槛闹残红杏雨，高窗吹满绿杨风。（陈昌图《镜水楼送孔遐馥还山左》）[①]

8. 万点飞残红杏雨，一枝不动绿杨风。（顾景星《春日结庐》）[②]

9. 五月松风冷，三春杏雨红。（恒仁《赠竹堂僧二首》之二）[③]

10. 谁将陇上芳音赠，又是江南杏雨天。（张澍《全椒汪孝廉宝以和高青丘梅花诗见示索和走笔次之》）[④]

上引10例中，"雨细""雨湿""雨歇"表明这杏花雨是雨水而不是花片；"杏雨天"犹言"雨天"；"夜半小楼催杏雨，晓来深巷卖花声"两句则显从"小楼一夜听春雨，明朝深巷卖杏花"化出；其余"红杏雨"与"绿杨风"对举，或以"杏花雨"对"杨柳烟"、以"杏雨"对"松风"，均明显指雨水而非指杏花花瓣飘落如雨。比照可知，敦敏诗"东风吹杏雨"中的"杏雨"宜当指杏花开放时的降雨。元人虞集有名句谓"杏花春雨江南"，以三个名词组合，有类于"小桥流水人家"之名词联缀。而"杏花"与"春雨"并置，更见此"春雨"乃指杏花开放时的雨水，与杏花飘落无干。此其一也。

相类的语词有"梨花雨"和"梅雨"。"梨花雨"指的是梨花开放时节的雨水，而不是指"梨花飘落如雨"。唐孙光宪《虞美人》词云："红窗寂寂无人语，暗淡梨花雨。"[⑤]又清况周颐《眉庐丛话》："愔愔午梦，帘垂柳絮风前；隐隐春声，门掩梨花雨外。"[⑥]以梨花雨对柳絮风，与以杏花雨对杨柳风相类，且有"隐隐春声"在前，梨花雨显然指雨而非指梨花。"梅雨"的含义更加明确，它指的是梅树结实时节所降的雨水，而绝不是指

① [清]陈昌图：《南屏山房集》卷三，清乾隆五十六年陈宝元刻本，第4页。

② [清]顾景星：《白茅堂集》卷十九，清康熙刻本，第1页。

③ [清]恒仁：《月山诗集》卷二，清乾隆刻本，第14页。

④ [清]张澍：《养素堂诗集》卷七上，清道光二十二年刻本，第7页。

⑤ [清]彭定求等编：《全唐诗》第25册，中华书局1960年版，第10138页。

⑥ [清]况周颐：《眉庐丛话》，《民国笔记小说大观》第一辑，山西古籍出版社1995年版，第16页。

“梅花飘落如雨”。所谓“梅雨季节”，乃指初夏时江淮流域持续较长的阴雨天气，因时值梅子黄熟，故也称黄梅天（梅子立夏后成熟，生者青色，是谓青梅；熟者黄色，是谓黄梅）。因梅雨时间较长，空气湿度较大，家居器物容易发霉，江南区域最为明显，所以这个季节又称“霉雨”季节。汉应劭《风俗通》云：“五月有落梅风，江淮以为信风。又有霖霪，号为梅雨，沾衣服，皆败黦。”[①]明李时珍《本草纲目·水一·雨水》：“梅雨或作霉雨，言其沾衣及物，皆生黑霉也。芒种后逢壬为入梅，小暑后逢壬为出梅。又以三月为迎梅雨，五月为送梅雨。”[②]查阅《全唐诗》，“梅雨”一词计有54例，无一例外均指四月至六月间的降雨，兹举数例语意较为显豁者如下：

1.暄钥三春谢，炎钟九夏初。润浮梅雨夕，凉散麦风余。（李峤《四月奉教作》）

2.南京西浦道，四月熟黄梅。湛湛长江去，冥冥细雨来。（杜甫《梅雨》）

3.梅实迎时雨，苍茫值晚春。（柳宗元《梅雨》）

4.瘴云拂地黄梅雨，明月满帆青草湖。（元稹《送友封》二首之一）

5.洛下麦秋月，江南梅雨天。（白居易《和梦得夏至忆苏州呈卢宾客》）

6.衣逢梅雨渍，船入稻花香。（般尧藩《送客游吴》）

7.偶斟药酒欺梅雨，却着寒衣过麦秋。（方干《鉴湖西岛言事》）

8.麦秋梅雨遍江东。（罗隐《寄进士卢休》）[③]

---

① 王利器：《风俗通义校注》，中华书局1981年版，第612页。

② [明]李时珍：《本草纲目》第1册，人民卫生出版社1979年版，第389页。

③ [清]彭定求等编：《全唐诗》，中华书局1960年版，第3册第697页，第7册第2431页，第11册第3954页，第12册第4573页，第14册第5259页，第15册第5565页，第19册第7470页，第19册第7559页。

上引8例中，"四月""九夏初"时间明确；"黄梅""梅实"均指梅树结实；"麦秋"谓麦熟的季节，通指农历四、五月。《礼记·月令》："（孟夏之月）靡草死，麦秋至。"陈澔集说："秋者，百谷成熟之期。此于时虽夏，于麦则秋，故云麦秋。"[①]故此，"梅雨"乃指四五月时江淮、江南的雨水是毋庸置疑的，其经典词句是宋代贺铸的《青玉案·横塘路》："一川烟草，满城风絮，梅子黄时雨。"[②]本来，"梅雨"一词含意明确，没有歧义，然未曾历者或亦未曾闻，且为辅助说明"杏雨"所指起见，在此聊作辩证云尔。"梅雨"语意如是，则"杏雨"语意亦不应有歧义。此其二也。

问题是：以"杏雨"的释义及相关书证为主体，兼以"梨花雨""梅雨"的用法佐证，能否说明敦敏的"杏雨"一词的确切所指？翻阅相关典籍可知，唐宋元明诗文中，"杏雨"涵义比较确切；而当"杏雨"用在清人的诗作中时，其涵义并不一定特别明朗。如"一任花开花落，三生旧约，渐杏雨都消，梨云安著"[③]，"柳烟翠幕柴桑里，杏雨红霏碎锦坊"[④]，"杏雨梨云纷满树，更频婆、新染朝霞醉"[⑤]，"深院闲春昼，小篆歕金兽，一杯清茗一枰棋，正杏雨香飞"[⑥]，诸例解读时会发生歧义。第一种情况是以"杏雨"与"梨云"对举：因"梨云"可解为"梨花云"，意指如云似雪的梨花（后用为状雪景之典），与此相类，"杏雨"亦可解为杏花如雨；且有"纷满树"之词，如解为如雨杏花似更合诗意。第二种情况是以"杏雨"与"红霏"衔接："红霏"此处与"翠幕"相对，用如名词，意指

① [清]秦嘉谟：《月令萃编》卷八，清嘉庆十七年秦氏琳琅仙馆刻本，第16页。

② 唐圭璋编：《全宋词》第1册，中华书局1965年版，第512页。

③ [清]吴锡麒：《台城路·花魂次汪剑潭端光韵》，[清]吴锡麒：《有正味斋词集》卷七，清嘉庆刻《有正味斋诗集》本，第8页。

④ [清]斌良：《再和嵩亭弟新柳韵四首》之一，[清]斌良：《抱冲斋诗集》卷二十八，清光绪五年崇福湖南刻本，第15页。

⑤ [清]林则徐：《金缕曲·春暮和嶰筠绥定城看花》，[清]林则徐：《云左山房诗余》，清光绪十二年刻本，第4页。

⑥ [清]钱凤纶：《眉峰碧·与亚清奕》，《国朝词综》卷四十八，清嘉庆七年王氏三泖渔庄刻增修本，第7页。

杏花着雨之态有如红云；若从“杏雨”与“柳烟”对举的角度看，“柳烟”谓柳色如烟，则“杏雨”亦可指杏瓣（飘起）如雨了。第三种情况是以“杏雨”与“香飞”衔接，正因杏花着雨纷飞，杏花的香气也自然随花瓣的飘洒而弥漫四周。当然，雨中杏花自然也有香飞的曼妙，但不及花瓣飘起更能使芬芳弥漫四周。以笔者所见，古诗文中“杏雨梨云”并用共6例，“梨云杏雨”并用共4例，除了其中1例为明刻传奇《水浒传》外，其余9例均出自清代；后两种情况各只1例。可知“杏雨”一词至清时，已渐有可以两解的空间。既如此，敦敏所云“杏雨”究竟何指，也会有两种可能。今人解读，当联系其具体诗意作恰当理解。

敦敏原诗首联云：“东风吹杏雨，又早落花辰。”笔者的解读是：敦敏目睹槐园中杏花初放，又有春雨适时而降，故以诗代简邀约好友来槐园饮酒赏春。倘若首句描绘“杏花飘落如雨”，次句慨叹“又早到了落花的时光”，不惟措辞稚拙，语意重复，且于杏花纷然飘落之际方始邀约好友赏春，待到居住西郊的曹雪芹收到诗简再去槐园，按常情，至少要在四五天之后甚至更久以后了，那时杏花早已没有了踪影，未免令人沮丧。倘若敦敏是在春雨柔细、杏花初放之时即发出邀约，尽管也会有零星花瓣随雨飘落，会令人生出“又早落花辰”的感叹，然距杏花纷落至少还有两周的时间[①]，不仅能让曹雪芹适时来至槐园饮酒赏春，而且其怜春惜春之意婉然而出。早春二月，有雨偏冷，则花期相对较长；久晴无雨，花期必然短暂。或谓只见风吹杏花而未闻风吹春雨，恐有胶柱鼓瑟之嫌。宋张炎《木兰花慢》有“水痕吹杏雨，正人在、隔江船”[②]之句，江水如何能吹落杏花如雨？此句描写的分明是：春风过处，细雨飘落，水面泛动涟漪。比照可知，敦敏诗首联涵括了“东风”“春雨”“杏花”三种意象，展现了风起雨落、杏花渐放的动态图画，比起杏花纷落、即将凋败的景象，它更富生机，更春意盎然，也更适宜邀约好友赏春，更令人欣悦。此其三也。

---

① 杏花花期的长短会因区域、地势、气候等自然条件的不同而有差异，短的不过一周，长的可达三四周，这里取其中间值，即按两周推算。

② 唐圭璋编：《全宋词》第5册，中华书局1965年版，第3490页。

综合各种情况，敦敏诗意可解为：这年的二月中下旬，东风吹煦，槐园杏花伴着春雨初放，敦敏以诗代简，向曹雪芹发出在上巳前三日（也即二月的最后一天）来槐园赏春饮酒的邀约。

二

根据《小诗代简》所蕴涵的各种信息可知，要确定此诗的具体写作年月，必须同时满足以下三个条件：

第一，日期条件。"上巳前三日"为二月的最后一天，考虑到敦敏诗简能顺利送达、且利于曹雪芹安排出门等因素，留出适当余地，须再提前四五天甚至更早几天，故此诗写作的日期最晚应在二月二十五日，考虑到杏花花期因素，最早不宜早于二月十五日。

第二，节令条件。"杏雨"明指清明时节的雨水，故写作此诗这年的清明节须在上巳节前三天以上，且同时符合第一项条件。

第三，气候条件。"东风吹杏雨，又早落花辰"描写了春风春雨中杏花初放、间有花片飘落的良辰美景，故写作此诗这年的二月中下旬，京城须有雨水，气温适宜，杏花能适时开放。

以这三个条件为前提，我们不妨在检核已有成说的基础上，重新推考一下此诗写作年份的几种可能性。

（1）壬午年。假定《小诗代简》写于二月二十五日（1762年3月20日）或更早，"上巳前三日"是二月二十九日（1762年3月24日），因该年清明在农历三月十二（1762年4月5日），花信迟，二月下旬至月底，天气寒冷，气温低，不仅杏花尚未开放，碧草亦未长成。"东风吹杏雨"的景象不可能在清明前15天时出现；清明前11天时，"小院春"也无从赏看，更无法实践"醉碧茵"的约定。壬午年的二月中下旬，不能满足写作《小诗代简》的节令条件。所以，《小诗代简》不太可能作于壬午年。

（2）癸未年。癸未年清明在农历二月二十二（1763年4月5日），仍然假定《小诗代简》写于二月二十五日（1763年4月8日）或更早三五天，正值清明期间，符合此时发生的节令条件。“上巳前三日”则在清明后7天，如果花期按10—14天计算，则此日亦在花期盛时。然癸未年二月京城奇旱无雨[①]，阳光充足，气温偏高，花信虽早，花期更短，不会超过一周。所以癸未年的二月二十九日（1763年4月12日），杏花纵使未飘零殆尽，花树上也所剩无几了。敦敏邀约曹雪芹来至槐园，当然不是请他赏看繁华落尽的杏树的。再者，大旱无雨的癸未年二月，自然也不会产生“东风吹杏雨”的美景与佳句。癸未年的二月中下旬，不能满足此诗写作的气候条件。所以《小诗代简》并非作于癸未年。

（3）庚辰年。庚辰年清明节在二月十九日（1760年4月4日），花事比较早，又有资料表明，二月乃至三月有充沛的雨水[②]。这很重要，因为雨水充沛会使气温保持在一个适当的高度，晴雨相间，气候不至于太寒冷，日光又不至于太猛烈，这么好的自然条件当会延长杏花的花期。若按平均值两周计杏花花期，二月二十九日（1760年4月14日）或三十日（4月15日），杏花正在盛放之时。我们仍然可以假定《小诗代简》写于二月二十五日（1760年4月10日）甚至可以更早几天（4月4日至4月10日），从二月十九日清明到三月三日上巳这一时间段内，花事正盛。所以，庚辰年的二月下旬，不仅会有“东风吹杏雨”的动人景象，而且曹雪芹如果应邀而至，也会适时欣赏到杏花盛开的悦目美景，更会有相醉碧茵的赏心乐事。庚辰年的二月中下旬，能够同时满足此诗产生所需的三项条件。因此，庚辰年适合有《小诗代简》这样一首诗。

（4）其他年份的可能性。比如己卯年（1759）或辛巳年（1761）[③]。己卯年清明在三月初八（1759年4月5日），“上巳前三日”（1759年3月27

---

①已有学者作过充分论证，参见沈治钧：《〈小诗代简寄曹雪芹〉写作年代补证》，《红楼梦成书研究》，中国书店2004年版，第463—465页。

②参见沈治钧：《〈小诗代简寄曹雪芹〉写作年代补证》，《红楼梦成书研究》，中国书店2004年版，第467—473页。

③王佩璋、陈毓罴曾提出，此诗不一定作于壬午年，也可能作于壬午之前的己卯、庚辰、辛巳等年。参见王佩璋：《曹雪芹的生卒年及其它》，《文学研究集刊》第5册，人民文学出版社，1957年版；陈毓罴：《有关曹雪芹卒年问题的商榷》，1962年4月8日《光明日报》。

日）在清明前9天，还是假定《小诗代简》写于二月二十五日（1759年3月23日）甚至更早，则敦敏发出这一邀请最晚是在清明前13天。显然，这个时间既不符合《小诗代简》写作年的节令条件，也不能满足“杏雨”发生的气候条件。辛巳年清明在二月二十九（1761年4月4日），正巧与“上巳前三日”重合，假定敦敏在二月二十五日甚至更早发出邀约，可能会因气候条件较为寒冷，杏花尚未开放，“落花辰”更无从来至了。故辛巳年的二月，虽符合节令条件，却不能满足日期条件。此外，它还不符合人情条件：从世俗人情角度看，清明节（以及前后三天内）是扫墓的日子，按常情推测，敦敏当不会邀请曹雪芹正当清明的这天来槐园赏春。所以，这两个年份的可能性是可以排除的。

三

或谓古诗大多写意，不一定写实，惜春伤春源于诗人的敏感和作诗的俗调，诗人未必有那样缜密的逻辑，算准了花开雨落的日子再写诗邀约①。事实上，古时代简之诗涉及景物往往是写实性的，最经典的例子是白居易的《问刘十九》：“绿蚁新醅酒，红泥小火炉。晚来天欲雪，能饮一杯无?”暮色苍茫中，风雪将至，而家中有新酿的好酒和温暖的火炉，所以以诗代柬，邀约朋友来聚。其他如杜甫《缆船苦风，戏题四韵，奉简郑十三判官（泛）》：“楚岸朔风疾，天寒鸧鸹呼。涨沙霾草树，舞雪渡江湖。吹帽时时落，维舟日日孤。因声置驿外，为觅酒家垆。”诗题“缆船苦风”云云与“朔风疾”“涨沙”“舞雪”等意象相呼应，足证诗中景象乃为写实。又宋陈藻《书怀奉简张谦父》：“浮家官道傍，日夕逢佳客……邂后出新醅，殷勤如旧识。烧笋美鲜尝，买羊甘贵直。畦蔬绕舍生，园果亦堪摘。”黄庭坚《奉答李和甫代简二绝句》其一：“山色江声相与清，卷帘待得月华

① 参见周绍良：《再谈曹雪芹的卒年》，周绍良：《红楼梦研究论集》，山西人民出版社1983年版。

生。可怜一曲并船笛，说尽故人离别情。”[①]诸诗所写，显然都是眼前景、身边事、心中情。可知代简之诗非同一般诗作，其本质既是书信，则其内容宜当确切无误，其事其景必定写实，若是邀请函，则邀约的时间地点更不容有误。自唐至清，以诗代简（柬）的例子甚多，兹不一一列举。由此反观敦敏之诗，时间（上巳前三日）、地点（小院，即槐园）等信息十分明确，“东风”“杏雨”“落花辰”自然也是当下发生的实景实况了。如曰诗意不能认真，则必然陷入不可知状态，不仅此诗写作年份无法落实，且任何一年的二月都将成为可能。而事实上，此诗写作的年月只能有一个。

职是之故，《小诗代简》写于庚辰年的可能性，要远远大于癸未年、壬午年以及其他相近年份。

当然，如果仅用排除法推断其写作年份，那就还会出现戊寅年（1758）等更多可能。这不仅有目标泛化之嫌，而且势必陷入新的混沌迷乱状态。所以有必要佐之以更可靠的方法。所幸的是，已有学者从敦敏《懋斋诗钞》的抄本样貌入手，推断《小诗代简》的写作年代应在庚辰年：《小诗代简》与前面三首诗《古刹小憩》《过贻谋东轩同敬亭题壁分得轩字》《典裘》抄在同一张纸上，中间没有剪接的痕迹，从《过贻谋东轩》诗意看，它当写于庚辰年，辅之以敦敏敦诚相关事迹，可以证实这一观点；《古刹小憩》题下挖改的“癸未”二字和首页《东皋集序》上贴改的“癸未”二字笔迹相同，后者未贴改前原是“庚辰”二字[②]。研究还证实，《懋斋诗钞》的另一个抄本哈佛燕京图书馆藏本，敦敏所作《东皋集序》中，原抄本上的“庚辰夏”三字被人贴改成“癸未夏”，《古刹小憩》题下的“庚辰”二字被后人挖改为“癸未”二字[③]。哈佛藏本与国图藏本彼此

① 分见[唐]白居易：《白氏长庆集》白氏文集卷第十七，四部丛刊景日本翻宋大字本；[唐]杜甫《杜工部集》卷十八，续古逸丛书景宋本配毛氏汲古阁本；[宋]陈藻《乐轩集》卷三，清文渊阁四库全书本；[宋]黄庭坚《山谷外集》卷七，清文渊阁四库全书本。

② 参见陈毓罴：《曹雪芹卒年问题再商榷》，1962年6月10日《光明日报》；《曹雪芹卒于癸未除夕新证质疑》，《新建设》1964年3月号。

③ 参见赵冈：《〈懋斋诗钞〉的流传》，赵冈、陈钟毅：《红楼梦新探》，文化艺术出版社1991年版，第301—310页。

呼应，可证庚辰说之不谬。

在敦敏发出邀约之后，曹雪芹曾否赴约以及何时赴约，迄今尚未见到有关史料可资说明。换言之，敦敏的邀约并没有得到曹雪芹的回应。其原因不外有以下两种可能：（1）收到而未能赴约：或因收到《小诗代简》时已太迟、延误了赴约时机，或正在病中，或忙于他事，曹雪芹未能赴约，后也未曾留下回应的文字。（2）未收到而无法赴约：或许此诗因故未曾送达，曹雪芹没有收悉而未能赴约；或许曹雪芹此前已不在人世而无法赴约。敦敏和曹雪芹一在城内，一在西郊，彼时交通不便，信息不通畅，因此，他们不能及时获悉对方讯息因而不能作出常规性的反应，是很自然的事。庚辰年秋月的一天，敦敏去到明琳的养石轩，隔院听到高谈的声音，疑是曹雪芹，急就相访，果然是，惊喜交加，于是欢饮赋诗曰：“秦淮旧梦人犹在，燕市悲歌酒亦醺。忽漫相逢频把袂，年来聚散感浮云。”（《过明琳养石轩》）①敦敏诗题说与曹雪芹“别来已一载余矣”——曹雪芹和敦敏的确有一年多没见面了！可见他们较长时间不能见面、不知对方音讯的情形，时会发生。而这，恰恰能为此诗写于庚辰年春提供有力的佐证。

本文意不在考证曹雪芹的卒年，然对敦敏《小诗代简》诗意的讨论，自然涉及有关卒年的看法；而讨论的结果，却又足可说明这首诗与曹雪芹的卒年杳不相涉。以《小诗代简》为曹雪芹卒年癸未说的唯一根据，原有其先天的不足。其版本依据的不可靠既已为前贤所证明，而从《小诗代简》作于癸未二月推出曹雪芹只能卒于癸未除夕的思路，也仅是一种一厢情愿的推想，与实际情况恐难接榫。同理相衡，将此诗作为卒年壬午说的理据也是有一定问题的。《小诗代简》发出后没有得到回应，其原因如前所说有多种可能，然将“曹雪芹此时已逝”这一种可能当作唯一的可能和既定的事实，来佐证曹雪芹只能卒于壬午除夕，同样缺乏逻辑的关联度。笔者无意否定卒年壬午说，但同一首诗，既可用作卒年癸未说的重要证据，又可用以强化卒年壬午说，这反映出方法论本身存在缺陷。新材料的

①［清］爱新觉罗·敦敏：《懋斋诗抄》，上海古籍出版社1984年版，第38页。

缺乏，使得考证往往依赖于对已有的有限材料的解释上，不同立场的人对同一材料的解释大相径庭，乾嘉学派的实证作风与理性精神渐趋淡化，为我所用的意识渐趋强韧。这颇令人有无奈之感。

［原载《红楼梦学刊》2012年第4辑，原题为《敦敏“东风吹杏雨”诗意补说》］

曹雪芹“佚诗”辨伪的价值与方法论

曹雪芹“佚诗”真伪问题是20世纪70年代学术界的一桩公案。在文献学层面上，“佚诗”辨伪有重要意义。曹雪芹的两句残诗兼具文学和史学的双重价值，佐之以敦诚笔记、敦敏题诗等材料，审视相关文学术语的意涵、文体特征及其文学史流变情况，考察敦诚《琵琶行》传奇的体制与关目，可在多元层面上辨别曹雪芹“佚诗”的真伪。希冀本文的思考与判断能对“佚诗”公案作一了结，并藉此提升关于“佚诗”辨伪的方法及其价值的学理性认知。

一

清宗室子弟敦敏（1729—1796后）、敦诚（1734—1791）兄弟俩是清太祖努尔哈赤第12个儿子英亲王阿济格的五世孙，乾隆九年（1744）始就读于京城右翼宗学。曹雪芹曾在右翼宗学里当差数年，与小自己十多岁的敦敏敦诚相识，并有较深的交谊。敦诚曾记录下发生在乾隆二十七年（1762）的一件往事：

> 余昔为白香山《琵琶行》传奇一折，诸君题跋，不下数十家。曹雪芹诗末云：“白傅诗灵应喜甚，定教蛮素鬼排场。”亦新奇可诵。曹

平生为诗大类如此，竟坎坷以终。[①]

所引诗句，是曹雪芹除了半部《红楼梦》之外仅存的两句残诗。原诗是律是绝，今已无从稽考。20世纪70年代初期，含有残诗的一首七律以“曹雪芹佚诗”的名义流传于世，令学术界顿起风波，海内外一些著名学者都卷入了关于“佚诗”真伪问题的论争，后遂演变成20世纪中国文学研究史上一桩著名的学术公案。直到70年代末，事主公开说明此诗乃自己拟补之作，“佚诗”真伪方始真相大白。然论争并未就此消停，仍有坚持佚诗为真、不容辨伪者。此后20年间，学界曾就“佚诗”流传与辨伪过程作过程度不同的反思，而就公案始末作详细梳理并给予客观公允的析论，则是近年的事[②]。

检核相关材料可知，“佚诗”公案大致有这样几个特征：其一，拟补者便是始传者，先是刻意回避“佚诗”来历，后则遮遮掩掩、含糊其辞，不得已而吐真相[③]；其二，“佚诗”未经辨伪环节便以曹雪芹原作之名公开行世[④]；其三，有学者先是不问来历即作思想艺术的评析鉴定，认为“来历不能决定真伪”、此诗非曹雪芹不能写出，继而不容辨伪，末则以为自道拟补者乃“冒认者”[⑤]；其四，一些学者或质疑、或辨伪，坚持追究其

---

① [清] 爱新觉罗·敦诚：《四松堂集》卷五《鹪鹩庵笔麈》，上海古籍出版社1984年影印本，第409页。

② 苗怀明：《曹雪芹佚诗公案始末》，《明清小说研究》2009年第2期。

③ 周汝昌：《曹雪芹的手笔“能”假托吗》，《教学与进修》，1979年第2期；周汝昌：《由楝亭诗谈到雪芹诗》，《内蒙古大学学报》1980年Z1期；文教资料简报：《曹雪芹佚诗真伪问题真相大白》，南京师范学院《文教资料简报》1980年第8期。

④ 参见吴恩裕《曹雪芹题琵琶行传奇一折之全诗》一文对外传经过的说明，吴恩裕：《曹雪芹佚著浅探》，天津人民出版社1979年版，第332—334页。

⑤ 吴世昌、徐恭时：《新发现的曹雪芹佚诗》，南京师范学院《文教资料简报》，1974年8、9月号增刊，《哈尔滨师范学院学报》转载，1975年第1期；吴世昌：《曹雪芹佚诗的来源与真伪》，《徐州师范学院学报》，1978年第4期；《论曹雪芹佚诗——辟辨“伪”谬论》，香港《七十年代》1979年9月号；《论曹雪芹佚诗之被冒认——再斥辨伪谬论》，香港《广角镜》1980年3月号；《再论曹雪芹佚诗质梅节》，香港《广角镜》1981年2月号。

来历[①]，或专文阐述查考来历的重要性[②]；其五，亦有学者以“佚诗”构词有其当代痕迹、敦敏题诗与“佚诗”描写内容有差异为据，判定“佚诗”为伪[③]；其六，若干年之后，更有学者以“一时孟浪之举”释“佚诗”拟补者的外传行为，并转出称道拟补者诗才之高的意思[④]。尽管公案始末错综复杂，然学术命题只有两个：1.作伪；2.辨伪。

本来，古籍文献之伪作，有有意为之，有无意为之。举凡不知作者而误题妄题、不辨注释而误入正文、不明续补而误为原作、编书过程误辑他人之作等，均属无意作伪；而若出于托古自重、谋私争胜、邀赏射利、嫁祸诽谤、好事焙名、逃禁避嫌等诸般动机之一，均为有意作伪。“佚诗”的拟补者曾追叙其拟补动机为试自己才力，然却将此诗当作曹诗，先以投稿方式公之于世，继而公然录存在正式出版的学术著作中，作为附录资料置于敦敏敦诚诗作之间[⑤]；数年后解释其假称雪芹原诗的目的乃为考验某专家识力、因对方不肯录示佚著及二序而以戏补诗为交换条件[⑥]；后亦曾向人文社古编室同仁自述，当时向该专家出示戏作并宣称是曹雪芹原作，乃出于“有意作弄”[⑦]，盖因向对方索借资料而每每遭拒，“故以此作为报复”耳[⑧]。无论出于何种动机，均非无意作伪：技痒戏拟故意示人无异好事，混假于真公开出版不为误辑，以假作真换取资料是为争胜，有意作弄

① 陈方（陈迩冬、舒芜）：《曹雪芹佚诗辨伪》，《南京师范学院学报》，1977年第4期；宛平人（张友鸾）：《红楼梦专家大争辩——曹雪芹佚诗疑案》，1979年3月31日香港《文汇报》。

② 郭豫适：《考证与真假问题——谈曹雪芹“佚诗”的考辨》，始作于1979年，后收入郭豫适《论红楼梦及其研究》，上海古籍出版社1992年版，第388—395页。

③ 梅节：《曹雪芹“佚诗”的真伪问题》，香港《七十年代》月刊1979年6月号；梅节：《关于曹雪芹“佚诗”真相——兼答吴世昌先生的〈论曹雪芹佚诗，辟辨伪谬论〉》，香港《广角镜》1979年11月号。

④ 梁归智：《红学泰斗周汝昌传》，漓江出版社2006年版，第288页。

⑤ 周汝昌：《红楼梦新证》（增订本），人民文学出版社1976年版，第750页。

⑥ 周汝昌：《两律异闻》，周汝昌：《红楼无限情——周汝昌自传》，北京十月文艺出版社2005年版，第290页。

⑦ 林东海：《躲进红楼——记吴恩裕先生》，林东海：《师友风谊》，人民文学出版社2007年版，第170页。

⑧ 林东海：《红楼解味——记周汝昌先生》，林东海：《师友风谊》，人民文学出版社2007年版，第301页。

实施报复几近嫁祸，其间亦难免射利、谋私、焙名、自重之嫌。职是之故，“佚诗”有意作伪的性质不难判定。

再说辨伪。辨伪乃是中国传统学术研究的基础研究方法，是古典文献学的重要一科。古籍文献名称、作者、著述年代及其内容的真伪，直接关涉研究对象自身价值的确定。就古典文学文献学而言，厘清文学家的相关文献信息，鉴别考辨其真伪，是研究评价文学家创作思想及成就的重要前提。这也正是文学研究中辨伪的学术价值所在。自有红学以来，有关曹雪芹的文献资料少之又少，一有关乎曹雪芹的文物文献出现，即刻便成为学术界高度关注的对象。敦诚所记的两句诗跋既是曹雪芹的“作品”，无疑又是研究敦诚剧作和曹雪芹思想的“文献”，同时具有其美学价值和文献学价值。以曹雪芹名义行世的诗作，当它为“真”时，则自然亦成为研究曹雪芹和敦诚的重要文献，这原是不言自明的事。因此，“佚诗”初传时成为学界和社会关注的兴奋点，本不难理解；而诸多学者发出的质疑声音，恰出于一种严肃的研究态度和审慎的学术品质。

古籍文献的辨伪，有其既定的原则和途径。宋朱熹治经而疑经，反对“臆度悬断”的思维方式，而将“以其义理之所当否而知之”“以其左验之异同而质之”作为辨伪两途[①]，是从内容和证据两个层面确立辨伪依据。明胡应麟提出辨伪八法，强调查核文献的渊源、流绪、时人之称、后世之述、文体、史事、撰者、传者，以此诸端作为检核文献真伪的标准。梁启超据其治史经验归纳出史料鉴别十二法，其第一至第三分别为：“其书前代从未著录，或绝无人征引而忽然出现者，十有九皆伪”；“其书虽前代有著录，然久经散佚，乃忽有一异本突出，篇数及内容与旧本完全不同者，十有九皆伪”；“其书不问有无旧本，但今本来历不明者，即不可轻信”[②]。梁启超所言的查核古籍文献曾否被征引著录、考辨其来历，与胡应麟强调的考核渊源流绪、撰者传者，乃出于同一意脉。前贤诸法虽就古籍辨伪而立，然亦适用于文献学层面的“佚诗”辨伪。藉此可知，面对忽然出现的

① [宋]朱熹：《朱子全书》卷二十六，清康熙五十三年武英殿刻本。

② [近代] 梁启超：《中国历史研究法》，重庆中华书局1944年版，第85页。

完整"佚诗"，坚持考问来历、查核流传渠道，是辨伪的学术起点；因来历欠明而不肯轻信、撰文质疑，是正确的研究态度。始传者不言来历，初读者不容辨伪，后评者巧言回护，均与传统学术研究的原则和方法大相悖逆，其研究的逻辑起点一开始便发生了错谬。

即今思之，"佚诗"辨伪在方法论上仍有令人困惑之处。信者不问来历，乃以其思想性艺术性高度统一、全诗八句浑成圆融为由，直接判断"佚诗"为真；疑者追究来历，认为思想、艺术、韵律、技巧等未尝不能作为辨伪的根据，但不能扩大其作用。客观来看，追索文献来历为求外证，探讨文本内容为求内证，两种做法均有其合理因素。传统辨伪学强调的是外证内证并举，且重视旁证的作用。朱熹辨伪两途，一重文献题旨，一重材料佐证。胡应麟强调考核文体、史事，兼及文献内证与旁证。梁启超十二法之第八至十二法，亦针对文献所载与史事是否相符、两书同载一事是否矛盾、文体是否符合其时代特征、书中所言时代状态与情理是否接近、书中所表现的思想与其时代是否衔接等内证层面而设。胡适以为审定史料是史学家必下的功夫，他在《中国哲学史大纲》中从五个方面提出审定史料真伪的证据，认为在史事、文字、文体、思想等内证而外，须有旁证。以是观之，来历追索与内容探析均应有助于"佚诗"真伪的确定；在不明来历的情况下，探寻诗作内容的合理与否是必要的。然而，"佚诗"公案中，内容的探讨却显示了它的特殊性。作为"佚诗"公案重要组成部分的"吴梅论战"，正是从"佚诗"内容出发展开交锋的，其思路无非都是寻求文本内证，然一则证伪，一则证真。对象为一，方法趋同，结论截然相反，其间缘由值得反思。"吴梅论战"三个回合以后，由学术争辩滑向个人攻讦，最后证伪一方以沉默面对论争对手的情绪宣泄，论战就此落幕。

二

当诗歌以文献方式呈现时，诗作所涉史事曾否发生、又以何种方式发生，自然成为研究的重要目标。反观“吴梅论战”，其焦点问题有以下几个层面。(1)“佚诗”文本的解读：“佚诗”中“慨当慷”之用是古已有之还是当代语汇？前六句与末两句是统一浑成、天衣无缝，还是阴阳相冲、屋上架屋？敦敏《琵琶行》传奇是演出还是脚本？(2)敦敏题诗的释义：“散场”的意思是“散套”“散乐”还是“收摊”“结束”？“乐章”是“谱了新声”还是“按谱填字”？(3)相关史事的理解：敦诚家中有无戏班？他是否可能请戏班来家演出《琵琶行》传奇？其中第1项实为内证层面，第2和第3项均属旁证层面，论争的主体对象是“佚诗”，其目标则指向敦诚《琵琶行》传奇的存在方式，究竟是仅提供书面阅读，还是业已付诸实地演出。在这一层面上，敦诚笔记、雪芹诗跋、敦敏题诗均成为重要的文献资料。

为便于说明问题，兹引相关材料如下。一是所谓“佚诗”：

> 唾壶崩剥慨当慷，月荻江枫满画堂。红粉真堪传栩栩，渌尊那靳感茫茫。西轩鼓板心犹壮，北浦琵琶韵未荒。白傅诗灵应喜甚，定教蛮素鬼排场。

二是敦敏《题敬亭〈琵琶行〉填词二首》：

> 西园歌舞久荒凉，小部梨园作散场。漫谱新声谁识得？商音别调断人肠。
>
> 红牙翠管写离愁，商妇琵琶溢浦秋。读罢乐章频怅怅，青衫不独湿江州。①

论战双方均以诗作文本为内证，原本无可厚非。诗之所以能证史，正是因为诗内含有史的元素；探讨史事发生的方式和样貌，诗的内容自然应成为研究的依据。关键是寻取内证的角度是否科学合理。在这一层面上，对诗

① [清]爱新觉罗·敦敏：《懋斋诗钞》，上海古籍出版社1984年影印本，第80页。

作的艺术分析未尝不可进行，但从其用词、艺术、韵律、技巧方面来判断一首诗是古人原作还是今人伪作，是比较困难的事。一是，当诗作明显使用当代语汇时较易辨伪，然今人既是有意拟补，自然存了拟古的用心，会处处回避时代印痕。就"佚诗"而言，如云"慨当慷"在古代诗词中比较少见，尚属谨慎；若言"天翻地覆慨而慷"首开其端，则未免绝对。二是，以诗作艺术水平的优劣高下作为判断真伪的依据有一定风险，圆融贴切者未必是真，反之未必为假，尤其在原作者未留下更多诗作的情况下，因为缺乏参照，更难从某一首诗的韵律技巧直接作出真伪判断。三是，对诗作思想艺术高下的评判，会因评判者的立场识见、知识储备与价值判断标准的差异而有其弹性空间，所谓见仁见智。若各执己见，必不能达成一致。细读"佚诗"，其前六句与末两句的确不协调：前者描写红粉演戏、诸君观戏的场面，后者想象乐天诗灵令蛮素鬼魂排演的情景；前者实写，后者虚拟；前者喧闹纷乱，后者轻灵幽冷①。然从逻辑上说，某一诗作前后句的不协调，亦有可能缘于作者的水平，而未必出于不同作者之手。以此为据辨伪，是风险所在，也是歧见所在。当然，这并不意味着诗歌内容不能作为内证看待。问题是，诗歌内证应从原诗求取，而不是从尚不能确定其真伪的后出文字求取。曹雪芹原诗"白傅诗灵应喜甚，定教蛮素鬼排场"之句，其意涵十分明确：白太傅的诗灵（若读到你写的传奇）应当非常喜欢，一定会令蛮素的鬼魂登台演出。显而易见，残诗明白无误地传达给读者一个信息：敦诚的传奇只写出了脚本，并未付诸实地演出。此其一。

其二，敦诚在《鹪鹩庵笔麈》中记录的文字，为这一理解提供了两个确凿的旁证。一是，敦诚自云"为白香山《琵琶行》传奇"，其"为"之一字，足以说明敦诚是"创作"《琵琶行》传奇，而不是自己登台"表演"《琵琶行》传奇。二是，敦诚明言"诸君题跋，不下数十家"，雪芹诗跋乃

① 梅文而外，尚有他人作过文本辨析，参见思藻（陈诏）：《曹雪芹佚诗辨伪》，《红楼梦研究集刊》第13辑，上海古籍出版社1986年版；林东海：《红楼解味——记周汝昌先生》，林东海：《师友风谊》，人民文学出版社2007年版，第300页。

是其中一种。从诗跋的文体功用看，雪芹原作既要遵循“诗”的形式和格律，又应符合“题跋”这一文体的质的规定性。所谓“题跋”，乃古代文体之一类，常用于对他人的诗文书籍、字画碑帖等进行考订记事或品评鉴赏等。明代徐师曾云：“题跋者，简编之后语也。凡经传子史诗文图书（字也）之类，前有序引，后有后序，可谓尽矣。其后览者，或因人之请求，或因感而有得，则复撰词以缀于末简，而总谓之题跋。”[①]可知题跋一般写于作品完成或书籍刊行之后，他人读览，或应请求、或发心得，而题写跋语缀后。题跋如系考订金石书画典籍的真伪，其学术意味会比较突出；如系品赏诗文书画、叙写人物情事等，则以称赏艺术、抒发情性为主，当更多文学色彩。明胡曾序《四溟诗话》曰：“若赵王为之刻集，藩邸诸君颇多题跋。然文之所传者少。”[②]清昭梿《啸亭杂录·钱辛楣之博》云：“在上书房时，质庄王尝获元代蒙古碑版，体制异于今书，人皆不识，因询章嘉国师，倩其翻译汉文。因命吾题跋端末。”[③]藉此可知，敦诚所言“诸君题跋”，当指敦诚完成《琵琶行》传奇文本后，诸君读览之余，或因敦诚之请求，或因感怀而有得，为传奇脚本题写跋语，其用意在于称赏敦诚传奇创作艺术之妙，而非观看传奇演出之后赋诗赞赏某戏班表演技艺之高。曹雪芹的两句残诗，正是从题材来源的角度称赏敦诚的传奇创作的，故而不应有描绘演出场景的内容。如有，则产生情理悖谬。所以，“佚诗”以激越酣畅的前六句与清新玄妙的末两句衔接，不惟情绪抵牾、场景冲突、笔法违拗，其致命弱点是：它完全背离“题跋”这一文体对诗跋内容的质的规定性。确定这一视点，有助于超越诗作技巧高下的层次判别其真伪。

其三，敦敏乃题跋诸君之一，他的两首诗作可以在更多层面上为辨伪提供旁证。敦敏诗题即云“题敬亭《琵琶行》填词”，诗之“题跋”性质

① [明]徐师曾：《题跋》，[明]吴讷、徐师曾：《文章辨体序说 文体明辨序说》，人民文学出版社1962年版，第136页。

② [明]谢榛：《四溟诗话·序》，人民文学出版社1961年版。

③ [清]昭梿：《啸亭杂录》，中华书局1980年版，第222页。

无可置疑，其形式与功用当然也限于为传奇脚本题写跋语。题诗之二又明确说“读罢乐章”，是“读”脚本而不是“观”演出，其信息亦相当明确。在这里，“乐章”与“填词”是导致对《琵琶行》存在方式的理解产生分歧的两个关键词，然这两个词的意涵其实并不难解读。“乐章”在今天固然作音乐名词用，如交响曲、奏鸣曲等大型套曲中可以单独演奏的各有机组成部分，然在古代，却用以指配乐的诗词，后亦泛指能入乐的诗词。明谢榛云：“迨苏李五言一出，诗体变矣，无复为汉初乐章，以继《风雅》，惜哉！”[①]此处“乐章”谓汉乐府诗。宋元之时，词、散曲、剧曲因配乐故，亦称乐府，其词章、曲辞即可称为“乐章”。清郭麐《灵芬馆词话》卷2：“刘后村跋黄雪舟长短句云：‘十年前曾评君乐章，耄矣复观新腔一卷。’”[②]显然，此处“乐章”指词（长短句），“新腔”乃谓宋人黄孝迈（雪舟）新填的词作，并非指他新写了乐谱或新创了声腔。由宋元至明清，词已由最初的配乐演唱，渐变为依调填词，词与乐彼此疏离，词牌渐成为作词的定式。清丁绍仪《听秋声馆词话》卷12：“孙文靖（尔准）论词绝句云：‘作者谁能按谱填，乐章琴趣调三千。谁知万首连成璧，眼底无人识畹仙。’”[③]绝句为王一元（畹仙）词而作。王一元为康熙四十二年（1703）进士，善作词，所作数万首。显然此处“乐章”还是指词，且明言清时作者之填词，离词谱已相距很远。又元明清三朝，因杂剧传奇亦须按宫调、曲牌创作唱词，故创作杂剧传奇亦称“填词”。清李渔云：“前人呼制曲为‘填词’。填者，布也，犹棋枰之中，画有定格，见一格布一子，止有黑白之分，从无出入之弊。”他以为王实甫和高则诚两大剧作家，“舍填词一无表见”[④]。以是知“填词”即是“制曲”，是填写剧词而非制作乐谱，因乐谱受制于宫调和曲牌、先于填词而存在故。同理相衡，敦诚创作《琵琶行》传奇，自然也仅是填写曲词，因为他可以依照宫调曲牌之有关

① [明]谢榛：《四溟诗话》卷1，人民文学出版社1961年版，第1页。

② 唐圭璋编：《词话丛编》第2册，中华书局1986年版，第1537页。

③ 唐圭璋编：《词话丛编》第3册，中华书局1986年版，第2720页。

④ [清]李渔：《闲情偶寄·词曲部》，作家出版社1996年版，第9、1页。

曲词长短、平仄、韵脚的既定规则来填词，而无须另外制作乐谱或自创声腔。敦敏诗跋其一所谓“谱新声”，等于说“填新词”，而不是另创曲谱、另改声腔。其“商音别调”当指乐曲七调之一的“商调”，因商调音声凄怆哀怨，适宜抒发“天涯沦落”之悲慨故；敦诚按“商调”格律填作曲辞，文字本身亦可谓之“商音别调”，而不必等弹奏演唱出来才有“断人肠”之效果。所谓敦诚率意写的乐谱别人看不懂云云[①]，与清时“制曲”（也即创作传奇）的基本规则和实际情况有一定距离。若从文体特征及相关术语的文学史流变过程来审视“填词”与“乐章”的概念所指，有利于从旁证层面判断“佚诗”内容的真伪。

导致分歧的另一个关键词是“散场”。“散场”原指说唱、讲史、戏曲演出等活动结束，演员下场，观众散开离去。宋元时期说话、说唱伎艺，开场时用一段诗词或一个小故事作“头回”，用于镇场；行将结束时有散场诗，用于点醒题旨，或直接用“权作散场”表明说话结束。戏曲也用“散场”表示演出结束。元明戏剧脚本往往在结束时标上“（散场）”字样表示完结，如关汉卿《闺怨佳人拜月亭》、狄君厚《晋文公火烧介子推》、杨梓《承明殿霍光鬼谏》等剧，最后一支收尾的曲子之后明标“散场”二字。除用作戏曲曲艺的术语外，“散场”还引申为事情的结束、人物的结局、命运的终结等。宋刘克庄词：“半世惯歧路，不怕唱阳关。朝来印绶解去，今夕枕初安。莫是散场优孟，又似下棚傀儡，脱了戏衫还。”[②]此处将官场比作戏场，将官员的解印卸职比作优伶的散场下棚，比喻形象，语兼双关。明冯梦龙传奇《精忠旗》第33折之煞尾曲云：“这番严旨非吾想，叹当朝天子也炎凉。始信荣华有散场。”[③]此“散场”意为“结束”“终结”。又《拍案惊奇》卷22：“虽然如此，然那等熏天吓地富贵人，除非是遇了朝廷诛戮，或是生下子孙不肖，方是败落散场。”[④]此“散

① 吴世昌：《论曹雪芹佚诗——辟辨“伪”谬论》，香港《七十年代》1979年9月号。

② [宋]刘克庄：《水调歌头·八月上浣解印别同官席上赋》，[宋]刘克庄：《后村集》卷187，四部丛刊景旧钞本。

③ 王季思主编：《中国十大古典悲剧集》（上），上海文艺出版社1982年版，第324页。

④ [明]凌濛初著，石昌渝校点：《拍案惊奇》，江苏古籍出版社1990年版，第386页。

场”犹言“下场”“结局”。《二刻拍案惊奇》卷33：“元来他这妻子姓苏……见过的客，他就评论道：‘某人是好，某人是歹，某人该兴头，某人该落泊，某人有结果，某人没散场。’”[①]此“散场”显然义同“结果”。《红楼梦》第二十五回癞僧所念“冤债偿清好散场”之“散场”，自然也是“终结”“结束”之意。以此反观敦敏诗“西园歌舞久荒凉，小部梨园作散场”之句，以“作散场”对应“久荒凉”，显然是说西园往日的歌舞繁华荒凉已久、不复重现，小班梨园演戏之事早已终结。所以读罢敦诚的传奇脚本，敦敏才会惆怅频仍、泪湿青衫。结合其本义和引申义来看，“散场”一词用在此处，有语意双关之妙。所谓“下句说现在有一个小班来演奏新编的散出（折子戏）”，“敦敏诗的‘作散场’，不是说演完了‘散会’，乃是说正在演一个或几个散出”[②]的说法，乃有明显的错谬。“散场”一词，清及以前文献中未闻有作“散出”解；两词中“散”字读音也不同：“散出”之“散”（sǎn）为上声，“散场”之“散”（sàn）为去声。如无书证而解“散场”为“散出”“折子戏”，无乃太过随意。

三

胡应麟辨伪八法之第五、第六条，分别为“核之文以观其体”“核之事以观其时”[③]。敦诚笔记明言曹诗文体为题跋，敦敏题诗则提供有力佐证，检核以文学术语的内涵及其演变，可证出“佚诗”内容之伪。现不妨以《琵琶行》题材在古代戏曲中的改编及演出情况，来推考敦诚的《琵琶行》传奇付诸实地演出的可能性究竟有多大，令今人在核文观体之上，再建一核事观时的视角。

① [明]凌濛初著，石昌渝校点：《拍案惊奇》，江苏古籍出版社1990年版，第632页。

② 吴世昌：《论曹雪芹佚诗——辟辨“伪”谬论》，香港《七十年代》1979年9月号。该文第9个注视云：“散套是散曲之一种，故亦可称为散曲。它可以独立，也可以构成杂剧或传奇的一部分。‘散’是对比整本剧曲而言。‘作散场’可以是演新编的散套，也可以是演奏前人名剧（如《牡丹亭》）的某一出（如《游园惊梦》），即折子戏，亦称散出。”然散场非散套，散套非散出（齣），本是常识，无须辨证。

③ [明]胡应麟：《少室山房笔丛》丁部《四部正伪》下，明万历刻本。

以白居易《琵琶行》诗之本事敷衍而为戏曲并有脚本留传的，元有马致远杂剧《江州司马青衫泪》，明有顾大典传奇《青衫记》，清有蒋士铨杂剧《四弦秋》、赵式曾杂剧《琵琶行》。《青衫泪》为旦本戏，一本四折一楔子，演绎白乐天与名妓裴兴奴的离合悲欢，矛盾冲突在士、妓、商之间展开。元剧从关汉卿《救风尘》始，多有演绎士妓商三角连环关系，《云窗梦》《百花亭》等剧亦类，以致形成“士妓相恋—商人介入—妓为商妇—士妓重合”的结构模式。元剧宋引章之主动嫁周舍、裴兴奴之肯嫁茶商，反映出元时社会结构的微妙变化与士商地位的此消彼长。借士妓之恋以调节因士子地位骤降而致的内心失衡，渐成为书会才人的集体无意识。《青衫泪》叙白居易遭贬，非政治原因而是做诗文、尚浮华，固然缘于元朝不重文治的时代拘囿，却在更大程度上令这一形象成为普通士子的代表；作品以士对商的胜利告终，亦是元剧士妓商三角冲突的经典结局。因为是旦本戏，裴兴奴重情轻钱，先交好乐天、后成就夫妇，品貌心志与蛮素比肩，末由皇帝出面御封夫人，令剧情有较鲜明的世俗化、喜剧化色彩。情节的这种跌宕起伏，与士妓商三角结构的行进收束融为一体，令该剧成为优秀的场上之曲。《青衫记》以生旦为主，计30出，基本沿袭了《青衫泪》中士妓商三角关系的套路，且加入了小蛮、樊素与裴兴奴之间的感情纠葛，又增设谏臣见逐、战乱骤起等社会政治背景。较之《青衫泪》，《青衫记》篇幅大大增加，蛮素有不妒的妇德，兴奴无寻嫁的自由，乐天以谏遭贬在前，茶客因醉溺亡在后，虽无皇帝断案的热闹，却有偶然巧合的俗套，士商矛盾由此自然消解，理学题旨也得到加强。作者顾大典乃吴江派作家，与该派大多成员一样，他妙解音律，熟悉排场，蓄有家乐且亲教之，《青衫记》是典型的场上之曲，不仅顾氏家班演出过，明清两代梨园子弟多有歌之。《四弦秋》一本四出，写长安名妓花退红嫁九江茶商吴名世，后者重利轻情浮梁买茶去而不返，白居易遭贬后于浔阳江头夜闻琵琶声，共叹天涯沦落。该剧基本依循《琵琶行》原诗构思结撰故事，出离了风流文人狎妓的庸俗趣味。清梁廷枏《曲话》云：“《四弦秋》因《青衫记》之陋，特创新编，顺次成章，不加渲染，而情词凄切，言足感人，几令读者尽如江州司马之泪湿青衫也。"[①]正因不袭士商妓婚恋纠葛的俗套，故有人物关系松散、情节彼此疏离的缺陷。与《青衫泪》《青衫记》相较，《四弦秋》并非经典的场上之曲，而更趋于案头化。清中期另一剧作家赵式曾作有杂剧《琵琶行》四折，其情节与前三作均异，写乐天谪居浔阳，得江神怜惜而令与商妇相见，将浔阳官吏比作狐兔之辈，借以抨击世态炎凉、人情冷暖。与《四弦秋》相仿，赵式曾《琵琶行》杂剧以抒发自我的人生感慨为创作目的，堆砌辞藻，情节平淡，缺乏戏剧性、舞台性，亦不适合场上演出，而更适合文人之间习唱赏玩。

杂剧由元而明，已有案头化倾向，很多杂剧作家如徐渭等喜作一折或两折的短剧，结构体制的简化势必带来戏剧冲突的弱化，故短剧多不适宜场上演出。清初传奇亦如杂剧，其创作的共同趋势是偏于文本审美的文学性而略于舞台演出的伎艺性，曲家往往以诗人的视角和思维写作，将剧作当成抒发自我意绪的载体。这在提升剧作美学层次的同时，淡化了它"剧场性"这一本质功能。作为文学的一种体式，戏剧本该既适宜场上演出，也适宜案头阅读。元明清三朝，无论杂剧还是传奇，如《西厢记》《牡丹亭》《长生殿》《桃花扇》这样的杰作，总是场上案头两擅其美的。然并非每种剧作皆能达到这样的境界。倘若作者着意于戏剧的诗化、雅化，则场上剧的意识将更趋于淡薄。清初剧作家吴伟业、丁耀亢等人剧作大抵如是。蒋士铨（1725—1785）乃是与袁枚、赵翼齐名的乾隆三大家之一，明清戏曲创作的最后一位大家，平生以其文采风流结交天下名士，然不乐以文人自见，而以循吏自期，所负的诗文盛名反而拘囿了他循吏理想的实践，又因耿介个性而致宦途顿挫，曾两度辞官黯然南归，以落寞终局。其《藏园九种曲》多作于乾隆二十九年辞官南下后至三十七年（1764—1772）之间，《四弦秋》即栖居扬州盐商江春秋声馆时所作。江春对《青衫记》之写乐天宿娼、蛮素不妒等情节不满，以为游离《琵琶行》诗意且扭曲乐天形象，命意遣词庸劣可鄙，遂请蒋士铨别撰佳作。蒋心余五日写成《四弦秋》，意亦在借他人之酒杯浇心中之块垒，虽设计"茶别""改官""秋

① [清]梁廷枏：《曲话》卷三，上海有正书局1916年版，第14页。

梦”“送客”四出，然前三出乃由琵琶女花退红和白居易交替上场，第四出以“浔阳江头夜送客，枫叶荻花秋瑟瑟”原诗入曲，两人方始相遇，既非旧识，也无情爱，因为戏剧的冲突安排和关目设计原非创作的既定目标，琵琶女的琵琶声在白居易心中所唤起的“同一样天涯愁惫”“教那普天下不得意的人儿泪同洒”的感慨，方是作者抒情的主体内容。由此可知，该剧突出的是读书人怀才不遇、泪湿青衫的本旨。梁廷枏《曲话》云：“蒋心余太史九种曲，吐属清婉，自是诗人本色，不以矜才使气为能。”[①]谓其剧作是“诗人本色”，则其剧作的诗意化、抒情化倾向，当在较大程度上盖过了戏剧应有的故事化、情节化特质。

清初尤侗曾题曹寅杂剧《北红拂记》云：“案头之书，场上之曲，二者各有所长；而南北因之异调……荔轩游越五日，倚舟脱稿，归授家伶演之，予从曲宴，得寓目焉。既复示余此本，则案头之书，场上之曲，两臻其妙。”[②]这意思很明显，是说曹寅剧作既适宜场上演出，又适合案头阅读，场上案头两擅其美；而不是说尤侗仅凭观看演出是听不懂唱词的，哪怕他也是内行却仍然要通过读脚本来帮助理解[③]。尤侗的称扬固然难免拔高曹寅剧作艺术成就之嫌，但他并不是称扬曹寅既会填曲词又会写曲谱，却是显而易见的事实。

敦诚以白居易《琵琶行》诗意为题材创作剧本，今人未睹其文本样貌，情节如何设计本不得而知。不过，敦诚声称只写了“一折”，无论敦诚所作《琵琶行》是“传奇”还是杂剧[④]，总之他只写了个“一折”的短剧——以前述四种同题材剧作为参照可知，倘若要以一折的结构和篇幅，来营构一个故事曲折、情节集中、冲突明显的场上剧作，几乎是不可能的

① [清]梁廷枏：《曲话》卷三，上海有正书局1916年版，第13页。

② [清]尤侗：《艮斋倦稿诗集 文集》，清康熙三十年刻本。

③ 原文为：“尤侗和曹寅都是剧作家，曹寅请尤侗喝酒听戏时还得同时请他读脚本，否则连内行也听不懂，不能‘两臻其妙’。”参见吴世昌：《论曹雪芹佚诗——辟辨“伪”谬论》，香港《七十年代》1979年9月号。

④ 作为戏曲情节单元的名称，“折”用于杂剧，“出（齣）”用于传奇。清时传奇亦用“折”表示结构单元。

事。换言之，以一折之短剧，无论是演绎士妓商婚恋纠葛，还是单纯讲述天涯沦落者的命运，要将琵琶女和江州司马之间的故事演绎为扣人心弦的戏剧化情节关目的可能性，是不存在的。所以敦诚之作，当更青睐于意境的营造，借助特定的情境抒发"同是天涯沦落人，相逢何必曾相识"的人生感慨。果如此，则敦诚的《琵琶行》传奇，其性质更接近于仅提供给好友书面阅读的"案头剧"，其文学欣赏的目的会比较明显，而舞台演出的功能必定大大弱化。梁启超辨伪法第十条云："各时代之文体，盖有天然界画，多读书者自能知之。"[①]古代戏曲体制有诸多流变，清时案头化趋势较为明显，敦诚之作虽不至归于"天然界画"之列，亦有相关案底可助比勘。"佚诗"所写红粉渌尊同感、琵琶鼓板齐鸣的热闹场景，不过是忽略了敦诚剧作体制关目特征之后一厢情愿的想象罢了。

既然敦诚剧作是案头之书而非场上之曲，则有无戏班演出似成无谓之争。敦诚的祖父辈确曾养过家班，但这支日渐破落的宗室后裔，到了敦诚一代，家班早已不复存在；且祖母瓜尔佳氏在其祖父定庵公逝后"终身不闻乐"[②]，敦诚不至于瞒天过海，不顾忌祖母喜好，暗招戏班回家演戏宴客。相关史事甚明，此不赘言。

曹雪芹"佚诗"公案始发迄今已40载，对"佚诗"辨伪的方法及其价值的认识是否到位，从相关著述看并不明朗。清章学诚所谓辨章学术、考镜源流，意谓辨识学术使之彰显、考察源流使之明晰，其适用性早已超出目录学范畴，对举凡文史类的学术研究均有去伪存真的指归性意义。将传统辨伪学的诸种方法贯彻于曹雪芹"佚诗"的辨伪工作，正是本着这样一种去伪存真的原则，溯源考流、取法求真，力求复原文学史实的本真样貌。尽管曹雪芹残诗蕴涵的历史信息不过是文学史上一个特殊的"点"，要求证其发生的真实情状较难，但以前贤诸法作多方观照，这一特殊之

① [近代] 梁启超：《中国历史研究法》，重庆中华书局1944年版，第87页。

② [清] 爱新觉罗·敦诚：《先祖妣瓜尔佳氏太夫人行述》，[清]爱新觉罗·敦诚：《四松堂集》影印本，文学古籍刊行社1955年版，第233页。

“点”可以放大并呈现其多棱状貌。问题的关键在于今人能否拥有明晰的学理意识，自觉运行辨伪成法来考察辨析那些令人困惑的文献、文物乃至浮华的现象，从而获得超越事件本身价值的理性认知。即如“佚诗”公案，在其逶迤行进的过程中，辨伪者多从直观感觉出发，或激烈驳难、或冷面嘲讽，或斜刺出马、或单向挺掤，较少从辨伪学高度对公案作理论思考，致有偏颇孱弱之弊。纵观辨伪学史，从朱熹、胡应麟到梁启超、胡适，对文献文物的态度，无不强调来历与内容并重、内证和旁证兼举。在举文献内证以辨伪的层面上，胡适辨伪法简明适用，时间亦较为晚近，惜“佚诗”涉案诸君，彼时多以胡适为非，弃而不用。而今学理既明，红学史遗留的诸多悬案宜重新审视，如系伪作当适时清理。回思“佚诗”一案，作伪者潜水不语、以巧观拙，以陷吴始而以笑吴终，至多不过以“孟浪”饰非。在悬案迭起的当下，红学史料的辨伪工程尤有展开的必要。

［原载《文艺研究》2013年第4期］

《红楼梦》后40回非高鹗续写说

1921年，胡适为亚东版《红楼梦》写了一篇序文，题为《红楼梦考证》。胡适依据俞樾《小浮梅闲话》中所引张船山《赠高兰墅鹗同年》一诗之注“《红楼梦》八十回以后俱兰墅所补”云云，断定《红楼梦》的后40回为高鹗续作。此文一出，“高续”说便风行于世，几成定谳。

说高鹗是《红楼梦》后40回的续作者，是存在一些疑问的。早期读者以为张问陶之妹嫁给高鹗[①]，高鹗与张问陶又是同年，故而张问陶说高鹗是续作者，自然可信。然张问陶虽有妹嫁“汉军高氏”，但并无确凿证据说明这个“汉军高氏”就是高鹗。恰恰相反，有确切资料表明，张问陶妹夫高氏另有其人，决非高鹗。嘉庆二年（1797）冬，张问陶为父亲撰写的《朝议公行述》有云：“府君讳顾鉴……女二人：长适湖州太学生潘本侃；次适汉军高扬曾。”民国十三年刊本《遂宁张氏族谱》卷一载：“张顾鉴，字镜千……子三人：问安、问陶、问莱。女二人：长适浙江归安，江西南安府同知讳汝诚子；次适汉军高扬曾，四川石柱厅同知讳瑛子。”[②]张问陶四妹张筠嫁的是高扬曾而非高鹗，张问陶与高鹗并非郎舅关系：这自然大大降低了高续说的可信度。然姻亲关系之不存在，并不意味着高续之不可

① 清光绪年间震钧在其笔记《天咫偶闻》中说“张船山有妹嫁汉军高兰墅”，原有乱点鸳鸯谱之嫌；后之读者以讹传讹，推动了高续说的流传。

② 参见胡邦炜：《张问陶与高鹗有无姻亲关系》，《文史杂志》1999年第3期；胡传淮：《张问陶的妹夫不是高鹗》，《中华读书报》2000年10月11日。

能。实际情况是，高鹗与张问陶初识于乾隆五十三年（1788），嘉庆六年（1801）再次相遇于京，张问陶听高鹗叙说了“补”红楼之事，遂作《赠高兰墅鹗同年》诗，因有“艳情人自说红楼”之句。此“补”字是否即“续写”“续补”之意，此前已有不少学者质疑[①]，笔者对此试为补说。

一、“补”“续”释义

程伟元在序中说自己积数十年之功搜罗得到80回后残本30余卷，乃会同友人“细加厘剔，截长补短”，抄成全部之后刊刻行世。张船山说《红楼梦》为高兰墅所“补”，其意当源于此。“补”字究竟作何理解比较妥当？或谓仅指“修补”而无“续作”意[②]，或谓“补”即等同于“续补”[③]。在此有必要对“补”和“续”的词义稍作梳理。

严格意义上说，“补”和“续”含义有别。所谓“补”，其本义是“修治破衣使完整”。《礼记·内则》：“衣裳绽裂，纫箴请补缀。”[④]汉桓宽《盐铁论·申韩》：“夫衣小缺襟裂，可以补。”[⑤]“晴雯补裘”之“补”，即同此意。“补”又泛指一切器物的修旧补损。《吕氏春秋·孟秋》：“修宫室，坿墙垣，补城郭。”[⑥]由此可见，“补”即“修”也。此外，“补”还有补助、弥补、裨益、补养、补官、官员调任等义项。在这些意义上，“补”一般是单独使用的。

① 参见朱南铣：《〈红楼梦〉后四十回作者问题札记》，《红楼梦研究集刊》第六、七集，上海古籍出版社1981年版；徐恭时：《续梦贾假与甄真》，《红楼梦学刊》1982年第4辑；胡文彬：《高鹗续书说考论》，《内蒙古师范学院学报》2000年第3期；宋健：《程伟元鼓担购书与〈红楼梦〉百廿回本》，《图书馆工作与研究》2006年第4期。

② 参见胡文彬：《千秋功罪谁与评说——为程伟元与高鹗辨诬》：“张船山的诗题小注也好，还是‘艳情人自说红楼’也好，都没有‘续作’的意思。即使从训诂学的角度看‘补’与‘续’二字，绝非同义，也没有互代之义，怎么能说‘所补’就是‘续作’呢？”《明清小说研究》1995年第3期。

③ 参见张书才：《〈红楼梦〉后四十回应是高鹗补续》：“‘补’字，窃以为还是作‘补写’‘补撰’或‘补续’‘续补’解为宜。”《曹雪芹研究》2011年第2辑。

④ [汉]郑玄注：《礼记正义》，[清]阮元刻：《十三经注疏》，中华书局1980年影印本，第1462页。

⑤ 王利器：《盐铁论校注》，天津古籍出版社1983年版，第592页。

⑥ [汉]高诱注：《吕氏春秋》，上海古籍出版社1989年版，第53页。

所谓“续”，其基本义是“连属，连接”。《礼记·深衣》：“续衽钩边，要缝半下。”郑玄注：“续，犹属也。”①“续”又指“断而复连”。晋张华《博物志》卷三：“帝弓弦断……以所送余香胶续之。”②南朝梁刘孝标注《世说新语·言语》：“旧说云：‘隋侯出行，有蛇斩而中断者，侯连而续之，蛇遂得生而去。’”③可知有“断”方有“续”，续处必是断处，所以才有“断续”之词。由此延伸，又有“接续”“续加”之意。诗文、书画等作品由作者或其他人继原作之后续写或续画，均称续作。

比较可知，“补”与“续”单独使用时，含义有别，侧重点不同。“补”者针对首尾俱全、但局部有破损的原物（原作），以修补之功使之外观完好；“续”者则针对首尾中断、形制不全的原物（原作），以接续之功使之首尾完整齐全。

然古籍中，“补”和“续”又并非截然有别，有时会用于同一种情况。司马迁撰《史记》，后有十篇散失残缺，有录无书，西汉末褚少孙为之补缀修葺使之完整，三家注曾分别指出其补缀之处，所用的词有“续”有“补”，如：“自太始、征和已下讫篇末，其年次甲乙皆准此。并褚先生所续。”④“七十二国，太史公旧；余四十五国，褚先生补也。”⑤“《龟策传》有录无书，褚先生所补。”⑥由上例可以看出，在某种程度上，“补”和“续”意思相近甚至相同。《表十》“太始元年”四字下，刘宋裴骃集解曰：“班固云：‘司马迁记事讫于天汉。’自此已后，后人所续。”句后司马贞索隐补充说：“即褚先生所补也。”⑦“补”在此处与“续”完全同义。问题是：褚少孙的诸种“补”“续”工作，究竟是“修补、补缀”之补功，还是“接续、续加”之续功呢？我们不妨再引数例以资说明。裴骃集解引

①［汉］郑玄注：《礼记正义》，［清］阮元刻：《十三经注疏》，中华书局1980年影印本，第1664页。

②范宁：《博物志校证》，中华书局1980年版，第26页。

③［南朝宋］刘义庆：《世说新语》卷上，上海古籍出版社1982年影印本，第20页。

④［汉］司马迁：《史记》第4册，《历书》司马贞索隐，中华书局1959年版，第1269页。

⑤［汉］司马迁：《史记》第3册，《建元以来侯者年表》司马贞索隐，中华书局1959年版，第1027页。

⑥［汉］司马迁：《史记》第10册，《龟策传》司马贞索隐，中华书局1959年版，第3223页。

⑦［汉］司马迁：《史记》第3册，中华书局1959年版，第1142页。

三国魏张晏语曰："迁没之后，亡《景纪》《武纪》《礼书》《乐书》《律书》《汉兴已来将相年表》《日者列传》《三王世家》《龟策列传》《傅靳蒯列传》。元成之间，褚先生补阙，作《武帝纪》《三王世家》《龟策》《日者列传》，言辞鄙陋，非迁本意也。""补阙"意味着原文残阙不全、修补使之完整，然褚少孙的这一"补阙"工作，多非自撰文字以填补原文散佚，而往往有所依傍，东挪西取，辑而成篇。司马贞索隐对此有详细说明："《景纪》取班书补之，《武纪》专取《封禅书》，《礼书》取荀卿《礼论》，《乐》取《礼乐记》；《兵书》亡，不补，略述律而言兵，遂分历述以次之。《三王系家》空取其策文以辑此篇，何率略且重，非当也。《日者》不能记诸国之同异，而论司马季主。《龟策》直太卜所得占龟兆杂说，而无笔削功，何芜鄙也！"[①]其中《日者传》既亡，褚少孙仅有记论，不能叙诸国之异而外，其他所"补"诸篇，均渊源有自，而褚少孙"取太卜占龟之杂说"以补《龟策》，司马贞认为"词甚烦芜，不能裁剪，妄加穿凿，此篇不才之甚也"[②]。裴骃集解引张晏语曰："《武纪》，褚先生补作也。"然司马贞批评说："褚先生补《史记》，合集武帝事以编年，今止取《封禅书》补之，信其才之薄也。"[③]由此可知，褚少孙的工作，就《史记》整体而言，是"补缀"其局部残阙、漏损而保持其完整；就某一"有录无书"或有部分文字的具体篇目而言，则是"续加"具体内容或另一部分文字以"接续"其后，只不过其"续"并非自铸文辞而已。贾谊《过秦论》本有上中下篇，司马迁《秦始皇本纪》原只引其上篇，褚少孙补阙时将中下篇全部加入，对此司马贞引南齐邹诞生语曰："太史公删贾谊《过秦篇》著此论，富其义而省其辞。褚先生增续既已混淆，而世俗小智不唯删省之旨，合写本论于此，故不同也。"[④]此处虽然用了"增续"一词，却并不表明是褚少孙所续写。

① [汉]司马迁：《史记》第10册，中华书局1959年版，第3321—3322页。

② [汉]司马迁：《史记》第10册，中华书局1959年版，第3319页。

③ [汉]司马迁：《史记》第2册，中华书局1959年版，第451页。

④ [汉]司马迁：《史记》第1册，中华书局1959年版，第283页。

当“补”字与“续”字连文，构成“补续”或“续补”，其义涵则具有兼容、趋同的特点。如《礼记·学记》：“良冶之子，必学为裘。”唐孔颖达疏曰：“故此子弟仍能学为袍裘，补续兽皮，片片相合，以至完全也。”[①]句中“补续”指“缝补联接”，是将已有的片片兽皮连缀成整体袍裘，并非缺袖短领而自做兽皮续之。又《后汉书》卷64《卢植传》：“岁余，复征拜议郎，与谏议大夫马日磾、议郎蔡邕、杨彪、韩说等并在东观，校中书《五经》记传，补续《汉记》。”[②]句中“补续”乃谓“补充接续”，是在原有《汉记》之后接续写作。又清钱大昭于正史尤精《两汉》，有《补续汉书艺文志》二卷。这种“补续”（又作“续补”）工作，亦多见于四部之史部，兹列举数例如下：

光和元年中，议郎蔡邕、郎中刘洪补续《律历志》，邕能著文，清浊钟律，洪能为算，述叙三光。（《后汉书·律历下》）[③]

大业初，内史侍郎虞世基奏思廉踵成梁、陈二代史，自尔以来，稍就补续。（《陈书·姚察传》）[④]

世宗时，命邢峦追撰《高祖起居注》，书至太和十四年，又命崔鸿、王遵业补续焉。（《魏书·自序》）[⑤]

召天下工书之士，京兆韦霈、南阳杜頵等，于秘书内补续残缺，为正副二本，藏于宫中，其余以实秘书内、外之阁，凡三万余卷。（《隋书·经籍一》）[⑥]

今掇仁宗论律及诸儒言钟律者记于篇，以补续旧学之阙。（《宋史·律历四》）[⑦]

《廉吏传》，明黄汝亨撰……汝亨既因费枢旧本增辑成编，自当以

① [汉]郑玄注：《礼记正义》，[清]阮元刻：《十三经注疏》，中华书局1980年影印本，第1524页。

② [南朝宋]范晔：《后汉书》第8册，中华书局1965年版，第2117页。

③ [南朝宋]范晔：《后汉书》第11册，中华书局1965年版，第3082页。

④ [唐]姚思廉：《陈书》，中华书局1972年版，第354页。

⑤ [北齐]魏收：《魏书》，中华书局1974年版，第2326页。又《北齐书·魏收传》文同。

⑥ [唐]魏徵：《隋书》，中华书局1973年版，第908页。

⑦ [元]脱脱等：《宋史》，中华书局1977年版，第1603页。

孰为原书，孰为续补，分别标识，乃混而为一，但署己名，尤不免于掠美矣。（《四库全书总目提要·史部》之《传记类存目四》）①

《山河两戒考》十四卷，国朝徐文靖撰……文靖广采群书以为之注，此八卷是也。自卷九至卷十四则文靖所续补，亦引群书为之注。（《四库全书总目提要·史部》之《地理类存目一》）②

综上可知，在补与续两词连文（如“补续”“续补”）且用于诗文书籍时，其指向比较明确；两词单用时，其涵义则要视具体情况加以确定。如果单纯从释词层面上来理解“补”“续”的涵义，藉此证明程高本后40回是否程或高续写，并不是一种理想的途径。如果执其一端而不加圆融解析，所得出的结论可能完全相反。

二、“续”“补”析名

现在来看“补”“续”及相关词语用于古代笔记、小说的情况。

就文体源流而言，说部源于史部，在叙事方法上有诸多内在的相通之处；就文本性质而言，说部又有别于史部，说部以艺术虚构为特质而史部以历史事实为实体。史部补续不易，因补续者需要精于史；说部补续相对容易一些，尤其是早期笔记类续作，虽遵循原作体例和宗旨，然在内容上大多与原作关联甚少。如东晋干宝撰《搜神记》，后有托名陶渊明《搜神后记》出；南朝宋东阳无疑撰《齐谐记》，梁吴均则有《续齐谐记》；南朝宋刘义庆编《世说》，刘孝标有《续世说》，唐王方庆有《续世说新语》，宋孔平仲有《续世说》；唐牛僧孺有《玄怪录》，李复言有《续玄怪录》；西晋张华撰《博物志》，宋洪迈撰《夷坚志》、彭乘撰《墨客挥犀》，金元好问有《续博物志》《续夷坚志》《续墨客挥犀》。各种标“续”的作品，并非依附原有笔记文本作人物或情节上的延伸、补充、接续，而差不多是

① [清]纪昀总纂：《四库全书总目提要》，河北人民出版社2000年版，第1703—1704页。

② [清]纪昀总纂：《四库全书总目提要》，河北人民出版社2000年版，第1930—1931页。

一种沿袭原作体例、另撰情节文字的仿作。鲁迅在《中国小说史略》中以“仿作”（非以“续作”）指称各种题“续”之作，或正由于此。

明清时章回小说续书频出，多半人物关联，情节接续，且多集中在清乾隆、嘉庆、道光、光绪朝。续作的题名大致有三类。第一类是明确标示“续”“后”“真”“结”“小”等字样以表“续写”，如《水浒传》之后有《水浒后传》（有康熙元年刊本，1664）、《后水浒传》（清初刊印）、《结水浒全传》（即俞万春《荡寇志》，成书于道光六年至二十七年间，1826—1847；咸丰元年刊行，现有咸丰三年刊本，1851，1853）；《西游记》之后有《续西游记》（同治七年和十年各有刊本，1868，1871）、《后西游记》（有乾隆四十八年、五十八年、道光元年刊本，1783，1793，1821）；《金瓶梅》之后有《三续金瓶梅》（有道光元年抄本，1821）；《英烈传》（崇祯元年有刊，1628）之后有《续英烈传》（有道光二十年、光绪八年刊本，1840，1882；另有《真英烈传》，已佚）；《禅真逸史》（明天启年间杭州爽阁主人履先甫刊印）之后有《禅真后史》（有崇祯二年峥霄馆刊本，1629）；清初如莲居士《说唐演义全传》成书于康熙后期（今存最早刊本出于乾隆四十八年，1783），乾隆年间即出《说唐后传》，后又出《说唐三传》（有嘉庆十年刊本，1807）；《粉妆楼全传》之后有《续说唐志传粉妆楼全传》（4篇叙文写于乾隆五年至十五年之间，1740—1750；另有嘉庆二年和光绪三十二年刊本，1797，1906）；《儿女英雄传》之后有《续儿女英雄传》（成书于光绪十八年之后，1892；有光绪二十四年、宣统元年刊本，1898，1909）、《再续儿女英雄传》（存晚清石印本）；《侠义传》（即《三侠五义》）之后分别有《续侠义传》（有晚清刻本）、《小五义》（光绪十六年刊，1890），《小五义》之后有《续小五义》（光绪十七年刊，1891）。第二类即以“补”拟题，为数不多，如明末董说所撰16回的《西游补》（有崇祯年间刊本）。第三类是另拟书名，如《天女散花》实际是《西游记》三大续书中的一种，《隔帘花影》和《金屋梦》分别是《金瓶梅》的删改本。

在明清各种小说续书中，《红楼梦》续书数量最多，历时也最长。清代的十余种《红楼梦》续书大多产生在嘉庆元年（1796）至光绪三年

(1877) 这80年间，其中嘉庆年间刊印的有8种之多；而且，续书题名大多标以“后”“续”“重”“复”一类明显表示“续写”意旨或“圆”“幻”“影”“真”一类表示颠覆原著意图的词语，如逍遥子《后红楼梦》(乾嘉间初刊)、秦子忱《续红楼梦》(嘉庆四年刊本，1799)、王兰沚《绮楼重梦》(嘉庆四年初刊)、陈少海《红楼复梦》(有嘉庆十年刊本，1805)、海圃主人《续红楼梦》(有嘉庆十年刊本)、梦梦先生《红楼圆梦》(嘉庆十九年刻本，1814)、花月痴人《红楼幻梦》(道光二十三年刊本，1843)、顾太清《红楼梦影》(光绪三年刊本，1877)；另有周绍良藏张曜孙撰《续红楼梦稿》20回未完稿、郭则沄《红楼真梦》(民国二十八年至二十九年刊于《中和月刊》，1939—1940)。《红楼梦》续书中以“补”拟题的有三种，即归锄子的《红楼梦补》(嘉庆二十四年初刊，1819)、嫏嬛山樵的《补红楼梦》(嘉庆二十五年刻本，1820) 和《增补红楼梦》(道光四年袖珍本，1824)。从题名角度看，《红楼梦》续书和其他章回小说续书用“续”“补”的情况及其比例基本相符。

综而观之，古代仿作续作类笔记、小说的题名，用“续”字（或“后”[①]等其他词义相近的字）多于用“补”字，即用“补”字的作品，其性质也非仿即续。程高本后40回以自然的形态衔接于前80回后，题名无“续”无“补”，说明程高并不视后40回为续作。若仅从“补”“续”的名目出发来推定程高之“补”究竟是局部的修补、补缀，还是大面积的接续、续加，仍然会引发歧见。

清代各种《红楼梦》续书，其接续点并不一致，大致有三类情况。一类是从第97回接续，有《续红楼梦》(秦子忱) 和《红楼梦补》两种；一类是从第120回以后接续，有《后红楼梦》《绮楼重梦》《红楼复梦》《续红楼梦》(海圃主人)《红楼圆梦》《补红楼梦》《红楼梦影》《续红楼梦稿》等8种；还有一类是接续已有续书，如《增补红楼梦》接续《补红楼梦》末回。前10种续书，无一例外，没有一种是从第80回接续的。接续节点

① 用于接续之作时，“后”与“续”意思相同，如曹寅《续琵琶》，刘廷玑《在园杂志》称之为《后琵琶》，词异义同。

上的这种高度趋同性，至少可以说明两点：其一，这十位续书作者，不约而同将120回本《红楼梦》视为一个整体；其二，接续节点的差异，反映了不同的续作者对120回本《红楼梦》的认同程度，接续点越晚，认同程度越高[①]。最早的续书《后红楼梦》在乾嘉间刊行，距程高本行世只有4年之遥，其写作时间还要提前两三年。逍遥子自序《后红楼梦》云："自铁岭高君梓成，一时风行，几于家置一集。"[②]"梓成"犹云"刻成""印成"，而非"续成"。较早提及《红楼梦》有"续刻"的是秦子忱，其《续红楼梦》的刊行距程甲本面世已有7年；明言高鹗"说梦话"的是梦梦先生，其《红楼圆梦》刊行距程甲本面世已23年。这意味着：早期的续作者知道后40回是续作并由高鹗刻成行世，但不认为是高鹗续作；后来的续作者认定高鹗是后40回的作者，但已是在张问陶"八十回以后俱兰墅所补"（1801）的说法传开之后。

这说明有这样一种可能：后40回的确不是高鹗或程伟元续写而成，程高只是后40回的修补整理者。

三、程甲本序言发微

再看一下程伟元和高鹗自己的说法。程甲本卷首有程伟元和高鹗的序文各一篇。程序将后40回的来源交代得十分清楚：程伟元积数年之功，从藏书家、故纸堆中殷勤搜罗，先积有20余卷，复于鼓担上重价购得十余卷，共得80回后残本30余卷，情节前后接续不断，但文字漶漫不清，影响阅读的完整性，于是约同友人一起细加厘剔、截长补短，恢复为全本，而后付印。这个"友人"当然就是高鹗。高序则申明程子小泉持其所购全书来找自己，希望能分担一些工作。显然，高序说自己只是"分任"而

① 张云有专文讨论续书接续点和接续方式，并认为接续方式的选择建立在对后40回的认同和接纳的基础之上。参见张云：《作为续书的后40回》，《曹雪芹研究》2011年第2辑。张文所言"认同"，是就续书对120回本内容上的肯定或不满而言的；本文所谓"认同"，乃谓续书作者对120回本整一性的认可。

② [清]逍遥子：《后红楼梦》序及凡例，北京大学出版社1988年版。

“襄其役”，在程伟元的邀约下，作为助手欣然承担了“厘剔”“截补”工作的一部分。高序与程序内容上彼此呼应，并无抵牾。程伟元所言“细加厘剔，截长补短”的工作，是由程高两人合作进行的。如果程伟元和高鹗的话是可信的，那么他们就并非后40回续作的撰写者，而只是整理者，而且在整理出的成果上，程伟元和高鹗的贡献各占一半；倘若是，所谓的“高鹗续书”说就会失去有力的支撑。如果程伟元和高鹗所做的工作远不是整理这么简单，而是费尽心力续写了后40回，那么他们就应该共同成为后40回的续作者，而不是“高鹗”一人膺得续作者之誉①。

如果不带成见读此二序，不难得出这样的看法：程伟元多方搜集，得到30余卷稿本，故合程高二人之力，用了“补”功使之完整，以便刊印流传。所谓“厘剔”“截补”，正是针对首尾俱全、局部有破损的原卷而做的“修补以使之完好”的工作，相当于今之出版人对书稿必施的编辑加工程序。这种编辑工作，在明清小说的坊刻中是相当普遍的现象，有时是书商请人加工整理，有时是书坊主自行编辑，主要对原稿内容作音注、释义、增补工作，或删改原稿中的俚俗、拖沓文字，使之趋于简洁、雅净。如明代万历十九年（1591），金陵书坊主周曰校刊印《三国志通俗演义》，在“识语”中说明所做的工作，包括“敦请名士按鉴参考，再三雠校”，及圈点句读、考证典故、增补缺略等，并号称新刻本“诚与诸刻大不侔矣”②。崇祯十五年（1642）友益斋将嘉靖万历年间建阳书坊主熊大木编撰的《大宋中兴通俗演义》修订为《岳武穆精忠报国传》予以刊印，义乌知县于华玉在“凡例”中声称对原稿“痛为剪剔，务期简雅”，并自诩“大有分肌劈理、脱胎换骨之功”③。相形之下，程伟元和高鹗虽也做了厘剔截补的编辑工作，却毫无矜夸之意，反是对原卷葆有敬畏惶恐之心，谓“以波斯

① 中国艺术研究院新校本《红楼梦》三版将作者改署“曹雪芹、无名氏”，或由于此。也有不少新排印本以“曹雪芹原著，程伟元、高鹗整理”（“整理”或作“订补”）的方式署名。

② [明]周曰校：《三国志通俗演义识语》，北京大学图书馆藏万卷楼明万历刊本《三国志通俗演义》卷首。

③ [明]于华玉编：《岳武穆精忠报国传》卷首，《古本小说集成》第三辑，上海古籍出版社1991年影印。

奴见宝为幸”。倘若后40回真为高鹗所续，序文口吻不会如此谦恭，如此慷慨。

当然，明清小说在刊印时，也有书商为了招徕读者、扩大销量，假托所刊印的书稿是旧时真本、前朝秘笈或系名人结撰、经名人评阅的情况。如明末方汝浩编撰《禅真逸史》，杭州书坊主夏履先在《凡例》中声称该书为“先朝名笔”，“此书旧本出自内府，多方重购始得”[①]。峥霄馆主陆云龙撰《魏忠贤小说斥奸书》，署以“吴越草莽臣”之名于崇祯元年刊刻，其“凡例”声称该书得自“异士薮”金陵，希望读者“毋作寻常笔墨观”[②]。万历年间苏州书坊主龚绍山刊印《春秋列国志传》，便谓该书出自名公陈继儒“手阅”，“删繁补缺，而正讹谬”，故与其他刻本有“玉石之分”[③]。《红楼梦》续作者之一逍遥子即在《后红楼梦》序中声称“访得原稿，并无残缺”，凡例首句即强调“书系曹雪芹原稿”[④]，实则托名雪芹原作，以己作接续在120回后付梓。从这个角度看，程伟元和高鹗序文所言，也不排除有他们出自推销刻印本的动机，将自己的续作当成从民间搜致的曹雪芹原作凑成全本以为广告的嫌疑。可是这又会带来一个疑问：如果程高二人想推销加上自己续作的全本，他们可能更愿意在序文中或明言或暗示所得的30余卷残本是曹雪芹真本；但细读序文，似乎缺乏有力的证据说明此点。程伟元只是说自己从多种渠道搜罗得到这些“残卷”，而并未刻意彰显它们就是“真本”。与逍遥子“访得原稿”“洵为雪芹惬意笔也”等急切表白明显有异，程高并不急于作关于后40回真假的判断。相反，程伟元对原作者是谁尚持一种审慎的态度：谓“作者相传不一”，是知道有哪些传闻的，然不加列举，亦不作猜断，“惟书内记雪芹曹先生删改数过”

①［明］清溪道人：《禅真逸史》之夏履先凡例，《古本小说集成》第二辑，上海古籍出版社1991年影印。

②［明］吴越草莽臣：《魏忠贤小说斥奸书》凡例，《古本小说集成》第一辑，上海古籍出版社1991年影印。

③［明］陈继儒重校：《春秋列国志传》之龚绍山识语，《古本小说集成》第三辑，上海古籍出版社1991年影印。

④［清］逍遥子：《后红楼梦》序及凡例，北京大学出版社1988年版。

一语，表明了程伟元对原著有关作者姓名身份的描述所采取的尊重态度。

与明清大多续书相类，他人为续书所撰的序言，多有推重续作机杼、称扬续者水平的广告意识，如犀脊山樵为《红楼梦补》所作序云：“归锄子乃从新旧接续之处，截断横流，独出机杼，结撰此书，以快读者之心，以悦读者之目。”[①]西湖散人为《红楼梦影》所作序云：“云槎外史以新编《红楼梦影》若干回见示，披读之下，不禁叹绝。前书一言一动，何殊万壑千峰，令人应接不暇。此则虚描实写，傍见侧出，回顾前踪，一丝不漏。”[②]六如裔孙为《红楼圆梦》所作序云：“至于文采之陆离，词意之缠绵，尤与前传称双绝。因亟付手民，以公于世之有情者。”[③]除了对续作质量的赞誉之外，其共同点是：他们并不避言“续作”之性质和续作者之名号。与此相呼应，续作者均会在自行撰写的序文、弁言、凡例或是正文楔子中，明言本书是“戏续”、“续貂”、“仿”作、“效”文（只有逍遥子是一个例外）。兹举数例如下：

余不禁故志复萌，戏续数卷以践前语……自惭固陋，未免续貂；俯赐览观，亦堪喷饭。（秦子忱《续红楼梦·弁言》）

丁巳夏，闲居无事，偶览是书，因戏续之，袭其文而不袭其义，事亦少异焉。（兰皋居士《绮楼重梦·第一回》）

余感其梦之可人，又复而成其一梦，与雪芹所梦之人民城郭，似是而非，此诚所谓“复梦”也。（陈少海《红楼复梦·自序》

夏午昼长，爰辑四十回，导虚归实，笔墨全仿前集，因颜之曰《续红楼梦》云。（海圃主人《续红楼梦·楔子》）

与其另营结构，何如曲就剪裁，操独运之斧斤；移花接木，填尽头之邱壑。转路回峰，换他结局收场；笑当破涕，芟尽伤心恨事。（归锄子《红楼梦补·序》）

①[清]归锄子：《红楼梦补》之犀脊山樵序，北京大学出版社1988年版。

②[清]云槎外史：《红楼梦影》之西湖散人序，北京大学出版社1988年版。

③[清]梦梦先生：《红楼圆梦》之六如裔孙序，北京大学出版社1988年版。

用敢援情生梦、梦生情之义，而效文生情、情生文之文，为情中之情衍其绪，为梦中之梦补其余，至于类鹜类犬之处，则一任呼马呼牛已耳。（郷嬛山樵《补红楼梦·序》）

今摭其奇梦之未及者，幻而出之，综托之于梦幻，故名之曰《幻梦》云。（花月痴人《红楼梦幻·自序》）①

上引数段，没有一处说自己做的是厘剔、截补之类的编辑工作，续作者明明白白地告诉读者：这是我作的，我何以要作。至如“曲就剪裁”“移花接木”“衍其绪”“补其余”之语，其含义明确，没有歧义，与程伟元所云“细加厘剔，截长补短”意思完全不同。反观程高序文，在后40回作者问题上，他们既不攀缘曹雪芹以增广告之益，也绝不自诩续撰而积掠美之诟。这是值得读者回味的。

现在换个角度来看：假设程高合作续写了后40回，从创作所需的时间看，可能性有多大？高鹗说程伟元将所购残卷送给他看是在乾隆五十六年（1791）春。假定这时是二月初旬，那么离该年冬至后5日（1791年12月27日）程甲本工竣、高鹗作序的时间约在9个半月②，再为萃文书屋的木活字排印留出足够的时间（4—6个月），这样用于写作的时间仅在3—5个月。设取其中间值，以4个月计，在完全没有书稿或残卷可以依傍的情况下，仅靠前80回的情节提示，凭空写出近28万字（平均每天2300余字③），还必须与前80回情节接榫、故事大致合理、形象不大走形，倘若没有非凡的文学功力和续貂勇气，恐怕是很难做到的。即便续作者撇开自己所有的内外事务不问，专注于小说的构思和续写，这么大的工作量在这么短的时间

① 以上引文所据续书，均为北京大学出版社1988年版。

② 我们也可以假定在立春前后。然乾隆五十六年的立春在正月初二（1791年2月4日），倘若程伟元此时来找高鹗，高序会用“正月初”“春节”之类词语。既泛言“今年春”，当不在正月而更可能在二月份。故假定为正月之后春分之前。该年二月初一（1791年3月5日）惊蛰，春分在二月十六（1791年3月20日），冬至在十一月二十七（1791年12月22日）。以可能有的最大时长计，为9个半月。

③ 取平均数乃是为了表达的方便。小说家创作高峰期未必不能每天写作8千至1万字，数天之内是可能的，若以同样的强度持续写作1个月以上，是很难做到的。

内也是很难完成的[①]。当然，除了“书先成序后作”的情况外，也不排除“序先成书后印”的可能，因此高鹗“续作”后40回的时间有可能会更长一点。然程伟元既云“书成，因并志其缘起”，高鹗又云“工既竣，并识端末”，两序相应，可知竣工之日就是书成之时，是在对书稿的厘剔截补工作业已完成、抄成全部之后。而且程序在“抄成全部”之后有言“复为镌板”，则序言明显作于完成全书的排印之后。退一步说，即使序成之日不能代表印完行世时间，在实际操作过程中，还可能出现因故延误开印日期的情况，这样提供给高鹗“续写”后40回的时间会更长一点；但这个时间也是有限的，至多延长两个月，因为程乙本序成之日是次年惊蛰，与程伟元来找高鹗合作的时间相距刚好只1年。而且，这种假设合理度较低，因为很难想象，在程甲本尚在印制、还未行世的时候，程乙本已经修订完毕、序成、行将付印了——即便如此，刨除6个月摆印时间后，为所谓的“续写”留出的时间也只6个月。以6个月的时间来续写后40回，仍然是困难的。当然，世界文学史上，也有五六个月即能写成一部长篇小说的情况，如雨果写作《巴黎圣母院》只用了5个多月时间。但那是作家自足自立的个体创作，从情节到叙事都是自起炉灶、自铸其词而不受任何羁绊，可以任意地顺着自我的笔势高低自然挥洒拓展；续作因受原著情节框架与形象特质的拘囿，写作时必须时时事事瞻前顾后、接榫照应，不能自由展开，其速度自会受到较大的限制。如果程伟元所言属实，程高拥有30余卷书稿，只不过“漶漫不可收拾”，需要细加厘剔、截长补短，再抄成全部，那么以4个月（或6个月）时间来从事这项编辑工作，就比较合理了。

再从程高序言的内在情绪看，也未见到程或高表露续写后40回的痕迹。一般而言，长篇小说的创作，无论原创还是续写，作者当有深刻的生活体验和情感历练，虽不至于生死摧颓，也会有内心强烈的悲喜交集、激

① 周策纵根据武英殿排活字版的速度，印320部书的正常作业，每10天只能摆书120版，推测《红楼梦》共1575页版至少需要131天也即4个半月才能完成，且私家印书条件有限，速度应较武英殿慢，其印成应需要6个月。周策纵对高鹗“续书”所需时间的测算，乃从辛亥春程伟元出示书稿起到冬至后5日工竣高鹗作序止，共10来个月的时间，除去摆印时间，也只剩下4个月。参见周策纵：《〈红楼〉三问》，周策纵：《红楼梦案——周策纵论红楼梦》，文化艺术出版社2005年版，第30、31页。

情冲荡。如果后40回系程或高续写而成，程高序言中当有所流露，而竟无。此其一。长篇小说创作非如诗文，因篇制简短，有一挥而就的可能；它须有先期的构思，设置数个关键的情节点，作为全部之龙骨。身为续者，又须有熟读原著、深感憾恨、必欲续写而不能罢休的先期心理积淀。如果没有这种积淀，则须在续写伊始即行构思之事。如高鹗一人务此，必有呕心沥血、绞尽脑汁之过程，这一情绪也当体现在序言中，而竟无。此其二。如果程高合作，共同构思情节骨架，而由高鹗一人完成之，那么这种合作必非“分任”一词所能涵盖；程高所言“分任”“襄其役”之事，只能在厘剔、截补这一技术层面上才容易做到，在创作、续写的层面上很难付诸操作。若程伟元专务构思而具体写作完全由高鹗进行的话，程高两序必有流露，而竟无。此其三。若对程高两序作一圆览，可以清楚地知道，后40回并非高鹗所续写。

四、程乙本引言重读

也许程高二人还是觉得书稿存在诸多令人不满意之处，所以在第一版付梓之后，他们仍继续做着修补编辑工作。这才会有次年程乙本的刊印面世，它距程甲本面世70天[①]，删改2万余字[②]。程乙本引言申说重印理由云：“因急欲公诸同好，故初印时不及细校，间有纰缪。”这个重印理由和删改篇幅都在可以接受的合理度内。进一步看，程甲本乃是在“急欲公诸同好”的心态中匆忙刊印的，4—6个月的时间内，程高尚来不及对前80回作“细校”工作，那么又怎能有宽裕的时间和从容的心态“续写”80回后的故事呢？

程乙本有程高引言七条，其中有四条涉及两次刊印所做的整理工作的内容：第一条说明得到后40回与抄录传阅近30年的前80回“合成完璧”，

① 程乙本刊印于乾隆五十七年花朝后一日。按清时花朝一般在二月十二，该年二月十二当1792年3月4日，后一天为3月5日，时值惊蛰，距程甲本刊印正好70天。

② 据汪原放统计。

这是程甲本刊行面世过程中所走的第一步，也是甲乙两版最重要的基础；第二条说明此次刊印对前80做了“补遗订讹”的工作，所以出现了因文字增损而致与甲版样貌相异的情况；第四条说明对后40回作了“修辑”工作，因“无他本可考”，故“不敢臆改”后40回原文，“俟再得善本，更为厘定”。程高引言说得很清楚：其一，对前80回进行“补遗订讹”的工作是在此次刊印程乙本的过程中，并非刊刻程甲本之时，增损文字的目的在“便于披阅”。这一说法与甲乙两本前80回有2万余字异文的状貌相符。其二，对后40回的编辑工作有两次，刊行程甲本前曾作“细加厘定，截长补短”之事，此次刊印只“略为修辑”，未敢臆改，主要原因除了程高所说的希望另得善本再进一步厘定之外，也与甲乙两本刊行间距只70天、时间仓促因而不可能做更从容细致的厘剔补订密相关涉。

程乙本的第三条引言还为读者提供了一条重要的信息：它以67回为例，说明繁简歧出、此有彼无时取为定本的标准是“情理较协者”。引言虽只提及第67回，但用了“即如”字样，意在说明仅举此回为例，并非只有这一回作如此处理。众所周知，脂本系统中，现存庚辰本、己卯本没有第64、67回，目前通行的以庚辰本为底本的新校本前80回，所缺两回乃采程甲本补配。一般读者也许会延续“高续”说的思路，而以为它们也是赝作。事实上，诸脂本的确存在“繁简歧出，此有彼无”的情况。蒙古王府本、戚蓼生序本和俄彼得堡藏本在第64回前均有一条相同的批语，似可证明它们的第64回源出曹著。据此延伸，第67回也当是这种情况。如果这点能得到认同，那么，它可以证实程乙本引言第三条所谓“择其情理较协者，取为定本”之言不虚。既然这一条内容与实际状貌彼此相合、真实可信，同理相衡，引言的其他内容亦可采信。这种择取他本片段以修补80回缺失部分的工作，与前叙褚少孙取《封禅书》补《武纪》、取班书补迁《景纪》的情形相仿佛；而将搜罗得到的30余卷残本“略为修辑”，以与前80回“合成完璧”的工作，也符合“续”义之一项——以已有续作接续原作使之首尾俱全。

引言第五条说明抄成付印时去掉评点的缘由，在于“卷帙较多，工力浩繁”。这也从另一个角度证明，程甲本印制用时较长而给所谓“续写”留下的时间空间较少，“高续”的可能性又因此而大大降低。引言第七条可以消解我们的一个疑惑：程甲本付印刊行后，为何仅时隔70天，程高二人又要刊印程乙本？因为程甲本刊印的初衷，原为“同好传玩”起见，这与程甲本程序所言“以公同好”、程乙本引言第一条所言初版“急欲公诸同好”云云，是口吻一致、彼此应和的；由于初版很受坊间欢迎，印数有限，很快售罄，供不应求，于是“公议定值”，用抵工本费而已。从出版角度看，隔那么短的时间就又出了第二个本子，显然带有牟利的目的。程高虽不是为了“奇货可居”，但刊行程乙本将会给他们带来较丰厚的利润，是显而易见的[①]。至于程乙本对程甲本所做的文字增损孰优孰劣，读者会作比较评价，这种评价与程高增损文字的目的及自我评价可能有差异，甚至完全不同，但不足以说明程高原意是越改越坏。

如果甲乙两版的序言和引言值得信任，程高二人只是后40回的整理编辑和刊行者，那么，那些成为后40回基础的残卷作者又系谁人？从后40回的情节艺术和文字水平看，它们并非曹雪芹的文笔。笔者曾以“门”字为例，从用词频率、生活体验、描写笔力等角度探讨前80回与后40回的差异，得出前后作者并非同一人的结论[②]。若从情节的构思与布局看，前80回运用网状结构经营故事，往往呈现数端情节同行并发的状貌，叙事头绪纷繁而不杂乱，有百鸟争鸣于花树、但闻其音律丰富谐和而丝毫不觉其嘈杂纷乱的效果。后40回虽接续了前80回的故事，但叙事理念却有较大差异，它似乎只专注于几个主要人物故事的续写，众多人物或匆匆带过，或不再提及，撇开了网状思路只留下龙骨构架，有繁花落尽、和音忽寂之感，叙事策略、布局理念等均“从简”处理。这说明这样的可能：它的确是续写的。从曹雪芹去世到程甲本刊行，其间有28年时间。以这样的时间长度，如若有人要续写80回后的故事，比起“高续”所用的时间，是要宽裕得多了。

① 对程高而言，程乙本相当于程甲本的“升级版”。

② 参见俞晓红：《红楼索门》，《安徽师范大学学报》（人文社会科学版）2002年第2期。

周春曾转述乾隆庚戌（1790）秋天杨畹耕说过的话云："雁隅以重价购钞本两部，一为《石头记》八十回，一为《红楼梦》一百廿回，微有异同，爱不释手，监临省试，必携带入闱，闽中传为佳话。"[①]周绍良考定雁隅为福建巡抚徐嗣曾[②]，并根据徐嗣曾任福建巡抚期间监临乡试之行迹，推断徐嗣曾购得百廿本《红楼梦》的时间最晚不超过乾隆五十四年（1789），也即程甲本刊行前两年[③]。这至少说明以下几点：其一，程甲本刊行之前的确有120回《红楼梦》抄本流传于世；其二，程伟元重价购得30余卷80回后残本的时间与徐嗣曾重价购得120回《红楼梦》抄本的时间差不多同时，前后时限在两到六年之间[④]。其三，程甲本程序所言不虚。因徐嗣曾于乾隆五十五年（1790）十一月谢世，距杨畹耕将徐嗣曾购得120回本的信息告诉周春的时间相距不过一两个月，故从常情推测，周春记错杨畹耕原话的可能性不大；而这一年正是程甲本刊行的前一年，徐嗣曾所购120回本不可能源自程高本。

综合程甲本序言和程乙本引言内容，佐以相关资料并加之合理解读推考，可以说，程高只是后40回的搜集者、整理者、编辑者和出版者，而不是它的撰续者。这么说，这并不意味着否定程高对《红楼梦》以完整的样貌流播于世所作出的重大贡献。至于程高本与脂本、程甲本和程乙本相较，其思想境界与艺术成就之孰高孰下，是另一个问题。囿于篇幅，本文不作阐论。

结论：本文从解析"补""续"的本义出发，就古代史部与说部使用两词的情况作一简要比较，认为程伟元所谓"厘剔""截补"，正是针对首尾俱全、局部有破损的原卷而做的"修补以使之完好"的工作；程甲本序

① [清]周春：《阅红楼梦随笔》，中华书局1958年影印本，第1页。

② 李虹曾通过查核《海宁州志考》《两浙輶轩录》等史料，厘清徐嗣曾、杨畹耕、周春之间的关系：徐嗣曾与杨畹耕为同曾祖堂兄弟，周春与徐嗣曾、杨畹耕为姑舅表兄弟，且彼此间来往甚多。参见李虹：《周春与〈红楼梦〉研究》，《红楼梦学刊》2002年第1辑。关系既近，语当可信。

③ 周绍良：《周春〈阅红楼梦随笔〉跋》，《红楼梦研究论集》，山西人民出版社1983年版。

④ 近有许隽超通过史料梳理，认为徐嗣曾购得120回《红楼梦》抄本的时间上限为乾隆四十八年，即1783年。参见许隽超：《〈红楼梦〉百二十回钞本流布时间再探讨》，《红楼梦学刊》2012年第2辑。

言既不攀缘曹雪芹以增广告之益，也绝不自诩续撰而积掠美之诟，程乙本引言所谓“择其情理较协者，取为定本”之言不虚。程高只是后40回的整理者而不是续写者，他们所做的是编辑工作而不是仿作代拟，后40回的写作者应另有其人。

［原载《明清小说研究》2013年第2期］

王国维《红楼梦评论》三议

1904年春夏之际，王国维《红楼梦评论》在上海《教育世界》杂志公开发表。该文虽分五期刊出、共有五章，对人生与艺术问题的思考有其反复掂量、自我修正的过程，然就文章架构而言，仍表现为逻辑严谨、开合有致的论述体系：第一章表达了作者对人生和艺术的概括性的看法，为全文建立一个论述的制高点，属概论；第二章论《红楼梦》的精神价值，第三章论《红楼梦》的美学价值，第四章论《红楼梦》的伦理价值，属分论；第五章余论，既了结全文，又延展思路，提出真正的研究目标与科学的研究方法，辨妄求真，余音不绝。只此而言，文章即已呈现了一种方法论上的自觉。先总论、再分论、后余论：这样的思路和表达，较以往《红楼梦》批评中感悟式的点评、随感，更多些哲学思考和理性精神，为20世纪《红楼梦》的文学美学批评提供了经典的学术范型。

在曹雪芹诞辰300周年、《红楼梦评论》面世111周年之际，重读经典，并与人间诗词相观照，对其生命观、悲剧观、佛教观再作思考，偶得二三。现不揣谫陋，呈文于此，以就教于大方。

偶听啼鴂怨春残：去欲离忧的生命观

王国维在《红楼梦评论》第一章中提出“生活之本质何”的问题，随而简洁自答曰："欲而已矣。"[①]王国维阐述了他对人生的基本看法：其一，人生就是在追求欲望满足的过程中，因不能如愿而生的痛苦和既如愿又生新欲求之间的往复历程，快乐只能缓解痛苦、调节厌倦，而不能替代痛苦、充溢人生；其二，人对欲望的追求程度和他对痛苦的感受深度，与其所拥有的文化知识的深广度成正比；其三，欲望、生活、痛苦三者合一，不可分开。王国维的人生观，固然与他在癸卯（1903）之夏至甲辰（1904）之冬，大好叔本华之书而以为伴侣的生活内容密切相关；读其诗，观其人，思其事，读者亦可发觉，王国维这种对生命本质的看法，与其苦痛的生活体验和坎坷的人生经历密相关涉。要之，有以下数端。

其一，体质羸弱，病痛缠身。王国维4岁时母亲莫氏去世，父亲在外地谋生，只有9岁的姊姊带着他跟姑祖母、叔祖母一起生活，这对他后来忧郁气质的形成有莫大的影响。他11岁时，祖父去世，父亲王乃誉回家奔丧，方得以安居海宁。1906年父亲逝去，止60岁。其祖其父寿命都不高，母亲去世更早，王国维先天即传承了羸弱基因。这一基因也或多或少地传给了他的子女[②]。1903年3月，王国维受聘至通州师范学堂，教授国文，通读康德与叔本华，兼为诗词。次年8月，罗振玉在苏州创办江苏师范学堂，王国维遂至苏州。南通时期的王国维一直病痛缠身，其诗词作品成为他病愁状态的真实记载。因南通东面黄海、南临长江，属于亚热带湿润气候区，四季潮湿多雨，极不利于王国维的身体健康。"积雨兼旬烟满湖，先生小疾未全苏。水声粗悍如骄将，天色凄凉似病夫。"（《五月十五夜坐雨赋此》）[③]诗中所言"小疾"，乃是瘰疬，也即颈部结节，西医称颈淋巴结结核。此时南通正值梅雨天气，连续阴雨已达两旬之久，这天仍然阴雨连绵，到晚不停，王国维夜坐雨中，开学初期[④]授课原应有的激动与喜悦，

---

① 参见俞晓红：《王国维〈红楼梦评论〉笺说》，中华书局2004年版，第10页。本文所引王国维《红楼梦评论》原文，均出自该书，下不另注。

② 王国维长女明珠生于1909年，次年即殇；长子潜明1925年病卒于上海，年方28岁。

③ 参见萧艾：《王国维诗词笺校》，湖南人民出版社1984年版，第16页。本文所引王国维诗词作品，均出自该书，下不另注。

④ 南通师范学堂于1903年春草创，4月27日（农历四月初一）正式开学。

因疾病未愈而替代为凄凉愁苦，故赋诗以记。可知除体质虚弱外，气候潮湿、不服水土、肝气郁结均为病因。入秋，病仍未痊愈："苦觉秋风欺病骨，不堪宵梦续尘劳。"（《尘劳》）次年初，王国维由南通返海宁度岁，1月29日经沪之时，船停浦东，行李箱锁尽断，所带英洋尽失[①]。王国维在上海盘桓十余天，追讨无果，肝气郁结，旧疾复发。不久后颈疖复生，遂赴沪医治，日费一元，后返海宁多时，而病仍在身："滴残春雨住无期，开尽园花卧不知。因病废书增寂寞，强颜入世苦支离。"（《病中即事》）暮春时节，疾病渐愈："院落春深新著燕，池塘雨过乱鸣蛙。心闲差许观身世，病起初能玩物华。"（《暮春》）然而病痛并未彻底远离。秋时王国维已在苏州，仍"诗缘病辍弥无赖，忧与生来讵有端"（《欲觅》）……以是知王国维在撰写《红楼梦评论》一文前后一年多时间内，均挣扎于病痛之中。始悟王国维人生观之养成，与其体质之羸弱不无关系。惟体质孱弱，病痛在身，总不消停，才更增内心世界的愁恨苦闷。

其二，气质忧郁，内心孤独。南通师范学堂是中国第一所师范学校，1903年春初创，一切工作都是零起点，其间之琐碎与艰难可想而知。有资料表明，学校的教员大多是经罗振玉聘请的日本人，身为中国人而做教员的惟有王国维一人；学生多为贡监禀增附生员[②]，国文基础雄厚，王国维只是秀才身份，却要教授国文，且较学生年轻；其伦理学教材系他从日文翻译过来，兼操一口海宁方音……以故王国维虽得到主创者张謇的器重，却没有得到学生应有的尊重。陷此艰难处境，王国维倍感孤独寂寥。有时他漫步江边，细数寺钟："萧然饭罢步鱼矶，东寺疏钟度夕霏。一百八声亲数彻，不知清露湿人衣。"（《秋夜即事》）有时他独行山间，与僧闲话："偶作山游难尽兴，独寻僧话亦无聊。欢场只自增萧瑟，人海何由慰寂寥。"（《拼飞》）多时端居："端居多暇日，自与尘世疏。"（《端居》

① 王国维写给父亲王乃誉的信云："男十二月十二日由通动身，昨抵沪时已昏黑。是日无三公司轮船，即搭美最时行之美顺轮船，船停浦东，因嘱长春栈接客将行李等用船运至该栈。迨至码头检视行李，则箱锁已断，衣裘尽湿。细行查检，失去整包英洋壹佰元及纸卷等物（内有张季直联等）。"此信藏于上海图书馆，"十二月十二日"乃指1904年1月28日。

② 即贡生、监生、禀生、增生和附生。

之一）偶亦独立："独立荒寒谁语。"（《临江仙》）孤独之际，愁苦顿生："我生三十载，役役苦不平"（《端居》之二），"人生苦局促，俛仰多悲悸"（《游通州湖心亭》），"不有言愁诗句在，闲愁那得暂时消"（《拚飞》），"遣愁何计频商略，恨今宵、书城空拥，愁城难落"（《贺新郎》）。敏感、愁苦、孤独，焦虑百端、矛盾重重，怎能不病痛缠身而不消停？于是听到杜鹃的啼声，每每滋生归念："去国千年万事非，蜀山回首梦依稀。自家惯作他乡客，犹自朝朝劝客归。""干卿何事苦依依，尘世由来爱别离。岁岁天涯啼血尽，不知催得几人归？"（《嘲杜鹃》二首）王国维后有《浣溪沙》词云："掩卷平生有百端，饱更忧患转冥顽。偶听啼鴂怨春残。"啼鴂，古作鶗鴂，亦即杜鹃[①]。以"啼"饰"鴂"，更加重了鴂鸣的哀怨之感。病痛伴身，愁苦入骨，哀怨稍触即发，偶听啼鴂，便觉伤悲。抑或病痛伴其一生没有消停，将更增其悲观情绪，至不能解之日，终于自作了结。世人不能体会，而云遗老情结，或谓儿女家事，疑妄测耳。

其三，辗转谋职，人生多舛。王国维至通州师范学堂任职，究其实质，还是出于谋生养家的基本物质需求。1903年，王国维27岁，长子潜明5岁，次子高明才得2岁。此前五年中，王国维受助于罗振玉之事甚多：他在东文学社学习时，罗氏委之以管理学社庶务，请他编译《农学报》并撰社论，后又聘为学监；罗氏在上海创办《教育世界》杂志，又聘他担任主编；随后又赠其川资，助其赴日留学；罗氏任湖北农务学堂监督，又邀他为该校译述农书；罗后出任南洋公学东文学堂监督，邀他担任该校执事；张謇创办通州师范学堂，罗氏力荐他往任心理学、哲学、逻辑学教员。"家贫且贷河侯粟，行苦终思牧女糜……生平不索长生药，但索丹方可忍饥。"（《冯生》）家贫兼之行苦，贷粟且又借金，所欠的不惟物质，更是人情。然而佛祖亦有受糜之时，而况众庶中的我哉？所异者，我不求长

① 《文选·张衡〈思玄赋〉》："恃己知而华予兮，鶗鴂鸣而不芳。"李善注曰："《临海异物志》曰：鶗鴂，一名杜鹃，至三月鸣，昼夜不止，夏末乃止。"唐诗多用"鶗鴂"，宋词多用"啼鴂"。王国维此词作于1907年31岁，此前两年，父亲与继母先后去世。

生，惟求饱腹罢了。诗句透出王国维内心在欲望与苦痛之间的种种摇摆与挣扎。凡此种种，令静安每每思虑苦痛的人生如何能够解脱。他低首凝视生命周期短暂的春蚕，随即感叹自我生命的短暂："呴濡视其卵，怡然即泥滓……嗟汝竟何为？草草阅生死。"（《蚕》）抬头望见寒木栖止未定的冻鸦，便会想到人生旅程的艰辛："只合杨朱叹歧路，不应阮籍哭穷途。穷途回驾无非失，歧路亡羊信可吁。"（《天寒》）云雾漫漫，心中的妄念如何去除："江上痴云犹易散，胸中妄念苦难除。"（《五月十五夜坐雨赋此》）众生芸芸，谁是消解人生疑惑之人："人生一大梦，未审觉何时。相逢梦中人，谁为析余疑。"（《来日》之二）王国维后来审视南通生活时曾曰："体素羸弱，性复忧郁，人生之问题，日往复于吾前。"[①]叔本华之苦痛与解脱的生命观，就这样成为他纾解精神压力的良药。

现在我们可以知道，1904年春，饱经忧患的王国维，是在怎样的境况中找到了《红楼梦》，而将它作为解脱苦痛的良方。他在《红楼梦评论》第一章中论知识无往而不与生活之欲（也即苦痛）相关系，继而又阐述艺术能使人远离生活之欲，而入于纯粹之知识，有循环因果的思维痕迹。第四章再次论及这一话题，以为备尝人世苦痛之人，艺术于他毫无价值，正因为艺术的价值在于使人远离生活之欲；以艺术进之于无生活之欲者，犹如以药石馈之于壮夫。王国维由此指向《红楼梦》的伦理价值，即在于以解脱为理想，而《红楼梦》作为艺术作品的极致，又可以给予忧患劳苦中人以精神上的救济。以是之故，《红楼梦》成为人们企踵欢迎的"大著述"。生命的体验就这样成为艺术价值存在的基础和理由。

偶听悲剧泪无端：渐思渐进的悲剧观

王国维在《红楼梦评论》第一章中阐述了他对艺术品的看法："欲者不观，观者不欲。"既然生活的本质是欲，与痛苦相关联，人们又何以能

① 王国维：《海宁王静安先生遗书》第4册，《静庵文集续编·自序》，台北商务印书馆1976年版，第1785页。

做到观赏艺术品时的无欲状态呢？这似乎触及艺术与生活之间的矛盾。王国维本意，是强调在艺术欣赏时，摒弃从物化角度掂量其价值，即要超出现实功利，忘却物我之关系，不能以实用的眼光对待艺术作品所反映的内容。所以面对曹霸、韩幹所画的骏马，不能想着如何骑去驰骋；面对毕宏、伟偃所画的奇松，不能想着如何砍来做屋梁；正如维纳斯不能求做佳偶、金字塔不能谋为私墓一样。换言之，王国维强调的是远离生活的欲望，以审美的态度和眼光来观赏自然美、艺术美。

但这并不意味着，审美只是一种理性的观赏。面对诸般无涉人之利害关系的艺术品，但以外物视之，心归宁静状态；而若艺术品的内容牵动人的情感、足令人的意志为之破裂之际，观者产生诸多怜悯悲戚的反应，其冷静理性便不复存在。吴道子画《地狱变相图》，其艺术效果能抑制生活之欲，让人“惧罪修善”，令“两市屠沽经月不售”[①]；汉乐府诗《孔雀东南飞》，其悲剧结局能激发百姓悲悯之情，让性格暴戾之人也伤痛流泪。这便是悲剧的艺术感染力。至如戏曲小说，王国维认为仅有《桃花扇》《红楼梦》称得上是“悲剧”，而后者又因描写了宝黛爱情悲剧，而当得“悲剧中之悲剧”。《红楼梦评论》辟专章论析《红楼梦》的悲剧性，将它作为作品美学价值的主要内容加以阐述，该章“悲剧”一词凡17见，实可谓王国维关于《红楼梦》美学的核心价值观。显然，王国维是从这些作品均能感发读者的情绪并使之趋于崇高的角度出发的，其中“恐惧”与“悲悯”这两种情绪，是悲剧最能洗涤读者精神的“固有之物”。读者之于悲剧，不是持理性态度观阅，而是情动于衷至无可如何之境，终而获得超脱世俗功利的审美愉悦。

王国维另一首《浣溪沙》词有曰：“为制新词髭尽断，偶听悲剧泪无端。可怜衣带为谁宽。”触动王国维情怀、令他“泪无端”的“悲剧”，自非生活中的悲伤事件，而当指文学中的悲剧作品。此词作于1905年秋，当时的中国学界，还没有谁在美学的层面上使用“悲剧”一词。王国维领风气之先，能将“悲剧”概念使用得很纯熟，则与他天生的忧郁气质密相关

① [唐]张彦远：《历代名画记》，人民美术出版社1963年版，第171页。

涉。王国维癸卯（1903）所作《书古书中故纸》一诗云："昨夜书中得故纸，今朝随意写新诗。长捐箧底终无恙，比入怀中便足奇。黯淡谁能知汝恨，沾涂亦自笑余痴。书成付与炉中火，了却人间是与非。"细味诗意，见作者情绪有三：一谓善感，偶见古书所夹故纸而生发诸多联想，无法自抑，发而为诗；二谓多愁，曾经的岁月、曾历的故事早已在记忆中远逝，却留痕故纸，书中偶得，曾有的憾恨也悄然浮动；三谓痴情，反复玩味掂量，苦痛不能自解，设想付之一焚，解脱是非缠绕。王国维真可谓是一个有悲剧气质的词人，此时正患"小疾"尚"未全苏"，涂抹故纸、书成新诗，而后付之之炉，直逼"黛玉焚稿"情境。因彼时正是王国维身受病痛之苦、大好叔本华学说的阶段，人生问题亦日日萦系心头拂之不去。他遍读西方几何学、物理学、逻辑学、心理学、社会学、哲学诸书，尤好叔本华、康德之说，亦开始涉足甲骨学、敦煌学。其诗时述其事曰："时时读异书"（《端居》，1903），"玉女粲然笑，照我读奇书"（《偶成》之一，1903），"百年那厌读奇书"（《重游狼牙山》，1903），"但解购书那计读"（《出门》，1904）……王国维大好叔本华而苦读之，更多是从自我人生体验的角度出发，而并非从纯学术理性的层面出发。一方面，王国维从叔本华的学说中找到了宣泄精神苦闷的途径，另一方面，叔本华的悲剧观恰能切合王国维的忧郁个性、悲剧气质。然而知识益增，思路愈阔，其孤独寂寞也越发浓厚。"人生过处惟存悔，知识增时只益疑。"（《六月二十七日宿硖石》）"一日战百虑，兹事与生俱。"（《偶成》）王国维且读且行且著述，其辗转委顿之势，艰难困窘之态，非他人所能知晓。西学东说，卷舒于眼底；老庄叔氏，交融于心头。叔本华三种悲剧说深植于胸，盘旋不去，这促使他思考中国的悲剧存在问题。既然将典型的"悲剧"视为由于剧中人物的位置与关系而不得不生发、人物的意志本质必然引出的普通平常的悲剧，则令他首先想到的作品即是《红楼梦》。以故他在次年发而为文，阐述他对《红楼梦》悲剧类型和本质的看法。

王国维《红楼梦评论》第三章论《红楼梦》的美学价值，与其说是从国民精神的普遍性入手，来论述代表国民精神的小说戏曲作品均是乐天的而非悲剧的，莫如说是从自己南通生活的忧郁人生与悲剧体验出发，借助对《红楼梦》的评论来做一个感发式的表达。他认为："吾国之文学中，其具厌世解脱之精神者，仅有《桃花扇》与《红楼梦》耳……《桃花扇》之解脱，他律的也；而《红楼梦》之解脱，自律的也……《桃花扇》，政治的也，国民的也，历史的也；《红楼梦》，哲学的也，宇宙的也，文学的也。"认为《红楼梦》所描写的解脱是由于"自律"，正是源于王国维对生活本身的苦痛体验。正值江南梅雨季节，王国维旧疾复发，生命旅程如此多舛，心灵的忧郁无由纾解，叔氏之解脱说，又暗合了老庄的大患有身说，这就进一步逼使王国维生发"自律式解脱"的思考。他从自我的悲剧情怀出发解读《红楼梦》，以为这部作品不仅是一出彻头彻尾的悲剧，成为古代小说戏曲悲剧作品中的经典悲剧，而且指出了悲剧的解脱之方，成就了它的伦理价值。这是令王国维对它推崇备至、以为是宇宙间之一大著述的关键原因。

此后他思考不断。1908年12月，王国维在《国粹学报》第47期刊出《人间词话》前21则，以为成就大事业、大学问者，必经三种境界：登高以博览——苦索而无悔——豁然而获得。他以柳永《蝶恋花》词句"衣带渐宽终不悔，为伊消得人憔悴"为喻，来形容一个学者应当具备的执着求索、百苦不怨的治学精神，显然与"可怜衣带为谁宽"一句所喻精神实质相通。这种精神在他求索中国悲剧时全程体现。《红楼梦评论》发表8年后，写于1912年底、完成于1913年初的《宋元戏曲史》提出：明传奇无非喜剧，元杂剧则有悲剧在其中，《窦娥冤》《赵氏孤儿》《汉宫秋》《梧桐雨》《西蜀梦》《火烧介子推》《张千替杀妻》等作品均有悲剧性质。《红楼梦评论》以叔本华的第三种悲剧说为立论基础，认为《红楼梦》是中国经典悲剧的范型；《宋元戏曲史》认为，《窦娥冤》《赵氏孤儿》"即列之于世界之大悲剧中，亦无愧色也"[①]。这两种悲剧的类型，非如《红楼梦》那般属于第三种悲剧，而恰是"由极恶之人，极其所有之能力，以交构之者"的第一种悲剧，只不过他用"其蹈汤赴火者，仍出于其主人公之意

① 王国维:《宋元戏曲史》，岳麓书社1998年版，第84页。

志"[①]之说以制衡，以弥补两种悲剧性质之间的天然沟堑。显而易见，王国维对悲剧艺术精神的思考，从他读叔本华始，至8年后撰《宋元戏曲史》止，孜孜矻矻，一直没有停止过。"偶听悲剧泪无端"之"悲剧"意识，是王国维文学研究由悲剧的《红楼梦》通向悲剧的古代戏曲之路的一个拐点。在这一学术进程中，王国维逐渐修正并完善了他关于中国古代文学之悲剧存在的观点。

偶开天眼觑红尘:悲天悯人的佛教观

《浣溪沙》是王国维比较喜欢用的词牌。他又一首《浣溪沙》词云："山寺微茫背夕曛，鸟飞不到半山昏。上方孤磬定行云。 试向高峰窥皓月，偶开天眼觑红尘。可怜身是眼中人。""天眼"又称"天趣眼"，乃佛教所说"五眼"之一，能透视六道、远近、上下、前后、内外、未来等。《大智度论》卷五云："天眼所见，自地及下地六道中众生诸物，若近，若远，若麁，若细，诸色无不能照。"[②]王维有《夏日过青龙寺谒操禅师》诗曰："山河天眼里，世界法身中。"可见"天眼"可以不受时间、空间、方位、物类、色相的限制，洞穿世间一切存在，而王国维却专注于红尘中的"人"。叶嘉莹以为静安眼中之人者，"固此尘世大欲中扰扰攘攘、忧患劳苦之众生也"，萧艾以为词旨即"屈子众醉独醒之意"[③]。两解同工而异趣：叶氏乃以众生之苦为静安之苦，是谓静安忧观芸芸众生；萧氏则以为众生皆醉而静安独醒，是谓静安超离众生之上。然而"眼中人"并非仅是王国维以旁观者所觑见，观者自身亦是天眼所觑之人。观者与众生原即你中有我、你我一体的关系。王国维以为人之大患，在我有身，所以"我身即我敌，外物非所虞"（《偶成》之一），"大患固在我，他求宁非谩"

① 参见俞晓红:《王国维〈红楼梦评论〉笺说》，中华书局2004年版，第96页。

②《大正藏》第25册，台北佛陀教育基金会1990年影印本，第98页。

③ 参见萧艾:《王国维诗词笺校》，湖南人民出版社1984年版，第150页。

（《偶成》之二）[①]。王国维觑见众生扰扰攘攘于红尘之中，自己又寄托何处？“试问何乡堪著我？欲求大道况多歧。”（《六月二十七日宿硖石》）“君看岭外嚣尘上，讵有吾侪息影区？”（《重游狼山寺》）自身因超离不了众生之中而心生忧患，所以“可怜身是眼中人”句，乃谓自身与众生一并都在哀怜之列。他苦苦思索解脱之道：是随僧侣漫游方外——“拟随桑户游方外，未免杨朱泣路岐。”（《病中即事》）还是居留山中小隐——“羯来桑下还三宿，便拟山中构一庐。”（《重游狼山寺》）或是寻求生命的寂灭——“蝉蜕人间世，兀然入泥洹。”（《偶成》之二）遭遇苦难之际，困惑难除之时，王国维也一如古代诗人骚客般呵壁问天，然而“至今呵壁天无语，终古埋忧地不牢“（《尘劳》）；不得已，他只好去咨问如来：“厥途果奚从，吾欲问瞿昙。”（《偶成》之二）最终他发现，自己也如芸芸众生，肉眼凡胎而已：“吾侪皆肉眼，何用试金篦。”佛家谓金篦能使肉眼清明，然而梦幻尘世，众生俱为天眼中人，肉眼再明又待如何？

综观可知，写作《红楼梦评论》前后的一两年间，人生困顿与苦痛解脱之念，每每盘旋于王国维心中，挥之不去。以是之故，《红楼梦评论》前四章每有佛音禅意，间与老庄思想交融，形成一种华严沉郁的思辨之风。第一章论及含有眩惑原质的艺术作品时云：“虽则梦幻泡影，可作如是观，而拔舌地狱，专为斯人设者矣。”“梦幻泡影”语本菩提流支译《金刚经》中著名的“六如偈”：“一切有为法，如梦幻泡影，如露亦如电，应作如是观。”[②]“梦幻泡影”用以比喻“一切有为法”无不虚妄。“梦”喻梦中所见本无，“幻”喻幻术所化不实，“泡”喻易生易灭，“影”喻从缘而现。“拔舌地狱”谓人生前毁谤佛法、死后将下到受拔舌刑罚的地狱。唐释道世《法苑珠林》卷87：“今身言无慈爱，谗谤毁辱，恶口杂乱，死即当堕拔舌、烊铜、犁耕地狱。”[③]第二章阐论解脱之道存于出世而不存于

①《红楼梦评论》篇首引老子语：“人之大患，在我有身。”按，《道德经》第十三章原文曰：“吾所以有大患者，为我有身。及我无身，吾有何患？”参见俞晓红：《王国维〈红楼梦评论〉笺说》，中华书局2004年版，第5—7页。王国维引古籍原著，时有镕裁文字之痕，即如引《红楼梦》原文，亦是如此。

②《大正藏》第8册，台北佛陀教育基金会1990年影印本，第752页。

③《大正藏》第53册，台北佛陀教育基金会1990年影印本，第816页。

自杀，所以王国维推崇贾宝玉、惜春、紫鹃之出世，而不赞同金钏、司棋、尤三姐、潘又安式的自杀，即便是柳湘莲、芳官那样的出世，也被列在后一类。

第三章以《桃花扇》为参照系，来论《红楼梦》所表达的解脱，才是自觉自足的真正的解脱。第四章却又对解脱是否能成为伦理学的最高理想表示怀疑，以为用普通道德标准看贾宝玉出家，不能辞不忠不孝之罪，然若“开天眼”而观之，恐又是一种继承父祖未竟事业的智慧行为。至若“无生死，无苦乐，无人世之挂碍”云云，语本唐玄奘译《般若波罗蜜多心经》：“无无明，亦无无明尽，乃至无老死，亦无老死尽……无挂碍故，无有恐怖，远离颠倒梦想，究竟涅槃。”[①]对于叔本华理论，他开始质疑：“试问释迦示寂以后，基督尸十字架以来，人类及万物之欲生奚若？其痛苦又奚若？吾知其不异于昔也。”佛祖曾曰不渡众生誓不成佛，则其成佛之后，何以众生仍为痛苦所困扰而不异于往昔？这说明众生并未渡尽。既然众生未渡，则佛祖理当不能成佛。如此看来，佛祖曾否真正涅槃成佛，还是宇宙间的一大疑问，所以王国维说：“释迦基督自身之解脱与否，亦尚在不可知之数也。”王国维自引旧作《平生》诗于此曰：“人间地狱真无间，死后泥洹枉自豪。终古众生无度日，世尊只合老尘嚣。”此时亦作于南通时期，与《红楼梦评论》中对释迦是否解脱成佛的疑问互相发明，说明王国维写作《红楼梦评论》前后，一直在苦苦思考寻觅人生的苦痛如何能够解脱这一哲学难题，且超脱了个人拘囿，从整个人生与社会的高度来观照这一命题。

至“余论”部分，文字豁然变为平实，直指作者姓名与著书年月为“唯一考证之题目”。王国维以“天眼”观照《红楼梦》，原本有其先天的审美缺陷和逻辑矛盾：既然一切有为法都是天眼中的梦幻泡影，自身和《红楼梦》作者和芸芸众生一样，也都是天眼中人，那么这部“宇宙之大著述”，当然也在“无挂碍”“无有恐怖”的范围之内，则论者又何必执着一念，强调研究重心当指向作者姓名与著书年月呢？读者只要感受文本的

①《大正藏》第8册，台北佛陀教育基金会1990年影印本，第848页。

佛家奥义、领悟真正的解脱之道即可——进一步说，倘若《红楼梦》真以解脱为伦理学之最高理想，则这部小说的作者可以悬崖撒手、直接走向解脱就是，又何必留下这样一部华严悲凉的《红楼梦》在红尘？

《红楼梦评论》发表后的第二年，王国维所撰《静安文集自序》中说："旋悟叔氏之说，半出于其主观的气质，而无关于客观的知识。"深味《红楼梦评论》，读者自可发觉，"余论"部分辨妄求真的考证精神与前四章沉郁苦痛的务虚风格，有着明显的差异。我们也可以说，王国维所谓《红楼梦》以解脱为伦理学之最高理想的观点，亦如叔氏之说般，"半出于其主观的气质"，而未必与《红楼梦》文本的精神指向完全匹配。

王国维自云："文章千古事，亦与时枯荣。"（《偶成》，1904）一个时代有一个时代的文学，一个人在其不同的生命阶段，也会有其不同的创作风格。知人论世乃是传统作文的基本法则。王国维一生作诗192首，填词115首，南通时期诗作25首、词7首。如果对其诗词作品作一圆览，可以发现，王国维自到南通，其人生便陷入了精神的低谷：病痛、潮湿，抑郁、孤独，局促、愁闷……其间也偶有晴川嘉树、清风新荷，然整体风格仍是沉郁与悲凉；而当他1904年秋去了苏州之后，其生命旅程霍然展开了新的画面，焕发出别样的精神异彩，诗词的风格转而为快乐与振奋。如谓南通一年是王国维青年时代的一段精神苦旅，则《红楼梦评论》可谓是这段精神苦旅之内涵的经典性文学解读。读人间诗、人间词，论人间红楼，感人间际遇，希冀灵蛇之珠在握，而红学之境常青也。

［原载《河南教育学院学报》(哲学社会科学版)2015年第6期］

《红楼梦》百年跨文化阐释谫论

百年红学历程中，对《红楼梦》的跨文化阐释主要在四个维度上进行：阐发研究，平行研究，翻译研究，域外流传。《红楼梦》的域外改编与演出，乃是小说题旨在异国文化观照下的文学阐释和艺术变异。在各种文化语境中对《红楼梦》所作的跨文化阐释与研究，是比较文学的重要组成部分。

一

20世纪《红楼梦》的跨文化阐释行程，当肇始于王国维的《红楼梦》研究。他的《红楼梦评论》一文，援引西方哲学美学的观点和方法来对《红楼梦》作阐发研究，为整个20世纪红学乃至古代小说的研究确立了一种全新的批评范式。梁启超倡导的“小说界革命”，则为这种研究范式的出现提供了一个文化语境。

小说在中国古代一向不登大雅之堂，或被视为史余史补，或被视为小道末技，大方之家不屑道之。然而小说地位的改变和提高，却恰以梁启超对中国古代小说的否定为前提。1898年，为配合维新变法运动，梁启超开始译印政治小说，以为俄、美、英、德、法、奥、意、日本各国政治的进步，政治小说功用为最。1902年，梁启超为改良群治之目的，郑重提出“小说界革命”的口号。在梁启超倡导的八种新小说中，政治小说位列其首。由于梁启超对小说功能的肯定与“文以载道”的传统文学观颇为契合，所以在当时的中国社会得到多方响应，造就了一个新的思想文化大语境。梁启超对政治小说的推崇有其功利性、实用性的目的，其小说理论显得粗疏而零星，缺乏系统性和深广度，但他能从多国文学的比较中阐论政治小说之功用，这在中国古代小说批评的历史长河中，打破了源于诗话词话的感悟式的评点范式，或是实证式的考据、注疏、索隐的传统路径，实为中国小说批评的现代转型开辟了一个跨文化、跨国界、跨学科的新视野，拓展了小说批评的思维向度。

1904年春夏间，王国维在上海《教育世界》杂志上发表长文《红楼梦评论》。他首先将老庄的哲学精义与叔本华的人生观作深度比较，阐明对生活本质的基本看法，以此为全篇立论的出发点。老子的去私弃欲、淡泊功利，庄子的看淡生死、全生保身，与叔本华的克制欲求、追求解脱，有其哲学观念上的内在相通之处。王国维撷取其间的契合点，杂糅为一，奠定了全文人生观、艺术观的哲学基础；他又将西方美学中的“崇高”理论与中国古典美学中的阴阳刚柔概念糅合，提出“壮美”与“优美”两种美学范畴，以为生活之悲表现在艺术中，则成为壮美之情，由此产生“使人忘物我之关系”的审美快乐。这在当时从未有过以西方哲学和美学的思维方式来审视古代文学作品的中国文学批评界，是别具卓识、不同凡响的一个建树。其次，王国维以中西男女文化观和经典文学作品的类比分析，作为对其哲学观人生观的具体阐发和印证。他引用德国诗人裒伽尔（Gottfried August Bürger，1747—1794年）“Schoen Suschen”一诗中有关人类性爱行为的哲学思考的诗句，与中国古代“饮食男女，人之大欲存焉”的恒言并举，证之以古代君王纵欲荒淫、身死国破的典型事例，说明人类的痛苦源于生活之欲，为下文论述解脱之道张本；再以歌德《浮士德》为参照，探讨浮士德的精神解脱之路与贾宝玉的苦痛解脱行程的相通之处①。这种对本无时空接触关联的中西文化精神的类似点与亲和性的敏锐把握，建基于人类共同的生理需求、心理趋向与精神诉求之上，体现了王国维对

① 参见俞晓红：《王国维〈红楼梦评论〉笺说》，中华书局2004年版。

人生欲望解脱之本质的深刻而忧郁的哲学思考。又次，王国维借用叔本华的三种悲剧说，对《红楼梦》的悲剧性质作了深度阐发，借此充分肯定了小说的美学价值；又引亚里士多德关于悲剧能感发人的情绪并令人趋于崇高的观点，从美学价值与伦理学价值融而为一的高度，肯定了《红楼梦》的悲剧意义。由于援引的西方文学美学观本身就蕴涵能够阐发的元素与性质，王国维又特别注重从全新的视角揭示《红楼梦》的意义生成，这就令《红楼梦》超越了本土文学的时空拘囿，获得一个与西方文化、世界名著交流对话的契机。

可以说，王国维的《红楼梦评论》，是中国20世纪学术界运用比较文学的思维和方法审视中国文学名著的第一篇专论。它所尝试的阐发研究，实际上是一种跨文化阐释。王国维将老庄哲学与叔本华哲学作彼此的观照阐发，借以衍伸出自我的人生观念。这种对西方术语和理论加以适当调整、修正以使之适应中国文学文化的思路，与20世纪70年代比较文学界提出的“中国学派”理论相契合。不仅如此，王国维重新建立了叔本华理论和《红楼梦》文本之间的联系：原本为叔本华悲剧理论所指的《浮士德》《熙德》《哈姆雷特》等西方文本，替换为中国经典小说文本《红楼梦》，后者以其悲剧的特定方式充实了叔本华的悲剧理论内涵。以西方理论阐释中国文学作品，使之互相发明：这一跨文化的阐释方式，突破了中国传统考据和评点的方法拘囿，开启了20世纪红学研究乃至整个中国古代小说研究的新路径，充分显示了它在小说批评领域中的学术范型意义。即此而言，《红楼梦评论》不仅是中国现代悲剧美学、而且也是中国比较文学的开山之作。

此后百余年间，借重西方理论以剖析《红楼梦》文本的做法络绎不绝，从康德、尼采到海德格尔、弗洛伊德，从哲学、美学到政治学、社会学、心理学、叙事学、符号学，从原型批评、精神分析到解构主义、象征主义乃至女性主义……尤其在20世纪80年代改革开放思潮的冲击下，诸多西方观念和方法大量输入中国文学批评界，造成古代小说研究界前所未有的繁荣景象，丰富了《红楼梦》的文化内涵，大大促发了它的意义生成。同时，一些研究者尚未来得及做好理论准备，即引用一些舶来的理论碎片匆忙上阵，遂致西方理论与《红楼梦》文本难以交融的现象的大面积出现。《红楼梦》的整体意义世界在各种陆离理论的过度诠释下产生一定程度的扭曲变形。那些以政治学、社会学视角切入的研究，急于将所有人物归类于不同的阶级阵营，学术品格遂集体沦陷于阶级斗争学说的沼泽地。从心理学角度探讨人物的性格与气质构成者，多浅尝辄止，远未达至人性的深层。持原型批评理论观照《红楼梦》文本原是一种有益的尝试，然木石前盟故事近于后神话，不少人忽视了它与西方神话生成流变之间的差异，致有隔靴搔痒之实。诸多以“主义”解读《红楼梦》的研究，多以理论框架取胜，与文本发生的实际状态若即若离，甚或隔空对望，难副其实。《红楼梦》是个什么主义？它高度尊崇女性，反对男尊女卑，有朴素的民主平等思想，然而它仍与现代社会基础上的以妇女解放、性别平权为张力的女性主义（Feminism）有很远的距离。它较多地使用了意象象征，绛珠草、通灵玉、埋香冢、大观园及各处园中园等，有意无意之间，营构了《红楼梦》象征的森林[①]，然而它并不是象征主义。象征主义原系19世纪末产生于法国的诗歌流派，它是有理论、有宣言的、理性的文学运动。曹雪芹或有普遍象征的意识，但必定没有象征主义的理念。在《红楼梦》成书之时，中国没有任何有理论体系的“主义”的生成，曹雪芹洒泪泣血于悼红轩，披阅十载、增删五次时，也不会理性地使用任何“主义”。作为中国古典诗歌的重要表达方式，意象象征原本就有深厚的传统文化渊源，借他山之石以攻玉，目的是要将文本的意义生成阐发到更深更远处。跨文化视域是开阔的、比较的，也须是根植于本土的。因为缺乏文化传统的深厚积淀，一些研究只停留在文化的表层，难以深入到民族文化心理的层面去感受《红楼梦》深层的气质与情感，阐发的文字也就往往显得肤浅而趋于表象化。可以说，如果没有传统文化的深层浸润，没有深厚的国学功底、比较文学学养和学术思维的严格训练，仅将西方理论简单植入《红楼梦》的阐发，就很难把握《红楼梦》的文化底蕴和生命精神，亦难使之

① 参见俞晓红：《红楼梦意象的文化阐释》，安徽师范大学出版社2013年版。

获得世界文化坐标的准确定位。

二

百年《红楼梦》跨文化阐释的一个重要维度，是将事实上并无联系的域外作品与《红楼梦》作平行的比较研究，对小说作多层面的审美分析。20世纪上半叶，吴宓的红学实绩，在研究方法的学科特征和比较对象的开阔视野上显示了平行研究的范型意义。

吴宓1917年7月进入哈佛大学研究生院比较文学系，师从白璧德教授系统学习比较文学的理论和方法。1919年春季，他在哈佛大学为中国学生会所做的题为《红楼梦新谈》的演讲，从政治学、哲学、社会学和美学的角度，将《红楼梦》与西方小说作了多层面的平行比较，拓宽了研究的界面。吴宓首先以哈佛大学马格纳特尔（Magnadier）关于小说杰构的六个标准来衡量《红楼梦》，举其情节文本一一印证阐发；复引亚里士多德的悲剧理论，举贾宝玉的一生习性与用情特征例析；再以雪莱的泛爱多情、卢梭的诗人气质比拟贾宝玉的情感性行。凡此诸种援西用中之文字，既有宏观的跨文化阐发，又有微观的类比剖析，显示了一种丰富密实的阐论风格，将《红楼梦》与世界文学的动态对话往前推进一层。这次演讲的意义还在于，这是中国学者第一次向西方国家介绍分析《红楼梦》的意义，从政治历史社会文化的多层面指明中国古典名著在世界文学史上的崇高地位，在中国文学价值观的“输出”上作出了前所未有的贡献。其后22年，吴宓再论《红楼梦》，仍然选取比较文学的视角，以《石头记》为中国文化、生活、社会的完备的缩影，借助亚里斯多德的“庄严性”阐发贾宝玉的人生观，并以西方小说结构布局的艺术规则分析《石头记》，又推举其语言的纯粹灵活、和雅圆润。他还以柏拉图著述、但丁和卢梭作品、堂吉诃德与浮士德形象作比，进一步概括贾宝玉的个性特征。首次将比较文学学科教学输入中国高校的吴宓，不仅深谙比较文学的理论与方法，而且还以其对世界哲学文学名著的精准把握和对多国社会历史文化的深厚了解，切入《红楼梦》的比较研究，并涉及小说的宗旨、结构、人物、语言、情节等诸多内容，比较的对象和层面全面丰赡，阐论密实，行文洒脱，既是为确定《红楼梦》的世界文学地位作出的开创性努力，亦在很大程度上拓宽了中国读者的接受视野。

从1920年至1949年间的30年间，平行研究方法施于红学已属常见，且多集聚于小说的人物塑造和艺术表现两个方面。陈独秀、陈汝衡、李长之、李辰冬等名家均撰有平行研究的专文，从人物描写技巧、爱情结构、悲剧感染力、文学价值、叙事笔调等角度切入平行研究，力图将《红楼梦》与《人间喜剧》《战争与和平》《飘》《福尔赛世家》等世界名著相提并论。他们的文章大多刊载于当时发行量较大、读者面较广的报刊（诸如成都的《流星月刊》，上海的《小说月报》《申报》《国闻周报》，天津的《泰晤士报》《民治月刊》，北京的《清华周刊》等①）上，作者也多学兼中西，于《红楼梦》尤有独到精妙的心得。在西学东渐、新知纷呈的时代文化大语境中，研究者不拘旧红学的家数，突破考证索隐诸般套路，将眼光投放于《红楼梦》与西方小说的类比分析上，这为20世纪上半叶的红学带来了勃勃生机。相对于中国传统学术界对古代小说乃是“小道末技”的惯性认知，上述各家将《红楼梦》比附世界名著，在很大程度上带有推崇并提高《红楼梦》身价与地位的用意；论文以报刊为载体发布，则在较为广泛的国民受众群中实施了这一目标。与此同时，诸多论文涉及国外作家作品时，往往浅尝辄止而未加展开详细类比，多半是印象式、感悟式的表达而非镂刻式、学理式的论证。它们为中国读者带来了新鲜的空气与味道，同时又有观点的碎片性、阐论的浅层性和学理的疏离性等弱点。这种状况与20世纪上半叶中国比较文学学科本身的羸弱有很大的关系。

20世纪70年代末80年代初，比较文学在中国学术界全面复兴，红学界与此同声共气，展开了专业读者群的平行类比研究，相关论文迄今已逾千篇。用以平行比较的文学作品，有《傲慢与偏见》《简·爱》《红字》

① 吴宓、陈独秀等诸家文章均收入吕启祥、林东海主编:《红楼梦研究稀见资料汇编》，人民文学出版社2001年版。

《安娜·卡列尼娜》《百年孤独》等数十部；比较的内容也由人物形象、艺术手法延展到作品主题、情节意象、作家观念、小说美学等层面。爱情悲剧主题类比所涉的外国作品，按研究者的关注度依次是：《源氏物语》《呼啸山庄》《飘》《红字》《德伯家的苔丝》《少年维特之烦恼》等。《红楼梦》的结构艺术和预示艺术也是研究者颇为关注的热点，如周珏良论作为封闭世界的河、海、园在《哈克贝里·芬》《莫比·迪克》《红楼梦》中的结构意义，杨周翰论“梦”在《红楼梦》《埃涅阿斯纪》中的预示作用，万直纯等从文学预言的生成机制角度论《百年孤独》《红楼梦》的预示艺术，都是颇有见地、达至一定高度的研究①。由于中外时空距离的物理存在和文化体系的彼此隔膜，不同国度、语言的文学作品之间的事实联系较为有限，因此不受时空、质量和强度限制的平行研究逐渐受到诸多红学研究者的青睐。他们借助国际化的文学视野，突破了史学思维和实证方法的拘囿，而代之以美学的思维和阐释的方法，在平行比较中强调《红楼梦》的美学价值，举凡主题、题材、人物、情节、风格、技巧以及作品整体，无所不容。这就使得红学不再沉迷于单纯的事实考索和源流探析，在拓宽了自身研究路径的同时，也极大地提升了《红楼梦》的文学意义空间，从而能在世界文学经典的参照下对《红楼梦》作出恰当的价值判断。在中外文化交流融合的当下，红学中的平行研究以其对象范围的广阔性、切入角度的灵活性和审美思维的形象性、直觉性、主体性特征，显示出强大的生命力，也为红学界展示了宽阔的研究前景。

较之20世纪上半叶，近40年的平行研究，在比较分析的系统性方面有了很大的进步，但也存在较多的学理问题。一些论者看到两部作品浅表的相似点即纳入平行比较，为比较而比较的“X比Y”模式多有存在，在

① 参见周珏良：《河、海、园——〈红楼梦〉〈莫比·迪克〉和〈哈克贝里·芬〉的比较研究》，《文艺理论研究》1983年第4期；杨周翰：《预言式的梦在〈埃涅阿斯纪〉与〈红楼梦〉中的作用》，《文艺研究》1983年第4期；万直纯、冯敬学：《从〈红楼梦〉和〈百年孤独〉看文学预言现象的生成》，《安徽广播电视大学学报》2000年第1期。

同一作品中，一个X既可以比Y也可以比Z甚至更多[①]。对形象内涵的认识缺乏共同性和稳定性，固然源于研究者审美眼光之异，但其比附的随意性却显而易见，它往往由流于皮相的浅度比较导致。也有一些论者在比较对象的异同点及其文化成因上关注不够，或突出其相似点忽略其相异点，或强调其差异性而忽视其趋同性；或虽注意到比较对象的异同，却对造成这种异同的不同体系的文化内蕴缺少深层挖掘，将比较文学当做文学比较，对其文化成因的研究缺少创造性的整合过程，导致比较对象异同点的简单罗列，或是文学现象的简单比附，人类普遍存在的共通思维与比较红学的文学研究本质未得到应有的重视和维护，跨文化阐释的思维品质因此受损。从平行比较的角度出发对《红楼梦》作跨文化阐释，需要研究者拓宽研究视野，注重文学的积累和文化的拓展，遵循学理和原则，才能健康有效地往前发展。

三

《红楼梦》跨文化阐释的一个显豁视角，是对这部名著与不同民族国家之间的文学交流以及事实上发生过或存在着的文学关系的探究。由于这种文学交流关系的发生更多时候要借助译介才能送达接受者，因此《红楼梦》的翻译成为诸多研究者青睐的对象。

国内较早探究《红楼梦》翻译问题的仍是吴宓。他在1929年以“馀生”的笔名发表了《王际真英译红楼梦述评》，盛赞王际真译笔轻清流畅、富于常识，深明西方读者的接受心理[②]。此后半个世纪内，相关研究论文并不多。至20世纪下半叶，《红楼梦》的译本已经非常丰富，计有英、法、德、俄、日、韩等20余种文字，这为《红楼梦》翻译研究的逐步展开提供

① 如《源氏物语》中的紫姬，既比林黛玉，又比薛宝钗；《傲慢与偏见》中的伊丽莎白，亦是既比林黛玉，又比薛宝钗，还比贾探春。

② 最初发表于1929年6月17日天津《大公报》“文学副刊”第75期。今收入吕启祥、林东海主编：《红楼梦研究稀见资料汇编》，人民文学出版社2001年版。

了丰赡的文本材料。1980年以后，这一研究也获得前所未有的发展，出现相当可观的研究成果。以中国知网收录计，20世纪最后30年中，《红楼梦》翻译研究的论文仅有80余篇；在2000年至2017年9月底的18年间，达到1880余篇，是过去30年的23倍还多，语种涉及英、法、德、俄、日、韩、斯洛伐克、西班牙、缅甸以及蒙语、维语等。其中属于英译系统的霍译本和杨译本成为研究者高度关注的焦点，占全部成果的80%以上。与此同时，一些翻译研究文集、专著也渐问世，更多关注于作品的翻译艺术、翻译研究视野和欧美日译介史等。

21世纪研究成果数量上的激增，乃与研究者身份的变化相关。20世纪的红学研究者，因受自身知识结构的拘囿，与《红楼梦》译本有较多隔膜，因而相对钳制了《红楼梦》翻译研究的发展。21世纪以来的研究者，其出身已从汉语文史专业悄然迁移扩展到各种外国语言文学专业，知识结构和学术背景都较以往有极大不同，其专业素质与《红楼梦》译本间有天然的亲和力；一些著名学者有更明晰的翻译研究的理念和实践，为博士生开设专门的课程，积累精深。凡此种种，均对《红楼梦》翻译研究的蓬勃发展有直接的推动作用。同时，诸多高校外语专业博硕研究生与其导师的师承关系，也在很大程度上促进了这一研究的空前繁荣。一个显明的表征是：《红楼梦》的翻译研究在21世纪赫然成为相关高校硕博论文的热门选题。从2000年至2017年9月的近18年中，中国知网优秀硕博论文数据库收录《红楼梦》翻译研究的专题论文达906篇，学位单位来自全国各地80多所高校，来自上海外国语大学的论文75篇，占总数的8%；其中博士论文32篇，而来自上海外国语大学的即有16篇，占博士论文总数的50%①。论文年份分布上，硕博论文2001年始有收录，至2012年达到高峰，有141篇之多，此后渐减。诸多博士论文篇制宏大，学理意识更强，论述也更为

① 自2013年至今，该校此类硕博论文已在中国知网少见；北京、西安、四川、广东等地的外国语大学及西南交大、安徽大学等，其硕士论文仍保持该类选题的热情。

系统[①]。从研究范围看，杨译本和霍译本的翻译比较研究仍是研究者青睐的内容。从研究对象看，主要有以下五类：第一类从语境、语用、语篇衔接、语法、翻译风格、翻译技巧与策略等切入《红楼梦》翻译研究，约占总数的26%；第二类从习语、俗语、成语、谚语、修辞、隐喻、转喻、典故、熟语、谶语、仿词、四字格、双关语、歇后语、委婉语等层面切入，约占总数的24%；第三类从人名、绰号、服饰词、颜色词、中医术语、酒文化、菜名、文化意象、人物外貌形象、园林建筑、文化负载词等层面切入，约占总数的21%；第四类专注于《红楼梦》诗词曲赋、判词、红楼梦十二支曲、酒令、回目、对联、灯谜、骈文等的翻译研究，约占13%；第五类是对《红楼梦》中称谓语、指示语、介词、拟声词、重叠式副词、助词、感叹词、拟声词、数字、动词、被字句、把字句、说书套语、人物语言等翻译研究，约占12%。还有少量关于译者主体性及文化冲突研究、叙事文体研究、译介史研究等。

稍加分析可知，第一类和第五类基本属于传统翻译研究中的语言研究。它们主要关注译本对原著语言现象的译文表达，侧重于原著语言的外国语转换是否到位、翻译理论的是否实现、译本语言的优劣比较与价值判断，借助纠偏、辨讹等行为，揭明怎么译才是“最好的”或“最合适的”，以期生发对翻译实践的指导作用。第二、三、四类研究，虽然也多从语词出发探讨译本优劣问题，但因为所涉语词原有丰富的汉语文化内涵，或是寓示小说人物个性与命运、关涉文化意象的设计与表达，这就在不同程度上超出了纯粹语言分析，而更趋于文学分析或文化解读，其审美评析要多于译文质量的价值判断，视野更为开阔，更拥有比较文学的意义。值得注意的是，一些研究具备明显的文化视角，较多关注《红楼梦》原文转换为外国语的过程中异族文化观念的交流与冲突、误译与变形，或更深入细致地考察文学翻译行为产生的域外传播与影响、域外读者的阅读接受程度及

① 如李磊荣:《论民族文化的可译性——兼论〈红楼梦〉的翻译》,上海外国语大学2004;王金波:《弗朗茨·库恩及其〈红楼梦〉德文译本》,上海外国语大学2006;江帆:《他乡的石头记:〈红楼梦〉百年英译史研究》,复旦大学2007等,分别探究《红楼梦》的俄译、德译、英译情况,堪称力作。

其原因，探讨译本“何以”让域外受众欣悦或漠视，这就较之一般的翻译研究显示了更多的跨文化比较研究的品质和深度。

一种能够达成共识的观点是：翻译使原作得以在异域产生持续的生命，故它本身就是扩大到文化层面的一种跨文化阐释。就此而言，对《红楼梦》翻译的研究，相当于对《红楼梦》的一种特殊的跨文化阐释方式的研究。一些较有眼光的研究者，一方面颇为关注译作在域外国际大都市书店和机场书店书架上的存续流动状况、在欧美著名大学图书馆书单上的数量和借阅流量、译作是否获奖等，以求确定译文文本是否获得经典地位；另一方面也积极思考译文的序跋内容与作者身份、欧美网站批评和读者反馈，考察译本在普通外国语读者中的接受状态和由专业读者群建构的评介系统所呈现的域外学者的接受状态，分析职业改写人系统、赞助人系统在《红楼梦》从源语文学文化走向译语文学文化中所起的关键作用。事实上，除了汉学家可以直接面对汉语原著之外，域外多数读者的解读与批评均建基于译本。因此这种评介无论采用何种路数切入译文，也无论借助何种理论框架作文本阐发，在某种程度上，它们已与文学翻译研究彼此交融，难分难解。所以对这一专业读者群的解读、阐释的再研究，也自然无法将“译”与“介”截然分开。尽管有研究者声称，对《红楼梦》翻译（介）史的研究仅是一种描述性阐释而不是规定性评价，然究其实质，仍是一种跨文化阐释与研究，只是这种研究采用了史学思维，对相关史料作实证研究，在所有与翻译相伴相生的事实基础上进行全面的、历时性的扫描而后得出结论。这种研究仍需对翻译行为予以价值判断，只不过这种价值判断并不仅止于语言层面。可以这么说，考察中国文学经典作品《红楼梦》以另一种语言形式流播域外的历史进程，重视《红楼梦》外译的国际市场问题，将翻译、阐释、研究看作一个互为联系的有机整体而探究参与外译实践的主体构成，借此认清它在世界文学格局中的生存状态及其可接受性，这是比作品、译者、读者三者关系的理论探究来得更为重要的课题。因为不同的主体会居于不同的目的，遵循不同的文化规范，其成果必会具备不同的文化效应。《红楼梦》原著在源语文化的空间里生存，其译本在译语文化空间里运行，在两个相对对立的文化平台之间，译者、读者、研究者共同完成文学传播和文化传递的任务，或云共同参与了这样一个跨文化的文学移动过程。这种将翻译研究的重点从语言转换层面投向广阔的文化运作层面的路数，体现了翻译研究"文化转向"的努力目标。因为翻译的实质是一种跨文化交际行为，"翻译研究的文化转向就是要……'超越文本''超越翻译'"[①]，一旦实现并完成了文化转向，"翻译研究也必将成为中国比较文学的一个极其重要并占有相当大比重的研究领域"[②]。

对经典文学作品的翻译，归根到底是对中国和世界的一种文化贡献，是从中国文化语境出发去呈现当代人共同关心的核心命题，因此译文对原著的忠实与否，也只是一个策略而已。将《红楼梦》在英语世界的读者队伍的不够壮大，归因于译作技术上的不够完美，是一种相对狭隘的视界和较为肤浅的理解。《红楼梦》翻译研究，应能借助译作语言，在文学与文化的层面上真正深入地把握其经典意义所在，并以此为研究的出发点，以超越国域的世界文学价值判断为其终极指向。红学知识谱系与语言文化学殖的融合，是《红楼梦》翻译研究者所应拥有的素养和技能。

四

《红楼梦》的域外输出时间较早，而域外研究则相对较晚。早在1793年12月，《红楼梦》即已通过海运进入日本，然学者对文本的研究已是19世纪末的事。《红楼梦》进入韩国应在1830年以前，但韩国读者一直对作品所知甚少，直到1989年成立中国小说学会并举行各类活动，韩国学者才真正启动红学的系统研究。在欧洲，最早提及《红楼梦》的不是学者、研究中国文学的专家，而是传教士。1822年，英国传教士马礼逊编纂《英汉词典》出版，引用了《红楼梦》的215个句子作为英文词的中文释义。由于彼时文本的译介远未进入自觉、系统、理性的状态，域外读者与汉语文

① 谢天振：《正确理解"文化转向"的实质》，《外国语》2014年第5期。

② 谢天振：《比较文学与翻译研究》，复旦大学出版社2011年版，第99页。

学之间存在天然的文化隔膜，他们对这部名著的理解往往止于表面的印象，郭实腊甚至误以为贾宝玉是一个性情暴躁的女子。作为汉语教材的功利性目的，在较大程度上阻碍了小说的文学价值被西方读者充分认识理解的历史进程。域外各国读者对《红楼梦》的接触媒介有很大差异，认识程度也参差不齐，西班牙以阿莱夫（http://foro.elaleph.com）网络平台作为西班牙语红学爱好者的集结地，马来西亚至今尚处在概论性的课程介绍状态。

综而观之，20世纪以来《红楼梦》的域外跨文化接受、阐发与传播，呈现以下三个规律性的特征。

一是借重当时中国学人的红学观念来评述《红楼梦》。日人森槐南发表《红楼梦评论》（1892），认为小说首尾连贯、前后一致；笹川种郎《中国文学史》（1898）亦视120回为一个有机整体；盐谷温以为《红楼梦》是世界的而非只是中国的，是有读者参与的而非只是作者的（1919）。俄文全译本出版（1958）时，苏俄汉学家费德林为序，采用了当时中国主流的话语体系来评述作品的反封建立场；俄国新时期教材对作品叙述结构、批判主题及形象刻画、情节铺陈等的评述，也主要依据中国通行的观点。越南文译本（1962）序言亦用中国通说。法国《通用百科全书》（1970年代）对《红楼梦》的全面介绍，与中国评红主调一致。捷克文译本（1986）前言对作品的评述是概论性质，亦主要借助国内观念而无个人化、民族化阐释。这种采通说的方式，其出现虽有时间先后之分，却都蕴含《红楼梦》域外译介阶段的共性特征，即评述者的身份作为是跨文化的，其评述内涵仍借鉴域内通说，尚未昭示更多跨文化阐释的目的和意义。

二是基于西方文化心理，以西方文学批评概念来阐释《红楼梦》。英国艾约瑟认为作者在迎合读者病态的欲望，所写的闺房生活场景有如庞贝古城的色情雕塑和壁画，批评作品没有高尚的立项和道德的目的（1892）。库恩在其50回的德文译本后记中，以西方的精神信仰看待贾宝玉，视之为受自卑情结和躁狂抑郁症打击的精神病态者、懦弱者（1932）。法国汉学家雷危安以普鲁斯特《追忆似水年华》和福楼拜《情感教育》为参照系来解读《红楼梦》(1991);旅法学者谭霞客、陈庆浩则以“红”“梦”为视点,解读文本真与幻、尘世与人生的主题(2001)。澳大利亚的爱德华兹从女性主义视角,对纯洁、玷污、权力、贞洁、双性恋等观念进行研究后,认为《红楼梦》巩固了清代男性居于中心和统治地位的性别秩序(2001)。挪威的艾皓德以性心理学的视角解读作品,以为它多方描写了人物的“爱”与“欲望”(2004)。法国朗塞尔运用拉康的结构主义精神分析理论分析“石头”和“玉”的隐喻结构,以为“石头”是一个核心隐喻(2006)。德国吴漠汀以受到德国读者颂扬的家族小说为参照系来审视《红楼梦》,以为其人物描写不再是非黑即白、而是多角度刻画,情节引人入胜,对大家族的描写非常详细等,以此来解释库恩译本在1930年代流行的原因(2006)。瑞士汉学家胜雅律则从谋略角度将王熙凤与《尼伯龙根之歌》中的克琳希德作比较,以为后者缺少真正的谋略(2016)①。诸端均为他者视域中的理解与阐释,显示出各自的异域文化特征与异质思维方式。这样的对话与互动,即便是误读,亦可为域内研究提供一种可资借鉴的视角。

在这一层面,美国汉学家用力最勤。致力于中国叙事学研究的浦安迪从“原型”和“寓言”的角度审视《红楼梦》,解读文本的庭园寓意和人物的气质元素(1976)②。夏志清将基督教中的“爱餐(agapc)”概念引入《红楼梦》批评,关注《红楼梦》所传达的“爱”与“怜悯”(1980年代)。裔锦声则将作品视作“爱的寓言”,以西方寓言式写作传统为参照,较以《玫瑰传奇》与《红楼梦》中不同梦境的寓意(1990年代)。同一时代,魏爱莲以女性主义理论与后现代叙事学来研究这部作品,探讨书中的女性书写。余国藩则从男主角承担的僧侣身份、梦的意象和镜子意象等佛教观念切入阐释,认为小说的叙事是一种“欲望的叙事”。马克梦认为小说描写的是一个一夫多妻的情色故事(1995)。在加州大学任中国文学教

① 2017年8月20日德国首届汉学论坛会议交流中,蒙胜雅律教授相告,他是一个法学家,研红文章乃与其法学视角相关。

② 参见夏薇:《浦安迪〈红楼梦的原型与寓意〉读译记》,《红楼梦学刊》2017年第5辑。

授的黄卫总基于性心理学理论，认为宝玉是拒绝成长，宝钗则是拒绝欲望，有关扑蝶的描写均唤醒读者关于色情画面的联想（2001）。霍夫斯特拉大学的周祖炎教授则认为宝玉有雌雄同体观念。综此可知，美国学者的跨文化阐释有三个显豁的特点：一是时段较为集中，基本上分布在20世纪下半叶；二是解读视角相类，多从爱与欲望的角度剖析作品；三是身份多为华裔，且都从教于美国的大学。美国学者红学观点的丰富多元与各类研究成果的繁荣景象，乃与彼时美国国策密相关涉。盖因美国国会在1958年通过了《国防教育法》，从1960年开始，美国政府和高校加大了中国研究的经费投入，为中国文学研究者提供了较多的教席，较多的华裔学者得以在美国高校专门从事中国文学的教学和研究。兼之1963年，首届国际红学研讨会又在威斯康辛大学举行。政治与文化的双重推动，改变了此前单纯的译介状貌，促进了学者对《红楼梦》的全面研究。由于华裔学者与汉语名著有天然的文化亲和力，又能秉持西方的文学文化观念解读中国文学，因此他们对《红楼梦》的阐发研究或平行研究，比起域外其他汉学家和红学研究者来，要更有理论的内涵和文化视野上的优势，更多地引起国内红学界的深度关注。同时，一些过于西方化的阐释也因存在着与小说文本之间的疏离、与国内阅读文化心理的隔膜，而降低了它们在国内红学界的认同度。

三是流传学意义上域外的文学改创与舞台演出。流传学研究，主要以《红楼梦》为放送者，探究它在其他国家的流传及反响情况、对其他国家民族文学的影响事实。这种有迹可循的事实，主要发生在日本、韩国、德国和美国。日本小说《宿魂镜》（1893）以镜为主线结构全篇，明显受到“风月宝鉴”意象及其功能的影响。饭塚《私版红楼梦》（1948）基于原著人物关系写新故事，增写诸多人物心理，将20世纪中叶日人思维与情感渗透在人物内心世界的自我表白中，以此私人化改写营构了对《红楼梦》的别样阐释。芦边拓小说《红楼梦杀人事件》（2004），在大观园人物及其情节之中，植入多个杀人案件及推理过程，已较远地疏离了原著故事，变异为一部推理小说。这样的改创行为，乃出于艺术生产的功利性目的，盖因日本风行推理小说，作者以经典之名行推理之实，更容易拉动市场需求。小林恭二编译了48回情节，名之《水彩红楼梦》并连续刊发于日《世界》杂志（2006—2010年），他较多关注情色故事与利益纷争，以欲望叙事为主调，不惜牺牲原著含蓄优雅的表达方式，寻求对读者的感官刺激。船越达志以为有关贾瑞和秦氏的故事乃源于《风月宝鉴》一书，它是后来插入《红楼梦》原本的部分（2008），显然借重了国内“二书合成”之说；然他就“风月宝鉴”一节的传译对日本文学创作影响的梳理，却是一种流传学意义上的理性考察。

如曰日本作家多喜仿作、增写和植入，韩国与朝鲜则更多改写、改编之举。《韩国经济新闻》报刊曾连载《红楼梦》改写本（1995），大量删节原著，仅留下爱情故事并加大性爱表现，以此取悦读者的阅读需求。崔溶澈曾考察《红楼梦》不如《好逑传》那样在韩国受欢迎的原因，是因为韩人更喜欢始困终亨的大团圆结局，更习惯于紧迫的情节进展而不是舒缓的精神恋爱方式（2007）。朝鲜歌剧《红楼梦》曾于1962年10月在朝首演，2009年重排，2010年5月至7月赴华巡演。歌剧在服装、造型、舞美上受越剧《红楼梦》影响，又借鉴了1987年版电视剧《红楼梦》的打扮和台步，在其唱词和曲调上则大量运用朝鲜民谣旋律，以合唱渲染气氛、交代背景，以对白来实现情节的推进和角色的转换，将舞蹈作为重要的形象塑造手段，尤其是为宝黛设计了充满生命活力的舞蹈，借此表达人物试图冲破封建束缚、向往新生活的内心渴望。因作为歌剧接受主体的观众具备一定规模、剧场易于营造趋同性的群体接受氛围，兼之歌舞表演形式足以带来耳目视听的愉悦，从而使得它对中国经典名著所作的艺术化再阐释，赢得了国内观众的青睐。

德国的改编则更多西方色彩。早在1928年，德国的《中国学刊》第2期即刊载了戏剧编译作品《枯叶》，它撷取原著多回情节镕裁为两个场景，道具设计上加入写字台、玫瑰花、樱桃、茶匙等西人生活物品，令之呈现西化的色彩。2012年，有中国艺术家参与编创、德国多特蒙德芭蕾舞团的芭蕾舞剧《红楼梦》在德首演，赢得观众热烈掌声，德国主流媒体也予以高度评价。它以西方的芭蕾舞剧形式来演绎中国的古典名著，在跨学科交融、跨文化阐释方面作了有益的尝试，促进了中西文化的融合与交流。

美国旧金山歌剧院历时五年、耗资三百多万美金，制作了英文版歌剧《红楼梦》，2016年9月在旧金山首演，2017年3月参加香港艺术节。它以花和石头的爱情盟约、和尚富有意味的反复劝诫开场，删繁就简，突出了宝黛钗爱情故事主线，将钗玉联姻、贾薛财产充公，归因于皇上为铲除异己而策划的政治阴谋，有效地缩短了故事的长度，令这部经典作品在两个小时内完成了当代戏剧舞台上的呈现。联合编剧黄哲伦认为："当主人公们恋爱、失落、激情甚至是自杀时，故事推进得就很顺利"，而一个世袭贵族的没落也充满了"戏剧张力"[①]。衣饰色彩设计上，宝玉主红，黛玉主绿，宝钗则白中含金，与原著人物的情感基调相符；音乐上则在西方交响乐和合唱团基础上，加入了中国元素的打击乐。这样的考虑和创新，不仅增进了美国观众对这部中国古典名著的理解，也带给当代中国的年轻受众一种全新的体验。这使得它在2017年秋来国内演出时，获得了观众的高度认同和热情追捧。该剧的联合编剧盛宗亮和黄哲伦均为华裔，总导演是赖声川，舞美设计是叶锦添："梦"之队的中国化强强组合，给歌剧对原著的跨文化阐释提供了厚重的软实力支撑。可惜的是，由于演出成本过高，它仅在北京保利剧院、长沙梅溪湖大剧院、武汉琴台大剧院分别首演之后，就停下了巡演的步伐。

相关事实表明，经典文学作品域外改编与传播的方式、途径，会对它的域外接受产生深浅不一的影响，而这一历史进程正是红学流传学所要关注的外证之一，也是红学影响研究的重要基石。流传媒介形式的可循性、域外接受途径的多样化和流传区域的不平衡性，为研究提供了丰赡材料和拓展空间。文学经典的域外影响是一个动态的过程，在这一过程中，《红楼梦》的意义在不断生成，并且会因域外文化背景的差异性而产生更多变异，其接受也会呈现为不同质地的意义空间。这些都会为《红楼梦》影响

① 司马勤：《梦萦红楼：主创"梦"之队谈中国经典的改编》，《红楼梦：Dream of the Red Chamber》，武汉琴台大剧院管理有限公司、阿姆斯特朗音乐艺术管理有限公司2017年编印，第32—37页。

研究注入无限丰富、指向未来的生命力。

对相关研究作一圆览可知，百余年《红楼梦》的跨文化阐释状貌与历程呈现三个基本特征：一是理论阐发与材料实证的互助并存，二是审美思维和史学思维的交融渗透，三是文本考察和文化视野的交错共构。不足也较明显：以文学关系为务的影响研究，相应的成果较少；《红楼梦》的主题学、类型学、译介学研究尚有较大的提升空间。以比较文学的理论思维和技术方法来研究《红楼梦》，已渐形成一个跨文化交流与研究的国际化场域，在世界文学格局中显示了它的文学经典意义。读者和接受者身份的重合、流传形式和原著题旨的交错、古典过去与鲜活现在的叠印，在当下新的文化语境中，构成了红学的有机元素。如何通过跨文化交际、阐释与研究，将接受理论和《红楼梦》的域外流传及影响研究紧密联系，实现美学评析和史学实证的理想融合，认清《红楼梦》在国际文化空间的状态，并使之在新的文化语境中获得超越民族文学的更多意义：这应成为研究者共同思考和追寻的目标。

［原载《文艺理论研究》2018年第2期］

《红楼梦》文本研究的多维视野与方法论

——写在《红楼梦学刊》创刊40周年之际

《红楼梦学刊》自1979年5月创刊，至2019年5月止，已出版191期，刊发各类文章5626篇，近5千万字[①]。以刊发红学论文为主体的一个刊物，40年间有这样庞大的体量，其成就是相当辉煌的。40年来，学刊成为红学研究者交流切磋的精神家园，培养了一批又一批的专业队伍。稿件作者多为高校中文专业的教师、研究机构专业研究人员，或是从青年学生逐渐成长起来的红学队伍有生力量，另有少数非专业的红学爱好者。从刊文作者地理分布看[②]，京城是40年中国红学研究的核心区域。

《学刊》1979年创刊号发布的《创刊词》，除阐明办刊的方针、目的和刊文的指导思想之外，对刊文的原则与范围作了具体规定：一是发表从各个角度探讨《红楼梦》思想和艺术的论文；二是发表作者的生平家世、版本源流、文物资料的考订，书刊评介及红学动态等。前者是文本层面的研究，后者是文献层面的研究。40年来，《学刊》正是遵循了以上基本原则，

---

① 据中国知网统计，除了1979年只有两期计80篇之外，1980年始至2004年，每年刊发文章数在113至153篇之间，年均133篇，其中1997年因有一期增刊，总数达到186篇；2005年起，由于从季刊改为双月刊，每年刊发文章数在145至166篇之间，年均157篇，2017年达到171篇。《学刊》起初每期25万字，至1990年代中期始则以28万字为基准，另有几期因年份或内容特殊而增页（1997年增刊则加倍增幅），故191期共刊发文章计约5千万字。

② 据中国知网统计，《学刊》40年中刊文数在20篇以上的作者从多到少依次是：冯其庸、吕启祥、张庆善、胡文彬、蔡义江、刘世德、沈治钧、李希凡、张书才、王人恩、赵建忠、傅憎享、曹立波、洪涛、段启明、李虹、张云、胡晴、梅新林。除了少数作者来自闽、津、辽、港、浙之外，研究者主要集中在北京。

呈献了丰硕的研究成果。苗怀明曾撰文指出，21世纪以来红学文献史料的新发现、文献资料的整理与汇编、相关目录索引的编制、大型辞书的编纂、诸多文献研究论著的出版等，体现了红学文献研究的良性态势，也成为衡量红学研究整体发展水平的重要指标①。该文所涉文献成果虽有一定时限，也不拘囿于《学刊》刊文，然其述论全面深细，他人自毋庸置喙。本文仅从文本研究层面，对《学刊》40年刊文的文本研究视野及方法论作一概览，以就教于方家。

40年来有关《红楼梦》文本研究的视野主要从以下维度展开：文学的视野；文体的视野；文化的视野。

一、立足作品本体的文学视野

文学的视野是一种本体的和审美的视野。研究者往往从“传统的思想和写法都打破了”的角度切入，多就小说的思想与主旨、形象与意象、结构与手法、人物命运与结局等作审美的分析与评判，探讨作品的文学价值及其在中国古代小说系统内的定位等。概而言之，主要有以下四类。

一是对主题思想、主线及结构的思考。论者的兴趣从最初对贾宝玉异端思想、林黛玉性格内涵、贾探春理家观念的解读和对曹雪芹乌托邦思想的剖析，逐渐拓展至对作品的女性崇拜、人性内涵、人文启蒙、情禅观、虚无观等层面的探讨。《红楼梦》的主题是20世纪80年代最受关注的话题。诸家争鸣中最有影响力的观点，是刘敬圻于1986年提出的“主题多义性”之说。该说认为《红楼梦》的主题由三个层面构成：一个具有叛逆思想的贵族青年与世俗社会格格不入的精神悲剧；一群小才微善的青年女子被时代所摧毁的人生悲剧；一个赫赫扬扬的百年望族因箕裘颓堕而衰败的历史悲剧。这三种悲剧，体现了艺术上“寓杂多于整一”的基本原理②。该说兼顾了点、面与时空背景的关系，关联了明线与暗线的情节，能够统

① 苗怀明：《二十一世纪前十多年间红学文献研究的新进展》，《红楼梦学刊》2017年第2辑。

② 刘敬圻：《〈红楼梦〉主题多义性论纲》，《红楼梦学刊》1986年第4辑。

摄作品主题内蕴的丰赡性，因而达至主题说的制高点。张锦池“三重悲剧构架”说系多义性主题说的进一步拓展，与此相应的是以石头下凡历劫故事为核心要素的“一主两宾”主线说[①]。作品前五回在全书结构中的意义在《学刊》创刊之始业已揭示，“网状艺术构思”的提出[②]，因其审美的丰富性、视野的宏阔性和思维的整体性，而使得这一话题带有总结性的意义。

二是对人物形象与表现手法的论析。早在20世纪40年代时，王昆仑对《红楼梦》人物形象的分析已经达到较高的审美水平，俞平伯亦以“兰菊竞芬，燕环角艳”的“兼美”观来审视争议最多的钗黛优劣问题。建国30年间社会学视角下钗黛形象的价值判断，走向高度一致的两极对立。改革开放40年来，钗黛两极分化的局面开始打破，“两峰对峙、双水分流”的评判态度成为如何处理作者主观意蕴和作品客观效果之间矛盾性的审美坐标，“兼美”的审美理想说逐渐成为论者的共识。所谓“兼美”之“兼”，不仅饱含钗黛容貌气质之优长，且宜当兼容钗黛体质与个性之不足、婚恋与人生之缺憾，而这恰是现实中人所难以企及的生命境界。也许正是从这种辩证思维出发，研究者发现了曹雪芹人物设置的两两对出现象和艺术描写的互补共构手法，并从“相反相成，相互依存”“相辅相成，相得益彰”“虚实相生，彼此互藏”等层面，对作者纯熟运用艺术辩证法于小说文本，注此写彼、一击两鸣的“大眼力”和“大手笔”予以详尽的论析阐述[③]。这一视点既涵括了不同人物性格的对立、对照、映衬和互补等设计艺术，也容纳了相关情节的对出、比照、关联和呼应等营构匠心，体现了对《红楼梦》艺术构思的深刻洞悉力和丰富表达力。与此关联度较高的论点，是傅憎享对作品“以柳写风”“以美的效果写美”的形象描写

① 张锦池：《〈红楼梦〉结构论》，《红楼梦学刊》1990年第3辑。

② 分见刘梦溪：《论〈红楼梦〉前五回在全书结构上的意义》，《红楼梦学刊》1990年第3辑；郭英德：《佳园结构类天成——〈红楼梦〉网状艺术构思的特征》，《红楼梦学刊》1991年第4辑。

③ 朱彤：《漫论〈红楼梦〉人物性格补充艺术手法》，《红楼梦学刊》1983年第2辑。

艺术的剖析[①]。它描述了文本人物形象的“美的共变链”，揭示了作者“合众成一”以表现“美”的“共变法”，触及作品的“兼美”本质，因此不同于一般艺术分析的泛泛之论。随着讨论的逐渐深入，对薛宝钗形象个性特质与文化意蕴的认知在90年代初期发生质变，研究者将“律己、安详、宽和”的钗质与“任情、率性、清标”的黛性并举为“美”的不同格调，并从传统文化和时代观念的多重角度给予详尽的剖析[②]。钗黛优劣评判的不平衡局面由此打破，薛宝钗形象的极端化认识终致颠覆，“兼美”观的内涵藉此得到拓展。

三是对原著人物结局及其构思的探讨。与形象评判紧密关联的，是80回后结局不甚明朗的诸多人物的命运走向。尽管第五回的“判词”“红楼梦曲”及大量脂批对相关人物的结局都做了一定程度的暗示或提示，然而后40回的接续者力有不逮，破绽甚多，“探佚”之学由此而兴。原著人物结局探讨中最有影响力和最富生命力的认知，是朱彤对史湘云结局的考释。此前各说纷纭，有谓早卒者，有谓早寡者，也有谓琴瑟和谐、夫妻偕老者；所嫁则有云贾宝玉者，有云卫若兰者。朱彤乃驳议诸说，阐述宝湘结合、湘云早卒或早寡之不可能，并抓住第三十一回回目“因麒麟伏白首双星”这一关键点，列举古代含“双星”之词的大量诗句为书证，确认其义乃指牵牛、织女二星，辅之以“楚云飞”“云散高唐”诸典，证成史湘云与卫若兰先聚后散、婚后因故不能终身厮守的悲剧结局。论者最初曾于1977年8月以提纲式短文发表此说，1978年冬日在恭王府藤萝苑做校注工作期间与蔡义江、张锦池谈起，二人甚觉有简廓之憾，力促铺展其义，缀为详篇，是以有了《学刊》创刊号上的《释“白首双星”》一文[③]。朱文一出，“声动京华，名重红学界”[④]。与注重诗文书证、援引传统释义以探

① 傅憎享：《等闲识得东风面——从风姿与风变的关系看〈红楼梦〉一组女性肖像的描写》，《红楼梦学刊》1985年第3辑。

② 刘敬圻：《薛宝钗一面观及五种困惑》，《红楼梦学刊》1991年第1辑。

③ 分见朱彤：《史湘云结局简探——兼析第三十一回回目》，《安徽师范大学学报》1977年第4期；朱彤：《释“白首双星”——关于史湘云的结局》，《红楼梦学刊》1979年第1辑。

④ 冯其庸：《〈红楼梦〉散论·序》，朱彤：《〈红楼梦〉散论》第1页，南京大学出版社1992年版。

究人物结局的这一做法相类，蔡义江对曹雪芹笔下的林黛玉之死作了详尽的推考和阐述。除了对“潇湘妃子”“湘江旧迹”之词作传统涵义的文化还原之外，蔡义江致力于“眼泪还债”本质、《枉凝眉》曲意和花名签诗意的阐释，细细讨论贾府中人对宝黛关系的看法、钗黛关系的实质等，兼顾明义题诗的原意，证成黛先死而钗后嫁[①]。蔡文立足于文本内证，上溯典故渊源，旁及早期读者的直观感受，纵横旁达，底蕴厚实，出离了一般的探佚之作；“黛死”与“钗嫁”的时间错位，不惟冲击了后40回黛死于钗嫁之时的庸俗化构思，也为黛优钗劣的极端化评判格局的突破提供了坚实的基础。

四是对后40回优劣及其价值的评判。后40回是曹雪芹所著还是他人续作，有无曹公残稿，如系续作，续作者为谁，这原应是文献研究的范畴，然讨论这些问题，必定离不开对后40回文本的情节、思想、形象、语言等的分析评判，因此诸多讨论后40回的论文，宜乎视为《红楼梦》文本研究的重要构成。后40回的思想和艺术究竟是何水平，论者该从哪些角度切入研究，又如何评价其存在的价值等，一直是40年中讨论的重要话题，争鸣者贡献了很多有价值的观点和方法。陈大康以1982年版的新校本为底，通过对后40回与原著用词频率的观察和比较，判断后40回并非曹雪芹所作；吕启祥则从文本的美学素质介入分析，认为原著的审美高度是不可企及的，后40回成了一个反衬[②]。直至21世纪，对后40回的关注度仍在持续攀高。赵建忠倡导从120回本整体性的客观存在出发，积极思考作品关于人生价值的启悟、人格境界的提升和超越等生命真谛问题；詹丹也从整体性出发切入文本，在将后40回的“照应”笔势与原著对比考察后，确定后40回与前80回的整体风格存在冲突[③]。诸多着眼于作品文本内部语

① 蔡义江：《曹雪芹笔下的林黛玉之死》，《红楼梦学刊》1981年第1辑。

② 陈大康：《从数理语言学看后四十回的作者——与陈炳藻先生商榷》，《红楼梦学刊》1987年第1辑；吕启祥：《不可企及的曹雪芹——从美学素质看后四十回》，《红楼梦学刊》1988年第1辑。

③ 赵建忠：《〈红楼梦〉“文化苦旅”的精神折射——兼谈百二十回本研究的整体性》，《红楼梦学刊》2010年第4辑；詹丹：《照应的协调与冲突——论〈红楼梦〉后四十回的一种创作策略》，《红楼梦学刊》2010年第5辑。

言、风格的比较研究，其结论不断巩固了后40回系他人续作之说，也为红学文本与文献的融通研究提供了有效的方法论。

二、沟通多边联系的文体视野

文体的视野是一种交叉的和融通的视野。它需要研究者从文体学角度思考小说文本与各种文体之间的“双边”甚或“多边”关系，并能从中国文学的源流变化中寻找规律性的东西。我们可以从以下三个层面来考察这种多边联系。

其一，作品文本内各类文体之间多边联系的建构。《红楼梦》本身是散文体式的小说，其“文备众体”的形式特征为论者探讨作品文本中的诗词、歌赋、谜联、书信、曲文等内容提供了足够的研究空间，判词及曲文的隐喻性、人物诗词作品的个性化等均与人物的性格及命运密相关涉，甚至书信、谜联等都是证成形象气质与个性乃至结局的依据，因此对小说内其他文体的文本的研究，一直是论者颇为关注的内容。《学刊》40年来这一课题研究的优秀成果与课题空间的丰富性不成正比，这固然缘于蔡义江《红楼梦诗词曲赋评注》一书于1979年即已出版，资料详尽且阐释透彻，珠玉在前，再论则难乎为继；也因为后来者之于文体学的思考不足，不善于将表面上相互独立、彼此分离的多种文体的文本予以融通研究。嵌入小说的这些文本，无论是作者因叙事需要而变换体式穿插于散文内的韵文文本，还是作者为塑造形象需要而为书中人代拟的韵文“作品”，就其本质而言，它们都是“寄生”于小说体内的文本，其功能性价值远远大于它们自身的艺术价值；因此若在这些“寄生文本”中测量作书人甚或书中人的诗歌艺术高度，其意义远低于寻找和确定它们的叙事功能所达到的效度。

其二，小说文本与戏曲元素之间互动关系的考量。尽管徐扶明《红楼梦与戏曲比较研究》早已于1984年出版，但文本中的戏曲元素、作家作品与戏曲的渊源关系等，仍是备受关注的内容。21世纪以来，《红楼梦》与戏曲“双边”关系的研究出现了新的局面，研究者不仅关注到小说叙事结构对戏曲结构的借鉴与创新[①]，探讨作者借重戏曲体制的相关因素以丰富古代小说的艺术表现手法，体现小说与戏曲“同生共长，相互促进”的关系[②]；而且细读《红楼梦》中所涉戏曲的剧目及戏文内容、演出及其伴奏乐器等，就“听”戏与“看”戏的异文比较书中人的文化修养和性格差异，探讨清代南北地域戏曲文化背景的差异等[③]。小说剧目具有隐喻性，最早的读者脂砚斋即已洞悉并予以揭示；在小说所涉的40余个戏曲剧目中，哪些属于“有意味”的引用，是需要细细考究的。因为小说中插演的诸多剧目与曲词、书中人的感受与评论，在很大程度上承担着辅助性的叙事功能[④]，那些“引用”的文本，在当下的小说文本和潜在的戏曲文本两个异度空间里发挥了叙事的多维功能，文体间关系的研究意义得以提升，文本阐释的容量由此得到拓展。

其三，诗歌艺术与小说描写关联性的认知与沟通。古代的诗歌创作一般是由意象创设意境，诗歌的解读与批评也通常经此路径。曹雪芹作为一个深谙古典诗歌要义的小说作家，诗歌常用的创作方法也当熟悉并进而参照化用。因此，读者才会将《红楼梦》中一系列“有意味”的自然物，视为“意象”而予以诗化的解读。换言之，将诗歌意象批评手法施用于《红楼梦》小说意象的意义阐发，是小说研究者对诗歌批评方式的挪移与借鉴。“判词”中的“雪”“林”“云”“水”“玉”等均有明确的隐喻意义，这早已为早期的解读者所揭示。20世纪80年代初期，盛孝玲即从“雪”的有形存在与象征作用阐发它在小说中的意义，胡邦炜则对作品中“竹”与“梅”的象征意义作了论述，虽未使用“意象”一词，实际已触及传统诗歌意象在小说形象描写中的经典作用[⑤]。“水”“石”作为这部小说中的重

---

① 许并生：《〈红楼梦〉与戏曲结构》，《红楼梦学刊》2001年第1辑。

② 徐大军：《〈红楼梦〉利用戏曲体制因素论略》，《红楼梦学刊》2011年第4辑。

③ 朱萍：《〈红楼梦〉中的“听”戏与“看”戏及其异文考辨》，《红楼梦学刊》2015年第2辑。

④ 俞晓红：《〈红楼梦〉“戏中戏”叙事论略》，《红楼梦学刊》2018年第1辑。

⑤ 盛孝玲：《〈红楼梦〉里的雪》，中国社会科学院文学研究所：《红楼梦研究集刊》第7辑，上海古籍出版社1981年版；胡邦炜：《〈红楼梦〉里的竹与梅——兼与盛孝玲女士商榷》，《红楼梦学刊》1983年第1辑。

要意象受到论者关注是在20世纪90年代中期[①]，此后十余年内仍被反复阐释，花园、镜子、桃花、风筝、窗等意象也在不同论者的审美观照下，展示它们在意境营造、形象表现、主旨传达、情节推进等层面的意义空间。以诗歌领域的意象批评手法用于小说文本的解读，为《红楼梦》的文本研究带来了诗意的空间和新异的风貌，提升了作品“见微知著”“以少胜多”的美学品位，令读者的阅读感知更为细腻而精致。当然，其不足也是比较明显的。相对于这部长篇小说的巨大篇制，以语词形式出现的各类意象显示了它们体量的微小，小说的意象批评因而在多数时候变得零星琐细，在引导小说读者的阅读与接受上，缺少审美观照的整体性和系统性。

三、面向异质系统的文化视野

文化的视野是一种拓展的和跨越的视野。论者多将作品的意义拓展到文学系统以外，从中国传统文化的大背景切入，探讨作品情节、结构、人物形象等层面所浸润的儒文化、佛道哲学、数理思想，或是在跨越民族和语言的异质文化比照视野中对文本的思想艺术作多方面的阐释。

传统文化视域下的作品文本研究，是文化视野的第一个层面。《学刊》早期刊文中，除了刘梦溪谈《红楼梦》与民族文化传统、吕启祥论林黛玉形象的文化内涵之外[②]，文化视角的研究并不多见。自从1988年5月在安徽芜湖召开全国第六届《红楼梦》学术研讨会，打出“《红楼梦》与中国传统文化”的主题之后，对文本的探析触角便伸向了传统文化的各个层面，儒道释文化结构、作者的文化观念、作品兼收并蓄的文化思想、宝黛钗凤形象的文化内涵，情文化、茶文化、酒文化、饮食文化、玉文化、棋文化、民俗文化、地域文化，等等，不一而足。此后研究的文化视角，延

① 曹立波：《〈红楼梦〉对水、石意象的拓展》，《红楼梦学刊》1996年第3辑；俞晓红：《悲歌一曲水国吟——〈红楼梦〉水意象探幽》，《红楼梦学刊》1997年第2辑。

② 刘梦溪：《〈红楼梦〉与民族文化传统》，《红楼梦学刊》1986年第2辑；吕启祥：《花的精魂 诗的化身——林黛玉形象的文化蕴含和造型特色》，《红楼梦学刊》1987年第3辑。

及宗教、园林、建筑与陈设、古琴、音乐、香、中医药、才女等层面。可以想见，举凡《红楼梦》中饶有意义的形象、意象与场景，都会被纳入“文化”的框架予以阐释。21世纪以来，红学的文化视野再度拓展，明清时期男性文人的葬花行为及诗文记录，扑蝶的民俗风情与多种文学艺术的表现，江南一带城市闺媛结社吟诗的风气等等，都进入研究者视野，成为小说文本相关情节的历史文化背景。拓展意味着格局开阔，跨越意味着内涵丰赡：红学的文化视野带来丰硕的研究成果。

跨文化视域下的作品文本研究，是文化视野的第二个层面。这也是一种“比较”的视野，它要求研究者打破语言、民族、文化、学科之间的界限，为作品寻找一个“异质系统”的比照物，去进行多元的比较研究。这一视野不受时间、空间、地域、国界、民族的限制，以“跨越”为前提，以“开放”为特征，可以更好地观察和洞悉作品文本的内在机制和文学定位。跨文化的文本研究有以下四个维度：基于他民族文学文化的参照或援引域外理论阐发《红楼梦》文本意义的研究；以平行的、审美的方法对事实上并无联系的域外作品与《红楼梦》文本进行比较的研究；以影响的、实证的方法对《红楼梦》文本与不同民族国家之间的文学交流以及事实上发生过或存在着的文学关系的研究；《红楼梦》的域外跨文化接受、阐发与传播的现象及规律的研究。《红楼梦》脂本与程本的比较，作品中形象之间的比较，作品与《金瓶梅》《儒林外史》《传奇》《家》《京华烟云》等作品的比较，曹雪芹与吴敬梓的比较等，固然也是一种很有意义的比较研究，但因为都是本国文学系统内部的比较甚至是文学作品自身的比较，没有跨越民族、语言、文化或学科的界限，因此不能算是严格意义上的比较研究。

《红楼梦》的域外流传研究，从其质的规定性而言，属于作品的接受与传播研究，但这种研究本身不可避免要涉及对作品文本的深层理解，研究者必然要在正确解读文本内涵的基础上评判文本流传过程中的正误得失，因此宜乎归于文化视野下的《红楼梦》文本研究。《红楼梦》的译介、域外改编与演出，均是小说题旨在异质文化观照下的文学阐释和艺术变异，对这些现象的考察分析自然属于跨文化研究。21世纪以来，国内相关研究成果丰硕，中国知网优秀硕博论文库中收入的学位论文已近千篇，单篇论文达至数千篇[①]，《学刊》刊文相对较少。21世纪初管恩森以比较文学视域综论《红楼梦》跨文化研究史的专文，正是从翻译研究、阐发研究、平行研究和影响研究四个角度切入，对相关学术史作了评析和反思[②]，是此类研究中一篇格局宏观、表述全面的力作。

戏曲影视文化视域下的作品文本研究，是文化视野的第三个层面。诉诸观众的视听觉接受、以戏曲影视艺术形式呈现的《红楼梦》，与提供给读者书面阅读的小说的《红楼梦》，分别属于“戏剧与影视学”和“文学”两大学科门类，其表现手段和接受方式有着巨大的差异；改编者作为两类文本之间的中介，在戏曲影视文本中介入了自己的理解和阐释，后文本已与元文本产生了或大或小的距离，戏曲影视的艺术形式又对两类文本的不同进行了放大和变形。因此，对《红楼梦》的戏曲影视文本的研究，是跨学科的研究，因而也是文化视域下的比较研究。其中改编元文本的戏曲文本的研究，与前述小说与戏曲之间的文体互动情况的研究不是一回事。从研究的对象、范围和方法而言，它们有着明显的区别。从《学刊》40年刊文情况看，这一个层面的研究成果还是相当丰硕的。金凡平对《红楼梦》小说文本和戏曲改编文本的叙事方式的比较，胡胜、赵毓龙对小说文本从案头向场上转化的艺术形态转型特点的研究，梅新林、饶道庆、何卫国等人探析小说的影视改编的得与失等，都作出了不俗的探究[③]。相信只要有戏曲影视艺术存在，《红楼梦》的翻新与改编就会不断出现，因而这一领域的研究将会有更为持久绵长的生命力。

---

① 参见俞晓红：《〈红楼梦〉百年跨文化阐释谫论》，《文艺理论研究》2018年第2期。

② 管恩森：《比较文学视域下的红学研究》，《红楼梦学刊》2007年第6辑。

③ 金凡平：《〈红楼梦〉小说和戏曲文本的叙事方式比较》，《红楼梦学刊》2000年第4辑；胡胜、赵毓龙：《“梅”影“梦”痕——谈梅兰芳先生的三出“红楼戏”》，《红楼梦学刊》2010年第1辑；梅新林：《〈红楼梦〉影视传播的问题与思考》，《红楼梦学刊》2018年第1辑；饶道庆：《〈红楼梦〉影视改编中的阻碍和流失》，《红楼梦学刊》2009年第3辑；何卫国：《从“额妆”看新版电视剧〈红楼梦〉写意化的美学追求》《“中国梦”与“红楼情”——香港〈红楼梦〉电影刍议》《〈红楼梦〉影视剧服饰论略》，《红楼梦学刊》2008年第5辑、2012年第6辑、2017年第3辑。

结　语

对《学刊》40年来刊文的文本研究状貌作一圆览可知：（1）文本研究一直是40年红学研究的主体和重心，偏离文本因而可能导致红学研究边缘化的焦虑或可藉此纾解。（2）无论是本体的研究还是超本体的交叉研究，既有丰厚的文化底蕴，又有坚实的考释功力和多维的思辨意识，立足文本而又超越文本，视野开阔而又方法多元，是可成就宏阔的研究格局和新美的人文气象。（3）从小说文本走向历史文化，突破文体的、文化的或是学科的界限，去寻求“跨越”和“融通”，这是难的；而越是难的，才越有可能是创新的，因而也越是有意义的。

一个不可忽视的事实是，《学刊》所刊文章只是整体红学研究的一个组成部分，其学术成果的呈现度与整体红学研究的速度和质量成正比。因此，对红学研究整体发展现状的了解，是评价《学刊》成果不可缺少的生态条件。从全国范围的红学研究状貌看，《学刊》以外尚有其他刊物成为更多红学研究者发表成果的阵地。《文学评论》《文学遗产》《文艺研究》《文艺理论研究》等刊物会刊发少量红学论文[①]。《明清小说研究》相对较多，30多年来刊发相关专论300余篇，研究视野也较为宽阔，出现了很多力作[②]。创刊于2011年的《曹雪芹研究》，起初刊文范围主要是有关曹雪芹家世生平文物资料的发现与研究、学人动向与红学动态等；2014年上知网后，文本研究篇目渐多，约占刊文总数的三分之一。此外，全国各高校学

① 分见周珏良：《河、海、园——〈红楼梦〉〈莫比·迪克〉和〈哈克贝里·芬〉的比较研究》，《文艺理论研究》1983年第4期；杨周翰：《预言式的梦在〈埃涅阿斯纪〉与〈红楼梦〉中的作用》，《文艺研究》1983年第4期；孙逊：《〈红楼梦〉的文化精神》，《文学评论》2006年第6期；孙逊：《〈红楼梦〉人物与回目关系之探究》，《文学遗产》2009年第4期；俞晓红：《曹雪芹“佚诗”辨伪的价值与方法论》，《文艺研究》2013年第4期。

② 如莫砺锋：《论红楼梦诗词的女性意识》，2001年第2期；夏薇：《〈红楼梦〉黛玉谈诗平议》，2010年第2期；俞晓红：《〈红楼梦〉后40回非高鹗续写说》，2013年第2期；张云：《高鹗研究与〈红楼梦〉研究》，2015年第2期；俞香顺：《〈红楼梦〉中的“荼蘼·木香·蔷薇”意象抉微》，2015年第3期；于洋：《从〈红楼梦〉看明清女子教育》，2018年第1期。

报是刊发红学论文的重要园地，40年来共发文5898篇①，超过《学刊》同期发文数。其中从异质文化系统对《红楼梦》文本作跨文化阐释与研究的论文，其总量远远超过了《学刊》同期同类论文之和。这说明高校学报的学术视野更具有开放性，与《红楼梦》的跨文化传播实际更相呼应。

传统学术研究成果乃以纸质刊物和书籍为主要载体，世纪之交的十年内，国学网、明清小说研究等各类学术网站纷纷刊发红学研究成果和文献资料，成为对传统纸媒的有力补充。随着大数据时代的到来，“互联网+”已经成为当下社会资讯交流、资源共享的快速通道，诸多学术型微信公众号也以一种与传统学术成果发布差异明显的形式和速度创建并发展起来。其中“古代小说网”公众号是自媒体平台刊布和传播古代小说研究成果的领跑者。两年半以来，它刊发了红学论文170余篇，其中以文本研究的论文最受大学生读者欢迎。它还突破了纸媒刊文的惯例，可以连续刊发同一作者的多篇论文，以成其序列，而恰是这类论文深受大学生青睐。段江丽即有17篇论文节选后首发于此，在问卷调查中，她的文章连续两年上榜②。集中刊发红学论文的微信公众号是“红楼梦学刊”。这个与《学刊》同名的公众号创建于2014年3月10日，至2019年3月10日，共发布761篇文章，包括文本研究、文献研究、红学人物介绍、相关动态等，作者来源更多样化，范围更广，文章内容更多元，形式也更丰富，订阅数也更多③。显然，“互联网+红学”以其刊文灵活、传播快捷、作者多元、互动率高、订阅量大等特点，逐渐成长为发布和存储红学成果的社会化空间，形成传统纸媒阵地的网络羽翼。

从专业研究队伍而言，随着越来越多的受过专业学术训练的硕博研究

① 据知网统计，从1979年到1998年的20年间，发文1062篇；1999年开始突破100篇发文量，2008年越过300篇，到2018年止，20年间发文3047篇。

② 宋璨璨：《当红学遭遇新媒体——古代小说微信公众号所刊〈红楼梦〉文章问卷分析报告》，《宿州教育学院学报》，2018年第2期；宋璨璨、俞晓红：《“微时代”红学的传播与接受谈略》，《苏州科技大学学报》，2019年第2期。段江丽的17篇论文后来结集正式出版，参见段江丽：《红楼梦人物家庭角色论》，辽宁人民出版社，2019年版。

③ 至2019年3月初，“古代小说网”订阅数突破5万，“红楼梦学刊”关注者已达8万余人。

生的加入，其研究学理和方法都较20世纪80年代有了较大的开拓和发展，高校学报则更注重青年研究者的学术素养和论文的学理层次。与此同步的是，不少老一辈红学家进入退休队伍，没有了科研考核的羁扰，不必再顾虑发文篇数和刊物级别，较退休之前更多地投注精力于研究，其大半生的学术积累又较年轻学者更为深厚，因此他们的投稿提升了相关刊物的整体水平，使之在质量上与《学刊》相颉颃，甚至局部上超过后者。另一方面，现行评价机制对发文刊物级别的要求，促使一部分中青年学术骨干将优质稿件定向投给了其他刊物，客观上令《学刊》刊文品质有所损耗。

从研究的方法论而言，21世纪以来的研究者更多地注意到将文本研究与文献研究、文化研究融通进行。1997年北京国际红楼梦学术研讨会上，梅新林明确提出要“拓展红学研究的文化视界”，确立一个融合文献、文本、文化研究于一体的基本出发点；1999年11月金华会议，他重申了这一观点[①]。陈维昭亦曾建议，应努力促进基于事实还原的版本研究和指向意义阐释的文本研究之间的沟通[②]。梅、陈二文立足于世纪之交，既总结过往又指向未来，卓有见识，带有明显的方法论意味。一般而言，文本研究着眼于文本的内部研究，文献研究致力于文学的外部研究。然相较于文本研究之由内而外、从文本向文化及文体延展因而需要文献为据的路径，红学的文献研究也并不能脱离作品文本元素走独立。文本研究与文献研究、文化研究交融互涵，已逐渐形成研究的发展态势。

跨文化阐释与比较，是近20年来《红楼梦》文化研究系统中一支重要的血脉。在跨文化的视域下以比较文学的理论思维和技术方法研究《红楼梦》文本，应注意文学的积累和文化的思考，训练和保持跨文化阐释的思维品质。尤其是《红楼梦》的翻译研究，格外需要研究者融红学知识谱系和语言文化学殖为一体，以超越国域的世界文学价值判断为研究的终极指

---

① 分见梅新林：《拓展红学研究的文化视界》，《红楼梦学刊》1997年增刊；《文献·文本·文化研究的融通和创新——世纪之交红学研究的转型与前瞻》，《红楼梦学刊》2000年第2辑。

② 陈维昭：《〈红楼梦〉版本与〈红楼梦〉文本——沟通版本研究与文本研究》，《红楼梦学刊》2002年第4辑。

向。因为经典文学作品的翻译，其本质是对中国和世界的一种文化贡献；对它的研究相当于从世界性的异质文化体系和文化语境出发，关注中国古代名著的当代命运。文学的传播和文化的传递是一个跨文化的文学移动过程，推动其进程是一种历史使命。它应由研究者和传播者合作而共同完成。

作为一家专门的红学刊物，文本研究始终是适应大众读者阅读需求的重要内容，但随着文本研究成果的持续积累和红学整体发展水平的不断提高，普通读者已不再满足于原有的解读习惯和批评方式，从而会对所刊文章提出更高的要求。《学刊》在未来的发展进程中，或有以下几点可以考虑。一是优化作者的结构面，关注硕博士群体，培养新生力量；面向中青年学者，发挥骨干能量；面向前辈红学家，盘活资源存量。二是强化稿源的设计感，预设文化专题以征稿，确定会议主题以集稿，策划学术选题以约稿。三是亮化《学刊》的能见度，聚焦优质学术成果的引导力，提升传统刊文阵地的影响力，夯实网媒推介空间的传播力。简言之，在今后的《红楼梦》文本研究中，《学刊》宜倡导多维一体的研究方法，做好选题策划，引领研究方向，确保学术品质，提高自我的核心竞争力，让它层楼更上，使红学之树常青，令文学经典走向世界的更远更深处。

［原载《红楼梦学刊》2019年第3辑；《砥砺前行40年——红楼梦研究所建所、〈红楼梦学刊〉创刊40周年纪念》文集收录，北京时代华文书局2019年版］

《儒林外史》《红楼梦》戏曲元素比较谈

以写儒林百相为主体的《儒林外史》和以写红楼群芳为主体的《红楼梦》，在18世纪的中国同时出现，两书最早的抄本行世和刻本问世均一前一后，但共同特点均是相差不到10年。《红楼梦》抄本系统中公认最早的本子是乾隆十九年（1754）的甲戌本，吴敬梓恰于该年去世。两位作者生年相差14年，又同在南京生活过；雍正十三年（1735）吴敬梓移家金陵时，曹雪芹已随家人迁居北京7年。两位文学家的生活轨迹没有交集，未免不是一种遗憾；但他们却在前后相距很短的时间内生活于同一座城市，这样的文学史机缘恰是一种幸运。两人先后留下的这两部长篇小说，对彼时彼地人情世态的文学书写，必然蕴藏着诸多历史信息和文学寓意，以静默的姿态等待后世的读者细细体悟与感慨。

这两部长篇小说写及清初戏曲演出相关的诸多元素。细读两书对贵族家班和职业戏班日常生活的描写，可以较为清晰地还原清康乾时期两京戏班生存状貌的历史图景；小说借助男女优伶形象的塑造，表达了作者对俗世凡人的自尊与风骨的崇尚；两书所叙诸多剧目，则传达出作者以戏寓世的艺术匠心。

一、两京戏班生存的历史信息图景

两部小说都写到戏班组建及演出状貌，一个主要写南京城民间的职业戏班，一则侧重写北京城贵族的家庭戏班。两相比照，可以略知明末至清初两京戏班日常生存与发展的历史状貌。

民间的职业戏班有其行会、行规。《儒林外史》叙及，南京城中水西门一个总寓、一个老郎庵，淮清桥三个总寓、一个老郎庵，所辖戏班共有130多班，除了鲍家“文元班”“三元班”之外，比较著名的还有“芳林班”“灵和班”“临春班”。老郎庵是明清时期戏曲演出行业的民间性管理组织，行规严厉，伶人均须遵守，违者予以惩罚；资深班主或伶人尊为“道长”，其子孙则称“世家子弟”。凡戏班演出，须先在庵内“挂牌”。鲍家班即在水西门总寓挂牌。

组建职业戏班花费颇多。杜少卿曾说教班子、弄行头需要千金，管家王胡子也说至少得五六百金。鲍文卿因受向知府资助千两银子，已有班子之外，又组建了个小班子，每日扶病出门寻人，又另买一所房子安置伶人，买两副行头租给伶人穿，剩下银两已不多，用于家里盘缠。伶人来源，当出自穷苦人家，父母无力养活，几两银子卖入戏班。每班十来个人，也是一笔不小的花费。靠修乐器谋生的倪老爹已卖掉四子，仍然养不活小儿，鲍文卿乃以过继之名养为义子，付了二十两银子给倪老爹。因养子已16岁，又是正经人家儿子，鲍文卿不肯让他学戏，在送他读了两年书之后，便让他当家管班。

职业戏班演出一般在喜庆宴聚、祭祀活动之时举行。一是进学、乡试，如第二回叙顾老相公为儿子进学点戏助兴；第四十二回汤府两位公子贡院试后谢神，鲍廷玺主动领着三元班以戏为贺，先唱四出尝汤小戏、再演整本连台戏，一直唱到三更时分。二是迁居，第三回写范进中举后搬到张乡绅送的三进三间大房子里，一连三日唱戏、摆酒、请客。三是婚事，第十回写鲁编修招婿，厅堂之上边吃宴席边看戏；第二十三回叙万家娶媳、亲家做朝，在家里唱戏摆酒；第二十六回，王太太自叙替王家前房长女送亲，唱了一夜戏、吃了一夜酒。四是庆生，第二十四回叙曾做过福建汀州知府的薛乡绅过82岁生日，定下钱麻子徒弟的戏；第二十五回天长县杜府老太太过70岁整生日，专程到南京城来找鲍文卿定戏，并付定银50

两。五是祭祀，第四十七回写五河县方、余、虞家老太太以节孝入祠，独方家叫了戏班子，俟知县、学师、典史、把总、乡绅、秀才及方家先后祭祀完毕后，一并去赴席听戏。

职业戏班不独在庆典场合演出，日常生活中也常有各种形式的出场。第二十五回写鲍家班从天长县回来，仍在南京城里做戏，有时到城外上河做夜戏，五更天才散，鲍氏父子回城，天都大亮了。第三十回写莫愁湖大会，季苇萧、杜慎卿会着诸名士，先让六七十个旦角每人装扮起来，从湖亭外板桥上袅娜走过，一一做下记认；继而让每人做一出戏，从昼到夜，一直唱到天明；末后按色艺评出高低，出榜贴在通衢。第四十二回汤六老爷和王义安妓院里逼着细姑娘清唱了一曲。可以看出，它们有的是职业戏班为谋生之需而必为的商业性演出，有的是公子名士为声色享受而组织的娱乐性表演，或是为满足狎玩之趣而索求的临时性清唱。

相较之下，《红楼梦》所写主要是清初贵族之家所养家班的存在信息，可与《儒林外史》所写职业戏班状貌比照参看。小说在不同地方叙及，北京城官宦人家一般都养了男女优伶，贾母少女时代史家就养过戏班，贾府历史上也曾有过一个戏班，至元妃时代又组建了一个新戏班。

《红楼梦》第十六回为迎接元妃省亲，贾蔷带着两个家人、两个清客去苏州聘请教习，采买女孩，置办乐器行头，预算花费三万两银子。这项支出与《儒林外史》所写百千两银子之费相距甚大，细思原因，有以下数端。一是聘请教习：鲍文卿出身梨园世家，自己既是班主又是教习，无须另请教习，自然免去了此项花费；贾蔷乃贾府旁系公子，并非梨园子弟，所带的四个人一并不是，不能承担教习职责，故需另请，而承担教习的应是经验丰富、演艺高超的资深演员，薪酬势必较高。二是采买戏子：金陵原本是戏班丰稔之城，穷苦人家的孩子为求生存而学戏者，多半贱价卖入甚或不费银两、自动入班学戏，倪老爹一闻戏班班主要过继其子，非但乐意、感恩，还情愿一分银子不收；贾蔷专程去姑苏城“采买”（选购），必定是身材相貌出色、有演唱潜力的女孩儿才会入眼，身价可能略高，但都出身贫苦不能自养之家，第五十八回透露了相关信息。三是置办物品：鲍文卿既为世家子弟，势必有些家底，乐器修修就可以再用，旧有行头也可以使用，只新买两副行头供正式演出时“租给”戏子装扮；贾府家班是零基础，所有乐器、行头、脂粉均须一一购得。四是差旅花费：鲍文卿乃就地寻找戏子，贾蔷一行五人千里迢迢赴姑苏采买，差旅费用就是一笔较大的开支，倘若存了游山玩水之意，甚或眠花宿柳的心思，则费用会更大。

此四者之外，还有一个更重要的原因，是采买者的酬劳和贪墨。一听说要造园、置物，贾府旁系子弟便争相谋事。贾芸为谋园中植树之事，借了十五两三钱银子买礼物贿赂王熙凤，待事儿派下来，领了二百两，还了所借银子之外，只不过拿出五十两买树，余款尽数揣入私囊。贾蔷领事之时，贾琏对他不够信任，敲打他说：“这个事虽不算甚大，里头大有藏掖的。”这已经明白点破其中营私舞弊的空间很大。贾蓉暗求凤姐出面说话，那么凤姐这份人情贾蔷是要还的；凤姐趁机将贾琏奶娘的两个儿子推荐去做贾蔷的跟从，自然是因为私利甚丰；临别贾蓉又替贾蔷感谢凤姐，问她的物质需求，好让贾蔷从姑苏“按帐置办了来”；贾蔷同时也问贾琏，要置办东西来“孝敬叔叔”，贾琏先是佯骂、继而说如有需求会写信告知。这些细节描写都说明，琏、凤、蓉、蔷等人无不知道江南采买戏子一事的巨大营私空间。比照贾芸谋私所获比例，贾蔷此行所获岂不是一笔横财？而贾珍居然将这样的利好的差事安排给贾蔷去做，其中缘故也是不言自明的了。

贾府家班组建之后，便由贾蔷总理，另派府中旧有曾演学过歌唱的老妪协助管理。从贾蔷和龄官相处模式看，家班没有严格的行规，伶人对班主的话并非百依百顺，班主对伶人也并不十分苛责。藕官曾在园中烧纸钱，被婆子叱骂，宝玉却替她担责，说是替林姑娘烧写诗用废掉的纸。芳官在宝玉生辰夜宴上喝醉了，就在宝玉炕上黑甜一觉，次日醒了也不过收到袭人一个善意的嘲笑而已。

与《儒林外史》相类，《红楼梦》中戏曲演出大多亦发生在省亲、生辰、年节等重要的庆典场合。贾府家班是为元妃省亲而组建，因此家班最隆重的一次演出便是在元妃省亲当日。贾蔷呈上戏单，此时家班已能演20

多出杂戏，元妃“只点了四出戏”；正戏之后，龄官又加演了两出。此外，第四十三回凤姐生日，第五十三、五十四回荣府庆元宵，均有演戏。小说也写到职业戏班的演出，第十一回贾敬寿辰，贾珍让人叫了一班小戏；第十九回正月宁府摆酒唱戏，其“神鬼乱出”“妖魔毕露”之状，势必与家班12个女孩子的戏中角色和本人气质不符，因此多半是外请的职业戏班。第二十二回宝钗到贾府后过第一个整生日，贾母甚为重视，专门搭了家常小巧戏台，“定了一班新出小戏，昆弋两腔皆有”。“定”戏之词足以表明是从外面请的职业戏班。第二十九回清虚观打醮，贾母神前拈了戏：从神前拈戏的随机性、戏目内容的规定性和贾府家班演艺功能的有限性看，这次演出必是由外请的职业戏班承担。同回薛蟠生日、第七十九回薛蟠娶亲，均写他在家中摆酒唱戏，这自然也是外请的戏班，而不太可能是贾府家班。

《红楼梦》写点戏唱戏，除了家族重要的文化庆典活动之外，也与贵族子弟日常生活相伴相随。第七、八回尤氏和凤姐等人玩牌，输了戏酒的东道，两天后摆酒定戏，请贾母、凤姐等人来看。第二十八回宝玉、薛蟠等聚在冯紫英家，又听曲又唱曲。第六十三回宝玉生日夜宴，芳官清唱了单支曲子。贵族阶层的悠闲生活与狎玩情趣，与《儒林外史》中的文士乡绅如出一辙，由此可知清初贵族阶层日常的文化生活状貌。

所异者，《红楼梦》为读者提供了家班演练情状、优伶与主人相处日常状貌。第二十三回林黛玉园中行走，聆听梨香院内十二女伶演习《牡丹亭》。第三十六回宝玉专程去梨香院求龄官清唱单曲【袅晴丝】，遭到龄官的拒绝；然而其他女伶说，若是贾蔷来了叫她唱，她是必唱的。黛玉、贾蔷听曲如此便宜，是家班才有此事；宝玉想听曲而不得，却又凸显了女伶的个性。第四十回贾母闻知家班正在演习戏文，遂让人叫她们进到藕香榭的水亭子上排练，自己带大家在缀锦阁吃酒、隔着水音观看。

《红楼梦》第十一回贾敬寿辰日，正戏演出之前有“点戏”环节；第二十二回宝钗生日，先从外面“定戏”，戏班来了再“点戏”；第二十九回写及神前“拈戏”，继而申表、焚钱粮、开戏。《儒林外史》则借助第十回蘧公孙招赘、第二十四回鲍文卿整理戏班、第二十五回天长杜府定戏、第四十二回汤公子听戏、第四十九回秦中书宴聚等情节，呈现了清初南京城演戏的完整环节：先要提前几天“定戏”，戏班在戏牌子上写下演戏的日期；如有官员临时起意，则写个文书去戏班叫戏，谓之“传戏”；堂会正式演出之前，会演三出或四出开场戏，又称为“尝汤戏”，以图吉利或热闹；继而有副末执戏单上来先打个抢跪（屈一膝半跪礼），再请主人“点戏”①；而后长班带着全班戏子到厅堂上参见宾主，是谓“参场”或“参堂”（如有开场戏，则在开场戏之前参场；如直接点正戏，则在正戏之前参堂）；最后是正本演出。两书互为参照，令今天的读者知悉彼时戏班做戏的完整流程和具体环节。

综而观之，清初两京戏班历史状貌大率如此：其一，民间职业戏班与贵族豢养的家庭戏班同时存在，职业戏班行规严格，班主一般出自梨园世家，可以自任教习之职；而家班班主则由贵族旁支子弟承担，教习根据需要另行聘请。其二，职业戏班颇多商业性演出，每天演出获利除去人员开支外净利仅数两银子；而家庭戏班则以娱乐性演出为主，资金成本高，营私空间大。其三，戏班演出多半在年节、生辰、婚娶、祭祀、省亲等重要场合，因此演出不惟有娱乐功能，还有政治文化功能；其目的则娱人和祭神并在，娱他与娱己共存。其四，戏班做戏流程包含定戏或传戏、点戏、参场、演戏等主要环节，有时候在点戏之前会有三四出小的开场戏。其五，戏班有正式装扮演出折子戏或连台大戏，也有非正式随机清唱单支曲子；有在白昼连唱几出到晚，也有在夜晚演出直到天明。凡此种种，均为今天的读者提供了清代雍乾时期戏班演出的诸多历史信息，具有较为明显的文献价值。

①“点戏”乃是在戏目单上用笔做记号。所谓“凤姐点戏，脂砚执笔”，或谓凤姐的生活原型点戏时，因凤姐不识字，故由“脂砚”在旁替她在戏单上做记号。

二、一众优伶的艰楚行走与傲娇风骨

两部小说都书写了一众优伶的生存状况与个性特征，《儒林外史》所写坊间伶人以男性为多，《红楼梦》则以贾府家班女伶为主，共构了清初雍乾时期艰楚行走于戏台上下、周旋于士绅之间的南北两京优伶群像。

彼时的优伶无论在民间还是在贵族阶层，都被称为“戏子”。唱戏是一种“贱业”，戏子地位卑微，衣食住行都有其行业特征和制度限制。《儒林外史》仿佛在不经意之间描写出了他们的生活日常。鲍文卿去见知县向鼎时身着青衣、头戴小帽，后来见到唱老生的钱麻子居然“头戴高帽，身穿宝蓝缎直裰，脚下粉底皂靴”，全然一副翰林、科、道的穿扮，因此十分反感。曾嫁过两次、先妾后寡的王太太再嫁给鲍廷玺后，见他每日戴“瓦楞帽子”而不是纱帽，疑惑所嫁并非媒人所说的武举人，最后得知只是一个戏班班主时，怒气攻心昏倒在地，醒来得了失心疯。钱麻子吹嘘自己到乡绅人家庆贺寿辰喜事时，都坐在上席吃饭，且不把书生放在眼里，鲍文卿认为这都是“不本分的话”，来生受罚会变驴变马。鲍文卿欲向按察进言或对知县说话，先双膝跪下；知县让他坐，他断然不肯，回过话后退到廊下站立。第四十九回戏班里的末脚递上戏目单子请老爷们点戏，要先打一个抢跪；正式表演之前，长班还要上来打一个抢跪。戏班演出也很辛苦，不仅在城里城外做夜戏常常到五更天甚至天明才散，而且还会被外县乡绅叫去演大本戏，鲍氏父子领十几个人40多天才挣“一百几十两银子”，还很满足，一路感恩戴德不尽。

不仅如此，戏子往往沦为士绅们狎玩的对象，有时甚至被当作娼妓一流看待。南京神乐观斗姆阁里，看守帝陵的太监叫上十几个唱生旦的戏子和七八个少年道士，混杂在一起吹唱取乐；五河县方老六和厉公子在龙兴寺和尚屋里，一人搂着一个戏子，细吹细唱，喝酒取乐。聘娘的公公本是临春班的正旦，年纪大了做不得生意，妻子貌丑，故为儿子娶了童养媳。聘娘长到16岁，直接立门户接客，还偏好相与官员；其舅金修义是教习金次福之子，本身也是唱戏出身，却亲自为甥女介绍官客，并蛊惑说可以借相与陈四老爷结交徐九公子。正是在这样的风气之下，杜慎卿同着季苇萧发起了莫愁湖旦角大比拼，以赏玩旦角的身段、容颜和演技为乐；而那60多个旦角，为了五钱银子、一对荷包、一把诗扇的酬劳与借此扬名的机会，争相装扮出演。评比上榜列在前十名的小旦，所相与的大老官看榜后得意非常，或是拉了回家吃酒寻欢，或是拉了到酒店饮酒作乐。鲍廷玺为了讨好士绅，主动问汤氏兄弟，是否要挑两个小戏子留在身边伺候；但后者却嫌孩子太小不懂风月，要找好玩的戏子狎弄。于是鲍廷玺就推荐了灵和班的葛来官，这位榜上第二名的男旦就成了汤大公子的玩物。在士绅们的心目中，戏子甚至比娼妓还要不堪。第五十三回徐九公子提到莫愁湖大会后生旦姿色每下愈况，陈木南认为即便是娼妓，为人婢妾后生子、还能母以子贵，唯有做戏的“是个贱役”，每于缙绅之家筵席上杂坐于衣冠队中，大不成体统。

《红楼梦》同样写及诸多表面光鲜的优伶所处的实际社会地位。唱小旦的职业艺人琪官因为长相妩媚温柔，到底做了忠顺王爷的玩物，如王府的长史官所言，王爷跟前“断断少不得此人”，因此一旦不见，就派人四处访察。贾宝玉不过和琪官互换汗巾子为礼，贾政就以“流荡优伶，表赠私物”兼及荒疏学业、淫辱母婢之名，要将宝玉打死以绝后患。柳湘莲本是世家子弟，只因为年轻貌美、会串生旦风月戏文，故此被误认为优伶，尤其是薛蟠要将他当作风月子弟来相交。芳官以茉莉粉代替蔷薇硝给贾环，招致半主半奴身份、一向被人轻贱的赵姨娘啐骂，“小粉头”“小娼妇”连声不休，闻说此事的夏婆子也帮腔说“小粉头子”。芳官的干娘骂芳官说“戏子没一个好缠的”，一入行都学坏了。王夫人眼中，唱戏的女孩子“自然是狐狸精了”，芳官因此遭到驱逐。芳官和藕官、蕊官最后出家做女尼，实际上是被水月庵的智通与地藏庵的圆心拐了去做活使唤。

与《儒林外史》所写戏子演出获酬甚薄有所不同，《红楼梦》中家班女伶衣食有贾府供养之外，还领月例钱。第五十八回写老太妃薨逝、上令官宦之家蠲免遣散男女优伶，然贾府十二官只有四五人愿回家与父母团聚，其余均不肯离开贾府，这自然多出于经济上的考虑。职业戏班进入贾府演出，小说没有写及薪酬。但无论何种来源，为贾府演戏的优伶们往往会得到贵族的额外赏赐。元妃省亲日，曾单独赏赐唱戏出色的龄官。贾府元宵节，一俟演完《西楼》，贾母便说一个“赏”字，三个家人媳妇一人撮了一簸箩铜钱，向台上撒去，“满台钱响，贾母大悦”；等唱完戏、讲过笑话、放过花炮，小戏子又打了一回莲花落后，贾母又命人撒钱台上，看着小戏子抢钱为乐。贾母八十寿辰，南安太妃、北静王妃前来贺寿，各家随从听戏过程中就“放了赏”。这一情形，又足为明末清初两京戏班的生活样貌增添了鲜活的细节材料。

《儒林外史》描写优伶最可贵的，是刻画了鲍文卿的形象。鲍文卿本是梨园后代，一度在崔按察门下做事。知县向鼎被人参到按察司，鲍文卿闻知，因为从小就演向鼎写的戏，认定他是一个大才子，是以双膝跪拜崔按察为向鼎求情。崔按察敬重鲍文卿爱惜人才的品格，不仅放过向鼎，还将鲍文卿救护向鼎的缘故写信让他送给向鼎。向鼎感恩，向他拜谢叙礼，请他安坐，备席摆酒以谢。但鲍文卿并不居功，守着本分，坚辞不肯受礼，亦不肯坐下，更不接酒。向鼎以五百两银子致谢，鲍文卿一口拒绝。他与修乐器的倪老爹相与，收养倪廷玺为继子，为倪老爹送终，勤恳做戏，忠厚做人；也从不因为有恩于向鼎，以为骄人的资本。向鼎由知县升为知府，让鲍文卿去安庆府议事，安庆府两个书办路上恳求他在向知府跟前为两件私事求情，并许诺给他大笔的酬金，鲍文卿严词拒绝，并劝诫两人要守住底线，不能坏了太老爷的清名。凡此种种，都是鲍文卿品德高尚的证明。所以向鼎在季守备面前评价鲍文卿，说他虽然从事的是贱业，但为人却“颇多君子之行”，令季守备“肃然起敬”。鲍文卿在向知府身边一年多，没有“说过半个字的人情”。鲍文卿后来病重在南京去世，“四个总寓的戏子都来吊孝”，向道台亲题铭旌；出殡之日，南京城中“同行的人都出来送殡，在南门外酒楼上摆了几十桌斋”。吴敬梓以从容冷隽之笔，将鲍文卿与倪老爹交往、尤其是与向鼎相与的过程细细叙来，以对待金钱、权势的态度为衡量品德高下的标准，写出了一个从事演戏“贱业”却能自尊自爱，富有怜悯之心却不阿附权贵，依靠戏班演艺谋生却从不以戏子色相为牟利工具，做人诚实、处世务实、带班踏实的梨园世家子弟形象。鲍文卿的养子，以媚附士绅、乞求利禄为要的鲍廷玺，无论做人还是行事都无法和养父相比，仿佛是一个比照和衬托，两人境界高下立见。

《红楼梦》一众优伶，芳官而外，作者着力描写的，是龄官。龄官形象特点十分显明：一是眉眼气质、傲骨均与黛玉相似，丽质天生；二是天赋聪颖，小旦、贴旦均能擅场，戏路很宽；三是个性独特，身处低贱却敢与班主少爷相恋，且爱情专一。小说借贾宝玉之眼，特写了龄官划蔷画面。划蔷的情节意义，首先，呼应“黛玉葬花”。葬花和划蔷分别是黛玉、龄官内心伤春意绪的凝结，是对她们人格的肯定。虽然两个情节有相似之处，如贾蔷对龄官的态度和宝玉对黛玉的态度相似，但又避免重复。共同点是，都通过宝玉侧面来感受，宝玉都亲历其中，但一个是耳闻，一个是目睹。作者描写划蔷，步步深入，步步推进。宝玉初看时以为她学黛玉葬花，觉得东施效颦，想叫她住手；再看时却发现她是十二个小戏子内的一个；再留神看时，发现她不是在埋花，而是在划字，于是以为龄官也要学写诗填词。痴看许久后，猜想她内心有受不了的煎熬，深恨自己不能替她分担。宝玉直至最后都没认出这女孩是谁，为下文设置悬念。在三度猜想进程中，宝玉对龄官的看法由可厌转变为怜惜，情节曲折，引人入胜，表现了作者高超的叙事艺术。葬花情节没有重点写黛玉葬花的过程，而是让黛玉完整地哭出了《葬花辞》，借宝玉的感受写黛玉的伤感；划蔷情节主要透过宝玉的眼睛龄官的动作神态，她一遍又一遍地写着情人的名字，灵动、痴情，跃然纸上。如果说黛玉葬花是一首写意的诗，那么龄官划蔷就是一幅凄美的画。静无人语的蔷薇架下，一个花容月貌的女孩子蹲在地上划着字，她用的不是棍子，而是簪子。风轻轻吹过，无数花瓣落下，落在她的身上，落在那些字上，更落在人的心里，那又是怎样的一种美？一个美少女花下划蔷，一个美少年隔花观看，他们那么专注，似乎都忘了时间，这又是怎样的一种美？雨来了，作者写雨从女孩的头上往下滴，而不写雨打在地上，溅起泥水，细节的描写体现了作者的艺术用心。

其次，活画龄官痴情。龄官因情划蔷，体现了她外感于物、内动于心的情感世界。她完全沉浸在自己的情感世界中，宝玉在看她她不知，天上下雨她也不知。她虽然是一介女伶，身份低贱，但她的真情却比所谓的名门子弟要高贵得多。她划蔷，既表现了她对贾蔷的爱情，也有她自怜自叹的情绪，有她对爱的担忧和迷茫。与黛玉相类，龄官亦是以单薄的身子承受生命中最深沉最痛苦的体验，半空的飞花与低落的蔷薇，寄托了少女对情感意义的叩问，折射出作者的人生思考。

最后，显示布局严谨。龄官的故事不是集中在一节里写的，是分在多处写的，事件与事件之间有的是承接前意而来，有的是埋下伏笔，引起下文。划蔷非承接前意，也非引起下文。从第十七、十八回到第三十回再到第三十六回，情节按时序断续渐进，划出了她情感的线索；第三十六回的情节仍然借助宝玉之眼看出，揭开划蔷谜底并画上句号。巧妙的构思体现了作者叙述的严谨布局。

龄官最后去哪儿了？小说没有交代。或是龄蔷结合，得遂其愿。龄官的名字是椿龄，椿树是长寿的象征，故龄官有可能与贾蔷结合，白头偕老。或是呼应黛玉，吐血而亡[①]。龄官蒸发了，原因不明。龄官身在奴籍却没有奴性，她是全书极少数敢对宝玉冷言冷语、不屑一顾的女孩子，有着清醒的现实认识和丰富的内心世界。在龄官的性格塑造里，我们同样也看到了曹雪芹富于时代精神的人性觉醒的闪光。

两书异曲同工，写出了清初两京民间职业戏班与贵族家庭戏班共有的情况，即每个戏班伶人一般都在十来个人，伶人多出自贫苦家庭，父母难以养活，卖入戏班甚或送给戏班；伶人地位低下，常常被当作粉头看待，公子乡绅可以任意狎玩。同时，两书又各写了一个职业低贱却葆有人格尊严的优伶形象。他们年龄不同，性别各异：一忠厚本分，一执着傲娇；一领戏班辗转于南京城内城外及周边乡县，一为戏骨活跃在北京城贵族家班演出的大小戏台。但他们品质相类：都不阿附、不媚俗，真情宛然而在，风骨遗世独存，令人敬重怜惜，是作者心目中理想的底层凡人形象。

① 详见俞晓红：《〈红楼梦〉"戏中戏"叙事论略》，《红楼梦学刊》2018年第1辑。

三、彼时盛行的剧目及其叙事功能

两书中出现的戏曲剧目，大多是雍乾时期流行于两京戏曲舞台的演出作品。《儒林外史》所涉剧目有：《金印记》中的《封赠》，《百顺记》中的《三代》，《南西厢记》中的《请宴》，《红梨记》中的《窥醉》，《水浒记》中的《借茶》，《铁冠图》中的《刺虎》，《孽海记》中的《思凡》，《昊天塔》中的《五台》，《千金记》中的《追信》。清乾隆年间，苏州人钱德苍根据当时流行于舞台演出的折子戏，编选了《缀白裘》。相关剧目是否收录于该书，反映了它们在康、雍、乾时期两京戏曲舞台上的演出频率等重要历史信息。翻阅《缀白裘》可知，除了《五台》《追信》之外，前叙《儒林外史》所涉剧目均见于该书，由此可知它们均为盛行于清初的昆曲折子戏。小说第二十回，匡超人以“蔡状元招赘牛相府，传为佳话”的戏文，来为自己停妻再娶的罪恶欲念开脱。该故事出自《琵琶记》，小说未明说是哪一出，但《缀白裘》收录了《琵琶记》的折子戏有26出之多。是以知《琵琶记》亦为彼时流行的舞台剧。

与此相类，《红楼梦》所涉戏曲亦多为当时流行的舞台演出剧。作者借助书中人阅读、演出、观赏、评点等多个角度叙及的剧目多达40余种，所演出的折子戏或是清唱的戏曲、评点所涉的折子戏等计有50个之多。小说重点提及的剧目如《一捧雪》《满床笏》，《钗钏记》中的《相约》《相骂》，《还魂记》中的《惊梦》《寻梦》《离魂》（即《闹殇》），《长生殿》中的《乞巧》（亦即《密誓》）《弹词》，《荆钗记》中的《男祭》等，均为《缀白裘》收录[①]。从两部小说相关剧目及其演出实况看，《儒林外史》基本上是昆曲剧目，而《红楼梦》中所演的戏，除了昆曲之外，还有弋阳腔、高腔、梆子腔。

穿插于《红楼梦》小说进程中的剧目，对小说的情节和人物具有明显的叙事寓意上的支撑作用。作者素有深厚的戏曲艺术修养，熟知明清剧作

① 详见俞晓红：《〈红楼梦〉“戏中戏”叙事论略》，《红楼梦学刊》2018年第1辑。

“戏中戏”的结构方式及其叙事功能。他在小说文本中穿插的诸多戏曲剧目，往往对小说正文的故事起到了映照、比喻或是暗示的作用，形成了“说中戏”的叙事结构。如《豪宴》伏贾家之败，《乞巧》伏元妃之死，《仙缘》伏宝玉出家，《离魂》伏黛玉之亡；《相约》《相骂》映照龄官性格，《男祭》衬托宝玉情性；《白蛇记》《满床笏》《南柯梦》则画出贾府由兴而盛、由盛而衰的兴亡历史弧线。小说的叙事是生活化的，由于有了“说中之戏”的对应，小说文本的思想容量得以扩大，情节的可然面貌藉此寓示，情节的基本走向和人物的最后结局受此钳制，小说的审美意蕴亦获得提升。

《儒林外史》亦然。小说所叙及的诸多剧目，在不经意之间，对小说文本所叙述的情节进程起到了寓示和扩容的作用，小说文字的冷静疏淡往往让读者忘了“说中戏”的深刻与隽永。小说第二回提到，户总科提控顾老相公因顾小舍人中学摆酒唱戏，请周进点戏。作者没有提到所点之戏的名称，但说了剧情，乃是“梁灏八十岁中状元的故事”。按明末清初以此为题材的曲目有《青袍记》《题塔记》《折桂记》，但《缀白裘》所收折子戏，无一出自这三种戏曲，可知梁灏故事并非当时城乡舞台流行的剧目。吴敬梓不引剧名却叙及剧情，无非是要引出梁灏学生十七八岁中状元事。顾老相公初时并不喜欢，待戏演至此，方知这是一本“替他儿子发兆”的庆贺戏，这才喜欢了，于是要谢周进。表面上看，这只是一本应景之戏，仿佛没有太深的寓意。待读至后文，一介穷儒周进因为点戏有功而获得东家欢心，又因为这一历史广为人知，又得到乡绅申祥甫等人认同，延请为塾师，方知这一本戏的安置，乃是讽刺周进曲线媚事乡绅的诛心之笔。

借剧目以刻画人性，是《儒林外史》的重要叙事策略。莫愁湖演戏赛事，乃杜慎卿会同季苇萧发起。这次比拼共有60多个旦角，每人演一出戏，也有60多个，然而杜慎卿所关注的，乃是《请宴》《窥醉》《借茶》《刺虎》《思凡》这5出。《请宴》写红娘邀宴，张生表演将赴高唐的心态与情状；《窥醉》演妓女谢金莲与书生赵汝州的饮酒欢会事；《借茶》演张文远调戏阎婆惜事；《刺虎》演宫娥色诱李自成部将、灌醉后刺杀事；《思凡》则演小尼姑难耐寂寞、私逃下山寻觅情郎的故事。小说于平淡之间，写杜慎卿对诸般风月剧的醉心，映衬他自诩风流、趣味不高的个性特征，借以讽刺此人自命清高而实沽名钓誉、爱女色兼好男风的伪士绅形象。

以往论者多以为吴敬梓以《加官》《送子》庆贺婚娶，以《封赠》《三代》预祝夫贵妻荣子发达，以《五台》《追信》彰扬孝义。从相关情节看，这些剧目确乎有其应景的意味。但若仅止于此，《儒林外史》的冷峻之笔就成了生活场景的实录文字，而不见其婉讽冷砭之趣、洞幽烛微之功了。《加官》并非戏曲剧目，而是在正本戏演出之前的小段表演。一般戏园落成、戏班开张之际，婚娶寿辰、祈福求子之时，或是正戏开演之前，戏班先打一番锣鼓，而后生角面具官服上场，手执“加官进爵”之类的条幅，独角表演一段舞蹈，谓之“跳加官”。另《张仙送子》亦非大戏或折子戏，盖因张仙是民间供奉的男性吉祥神，开场之前表演“送子”小戏，亦是祈福、保佑之意。清初昆班和徽班多有这一习惯，因而带有明显的仪式感。《儒林外史》叙鲁翰林招婿的婚庆场合，以《加官》《送子》《封赠》为开场戏，原为表示庆贺和预祝。“官”者，“冠”也，古时“加冠”意味着“加官”（谢职则谓之“脱冠”）。又“子”者，“鼠”也，乃是十二生肖之首。当副末持戏单上来请新郎官点戏时，屋梁上滑下来一只老鼠掉在刚上的燕窝碗里，打翻了碗，热汤四溅，带汤的老鼠又跳到新郎官身上，油污了他的大红缎补服；堂上正演着《三代荣》，管家看得忘了形，将粉丝汤碗当作汤脚倒，引得两犬争抢，用脚踢犬，钉鞋踢脱了脚，飞到半空落在筵席上，客人惊吓之余，衣袖又带翻了席上的粉丝汤。一时间，“送子”变成了“送鼠”，“加官（冠）”变成了“加鞋”，喜宴成了闹剧，鲁编修甚觉“不吉利”。可想而知，所谓“封赠”“三代荣”之愿，也不过是婚宴场上热闹的虚饰而已，新郎官蘧公孙势必难中进士，要如苏秦一般六国封相、王曾那样三代得封，更是异想天开、痴人说梦了。所以婚后不过半月，鲁小姐便发现夫君懒于读书，不可能科举顺达，遂由恼怒、郁闷而生失望。

第四十九回众士绅宴聚时点了《请宴》《饯别》《五台》《追信》等折

子戏。这些剧目潜藏着诸多针砭与讽刺。莫愁湖大会时亦曾演过《请宴》，那是杜慎卿赏玩的艳情；此时万中书所点之《请宴》，却是万中书被捕快“请”到官衙里去的一个预兆。戏中红娘才唱一声，就见一个官员二十多个快手揪住万中书，套了铁链带走了。回末评曰：“梨园子弟，从今笑煞乡绅。”明言乡绅作假成为梨园的一个笑料。作者又借施御史之口道出剧目之寓意：“才请宴就饯别，弄得宴还不算请，别倒饯过了。”（此处“请宴”之意有似今之请某人“喝茶”“喝咖啡”。）作者极其善于抓住喜剧性高潮的刹那，翻出意想不到的事件，令故事或情境陡然发生逆转，而作者的褒贬也在他冷峻的文字中透出。等万中书带走后，众乡绅继续坐下看戏，重新演了《请宴》和《饯别》，接着又唱了《五台》和《追信》。《五台》演的是杨六郎至五台山与兄相会的故事，本不与万中书相干。但秦中书从了凤四老爹的计策，拿出千余两银子，借助高翰林情面，让施御史去京里打点，把个秀才假冒的万中书，变成了一个真中书，从而脱了官司。因此“五台会兄”的典故，成了秦中书与万中书关系的扭结点，读者自然得出两中书乃是难兄难弟、秦中书亦是花钱保举得官的结论。又，萧何月下追的是韩信，凤四老爹月下追的是色诱丝客以骗取钱财的船妇。此一情节固然凸显了凤四老爹的侠义与机智，但他的路见不平拔刀相助之义，却用在这样无聊的事上，确是难掩作者的讽喻深意了。《追信》虽不见于《缀白裘》，而作者却设计它为重要剧目，其中缘由亦在于此。

康熙时代，蓄养家班曾是王孙贵族家族文化的标志之一。清宫南府的戏班戏衣，规定由苏州织造府供奉。尤侗曾题曹寅杂剧《北红拂记》云：“荔轩游越五日，倚舟脱稿，归授家伶演之……案头之书，场上之曲，两臻其妙。”[①]《北红拂记》为曹寅任苏州织造（康熙二十九年至三十一年）时所作。其妻兄李煦在任苏州织造（康熙三十二年至六十一年）期间，掌管皇家戏曲事务，康熙南巡，苏州织造府接驾演戏，以昆弋两腔为主。曹、李两家长期蓄养家班，两家子弟自然也耳濡目染，熟悉戏班生活。雍

①[清]尤侗：《艮斋倦稿诗集 文集》，清康熙三十年刻本。

正即位，曾禁令外省职官蓄养家乐：“外官畜养优伶，殊非好事……家有优伶，即非好官。着督、抚不时访查。至督、抚、提、镇，若家有优伶者，亦得互相访查，指明密折奏闻。”[①]尽管如此，外官蓄乐之弊并未完全禁止。乾隆年间，皇室及八旗贵族蓄乐之风重炽，诸藩邸皆畜声伎[②]。雍乾时期曹家已败落，自然不能再蓄养家班，然自小所受的家族文化氛围的熏染，仍会积淀为曹雪芹的历史文化记忆，重现于他的小说创作中[③]。

与此相类，吴敬梓亦自小浸染于戏曲演习的艺术氛围之中，青年时期多有讴曲弄弦之事，且与优伶过往甚密。其堂兄吴檠《为敏轩三十初度作》诗云：“香词唱满吴儿口，旗亭法曲传江潭。”其表兄金榘、金两铭均有和作。金两铭诗有云：“生小性情爱吟弄，红牙学歌类薛谭……老伶小蛮共卧起，放达不羁如痴憨。”[④]那年除夕，吴敬梓曾填《减字木兰花》词，有“白板桥西，赢得才名曲部知”之句，乃是他年轻时串戏生活的自我写照。四年后吴敬梓举家迁居南京，又写了《移家赋》，描写自己曾“寄闲情于丝竹，消壮怀于风尘”，“妙曲唱于旗亭，绝调歌于郢市”[⑤]。他的好友李本宣曾流寓南京20余年，编有《玉剑缘》传奇，吴氏为之作《叙》，言及文人写剧的动机，是“悒郁无聊之会，托之于檀板金樽，以消其块磊”；又直指《玉剑缘》之“《私盟》一出，几于郑人之音”[⑥]。凡此种种，均说明吴敬梓在家乡之时即已熟稔演戏唱曲之事，深谙个中况味，寄寓南京之后，仍未改偶倡优、迷丝竹的生活习性。这也是他得以在《儒林外史》中将南京的职业戏班规程和优伶生活状貌描写得真切传神的重要原因。

① 王利器：《元明清三代禁毁小说戏曲史料》，上海古籍出版社，1981年版，第31页。

② 参见徐扶明：《〈红楼梦〉与戏曲比较研究》，上海古籍出版社，1984年版；刘水云：《〈红楼梦〉中贾府家班与清雍乾年间家乐》，《红楼梦学刊》2011年第2辑。

③ 吴新雷先生对此曾有较为详细的考述，此不赘述。详见吴新雷：《苏州织造府供奉南府演剧考》，《红楼梦学刊》，1982年第4辑。

④ [清]金榘：《泰然斋集》卷二附，清道光二十六年重刊本；又见李汉秋：《儒林外史研究资料》，上海古籍出版社1984年版，第3、5页。

⑤ 分见[清]吴敬梓：《文木山房集》卷四、卷一，上海古典文学出版社1957年版。

⑥ 参见吴新雷：《中国戏曲史论》，江苏教育出版社1996年版，第200页。

综而言之，《儒林外史》和《红楼梦》对清初康乾时期南北二京的民间职业戏班和贵族家庭戏班的生存状貌、优伶的舞台演出与幕后酸辛等，均作了实录性的描写，具备明显的史料价值，为今天的读者展示了鲜活的戏曲演出史貌；在呈现优伶众生相的同时，两书着力突出了鲍文卿和龄官这样两个遗世独立的伶人形象，并在文本意蕴的深处透射出诸般戏曲剧目“戏中戏”“戏外戏”的叙事功能。就此而言，同出于清初的这两部长篇小说，在戏曲元素的描写和再现上，确乎做到了历史真实和艺术真实的统一。

[原载《红楼梦学刊》2020年第1辑]

论戏曲文本在非线性叙事中的构成

——以《牡丹亭》为考察中心

一个经典的文学文本，总是会被后世读者和观众反复提起，作为受众之一的后世作家会在自己的作品中对它加以追慕、借鉴和引用，由此形成了一种穿越时空的非线性叙事范式。观照《牡丹亭》戏曲文本在后世作品中的穿插引用，可以获得对非线性叙事理念的清醒认识。

一、非线性叙事与被引用的《牡丹亭》

“非线性叙事”是相对于“线性叙事”而言的一个关于叙事维度的概念。它有异于中国传统叙事文学作品的两种常态方式：由因果顺序导致的直线型叙事和由两线相交导致的线段叙事。前者通常叙述故事的开端、发展、高潮、结局，情节进展沿直线前行；后者即叙述两个或两组人物在不同地理空间中各自展开的故事，所谓“花开两朵，各表一枝”，两线或分或合、最后交集，呈现为“双线结构”，其本质仍然是线性叙事。“非线性叙事”是一种多维空间叙事。作品所叙故事发生在两个或两个以上的时空界面，在体式上形成多个文本：作者叙述的元故事构成直接文本，或可称之为元文本；作者以引用、穿插的方式嵌入的文本是间接文本，它产生于元文本故事之前，有其先于元故事存在的因果毕具的故事，不受被引用时碎片化形式的拘囿，是一个或多个有独立自足的意义世界的潜文本。在结构层面上，元文本形成现行作品的外部框架，潜文本则构成作品的内部框架，两者相辅相依，呈现为两个或多个套层；在意义层面上，潜文本以其固有的文化内涵，映照、隐喻、暗示元文本的叙事世界。潜文本所叙故事，原本游离于元文本故事之外，与后者没有时空上的本然联系，但因为作者的着意经营，令潜文本和元文本发生了内在意义的相关性，从而在作品中展现了多维的叙事空间。

“非线性叙事”与“线性叙事”的质的不同，是其叙事内容不在当下发生，而有其史前时间和异度空间。线性叙事或线段叙事关注的是所叙人物和事件的当下，以现在进行的时态保持叙述的进程。那些由于倒叙、插叙而形成的叙述顺序的倒置和错位，不过是叙事形式的调整，而不是叙事维度的加强。长篇文学作品或持双线叙事乃至多线叙事，或齐头并进，或分合扭结，因所叙对象是同一时空中的不同构件，故而它仍然是线性叙事中的一种。按照物理学四维空间理论，没有时间和空间的某一点是零维度的，两点之间连成线构成一维空间，两线相交的线段则构成二维空间，拥有长宽高的空间是为三维空间。世间万物都存在于三维空间。如果在三维基础上加上时间，就构成了四维空间。如曰线性叙事是一维的，线段叙事是二维的，涵括历史时间在内的“非线性叙事”则是在四维空间展开的，时间的两端是两组故事的异度空间，一端是元文本，另一端是潜文本。

线性叙事符合人们对事物的线性认知顺序，也即开端、发展、高潮、结局，读者只要对文本所叙作线性还原，即可通往理解之路。非线性叙事的目的在于借助潜文本的隐喻、象征，建构一种多维空间的叙事，以扩大元文本的容量，营造一种含蓄蕴藉之美。受众须持非线性阅读的眼光，借助对潜文本的先期把握和对引用意图的现时想象，才能较准确地解读作者的主观意图。先期存在的潜文本，往往是前代的经典文学作品，因其题材、形象、情境、语辞等的经典性，而持续不断被后世作品引用。在这一历史进程中，每一位引用者既是经典作品的忠实受众，也是经典之作的传递者，他兼有读者和作者双重身份；每一次的引用都反映了引用者的知识结构和审美追求，都是引用者在向此前的经典作家致敬。传递者的这一选择，包孕特定的叙事功能：它令潜文本的文化世界介入元文本的叙事进程，开启了读者的非线性阅读与理解，同时也愈加有力推进了前代作品的经典化过程。

“非线性叙事”概念的提出，建基于西方的“互文性”理论。该理论认为，“互文性”（intertextuality）即是“文间性”，关注文本的互文性也即关注文本之间的关系，“它囊括了文学作品之间互相交错、彼此依赖的若干表现形式”（蒂费纳·萨莫瓦约）。作者引用、借鉴前人作品，“在他的真理和他人的真理之间建立一种全新的和特殊的相互联系”（巴赫金）；作者的引用是碎片式的非连续性文本，“每次当有一段借用的文字是从原文中被抽出来，而后被作为范式照搬到一段新的文字中去的时候，才发生了互文性”（洛朗·坚尼）。研究互文性，是要阐明“借用在新生状态下如何形成……如何与作者自己创作的文本共存于一个空间”[①]。在互文性理论的观照下，被引用的、处于异度空间的潜文本，因其内涵的经典性而发挥了异乎寻常的叙事功能，照亮了元文本的叙事空间。对被引用文本的多重叙事价值的确定，意味着文学批评方法的拓展。这是本文的逻辑起点。

从这一起点出发，来审视相关作品，可以发现“非线性叙事”的合度存在。它为我们的文学批评提供了诸多经典案例。即如明代汤显祖剧作《牡丹亭》，因其在文学史上经典性的存在，其曲词会以多个片断的形式重现于后世作家的文本中。这种重现，不仅仅是修辞学上的“引用”，而且还是一种“有意味”的、隐藏着多元象征意义的引用，亦可视之为一种“隐喻”。《牡丹亭》像是一个光艳照人的戏曲精魅，从汤显祖的文本中轻移台步，带着曼妙身段款款走进一个又一个后世文本的世界。由于这一款步，使之与后世文本产生了亲密关系，焕新了后者的叙事面貌，互文性由此产生。故而其意义不止是观赏层面的，更是叙事层面的。

对相关作品作一圆览可知，被引用的《牡丹亭》文本有三个共性：（1）是场上之曲的《牡丹亭》，不是案头阅读的《牡丹亭》；（2）是昆曲《游园》《惊梦》《寻梦》的经典片断，多为非连续性文本，引用频率较高

① [法]蒂费纳·萨莫瓦约著，邵炜译：《互文性研究》，天津人民出版社2003年版，第1、8、28、136页。

的依次是【皂罗袍】【山桃红】【懒画眉】【山坡羊】;（3）所引文本的碎片化程度与引用者对其功能的认知程度成正比。在此，我们将《牡丹亭》视为先在的经典文本或曰潜文本，将后世文本对它的引用作为一个阅读的和叙事的尺度，来考察后世作家对先在的经典文本的敬意，进而思考这种文本相接所致的非线性叙事的审美效果。

二、戏中之戏:非线性叙事范式的确立

作为一个前文本，《牡丹亭》在后世戏曲作品中重现，首先是作为行业规范和技艺标准来设置的。孔尚任《桃花扇》第二出《传歌》中，李香君完整地演唱了《牡丹亭·惊梦》中的【皂罗袍】和【好姐姐】两支曲子;第二十五出《选优》叙南明小王朝宫内，李香君又唱了《寻梦》中的第二支【懒画眉】。众伶俱演阮大铖的《燕子笺》以媚帝，独香君没学而不演，固然有其政治原因，但擅演《牡丹亭》，却成了香君技艺超群的一个表征。《桃花扇》的这一相关构思，源于侯方域（1618—1655）文《李姬传》:“十三岁，从吴人周如松受歌玉茗堂四传奇，皆能尽其音节，尤工琵琶词，然不轻发也。”[①]数语对李姬的才艺与个性特征作了精当概括：一是学曲时年龄尚小；二是从名师传习名曲；三是能整本演唱“四梦”，且能歌尽其音节的细腻微妙处，还兼工《琵琶记》；四是自我珍重，不轻易发声。孔尚任恰到好处地将李姬的这些特征敷演到《桃花扇》中，成为表现李香君超群技艺与绝尘品格的情节元素。

《桃花扇》数次提到“新学”“新出”《牡丹亭》的概念。第二十一出《媚座》中，杨龙友推荐香君才艺时说：“旧院李香君，新学《牡丹亭》。”《选优》中，弘光帝问串戏清客：“新出传奇也曾串过么?”外、净回答：“新出的《牡丹亭》《燕子笺》《西楼记》，都曾串过。”按《牡丹亭》作于明万历二十六年（1598），朱由崧在南京宣告称帝，是在顺治元年五月十五（1644年6月19日），在位仅八个月；《媚座》一出马士英云“阳春十

① [清]侯方域:《侯方域集》卷五《传》,清顺治刻增修本，第405页。

月”“天气微寒”，《选优》一出弘光帝说“今日正月初九”[①]，故剧中香君之唱当在顺治元年十月（1644年11月）和顺治二年初春（1645年2月5日）。此时《牡丹亭》面世已达47年之久，流布地域亦广，焉能称之“新出”？另据《李姬传》，李姬（1624—1653）学唱《牡丹亭》是在1636年；侯方域遇合李姬，时在崇祯十二年己卯（1639），香君正值二八芳龄。然而《桃花扇》写侯李相识，却在崇祯十六年癸未仲春（1643），史上香君此年已20岁，入宫时已经21岁。《桃花扇》之说“新出”“新学”，均与史实明显不符。

从编演技巧看，剧作有意模糊香君年龄，将香君习曲的8年、与侯方域遇合的4年和入宫的遭遇均压缩在1年之内，固然是出于调整时空、缩短情节进程，避免枝蔓、拖沓以突出主体故事，加快演剧节奏等的考虑；然从形象塑造看，小小歌妓，甫一“新学”了一本“新出”的戏，随口唱一曲【懒画眉】，就令弘光帝拍案连叫“妙绝”，赞赏其“声容俱佳”，并将她从丑角秒擢为正旦，自然凸显了香君的美貌、聪慧与才情，更有将《牡丹亭》置于一个显豁的位置，让它成为弘光帝眼中腼腆羞涩的年小歌妓李香君才艺标识的用意。与此相应的是，孔尚任让小旦（寇白门）、丑（郑妥娘）与外、净俱“随意演”《燕子笺》，可见在《牡丹亭》的面前，其他戏曲都成了铺垫，其他名姬都是随意，教习也都成了将就，唯独李香君擅演《牡丹亭》成为《桃花扇》舞台上的精彩回放。显而易见，《牡丹亭》在此成为衡量清初秦淮歌姬艺术水准的高标。《桃花扇》这一后文本对前文本《牡丹亭》曲词片断的显性“引用”，在塑造形象特质、烘托场面氛围上发挥了重要作用。

从戏剧结构而言，剧作者借助李香君的场上歌舞，将前朝名曲搬演到现时故事的进程中，乃是一种典型的“戏中戏”叙事：李香君学曲是外层戏，杜丽娘游园是内层戏。当李香君以杜丽娘的角色身份在场上款步、发声的时候，会激发场下观众将杜丽娘的惊人美貌与超凡才情加诸李香君之身，【皂罗袍】【好姐姐】所蕴涵的对美好春光与明媚青春的赞颂，也会在

① [清]孔尚任:《桃花扇》，人民文学出版社1959年版，第144、168、142页。

香君声容俱佳的演唱中引发观众对歌者本人的激赏。作为一个被“引用”的文本，《牡丹亭》曲词片断穿插在行进的侯李故事中，在彼此没有现实联系的两个时空里运行。这些被引用的片断，映照了后文本女主人公的形象和个性，从技艺标准和形象特质两个意义单元发挥了非线性叙事的艺术功能。

由于《桃花扇》的源文本《李姬传》本身就已提供了引用《牡丹亭》的天然素材，剧作家要表现主人公的才艺，何等便捷，何其对景。另一方面，作者是在一个戏曲文本中穿插另一个戏曲文本，被引用的文本作为歌舞演出的时候，与当前进行中的歌舞故事相衔相融，李香君与杜丽娘形象重叠，声音交互，相续诉诸观演者的视觉与听觉，呈现出一种“同质化”的面貌。所以这一穿插引用，意味虽有而隐喻未足。然其最大的贡献在于：它确立了一个以昆曲《牡丹亭》为经典元素的非线性叙事范式。

三、说中之戏：引导读者的非线性阅读

经典的文学作品总会成为历代读者观众普遍的文学记忆，令观众读者反复提起、引用和追慕，在后世作品中不断重现。每一次的提起与重现，都是优秀作品经典化过程中不可或缺的一环。《牡丹亭》就是这样一个不断重现、不断激发读者记忆的经典作品。它在戏曲文本的舞台重现中，是有乐曲、有韵律的歌唱，兼有身段表演，可以诉诸观众的听觉兼视觉；而在供书面阅读的小说文本中，却是仅诉诸视觉的静默的文字。除非它的脚本相对完整地被引用到一个新的文本中，否则，它只会以经典片断的方式，以更加碎片化的语言形式重现，在读者先期阅读的前提下激发他们的想象。由于读者对《牡丹亭》的记忆、理解人各有异，阅读个性和想象力也有差别，在解读后文本的引用意图时，自然会生发各种不同的认知。尤其是当后文本的作者出于某种不可说的原因，在引用那些片断时采取了含蓄、遮掩的态度时，更需要读者发挥想象的深层力量，对其内涵作补充解读。

《牡丹亭》在古代小说文本中的被引用，经典性地体现在《红楼梦》中。第二十三回“《牡丹亭》艳曲警芳心”，林黛玉独自聆听隔墙传来的女伶演练《牡丹亭》的曲子，虽于林黛玉而言是一种诉诸听觉的接受，于小说读者而言，则需要启动自己潜在的听觉记忆，对所引的曲词作出想象和补充式理解。此回仅引用了【皂罗袍】前四句、【山桃红】前两句，碎片程度更甚于《桃花扇》。两次引用之间叙写林黛玉听曲后的感受，与引用交互错位，使读者不能像通常的阅读那样保持连续性。然而正是这种不连贯，引起读者更大的兴趣，在解读其寓意时生发阅读的乐趣。林黛玉随步芳园，正巧就行在梨香院外，正巧就从经典曲子的第一句听起，这自然是作者的有意设置。以往阅读，不过觉得这些曲词的引用，令小说叙事进程多了一些诗情画意。这一观点，实在辜负了作者在回目中对读者的显性提醒。所谓“艳曲”，乃指敷演男女欢爱之情的戏曲[①]。【皂罗袍】虽未涉及艳情，然而【山桃红】却十分明显地预言了柳杜即将欢会之事，传达出“有女怀春，吉士诱之”[②]的典型情境。或有读者以为，小说既然未将生角（柳梦梅）的露骨“诱”词全部引出，说明林黛玉也许已走开，并未听到。其实不然。从“幽闺自怜”句到“转过这芍药栏前”句，中间只有两句对白过渡，所需不过15秒，此时林黛玉已经坐在山子石上默听细想，咀嚼其意其味。回目中所谓“警”，既是“警动，惊动”之义，又是“警醒”、使人警觉醒悟之义；所谓“芳心”，则专指女子的情怀。正是【山桃红】曲词之“艳”，惊动、警醒了林黛玉的芳心，令她心痛神痴，眼中落泪，情不能已。

显而易见，《红楼梦》对《牡丹亭》经典片断的引用，造成了多维叙事：小说人物的聆听、感悟与青春觉醒，发生在当前的文本中；但戏曲人物的艳情故事，作为一个未曾谋面的潜在文本，以其先期性的存在及其对读者认知的渗透，丰富了小说文本的故事内涵。这一引用，在当下文本和潜在文本两个互异性明显的空间里体现了叙事的多维空间。这种非线性叙

① 参见俞晓红：《〈红楼梦〉“戏中戏”叙事论略》，《红楼梦学刊》2018年第1辑，第298页。

②《诗经·野有死麕》，江阴香：《诗经译注》，中国书店1982年版，第32页。

事方式，涵括并复活了文学的历史记忆，将时隔150年的两个人物的灵魂安置在同一个空间维度中，令其在精神对话中彼此渗透。它为《牡丹亭》的经典化贡献了穿插于书面阅读文本的案例，引导了一种新的阅读小说的方式，令读者不再沉湎于线性阅读所致的愉悦。

《牡丹亭》经典曲词的被引用，视引用文本的文体性质而表现出引用目的与功能的差异。当引用文本也是戏曲且付诸舞台演出时，被引用的部分与引用的文本之间趋于同质化，其作用在于直观比拟以丰富舞台表演效果。当引用文本是诉诸书面阅读的小说时，会呈现一种互异性，一般受众读到的是碎片化的含蓄和断续中的优雅，但对被引用文本有先期阅读观演经历的读者，却会自动生发对未引部分文本内容的联想，从而准确把握作者引用的主观意图。后世文本是一个直接的元文本，断续穿插于其中的经典片断是间接的潜文本，读者须要就潜文本的整体性存在达成共识，才不会辜负作者的用心。这种穿插，体现了作者曾经阅读过的书、观看过的戏、储备于心的知识，在某种程度上也反映了他撰构元文本过程中的感性叙事、理性思考甚至艺术匠心。他对“游园惊梦”的非连续性引用，改变了叙事的线性维度，引导读者去想象另一个异度空间的故事，从而使静态的元文本在潜文本的积极发酵过程中产生丰富的意蕴。

四、从小说到话剧：时空层叠与语义转换

另一个经典案例，是白先勇的短篇小说《游园惊梦》。这篇叙写昔日南京一众名伶到台湾后生活状貌的小说，却以“游园惊梦”题名，已然将昆曲折子戏“游园”“惊梦”当做绾结众多人物关系、串联不同时空故事的重要关目。蓝田玉曾是民国时期南京红极一时的清唱戏馆、秦淮河畔“得月台”昆腔唱得最正派的名伶，钱将军听了她的唱，就立意娶为填房夫人，将听几句昆腔作娱，当作后半辈子唯一的乐事。蒋碧月先后赞她为“真正的女梅兰芳”“戏里的通天教主”“昆曲皇后梅派正宗传人”；第一把笛子吴声豪曾盛赞她的【皂罗袍】“便是梅兰芳也不能过的”。然而，在这

样的烘托氛围之后，多年前曾经在一次筵席上“票”过【皂罗袍】和【山坡羊】的蓝田玉，今日宴聚时却一句也没有唱响。因为辛辣的酒、奔腾而又极度压制的欲望和痛楚的回忆交织折磨，再一次哑了她的嗓子。“蓝田玉”的名字、“游园惊梦”的经典性、蓝田玉曾有的至高名位，都是昆曲本身辉煌一时的象征；小说最后的清冷与无奈，传递的是昆曲衰微和传统失落的文化信息。

小说试图传递给读者的远不止于此。小说照例引用了【皂罗袍】的前四句，它是今昔两次宴聚时清唱的重叠。【山坡羊】是蓝田玉当年所唱，“春情难遣”“怀人幽怨”“把青春抛的远”一语双关，直诉杜丽娘的春闷与春情，也隐喻幽闭于钱将军身边的蓝田玉压抑的春怨与情欲。作者担心读者不能领会引用此曲的寓意，用吴声豪的插话来加注：“惊梦”里幽会那段是最露骨不过的。于是回忆又往前翻了一篇：郑参谋纵马奔跑于白桦树林，与马合体的蓝田玉迎面刺眼的太阳。这一画面自然是两人交欢的隐喻性描写。“郑彦青”之名，本身就是“正艳情”的谐音，昆剧念白中读“郑”字一如读“程”字（均读［ʃən312］）。一生唯一的这一次情欲放纵，本是蓝田玉最刻骨铭心的回忆，而当她在那次宴会上唱响【山坡羊】并沉湎其中时，目睹了郑参谋与亲妹妹月月红的当面调情，随着最后一句“淹煎，泼残生除问天”的送出，她的嗓子即刻哑了。引用到此停止，梦里欢会中断，这自然象征蓝田玉从此再也没有属于她的欢爱。所以作者虽提醒读者：“杜丽娘快要入梦了，柳梦梅也该上场了。”但他却始终不让柳杜梦会重现。柳梦梅缺席，杜丽娘入梦有什么意义？这正是作者安排蓝田玉今日只唱《惊梦》单元、然而她始终一句没唱的原因。这是不唱之唱，不写之写：没有引用【山桃红】，因为没有欢爱；或者说，既然欢爱不再，就不再有“引用”相关曲词以“隐喻”的必要。

显而易见，白先勇《游园惊梦》的多维叙事更为典型。蓝田玉大半生的四段故事，发生于她从20岁到40岁之间的四个不同时段，扭结它们的是昆曲“游园惊梦”。由于加入了时间和引用，时空发生层叠，形象出现重合，情境似曾相识，场景获得还原，非线性的四维空间叙事得以生成。

昆曲“游园惊梦”，是蓝田玉们的群体记忆，也是兼有读者（观众）身份的作者的记忆。他对《牡丹亭》文本的碎片化选择和在小说中的非连续性穿插，钳制了小说文本的情节走向，引导了读者的非线性阅读。这一引用，可以视为白先勇借鉴了《红楼梦》非线性叙事艺术的产物。他曾自白：“以戏点题的手法，是曹雪芹在《红楼梦》的小说技巧里一项至高的艺术成就。”“《游园惊梦》无疑是继承了《红楼梦》的传统。”白先勇坦承，他最早是通过《红楼梦》第二十三回林黛玉听曲喜欢上了《牡丹亭》，那时他还是个中学生[①]。藉此我们可以了解作家多维叙事背后的多重阅读：他所读过观过的名著名剧的经典元素，在他自己构建的文学世界里通过层叠而至于融合；那些他认为值得引用的文字的价值，比他自己撰构的文字还要高。他的双重身份也进一步得到确定：见多识广的读者和聪慧灵敏的作者。

由于主人公昆曲清唱名伶的出身，《游园惊梦》引用的昆曲片断和现时小说文本的关系要较《红楼梦》更为和谐，更容易融为一个整体。这种氛围在白先勇十几年后改编的大型话剧《游园惊梦》的舞台演出中，显得更为成熟和浑融。虽然诸多细节作了改变，然不变的仍然是蓝田玉清唱昆曲《牡丹亭》的名票风韵。白先勇还增加了“游园”时的【绕池游】【步步娇】【醉扶归】曲子，让演员在舞台上完整演唱[②]；小说中被掐掉的“惊梦”之【山桃红】，也完整地呈现于话剧演出过程。其实我们不用通过比照、考证等实证式手段，只要根据话剧引用、穿插或嵌入昆曲的状貌，就可以明晓：白先勇不止是通过阅读《红楼梦》喜欢上了《牡丹亭》，他还观看了昆曲《牡丹亭》的演出，深谙《游园》《惊梦》的故事内涵，激赏昆曲的音韵和意境，才会执着地在话剧中嵌入那几支堪称《牡丹亭》最经典的曲词。这一“戏中之戏”，其本质是“元文本中的潜文本”。它以其显

① 白先勇：《〈红楼梦〉对〈游园惊梦〉的影响》《为逝去的美造像》，白先勇：《昔我往矣》，中华书局2016年版，第285、287、289页。

② 话剧《游园惊梦》1982年在台湾等地演出时，延请昆曲艺术造诣很高、影视舞台双栖的演员卢燕出演蓝田玉。

性的异质存在，昭示了元文本作者曾经走过的路。它让我们目睹经典元素被层叠使用的经过与形态，而潜文本的故事及其意义也在新的语境中发生了语义转换。

五、昆曲之于电影：正好处相逢无须言

电影《游园惊梦》（杨凡，2001）很多方面表现出对小说的和话剧的《游园惊梦》的由衷敬意：影片名，故事背景时间（民国时期），翠花的出身（夫子庙得月楼清唱昆曲的当红歌女），翠花嫁入荣府的要因（荣老爷得月楼赏曲而娶），荣老爷和翠花的年龄差（40岁左右），翠花的日常生活（孤独寂寞，偶有唱曲活动，欲求不满），情节的走向（荣府败落，翠花失恃），血气方刚的青年男子的名字（邢志刚[①]）……如果将电影文本视为对小说文本的一种追慕，上述内容无疑都会成为这一假设的证明。然而电影还是叙述了一个与小说不同的故事。它不描述一群昔日名伶之间的争锋，也不表现夫人与将军丈夫的参谋偷情、妹妹专挖姐姐墙角。它在不动声色之间，展示了一个贵族之家的没落、一代名伶的幽闭落魄、一个新女性的情感纠缠。普通观众多半会将影片中的昆曲视为荣府贵族日常文化生活的构件，翠花身份和昔日荣耀的标签，荣兰能成为翠花闺蜜的要因，影片主打的背景音乐。正如翠花作为会唱昆曲的姨太太，与鸦片烟枪、西双版纳名种白鹦鹉、鎏金孔雀屏风、太夫人陪嫁的玉器、凡尔赛宫流落民间的文物杂陈时，其生存价值仅止于作荣老爷的耳目近玩而已。而当观众以“非线性阅读”的眼光进入所引昆曲的深处，去解读潜文本的隐喻意义时，就会发现有更多的内容充盈了它的语义空间。

影片一共7次穿插引用了昆曲元素，其中6次《牡丹亭》，1次《夜奔》。它较前还多了一支【步步娇】。诸多穿插，不仅披露了编剧兼导演杨凡的知识结构与审美情趣，昆曲故事与影片故事的互异形状也体现了超越文本的双重叙述，观众聆听昆曲时，会进一步玩味编剧的主观用意，体会

① 白先勇小说《游园惊梦》中的程参谋，话剧《游园惊梦》中已赋名“程志刚”。

昆曲故事对影片故事的补充。这时，昆曲便以其唯美的姿态悄悄改变了影片的叙述，经过发酵而转换出新的语义。观众怎么知晓年轻武生的输牌脱衣游戏，是翠花越轨的前奏而不是她昔日戏馆娱乐生活的简单重温？因为编剧已告诉观众，这武生演的是“夜奔”。观众又如何确定，荣兰对翠花的“爱”是女同性质的暧昧而不是单纯的姐妹情深？因为编剧两次征引【山桃红】而让兰、花合唱，虽然跳过了最艳情的文字而显得含蓄温润，然而知悉“惊梦”的观众仍然看懂了编剧想要说的故事真相。当荣兰和邢志刚亲密情状被翠花撞见，【懒画眉】再次唱响，荣兰痛苦泣下（原来“最伤人”春色是今年），她眷恋、沉迷于异性的爱（“春心”在此处“飞悬”），却又要与此决绝（“是睡荼蘼抓住裙钗线”），已抽身离去却又有刹那的回眸（毕竟人心如花“向好处牵”）。昆曲名家王丰梅歌此曲时有意放慢了节奏，古琴伴奏沉郁低回，不似琴声，竟如幽咽哀伤的箫声，演绎出呜咽痛楚、如怨如慕的效果。老夫少妻、姨太太越轨、女同与双性恋、性别错位的三角恋等等这样的一些内容，正是借助昆曲片断的插叙（插演）表现出来的。没有这些穿插，观众甚至觉得这个影片没有多少故事，看不到什么尖锐的戏剧冲突。引用这些已然存在的经典戏曲片断，来代替对那些不可说的隐秘情感世界的描绘，便从内容和形式两个方面都使得后者的叙述话语发生了质的变化。换言之，作为潜文本的昆曲《牡丹亭》的原有语义经过后文本的剪辑、插叙和隐喻，发生了内涵的转换。在更深的层次上，它更是一种象征，昆曲和电影“好处相逢”，“相看俨然”，携手言欢。荣兰数度为翠花拍照，想要留住昆曲唯美的倩影；最后毅然离开她所钟情的异性，回到翠花身边，又仿佛是要用余生来完成对昆曲的守护。传统戏曲与当代电影已越过了简单相加的技术层面，共构了彼此依存、相辅相生的关系。

综前所述可知，无论是戏中之戏、说中之戏，还是剧中之歌、片中之曲，作为戏曲文本的《牡丹亭》，在后世各类作品文本中是一种结构性的存在。那些源自《游园》《惊梦》《寻梦》的经典片段，构成了元文本的异度空间，以一种确然的文化内涵辅助元文本的叙事向度。元文本与潜文本在形式上交错进行，形成互文关系，在内容上彼涵互摄，照亮彼此的意义空间。如果确定经典戏曲文本在非线性叙事中的构成具有隐喻、扩容作用，将为当代小说、戏剧、电影等文本的创作提供可资借鉴的叙事范式。从这个意义上说，不独《牡丹亭》如此，举凡历史传统中具有典范意义的文学文本，皆可作如是观。

［原载《戏曲研究》2018年第2期］